1

삼보태감三寶太監

서양기西洋記 통속연의通俗演義

(명) 나무등 저
홍상훈 역

明文堂

● 일러두기

1. 이 번역은 [明] 羅懋登 著, 陸樹崙·竺少華 校點,《三寶太監西洋記通俗演義》(上·下), 上海: 上海古籍出版社, 1985 제1쇄의 소설 본문을 저본으로 했다.
2. 원작에 인용된 시문(詩文)과 본문 중의 오류는 역자가 각종 자료를 참조해 교감하여 번역했으며, 소설 작자의 창작된 문장이 많이 들어간 상소문이나 서신 등을 제외한 나머지 인용문들은 한문 독해 능력이 있는 독자들의 이해를 돕기 위해 최대한 원문을 함께 수록했다.
3. 본 번역의 주석에서는 작품에 인용된 서양 풍물에 대한 묘사들은 대부분 마환(馬歡)의《영애승람(瀛涯勝覽)》과 비신(費信)의《성사승람(星槎勝覽)》, 공진(鞏珍)의《서양번국지(西洋番國志)》,《명사(明史)》〈외국열전(外國列傳)〉 등의 전적에 담긴 내용을 변용한 것이지만, 본 번역에서는 특별한 경우가 아니면 원래 기록과 일일이 비교하여 설명하지 않았다. 이에 관한 좀 더 전문적인 비교 분석은 본 번역의 저본 말미에 〈부록〉으로 수록된 샹다[向達]와 자오징선[趙景深]의 논문을 참조하기 바란다.
4. 본 번역의 역주는 필자의 역량으로 접근할 수 있는 범위에 한정해서 수록했기 때문에, 일부 미흡하거나 오류가 있을 수도 있다.
5. 본서의 번역 과정에서 중국어로 표기된 외국 지명을 확인하는 데에는 인터넷 학술 사이트인 남명망(南溟網, http://www.world10k.com/)으로부터 많은 도움을 받았다.
6. 본 번역에서는 서양의 인명을 가능한 한 실제 역사서에 등장하는 인물의 이름을 찾아 표기했고, 가상 인물일 경우에는 중국어 발음을 고려하여 서양인의 이름에 가깝게 번역했다. 예) 쟝 홀츠[姜忽剌], 쟝 지니어[姜盡牙], 쟝 다이어[姜代牙]……
7. 본 번역에서 전집류나 단행본, 장편소설 등은《 》로, 그 외의 단편소설이나 시사(詩詞), 악곡(樂曲) 등의 제목은〈 〉로 표기했다.

차례

삼보태감三寶太監

서양기西洋記 통속연의通俗演義

1

제1회

우란분회[1]에서 부처님은 진리[2]를 드러내고 보타산[3]의 보살께서 신들을 모으다

盂蘭盆佛爺揭諦　補陀山菩薩會神

春到人間景異常	인간 세상에 봄이 오니 풍경도 특별하여
無邊花柳競芬芳	끝없는 꽃과 버들 향기를 다투네.

1 우란분(盂蘭盆)은 범어(梵語) ullambana의 음역(音譯)으로서, 의역(意譯)으로는 구도현(救倒懸)이라고 한다. 《우란분경(盂蘭盆經)》에 따르면 목련존자(目連尊者)가 부처님의 말씀에 따라 음력 7월 15일에 온갖 음식과 다섯 가지 과일을 마련해서 부처[佛]와 법(法), 승(僧)의 삼보(三寶, Triratna)에게 공양하여 돌아가신 자신의 어머님이 아귀도(餓鬼道)에서 거꾸로 매달리는 형벌을 받는 고난에서 벗어날 수 있게 해 달라고 기원했다고 한다. 남조(南朝) 양(梁)나라 이후로 민간에서는 이날을 돌아가신 조상의 영혼을 초도(超度)하는 날로 삼아서 승려를 모셔다가 우란분회(盂蘭盆會)를 열어서 불경을 낭송하고 음식을 보시하는 풍속이 생겼다.

2 불교에서 진리[諦]는 속체(俗諦)와 진체(眞諦)로 나뉘며, 이 가운데 생로병사 등의 '고(苦)'와 허망한 마음으로 일으키는 각종 혹업(惑業)과 그로 인해 초래되는 고과(苦果)를 가리키는 '집(集)', 혹을 없앰으로써 삶과 죽음의 고난에서 벗어남을 가리키는 '멸(滅)', 열반(涅槃)으로 통하는 팔정도(八正道) 등을 가리키는 '도(道)'를 아울러 '사체(四諦, Catursatya)' 또는 '사성체(四聖諦)'라고도 한다. 이것은 석가모니가 행한 최초의 설교 내용이라고 알려져 있으며, 불교의 기본 교의(教義) 가운데 하나이기도 하다.

3 절강(浙江) 정해현(定海縣) 동쪽 바다에 있는 산으로서 보타산(普陀山) 또는 매잠산(梅岑山)이라고도 부른다.

香車寶馬閑來往	명마가 끄는 향기로운 수레 한가로이 오가며
引却東風入醉鄕	봄바람 끌어들여 취한 고을로 들어가네.
釃剩酒, 臥斜陽	남은 술 따라 들고 석양 아래 누워
滿拚三萬六千場	인생 백 년을 모두 버린다네.
而今白髮三千丈	지금은 흰머리 길게 자랐건만
還記得年來三寶太監下西洋	아직도 기억하네, 근년에 삼보태감 서양에 다녀온 일이.

자회(子會)에 하늘이 열리고부터 곧 금양(金羊)과 옥마(玉馬), 금사(金蛇), 옥룡(玉龍), 금호(金虎), 옥호(玉虎), 금아(金鴉),[5] 철기(鐵騎), 창구(蒼狗),[6] 염리(鹽螭),[7] 용전(龍纏), 상위(象緯),[8] 양각(羊角),[9] 순정

4 《서유기(西遊記)》 제1회에 따르면, 하늘과 땅의 운수는 12만 9천 6백 년을 하나의 '원(元)'으로 삼으며, 하나의 '원'은 자(子), 축(丑), 인(寅), 묘(卯), 진(辰), 사(巳), 오(午), 미(未), 신(申), 유(酉), 술(戌), 해(亥)의 12간지(干支)에 해당하는 12개의 '회(會)'로 구성되어 있는데, 매 '회'는 1만 8백 년에 해당한다. 이것을 하늘과 땅의 큰 운수에 비유하자면, 술회(戌會)가 끝날 때 이르면 하늘과 땅이 어두워지고 만물의 운수가 막혀버렸다가 다시 5천 4백 년이 지나 해회(亥會)의 첫머리로 접어들면 어둡고 캄캄하여 천지간에 사람과 사물이고 모두 없어지게 되는 '혼돈(混沌)' 상태가 된다. 거기서 다시 5천 4백 년이 지나 해회가 끝날 무렵에는 자회(子會)에 가까워지고, 다시 점차 밝은 세상이 열리게 된다. 이때 하늘에는 비로소 뿌리가 생기기 시작하며, 가볍고 맑은 것들은 위로 올라가서 해가 되고, 달이 되고, 별들이 되는데 그 일월성신(日月星辰)을 일컬어 '네 가지 징후[四象]'라고 한다. 그러므로 하늘은 자회에서 열린다는 것이다.

5 금오(金烏) 즉 태양을 가리킨다.

6 전설 속의 하늘에 있는 검푸른 개를 가리킨다. 이 개는 불길한 동물로서 달을 삼켜서 월식(月蝕)을 일으키는 주범이라고 여겨졌다.

(鶉精)[10]이 있어서 환히 빛나며 천둥소리를 울리고, 장엄하게 열리고 닫히기를 반복하고 있었다. 무한한 경위(經緯)의 중간에 위대한 신통력을 지닌 두 존재가 있었으니 하나는 태양(太陽)의 진정한 정수를 지니고 하늘 365도를 하루에 한 바퀴 돌았고, 다른 하나는 태음(太陰)의 진정한 정수를 지니고 하늘 365도를 돌며 차고 기울기를 반복했다. 그야말로 이런 상황이었다.

태양이 남방을 지나니 따스한 기운 생겨나고
달이 중천에 이르니 특별히 밝구나.

日行南陸生微暖, 月到中天分外明.

축회(丑會)에 땅이 열려서[11] 부드러운 것과 굳센 것이 나뉘면서

---

7 이(螭)는 뿔이 없는 새끼용을 가리킨다. 일설에는 용의 암컷이라고 하기도 한다.

8 성상(星象)의 경위(經緯) 즉 해[日]와 달[月]과 수성(水星), 금성(金星), 화성(火星), 목성(木星), 토성(土星)의 오성(五星)을 가리킨다.

9 회오리바람의 별칭이다. 《장자(莊子)》〈소요유(逍遙遊)〉에 따르면 붕새[鵬]는 등이 태산처럼 크고 날개는 하늘의 구름처럼 드리우고 있다가 세차게 위로 치솟는 회오리바람[扶搖羊角]을 타고 구만리 하늘의 구름 위로 올라가 남쪽의 큰 바다[南冥]로 간다고 했다.

10 중국 고대 천문학에서 설정한 12성차(星次) 가운데 하나로서 12진(辰) 가운데 오(午)에 해당하는 순화(鶉火)를 가리키는 듯하다.

11 《서유기》 제1회에 따르면 하늘이 열리는 자회(子會)가 끝나가고 축회(丑會)에 가까워지면 하늘과 땅은 점점 견실해지면서 무겁고 탁한 것들은 아래로 내려가 엉겨서 물이 되고, 불이 되고, 산이 되고, 돌이 되고, 흙이 되는

곧 삼사(三社)[12]와 삼내(三內),[13] 삼계(三界),[14] 사리(四履),[15] 사예(四裔),[16] 사표(四表),[17] 오자(五字),[18] 오복(五服),[19] 오수(五遂),[20] 육조(六

데 이 물과 불, 산, 돌, 흙을 일컬어 '다섯 개의 형상[五形]'이라 한다고 했다. 그러므로 땅은 축회에서 열린다는 것이다.

12 천자(天子)가 세운 태사(大社), 왕사(王社), 박사(亳社) 또는 제후가 세운 국사(國社), 후사(侯社), 바사(亳社)를 가리킨다. 사(社)는 토지신에게 제사하기 위해 세운 제단 또는 사당을 가리킨다.

13 황제의 거처를 대내(大內)라고 한다. 당나라 때 대내는 태극궁(太極宮)을 서내(西內)로, 대명궁(大明宮)을 동내(東內)로, 홍경궁(興慶宮)을 남내(南內)로 삼았는데, 이를 합쳐서 '삼내(三內)'라고 했다.

14 불교에서 중생이 윤회하는 욕계(欲界)와 색계(色界), 무색계(無色界)를 가리킨다.

15 사방의 경계를 가리킨다. 《좌전(左傳)》〈희공(僖公) 4년〉에 따르면 동쪽으로는 바다, 서쪽으로는 황하(黃河), 남쪽으로는 목릉(穆陵), 북쪽으로는 무체(無棣)까지가 천자의 발길이 닿는 경계라고 했다.

16 원래 북쪽의 유주(幽州)와 남쪽의 숭산(崇山), 서쪽의 삼위(三危), 동쪽의 우산(羽山)까지 중원에서 먼 곳에 있는 대표적인 네 군데의 변방을 가리키는 말로서, 훗날은 대개 사방의 먼 변방을 대표하는 말로 쓰이게 되었다.

17 원래 사방의 아주 먼 지방 또는 천하를 가리키는 말이었는데, 참위학(讖緯學)에서는 땅과 별들이 오르내리며 운행하는 종극(終極)의 장소를 의미하기도 했다.

18 대체로 오언시(五言詩)를 가리키는 의미로 많이 쓰이며, 훌륭하게 쓴 상소문[表章]을 가리키기도 한다.

19 고대에는 왕기(王畿) 주위의 500리를 한 구획으로 삼아 가까운 곳으로부터 먼 곳까지를 후복(侯服), 전복(甸服), 수복(綏服), 요복(要服), 황복(荒服)으로 나누었는데, 여기서 '복(服)'은 천자에게 복종하여 섬긴다는 의미이다. 이후 '오복'은 천자와 제후, 경(卿), 대부(大夫), 사(士)까지 다섯 등급에 적용되는 복식(服飾)을 의미하기도 했다. 한편 종법제도가 갖춰진 뒤부터는 혈연의 가깝고 먼 관계에 따라 상복(喪服)을 달리 입어서 참최(斬衰), 제

詔),[21] 육적(六狄),[22] 육막(六幕),[23] 칠선(七墠),[24] 칠양(七壤), 칠형(七陘), 팔참(八塹),[25] 팔굉(八紘),[26] 팔연(八埏),[27] 구경(九京),[28] 구위(九

최(齊衰), 대공(大功), 소공(小功), 시마(緦麻)로 구분했으며, 여기에서 비롯되어서 고조부와 증조부, 조부, 부친, 자신까지 5대를 '오복'이라고 부르기도 했다.

20 천자를 옹위하는 다섯 개의 무리[隊]를 가리킨다.

21 당(唐)나라 때 운남(雲南)과 사천(四川) 서남쪽의 소수민족 부락 가운데 비교적 규모가 큰 여섯 개의 부락 즉 몽준조(蒙巂詔)와 월석조(越析詔), 낭궁조(浪穹詔), 등섬조(邆睒詔), 시랑조(施浪詔), 몽사조(蒙舍詔)를 가리킨다. 여기서 '조(詔)'는 부족의 왕 또는 수령이라는 뜻이다.

22 고대 중국의 북방민족인 적족(狄族)의 대표적인 6개 부락을 가리킨다.

23 육합(六合)과 같은 뜻으로서, 천지사방(天地四方)을 가리킨다.

24 《예기(禮記)》〈제법(祭法)〉에 따르면 고대의 천자는 7개의 사당[廟]를 세웠는데 거기에는 각기 흙을 쌓아 만든 제단[壇]과 잘 청소하여 정리한 땅[墠]이 딸려 있었다고 한다.

25 칠양(七壤)과 칠형(七陘), 팔참(八塹)은 특별한 의미가 없이 그저 앞에 7과 8의 숫자를 붙인 것에 지나지 않는 것으로 보인다. 참고로 '양(壤)'은 부드러운 흙, 땅, 강토(疆土) 등을 나타내고, '형(陘)'은 산맥이 중간에서 끊어진 곳, 또는 비탈을 가리키는 말이며, '참(塹)'은 원래 성을 수비하기 위해 파 놓은 도랑이나 해자[壕]를 가리키는 말이다.

26 원래 팔방(八方)의 지극히 먼 지역을 가리키는 말로써 천하를 의미하기도 한다. 《회남자(淮南子)》〈지형훈(墬形訓)〉에는 구주(九州)의 바깥에 팔인(八殥)이 있고, 그 바깥에 팔굉(八紘)이 있는데 넓이가 사방 천리나 된다고 했다.

27 《한서(漢書)》〈사마상여열전하(司馬相如傳下)〉의 "上暢九垓, 下泝八埏."에 대한 안사고(顔師古)의 주석에서는 맹강(孟康)의 말을 인용하여 "연(埏)은 땅의 여덟 가장자리이다. (이 구절은) 덕(德)이 하늘 높은 곳에 이르러서 아래로 땅의 여덟 가장자리까지 흐른다는 뜻이다.[埏, 地之八際也. 言德上達於九重之天, 下流於地之八際]"라고 했다.

28 '구원(九原)'이라고도 한다. 이곳은 원래 춘추시대 진(晉)나라 대부(大夫)들

圍),[29] 구해(九垓),[30] 십진(十鎭),[31] 십망(十望),[32] 십긴(十緊)[33] 등의 온 세상 억만 중생과 웅장한 제도들이 우뚝 세워졌다. 비옥하고 무성한 장관을 이루는 그 무한한 터전 중간에 또 두 명의 큰 우두머리가 있었다. 하나는 구불구불 기괴한 생김새와 성대하고 노숙한 기품을 가지고 있으며, 차분하고 법도에 맞는 품행을 갖춰서 어진 이와 함께 장수한 인물이다. 다른 하나는 그 명성이 대지와 통하고 성긴 물줄기도 은하수와 합쳐지듯이[34] 행동에 구속이 없어서 지혜로운 이와 함께 즐거움을 누린다. 그야말로 이런 격이었다.

의 무덤이 있는 곳이었는데, 이후로는 대개 무덤 또는 저승[九泉]을 의미하는 말로 쓰였다.

29 구주(九州)를 가리킨다. 《시경(詩經)》〈상송(商頌)〉〈장발(長髮)〉의 "帝命式於九圍"에 대한 공영달(孔穎達)의 주석[疏]에 따르면 천하를 9개로 나눈 각 지역이 원으로 둘러싼 것과 비슷했다고 해서 구주를 '구위'라고 불렀다고 했다.

30 '구해(九陔)'라고도 쓴다. 이것은 원래 중앙으로부터 팔극(八極)에 이르는 땅을 가리키는 말이었는데, 9층의 하늘을 의미하기도 한다.

31 알 수 없음. 고대에는 각 지역[州]의 구역 안에서 가장 크고 중요한 명산(名山)을 일컬어 '진(鎭)'이라고 했다.

32 당(唐)나라 때는 경사(京師) 부근의 4주(州)를 사보(四輔)로 정하고 나머지 지역들을 육웅(六雄), 십망(十望), 십긴(十緊), 그리고 상·중·하의 주(州)로 나누었다. '십망'이란 송(宋), 박(亳), 활(滑), 허(許), 여(汝), 진(晉), 낙(洛), 괵(虢), 위(衛), 상(相)의 10개 주를 가리킨다.

33 '십망(十望)'에 대한 주석을 참조할 것. 당나라 때의 '십긴'은 진(秦), 연(延), 경(涇), 빈(邠), 농(隴), 분(汾), 습(隰), 자(慈), 당(唐), 등(鄧)의 10개 주(州)를 가리킨다.

34 원문은 "列名通地紀, 疏派合天津."으로서, 낙빈왕(駱賓王)의 시 〈영수(詠水)〉에서 인용한 것이다.

산색은 해를 넘겨도 푸름이 편함 없고
물은 종일 흘러도 소리 들리지 않는구나.

山色經年青未改, 水流竟日聽無聲.

천지가 있고 나서야 만물이 있는 법. 그러므로 인회(寅會)에 사람이 생겨나자[35] 곧 태생(胎生), 난생(卵生), 형생(形生), 기생(氣生), 신생(神生), 귀생(鬼生), 습생(濕生), 비생(飛生) 등의 방식으로 생명들이 태어났고, 시간이 지남에 따라 그것들이 쌓여서 하늘과 땅 사이를 가득 채웠다. 만물이 울창한 상태로 한없이 많은 세월이 흐르자 또 유가(儒家)와 불가(佛家), 도가(道家), 의가(醫家), 풍수가(風水家), 점술가[龜卜家], 화가[丹青家], 관상쟁이[風鑒家], 금가(琴家), 기가(棋家)와 같은 아홉 부류[九流][36]가 생겨났다. 이 아홉 부류 가운데 또 세 개의 주요 부류가 있었으니 첫째는 유가요, 둘째는 불가, 셋째는 도가였다.

35 《서유기》 제1회에 따르면 축회(丑會)가 끝나고 인회(寅會)의 첫머리가 되면 만물이 피어나 자라고 하늘과 땅은 맑고 신령해져서 음양이 서로 합쳐진다. 여기서 다시 5천 4백 년이 흐르면 바로 인회가 되는데, 이때 사람이 생겨나고, 온갖 들짐승과 날짐승들이 생겨나서 이제야말로 하늘[天]과 땅[地]과 사람[人]이라는 '세 가지 요소[三才]'가 자리를 정하게 된다. 그러므로 사람은 인회에 생겨났다고 하는 것이다.

36 《한서(漢書)》 〈예문지(藝文志)〉에서는 유가와 도가, 음양가(陰陽家), 법가(法家), 명가(名家), 묵가(墨家), 종횡가(縱橫家), 잡가(雜家), 농가(農家)를 '구류'로 꼽았다. 유흠(劉歆)은 《칠략(七略)》에서 여기에 소설가(小說家)를 포함하여 '십가(十家)'로 칭했다.

유가는 누구인가? 바로 오늘날 온 천하의 문묘(文廟)에서 모시는 공자(孔子)이다. 이 공자의 출신은 어떠한가? 그는 춘추시대 노(魯)나라의 곡부(曲阜) 창평향(昌平鄕) 궐리(闕里)에서 태어났는데, 키는 아홉 자[尺] 두 치[寸]요 허리둘레는 열 아름[圍]에 마흔아홉 개의 표정을 갖고 있었으며, 눈썹은 열두 가지 색을 띠고 있고 눈동자에는 예순네 개의 결[理]이 있었다. 머리는 요(堯) 임금을 닮았고 이마는 순(舜) 임금을 닮았으며 목은 고요(皐陶)[37]를, 어깨는 자산(子産)[38]을 닮았다. 그의 학문은 하늘과 인간 세계를 관통했고, 도(道)는 세상의 오묘한 신비에 모두 통달했다. 신령한 거북이나 용이 전한 책들과 칠정(七政)[39], 육위(六緯)[40]에 관한 일을 잘 알고 복희(包

37 '구요(咎繇)'라고도 쓴다. 그는 고대 전설에서 동이족(東夷族)의 우두머리로서 성(姓)은 언(偃)이라고고 한다. 그는 전욱(顓頊)의 손자 여수(女修)에게서 태어났으며, 소전씨(少典氏)의 딸 여화(女華)와 결혼하여 백익(伯益)을 낳았다고 하며, 요(堯)·순(舜) 시대에 형옥(刑獄)을 담당하는 벼슬을 지냈다.

38 춘추시대 정(鄭)나라 목공(穆公)의 손자 정교(鄭僑, ?~기원전 522)를 가리킨다. 그는 자(字)가 자산(子産) 또는 자미(子美)로서 공자(孔子)와 동시대의 인물이다. 그는 정나라 간공(簡公) 때인 기원전 554년에 경(卿)이 되어서 이후 사망할 때까지 줄곧 정나라의 정치를 좌우했다. 그의 언행과 사적은 《좌전(左傳)》과 《사기(史記)》 등에 기록되어 있다. 기원전 536년에 그는 청동으로 된 세발솥[鼎]에 《형서(刑書)》를 주조하여 공포함으로써 중국 최초의 성문법(成文法)을 제정한 인물이기도 하고, 백성을 다스릴 때 관용[寬]과 위협[猛]을 적절히 적용하여 훌륭한 치적을 남긴 것으로 평가되고 있다.

39 고대 천문학에서는 태양과 달, 그리고 금성과 목성, 수성, 화성, 토성까지 오성(五星)을 아울러 '칠정' 또는 '칠요(七曜)'라고 했다. 또 《상서대전(尙書

羲)와 황제(黃帝)의 능력을 갖췄으며, 요 임금과 순 임금, 주공(周公)의 미덕을 어느 하나 뛰어나지 않은 것이 없이 두루 갖추었다. 그리하여 《시경(詩經)》과 《서경(書經)》을 손질하여 완성하고 예악(禮樂)을 정했으며, 《주역(周易)》의 내용을 해설하고 《춘추(春秋)》를 저술했다. 그리고 수수(洙水) 남쪽과 사수(泗水)[41] 북쪽의 제자 삼천 명에게 학문을 전수했는데, 그 아래에 능력이 조금 떨어지는 제자들이 육만 명이었다. 개중에 어느 한 분야에 통달한 제자가 일흔두 명이었다. 역대 왕조에서는 그를 대성지성문선왕(大成至聖文宣王)에 봉했으며, 명(明)나라 가정제(嘉靖帝)[42]가 등극한 뒤로 지성선사공자(至聖先師孔子)로 칭했다. 이 공자님은 예사로운 분이 아니어서 문장으로는 후세의 영원한 스승이셨고, 역대 제왕들의 스승이셨으니, 바로 이분이 유가이다. 이를 증명하는 평[贊]이 있다.

大傳)》에서는 천문(天文)과 지리(地理), 인도(人道) 및 사계절을 아울러 '칠정'이라고 했다. 한편 《사마법(司馬法)》과 같은 고대 병법(兵法)에서는 사람[人], 올바름[正], 언사[辭], 계책[巧], 불[火], 물[水], 병기[兵]를 일컬어 '칠정'이라고 하기도 했다.

40 경학에서는 《역위(易緯)》와 《상서위(尙書緯)》, 《시위(詩緯)》, 《예위(禮緯)》, 《춘추위(春秋緯)》, 《악위(樂緯)》까지 여섯 가지 위서(緯書)를 아우르는 말이기도 하고, 의학에서는 오장(五臟: 심장, 간, 폐, 신장, 비장)과 쓸개[膽]을 가리키는 뜻으로 쓰이기도 한다.

41 수수(洙水)는 노(魯)나라 성의 북쪽에 있었고, 사수(泗水)는 남쪽에 있는 강물이다.

42 세종(世宗) 주후총(朱厚熜: 1507~1567)을 가리킨다. 그는 1521년부터 1567년까지 황제 자리에 있었다.

공자의 선조는 상(商)나라 왕족의 후손이니, 불보하(弗父何)[43]는 제후 자리를 양보할 수 있었고 정고보(正考父)[44]는 〈상송(商頌)〉을 정리했네. 공방숙(孔防叔)이 노(魯)나라로 피신하니 추읍(鄒邑) 백성들이 그에게 의지했네. 성스러운 공자가 태어나니 궐리(闕里)에는 덕이 생겨났네. 일흔 살에 학문의 지고한 경지에 이르니 천하 사방에서 본받았네. 소정묘(少正卯)를 양관(兩觀)에서 처형하고[45], 협곡(夾谷)에서 재상을 대신하여 제(齊)나라 제후를 상대했네. 봉황이 이르지 않으나 어느새 늙어 감을 탄식했고, 죽은 기린을 보고 눈물 흘릴 때는 얼마나 촉급했던가! 모든 학자들이 우러러 존경하고 만고(萬古) 후세 사람들 삼가 본받는다네.

孔子之先, 胄於商國. 弗父能讓, 正考銘勒. 防叔來奔, 鄒人倚立. 尼父誕聖, 闕里生德. 七十升堂, 四方取則. 卯誅兩觀, 攝相夾谷. 歎

43 공자의 직계 조상으로서 춘추시대 송(宋)나라 양공(襄公)의 장자였으나 아우 부사(鮒祀, 즉 송나라 여공[厲公])에게 제후 자리를 양보했다. 이에 여공은 그를 상경(上卿)으로 삼고 율(栗, 지금의 허난[河南] 상치우[商丘] 샤이[夏邑]) 땅을 식읍(食邑)으로 주었다. 참고로 공자 조상의 계보는 다음과 같다: 불보하(弗父何) – 송보주(宋父周) – 세자승(世子勝) – 정고보(正考父) – 공보가(孔父嘉) – 역이(睪夷) – 공방숙(孔防叔, 난을 피해 노[魯]나라로 이주) – 백하伯夏 – 숙량흘(叔梁紇) – 공자.

44 공자의 7세(世) 조상으로서 춘추시대 송나라의 대부(大夫)로서 대공(戴公)과 무공(武公), 선공(宣公)을 보좌했다.

45 소정묘(少正卯: ?~기원전 496)는 춘추시기 노(魯)나라의 대부(大夫)로서 언변이 뛰어나서 공자와 경쟁했는데, 노나라 정공(定公) 14년에 공자가 노나라의 대사구(大司寇)가 되어 재상을 대리하여 정치를 할 때 그를 양관(兩觀)의 동관(東觀) 아래에서 처형했다.

鳳遽衰, 泣麟何促, 九流仰敬, 萬古欽躅.[46]

당(唐)나라의 예종(睿宗) 황제는 몸소 다음과 같은 평을 썼다.

아름다워라, 선생이시여! 정말 성스러운 덕을 지니셨도다. 그 도는 배울 만하고 그 의례는 어긋나지 않았도다. 《시경》을 산정(刪定)하시고 예악을 정하시니 모든 왕이 본받는다네. "내 어찌 쓸모없는 표주박 같은 사람이랴!" 단언하시고 사방을 돌며 유세하셨네.

猗歟夫子, 實有聖德. 其道可學, 其儀不忒. 刪詩定樂, 百王取則. 吾豈匏瓜, 東南西北.

송(宋)나라 태종(太宗) 황제도 몸소 다음과 같은 평을 썼다.

제왕의 은택은 아래로 갈수록 쇠약해지고 문무(文武)가 쇠퇴하려 할 때 공자께서 태어나셔서 천하에 우뚝 서셨네. 요·순을 본받으시고 문왕(文王)과 무왕(武王)을 법도로 삼으셨으나, 덕을 지니고도 마땅한 자리에 오르지 못하셨네. 철인(哲人)이 돌아가심은 봉황이 이르지 않았기 때문!

46 이 문장은 사마정(司馬貞)의 《사기색은(史記索隱)》에서 〈공자세가(孔子世家)〉에 대한 술찬(述贊)의 문장을 거의 그대로 따온 것이다. 다만 첫 구절을 조금 변형시켰고, 중간중간에 몇 글자들이 원문과 다르다.

王澤下衰, 文武將墜, 尼父挺生, 海嶽標異. 祖述憲章, 有德無位. 哲人其萎, 鳳鳥不至.

그러면 불가는 누구인가? 지금 천하의 절에서 모시는 부처이다. 부처의 출신은 어떠한가? 원래 부처는 석가모니불(釋迦牟尼佛)이라고 불렸다. 그는 애초에 서천(西天) 슈라바스티(舍衛國, Śrāvastī) 왕국의 크샤트리아(刹帝利, kṣatriya) 왕족으로 이 땅에 태어나 위대한 지혜의 빛을 시방세계(十方世界)에 비추니, 땅에서 황금 연꽃이 솟아나 그의 두 발을 떠받쳤다. 이에 그는 하늘과 땅을 손가락으로 가리켜 그으며 사자후(獅子吼)를 터뜨렸다. 어른이 되어서는 단다카 산(檀特山, daṇḍaka)에서 수도하여 법(法)을 구해 마음을 단련하고 음식을 구해 몸을 유지하다가 아람가람(阿藍迦藍)[47]과 울두람불(鬱頭藍佛)[48]의 제자가 되었다. 그리하여 하루하루 조금씩 성취를 이루어 모든 외도(外道)를 굴복시키고 정과(正果)를 이루었다. 부처가 되는 날에는 천인사(天人師, śāstā deva-manuṣyāṇāṃ)라는 호(號)

47 아람가람(阿藍迦藍)은 아라라가람(阿羅邏伽藍, Alara Kalama) 또는 아라나가라마(阿囉拏迦羅摩), 아람(阿藍), 나가람(羅迦藍), 가라마(迦羅摩), 가란(迦蘭), 가람(伽藍), 아란(阿蘭) 등으로 부르기도 하며 그 뜻은 스스로 태어난 게으른 사람이라는 뜻이다. 그는 인도 비사리(毗舍離, Vaiśālī) 출신으로(일설에는 왕사성[王舍城, Rāja-gha] 근처에서 태어났다고 함), 석가모니가 왕궁을 나와서 처음으로 진리에 대해 물었던 선각자라고 한다.

48 울두람불(鬱頭藍佛, Udraka Rāmaputra)은 우다라라마자(優陀羅羅摩子) 또는 울다라라마자(鬱陀羅羅摩子), 올달락가(嗢達洛迦) 등으로도 불리며, 부처가 왕궁을 나와서 진리에 대해 물었던 선각자이다.

를 갖게 되었다. 그리고 사체(四諦)의 법륜(法輪, dharmacakra)을 돌리며 인과(因果, hetu-phala)의 법을 설명하고 중생을 널리 제도(濟度)했다. 먼저 교진여(憍陳如)[49] 등 다섯 명을 제도했고, 다음으로 가섭(迦葉) 삼형제[50]와 천 명의 제자를 제도했으며, 이어서 사리불(舍利弗, śāriputra)[51]과 백 명의 제자, 목건련(目乾連, Maudgalyāyana)[52]과 백 명

---

49 아야교진여 존자(阿若憍陳如尊者, Ajñāta Kauṇḍinya)를 가리킨다. 그는 석가모니가 태자(太子)였을 때 모시던 다섯 명의 시종 가운데 하나로서, 석가모니가 수도하기 위해 출가할 때 정반왕(淨飯王, Shuddhodana)의 명에 따라 다른 네 명의 시종과 함께 따라가서 시중을 들었다. 이후 석가모니가 고행할 때 다른 네 명의 시종들과 함께 그의 곁을 떠났으나, 훗날 석가모니가 부처가 된 후에 다섯 명이 함께 찾아뵙고 '팔정도(八正道, āryāṣṭāṅgika-mārga)'의 가르침을 받아 깨달음을 얻었다. 그는 부처의 가르침을 최초로 들은 다섯 비구[五比丘] 가운데 하나로서 나한과(羅漢果)를 깨달은 아라한(阿羅漢, arhat)으로 알려져 있다.

50 우루빈라가섭(優樓頻螺迦葉, Uruvilvā-kāśyapa)과 나제가섭(那提迦葉, Nadī-kāśyapa), 가야가섭(伽耶迦葉, Gayā-kāśyapa)을 가리킨다.

51 석가모니의 십대제자(十大弟子) 가운데 하나로서 추로자(鶖鷺子) 또는 사리자(舍利子)라고도 하며, '지혜제일(智慧第一)'이라는 별칭으로도 불린다. 그는 '제법인연생(諸法因緣生), 제법인연멸(諸法因緣滅)'의 내용이 담긴 비구승(比丘僧)의 게송(偈頌)을 듣고 친구인 목건련(目犍連, maudgalyāyana)과 함께 250명의 제자를 이끌고 죽림정사(竹林精舍, Kalandaka Veṇuvana)로 찾아가 석가모니의 제자로 귀의했다.

52 목건련은 대목건련(大目犍連), 목건련(目犍蓮), 몰특가라(沒特伽羅) 등으로 쓰기도 하고, 줄여서 목련(目連) 또는 목련(目蓮)이라고도 부른다. 그는 사리불(舍利佛)과 함께 석가모니의 십대제자(十大弟子) 가운데 하나로서 '신통제일(神通第一)'이라는 별칭을 갖고 있다. 그러나 그는 홍법경행(弘法經行)의 포교활동 도중에 이교도에게 암살됨으로써 불교 역사에서 최초의 순교자(殉教者)로 기록되었다.

의 제자, 야사장자(耶舍長者)[53]와 쉰 명의 제자들을 차례로 제도하여 지금도 아라세존보살(阿羅世尊菩薩)로 불리고 있다. 부처의 키는 한 길[丈] 여섯 자[尺]이며 얼굴은 황금색이고, 정수리에 해와 달의 빛을 장식하고 있으며, 변화에 능하고, 커짐도 커지지 않음도 없고, 통함도 통하지 않음도 없는 능력을 갖추고 있다. 그로부터 1217년 뒤에 불교가 중국으로 들어왔으니, 바로 한(漢)나라 명제(明帝)[54] 때이다. 한나라 명제가 밤에 꿈속에서 황금색 얼굴을 가진 사람을 만났는데, 키는 한 길이 넘어 보이고 머리 위에 해와 달과 모양의 빛이 났다. 이튿날 조회에서 여러 벼슬아치에게 그 꿈에 대해 물었는데, 개중에 부의(傅毅)[55]가 서천의 부처가 중

53 지도야사(智度耶舍, yaśa 또는 yaśoda)를 가리킨다. 그는 석가모니의 제자로서 서열 6위의 비구(比丘, bhikṣu)이자 일곱 번째 아라한(阿羅漢)이며, 중국어 번역에서는 야수타(耶輸陀) 또는 야수가(耶輸伽)라고 쓰기도 한다. 그는 원래 바라나시(波羅奈, Vārāṇasī) 왕국 카시(迦尸, kāśi)의 쿨리카(俱梨迦, Kulika) 장자(長者)의 아들이었는데 박라가(縛囉迦) 강변에서 석가모니에게서 보시(布施)와 계율을 지키는 것의 의미에 대한 설명을 듣고 네 명의 친구와 함께 출가하여 석가모니의 제자가 되었고, 나중에 또 50명의 친구가 출가하도록 인도했다고 한다.

54 동한(東漢) 명제(明帝) 유장(劉莊)을 가리킨다. 그는 58년부터 75년까지 황제 자리에 있었다.

55 부의(傅毅: ?~90?)는 자(字)가 무중(武仲)이고 부풍(扶風) 무릉(茂陵, 지금의 산시[陝西] 싱핑[興平] 동북쪽) 사람이다. 장제(章帝) 때 난대령사(蘭臺令史)에 임명되고 낭중(郎中)의 지위에 올라 반고(班固: 32~92), 가규(賈逵: 30~101)와 함께 교서(校書)의 임무를 수행했다. 특히 〈현종송(顯宗頌)〉이라는 10편의 노래를 지어 널리 명성을 날렸다. 나중에는 거기장군(車騎將軍) 마방(馬防: ?~98)의 사마(司馬)와 대장군 두헌(竇憲: ?~92)의 사마 등을 지냈으나

국 땅에 강림할 징조임을 알아채고 그날 황제에게 아뢰었다. 이에 한나라 명제는 낭중(郎中) 채음(蔡愔)[56]에게 조서(詔書)를 가지고 속히 천축국(天竺國)으로 찾아가 부처의 도를 알아보고, 불경을 구하고, 또 많은 승려를 데려오라고 했다. 그것이 나날이 새롭게 번성하면서 오늘날까지 전해져서 불가라고 불리는 것이다. 이를 증명하는 시[57]가 있다.

國開兜率在西方	한나라 초기에 보살의 정토(淨土)[58]가 서방에 있었으니

비교적 젊은 나이에 죽었다.

56 채음(蔡愔: ?~?)은 한나라 명제(明帝) 때 박사제자(博士弟子) 진경(秦景: ?~?) 등과 함께 서역의 대월지(大月氏)에 가서 인도의 고승 축법란(竺法蘭)과 가섭마승(迦葉摩勝)을 만나 중국으로 함께 가자고 설득했고, 아울러 42장(章)의 불경과 석가모니의 불상을 백마에 싣고 영평(永平) 10년(67)에 낙양(洛陽)으로 돌아왔다. 이에 명제는 낙양성의 옹관(雍關) 서쪽에 백마사(白馬寺)를 세웠다.

57 이 시는 명(明)나라 때 등지모(鄧志謨)가 편찬한《신전진대허순양득도금교철수기(新鐫晉代許純陽得道擒蛟鐵樹記)》제1회에도 똑같이 들어 있다.

58 원문의 '도솔(兜率)'은 범어 Tuṣita를 음역한 것으로서 도솔타(兜率陀), 도술(兜術), 도사다(都史多), 도사다(睹史多) 등으로도 쓴다. 이것은 불교에서 말하는 욕계(欲界)의 여섯 하늘 가운데 네 번째 하늘이다. Tuṣita의 의역은 지족(知足), 희족(喜足), 묘족(妙足), 상족(上足) 등인데 대개 즐거움을 누리고 족함을 알면 기쁜 마음이 생겨난다는 뜻이다. 불교에서 이곳은 미륵보살이 홍법토생(弘法度生)하는 곳으로서, 이곳의 하루는 인간 세상의 400년에 해당하며, 이곳의 신선들은 수명이 4천 년이라고 한다.

號作中天淨梵王	중천정범왕(中天淨梵王)[59]이라 불렸다네.
妙相端居金色界	장엄한 형상[妙相]으로 금색계(金色界)[60]에 단정히 거하시며
神通大放玉毫光	신령과 통하여 옥호(玉毫)[61]의 빛을 크게 발산하셨네.
閻浮檀水心無染	염부단수(閻浮檀水)[62]에서 마음에 때가 묻

59 정범왕(淨梵王)은 범어 Brahmā를 의역(意譯)한 것으로 조서천(造書天), 바라하마천(婆羅賀摩天), 정천(淨天) 또는 사면불(四面佛)로도 불리는, 색계(色界)의 초선천(初禪天) 가운데 하나이다. 초선천은 대범천(大梵天)과 범보천(梵輔天), 범중천(梵衆天)을 가리키며 동남아시아와 중국, 타이완 등지에서는 범천(梵天)을 지극히 숭배해 왔다. 인도에서 범천은 힌두교의 삼대주신(三大主神) 가운데 하나로서 우주를 창조하는 임무를 맡고 있다고 여겨졌다. 한편 정복보(丁福保), 《불학대사전(佛學大辭典)》(中華書店, 2011)에서는 정범왕이 하늘의 이름이라고 하면서, 언제나 음욕(淫慾)에서 벗어나 있기 때문에 '범(梵)'이라고 하는데, 이것이 고대 중국어의 표현과 결합되어 '정범(淨梵)'이라고 하며, 이는 바로 범천왕(梵天王)이라고 설명했다.

60 일반적으로 금색계(金色界) 또는 금색세계(金色世界)는 문수보살(文殊菩薩, mañjuśrī)의 정토(淨土)를 가리킨다.

61 옥호(玉毫)는 원래 부처의 미간(眉間)에 있는 흰털을 가리키는 말이었는데, 불교에서는 거기에 거대한 신통력이 담겨 있다고 여긴다. 일반적으로 불상(佛像)에서는 미간에 보석을 박아 이것을 상징한다.

62 염부(閻浮)는 원래 나무 이름으로서 그것이 자라는 대륙을 염부주(閻浮洲)라고 하고, 또 그 안에 황금 모래[金沙]가 있는 강이 있어서 염부단수(閻浮檀水)라고 부른다. 불교 전설에서 수미산(須彌山)의 사방에 있는 네 개의 섬 가운데 하나로서 염부주(閻浮洲, Jambu-dvīpa) 또는 남섬부주(南贍部洲)라고도 부르는 이 섬의 주위에는 오백 개의 작은 섬들이 둘러싸고 있는데, 이것들을 아울러 염부제(閻浮提, dakṣiṇa-Jambu-dvīpa)라고 부른다. 나중에는 일반적으로 인간 세계를 가리키는 뜻으로 쓰이게 되었다.

	지 않으셨으니
優鉢曇花體自香	우담바라[63]처럼 몸에서 저절로 향기를 풍기셨지.
率土蒼生皈仰久	온 세상 중생들이 오래 전부터 귀의하여 앙모하였으니
茫茫苦海泛慈航	아득한 고해(苦海)에 자비의 배를 띄우셨네.

또 어느 불가의 시[64]에서는 이렇게 노래했다.

浮杯萬里達滄溟	술잔 띄워 타고[65] 만 리를 떠돌아 대해(大海)에 이르렀나니
遍禮名山適性靈	명산을 두루 찾아다니는 건 성령(性靈)에 맞기 때문이지.
深夜降龍潭水黑	깊은 밤 불법(佛法)으로 용을 굴복시키니[66] 연못물은 어둑하고

63 우담바라는 인도에서 삼천 년에 한 번 전륜성왕(轉輪聖王)이 나타날 때 꽃이 핀다고 하는 상상의 식물이다.

64 원문에는 '불가의 시[僧詩]'라고 되어 있으나 사실 당나라 때 유우석(劉禹錫)이 쓴 〈일본 승려 지장에게[贈日本僧知藏]〉을 인용한 것이다.

65 남조(南朝) 양(梁)나라 혜교(惠皎)가 편찬한 《고승전(高僧傳)》 〈신이하(神異下)〉 〈배도(杯度)〉에는 남조 송(宋)나라 때의 어느 신통력이 뛰어난 승려가 강호를 떠돌 때 나무 술잔을 타고 강을 건넜다는 이야기가 수록되어 있다.

66 불교에서는 종종 망념(妄念)이나 사심(邪心)을 독사나 독룡(毒龍), 악룡(惡龍) 등에 비유하곤 한다.

新秋放鶴野田青	초가을 학을 놓아 키우니[67] 들판은 푸르구나.
身無彼此那懷土	이 몸에게는 여기도 저기도 없거늘[68] 어찌 고향을 그리워할까?
心會眞如不讀經	마음으로 영원한 진리를 깨달았으니 불경을 읽을 필요도 없다네.
爲問中華披剃者	물어보자, 중국에서 머리 깎고 수행하는 이들 가운데
幾人雄猛得寧馨	이처럼 굳세고 용맹한 이가 몇이나 되는가?

또 도가는 누구인가? 지금 온 천하의 도관(道觀)에서 모시는 태상노군(太上老君)이다. 그의 출신은 어떠한가? 원래 그는 태청도경(太清道境)에 살고 있던 원기(元氣)의 조종(祖宗)이자 천지의 근본이었는데, 인간의 몸으로 화신(化身)하여 속세를 두루 경험한 일도 헤아릴 수 없이 많았다. 반고(盤古)[69]가 혼돈(混沌)을 나누어 천지를

67 《고승전》 권4 〈지둔전(支遁傳)〉에는 진(晉)나라 때의 승려 지둔(支遁: 314?~366, 자는 도림[道林])이 누군가 그에게 학을 선물하자 "너는 하늘 높이 날아다니는 놈인데, 어찌 사람들 눈과 귀를 즐겁게 하는 노리개가 되겠느냐?" 하면서 놓아주었다는 일화가 실려 있다.

68 유우석의 원작에서는 "身無彼我"라고 되어 있으니, 이것은 나와 남, 시비의 구별이 없어져 평등해진 깨달음의 상태를 의미한다.

69 중국 고대 전설에서 천지를 개벽한 신이다. 그 이전에 우주는 '커다란 달걀'처럼 혼돈 상태였는데, 그는 그 속에서 18,000년 동안 자다가 깨어나 하늘과 땅을 나누었다고 한다. 훗날 그의 왼쪽 눈은 태양이, 오른쪽 눈은 달이, 머리카락과 수염은 하늘의 별들이 되었으며 그의 몸은 대지와 산악이, 피는 강물이, 이빨과 골수 등은 지하의 광물이, 피부와 솜털은 초목이, 땀은 비와 이슬이 되었다고 한다.

만든 이후 그는 또 은(殷)나라 탕왕(湯王) 48년에 세상에 나왔을 때는 태양의 정기를 타고 오색의 빛으로 변했는데, 그 크기가 탄환만 했다고 한다. 당시 어느 미녀가 낮잠을 자고 있어서 살그머니 그 입속으로 미끄러져 들어갔는데, 미녀가 엉겁결에 삼켜 버리는 바람에 곧 태기(胎氣)가 있었다. 그렇게 여든한 해 동안 임신하고 있다가 무정(武丁) 9년 경진년(庚辰年)에 그가 미녀의 오른쪽 옆구리를 뚫고 태어났다.[70] 그는 태어날 때부터 머리카락이 이미 새하얀 노인 같았기 때문에 사람들이 '노자(老子)'라고 불렀다. 살구나무 아래에서 태어났기 때문에 그 나무를 따라서 성을 이(李)씨로 삼았고, 이름은 이(耳)이며 자(字)는 백양(伯陽)이다. 진(秦)나라 소왕(昭王) 9년(기원전 298)에 이르러 구백아흔여섯 살이 되었고, 백서른여섯 명의 아내와 결혼하여 삼백예순한 명의 아들을 낳았다. 그러다가 어느 날 배불리 밥을 먹고 의관을 가지런히 차려입더니 희지도 검지도 않고 붉은색도 노란색도 아닌, 푸르뎅뎅하고 두 개의 뿔이 난 소를 한 마리 끌고 와서 그 등에 타고 홀연히 함곡관(函谷關) 밖으로 나가 버렸다. 당시 관문을 지키던 벼슬아치가 그래도 조금 식견이 있어서 한 손으로 관문을 막고 다른 한 손으로 소를 붙든 채 놓아주려 하지 않자 노자가 물었다.

---

70 여기서 미녀는 현묘옥녀(玄妙玉女)를 가리킨다. 전설에 따르면 그는 무정(武丁) 9년 2월 15일에 태어났다고 하는데, 이때는 실제로 기원전 1242년 기묘년(己卯年)이라고 알려져 있다. 이 소설에서는 작자가 잡다한 전설을 모아 엮으면서 출처를 밝히지 않았기 때문에 내용을 정리하기 어려우며, 기술된 내용도 일반적으로 알려진 것과는 조금 다른 부분이 있다.

"뭘 그리 따지시오?"
"그게 아닙니다."
"그럼 여기가 통행이 금지된 관문이오?"
"그것도 아닙니다."
"이도 저도 아니라면 설마 통행세를 내라는 거요?"
"글을 좀 써 달라는 건 모르지만, 돈을 뜯어내는 건 제 전공이 아닙니다."
"뭘 바라는 거요?"
"어르신 소매 안에 들어 있는 것입지요."
"소매 안에 있는 거라곤 책 한 권밖에 없소."
"바로 그겁니다."

노자는 거절하려 했지만 그 벼슬아치가 붙들고 놓아주지 않았다. 잠시 실랑이를 벌이다가 결국 관문을 나가고 싶은 마음이 앞선 노자는 소매 안의 책을 그 벼슬아치에게 주고 떠났다. 이 책이 바로 《도덕경(道德經)》으로서, 상편(上篇) 37장(章)과 하편 80장으로 되어 있다. 도교는 중국에서 크게 유행하여 유교, 불교와 함께 '삼교(三敎)' 가운데 하나가 되었다. 이를 증명하는 시[71]가 있다.

玉女度塵嘩	현묘옥녀(玄妙玉女)가 번잡한 속세를 제도(濟度)하려고
和丸咽紫霞	탄환 같은 빛에 감응하여 신령한 운하(雲

71 이 시 역시 등지모의 《철수기》 제1회에도 똑같이 들어 있다.

	霞)를 삼켰네.
時憑白頭老	당시 흰머리 노인의 몸을 빌려
去問赤松家	선인(仙人)을 찾아가 물었지.
瑤砌交芝草	옥 계단에는 영지(靈芝)가 얽혀 있고
星壇繞杏花	성단(星壇)[72] 주위에는 살구꽃이 둘러 피었네.
靑牛函谷外	푸른 소 타고 함곡관 밖으로 나가니
玄鬢幾生華	검은 머리에 몇 번이나 꽃이 피었던가?

도가의 시에서는 이렇게 노래했다.

占盡乾坤第一山	천지간에서 제일가는 산의 자리를 차지하고
功名長揖謝人間	공명을 이룬 후 인간 세계와 영원히 작별했지.
晝眠松壑雲瑛暖	소나무 골짝에서 낮잠 자니 운영(雲英)[73]도 따뜻하고
夜漱芝泉石髓寒	밤이면 영지 핀 샘물에 양치질하니 석수(石髓)[74]가 차갑구나.

72 도사가 술법을 부리는 제단(祭壇)을 가리킨다.

73 운모(雲母)의 일종인 광물이다. 《포박자(抱樸子)》 〈선약(仙藥)〉에 따르면 이것은 운모 가운데 오색(五色)을 모두 갖추면서 푸른색이 많은 것으로서 봄에 복용하기에 적당하다고 했다.

74 석회암 동굴에 생기는 종유석(鍾乳石)을 가리킨다. 옛날에는 이것을 음식이나 오장(五臟)을 안정시키는 약의 재료로 썼다.

曲按宮商吹玉笛	음조(音調)에 맞춰 옥피리 불고
火分文武煉金丹	문무(文武)의 불[75]을 나누어 금단(金丹)을 단련하지.
榮華未必仙翁意	부귀영화는 반드시 신선의 뜻이 아니었으리니
自是黃冠直好閑	당연히 도사로 지내며 정말 느긋했지.

이 '삼교' 가운데 유독 석가여래만이 서천의 빼어난 영산(靈山)[76]의 바사(婆娑)[77] 쌍림(雙林) 아래에 있는 뇌음사(雷音寺)에서 삼천 명의 옛 부처[古佛][78]들과 오백 명의 나한(阿羅), 팔대금강(八大金剛),

---

75 연단(煉丹)을 할 때 불기운이 약하고 온화한 것을 문화(文火)라고 하고 강하고 맹렬한 것을 무화(武火)라고 한다.

76 인도 불교의 성지(聖地)인 영취산(靈鷲山)을 가리킨다. 고대 인도의 마가다(摩揭陀, magádha) 왕국의 왕사성(王舍城, Rāja-gha) 동북쪽에 있는 이 산은 독수리[鷲]가 많이 살기 때문에 (또는 산 모양이 독수리를 닮았기 때문에) 이런 이름이 붙었다고 하며, 영산(靈山) 또는 취봉(鷲峰)으로 줄여 부르기도 한다. 석가여래가 이곳에서 《법화경(法華經)》 등을 강설했기 때문에 불교에서는 성지로 여기는 곳이다.

77 범어 sahā를 음역한 것으로 색가(索訶), 사하(娑河) 등으로도 쓰기도 하며, 그 의미는 '기꺼이 참는다[堪忍]'는 것이다. 사실 여기에는 두 가지 의미가 있다. 하나는 사바(裟婆)세계 중생들의 죄업이 무거워서 갖가지 번뇌와 고난을 참아내야 하는 곳이라는 뜻이다. 다른 하나는 석가모니 등 부처와 보살들이 기꺼이 수고로움을 참아내며 혼탁한 사바세계에서 중생을 교화하여 대자대비(大慈大悲)한 대지(大智)와 대용(大勇)의 정신을 구현하는 곳이라는 뜻이다.

78 석가불(釋迦佛)이 나타나기 이전의 부처 또는 벽지불(辟支佛, pratyeka-buddha), 석가, 로자나불(盧舍那佛) 등을 가리키기도 하고, 어떤 경우에는

그리고 여러 보살(菩薩) 들과 함께 깃발과 화려한 덮개[寶蓋] 아래에서 진귀한 음식들과 신령한 꽃들에 둘러싸인 채 앉아 있었다. 이 얼마나 느긋하고 즐거운 모습이며, 얼마나 훌륭하게 인과(因果)를 깨달은 모습인가! 그야말로 이런 모습이었다.

無情亦無識	감정도 인식함도 없고
無滅亦無生	소멸함도 생겨남도 없다네.
一任閻浮外	오로지 염부주(閻浮洲) 바깥에 계시는 동안
桑田幾變更	인간 세계에는 상전벽해(桑田碧海)가 몇 번이나 있었던가!

때는 7월 15일 초가을의 보름이라 해마다 행해지던 관례에 따라 우란분회(盂蘭盆會)가 열리고 있었다. 그릇에는 온갖 기이한 꽃들과 신기한 과일들이 가득 담겨 있었다. 석가여래께서는 가장 높은 보련대(寶蓮臺)에 단정한 자세로 우뚝 앉아 계셨고, 여러 부처와 아라한(阿羅漢), 게체(揭諦) 등도 반열을 나누어 석가여래께 절을 올렸다. 이것이 끝나자 아난(阿儺)[79]이 보배로운 그릇을 받쳐 들고, 가섭

덕망 높은 고승(高僧)에 대한 존칭으로 쓰이기도 한다. 대표적인 '고불'로서는 과거칠불(過去七佛)이 있는데 이들은 각기 비바시불(毗婆尸佛, vipaśyin)과 시기불(尸棄佛, śikhin), 비사부불(毗舍浮佛, Viśvabhū), 구류손불(拘留孫佛, Krakucchanda), 구나함모니불(拘那含牟尼佛, Kanakamuni), 가섭불(迦葉佛, kāśyapa), 그리고 석가모니불(釋迦牟尼佛, sākyamuni)이다.

79 아난다(阿難陀, ānanda: 기원전 463~?)를 가리킨다. 그는 석가모니가 출가하기 전의 사촌 동생이자 시종이며, 부처가 된 석가모니의 10대 제자 가

(迦葉)이 보배로운 꽃을 뿌렸다. 그러자 석가여래께서 살며시 미소를 지으시며 위대한 불법(佛法)을 설명하시고 정과(正果)를 이룰 것을 강조하시며 저 삼승(三乘)[80]의 오묘한 법전(法典)과 오온(五蘊)[81]의 가르침이 담긴 《능엄경(楞嚴經, Śūraṅgama Sūtra)》 등을 분석하여 설명하시니, 제자들이 귀를 기울여 듣고 귀의(歸依)했다. 강설이 끝나자 석가여래께서 나직이 물으셨다.

"순찰관(巡察官)은 어디 있느냐?"

운데 하나로서 '다문제일(多聞第一)'이라는 별칭을 갖고 있다. 그는 부처가 입적한 후 아라한과(阿羅漢果)를 깨달았으며, 마하가섭(摩訶迦葉)의 뒤를 계승하여 승단(僧團)의 지도자가 되었다고 한다.

80 성문승(聲聞乘, 또는 소승[小乘])과 연각승(緣覺乘, 또는 중승[中乘]), 보살승(菩薩乘, 또는 대승[大乘])을 가리킨다. 성문승은 사람이 빠르면 삼생(三生), 늦으면 60겁(劫) 동안 공(空)의 불법을 수행하여 결국 석가여래의 가르침의 목소리를 듣고 '사체(四諦)'의 이치를 깨달아 사념(思念)과 의혹을 끊어 아라한과(阿羅漢果)를 이루는 것을 가리킨다. 연각승은 빠르면 사생(四生), 늦으면 100겁 동안 무명(無名)을 깨치고 12가지 인연(因緣)의 이치를 깨달아 벽지불과(辟支佛果)를 이루는 것을 가리킨다. 보살승은 무수한 겁 동안 육도(六度, ṣaḍ-pāramitā, ṣaṭ-pāramitā)를 수행하고, 다시 100겁 동안 32가지 복인(福因)을 깨달아 무상불과(無上佛果)를 이루는 것을 가리킨다.

81 오온(五蘊, pañca-skandha)은 각기 오근(五根: 보고[眼], 듣고[耳], 냄새 맡고[鼻], 맛보고 말하며[舌], 몸으로 느끼는[身] 것들)과 오경(五境: 색깔[色], 소리[聲], 향기[香], 맛[味], 감각[觸]) 등 유형의 물질을 가리키는 '색온(色蘊, rūpa-skandhā)'과 눈앞의 사물로부터 마음에 영향을 받는 것을 가리키는 '수온(受蘊, vedanā-skandha)', 눈앞의 사물을 보고 사물의 마음을 상상하게 되는 것을 가리키는 '상온(想蘊, saṃjñā-skandha)', 사물을 보고 분노와 탐욕 등 일체의 선악(善惡)의 마음을 품게 되는 것을 가리키는 '행온(行蘊, 梵 saṃskāra-skandha)', 그리고 사물의 마음의 본체를 식별하려는 행위를 가리키는 '식온(識蘊, vijñāna-skandha)'을 포괄한 말이다.

원래 석가여래께서는 비록 서천(西天)에 계시지만 한 가지 급한 율령(律令)을 내리셔서, 사대부주(四大部洲)[82]의 순찰관들에게 매년 그곳 중생들의 선악을 탐방하여 우란분회가 열릴 때 담당 부서에 보고하여 문서로 작성해서 영소보전(靈霄寶殿)의 옥황상제(玉皇上帝)께 알려 시행하도록 하셨다. 그래서 순찰관을 찾으셨던 것이다. 그 말이 채 끝나기도 전에 존자(尊者) 하나가 나섰다.

長身闊臂, 靑臉獠牙	큰 키와 긴 팔, 푸른 얼굴에 사나운 어금니
手掄月斧, 脚踏風車	손에는 달 모양 도끼 들고, 바람 수레를 탔구나.
停一停, 抹過了天堂地府	멈칫하면 천당과 지옥을 한 바퀴 돌고
霎一霎, 轉遍了海角天涯	삽시간에 바다 모퉁이와 하늘 끝을 전부 돈다네.

그는 원래 저승 관청에서 아주 급한 율령을 전하던 이로써, 지금 석가여래의 보련대 아래서 사대부주의 순찰관 직책을 맡고 있는 이였다. 그는 석가여래의 자비로운 목소리를 듣자마자 황급히 나

82 중국 불교에서 수미산(須彌山) 주위의 바다에 떠 있는 네 개의 큰 섬이라고 여기는 곳으로서 각기 동승신주(東勝神洲 또는 동비제아[東毘提訶], 동불바제[東弗婆提], pūrvavideha)와 서우하주(西牛賀洲 또는 서우화주[西牛貨洲], 서구다니[西瞿陀尼], 서구야니[西瞿耶尼], Aparagodāniya), 남섬부주(南贍部洲 또는 남염부제[南閻浮提], Jambudvīpa), 북구로주(北俱盧洲 또는 북구로주[北瞿盧洲], 북울단월[北鬱單越]), Uttarakuru)를 가리킨다.

아가 공손히 예를 올리며 대답했다.

"예, 대령했사옵니다!"

"사대부주의 일체 중생이 무슨 생각을 하고 있더냐? 얘기해 봐라."

"동승신주(東勝神洲)는 여전히 하늘을 공경하고 땅에 예절을 지킵니다. 북구로주(北俱蘆洲)도 여전히 성품들이 졸렬하고 감정이 메말라 있습니다. 우리 서우하주(西牛賀洲)는 원기를 기르고 영험함을 쌓아 깨달은 진인(眞人)들이 예전처럼 대대로 계승되어 나타나고 있습니다. 다만 남선부주(南膳部洲)[83]는 석가여래의 진정한 삼장(三藏)[84]의 경전들이 전해진 뒤로 불문(佛門)의 중요한 뜻이 크게 번창하고 방편(方便)[85]의 정종(正宗)이 널리 열렸습니다. 이를 위해 더없이 지고하고 키가 아홉 자[尺]에 얼굴은 보름달처럼 둥글며,

83 남섬부주(南贍部洲, Jambu-dvīpa)를 가리킨다.

84 삼법장(三法藏, trīṇi piṭakāni)이라고도 한다. '장(藏)은 범어 piṭaka를 번역한 것으로 그 본래 뜻은 그릇이나 곡식창고, 바구니 등에 해당한다. 인도 불교의 경전은 경장(經藏, sūtrānta-piṭaka)과 율장(律藏, vinaya-piṭaka), 논장(論藏, abhidharma-piṭaka)의 삼장'으로 구분된다. 경장은 부처가 설법한 것을 기록한 경전으로서 위로는 여러 부처의 이치를, 아래로는 중생의 존재 의미를 담고 있으며, 사실상 부처의 가르침 가운데 중요한 것들은 모두 여기에 해당한다. 율장은 부처가 정해 놓은 계율과 의례를 가리키는데, 이것들은 중생의 악함을 다스리고 중생의 심성을 굴복하게 하는 역할을 한다. 부처가 정한 교단(教團) 생활의 규칙들이 모두 여기에 해당한다. 논장은 불경의 의미에 대해 조직적이고 체계적인 논의를 덧붙여 여러 현상에 적용할 수 있도록 상세하고 분명하게 설명한 것을 가리킨다.

85 범어 upāya를 번역한 것으로서, 사람의 특성에 따라 적절하게 가르침을 베풀어 불법(佛法)의 진정한 의미를 깨닫게 하는 것을 가리킨다.

봉황의 눈에 용의 눈썹을 하고, 아름다운 수염과 검푸른 머리카락을 가졌으며, 구기옥관(九氣玉冠)[86]을 쓰고 검붉은 송라조복(松羅皀服)[87]을 입은 이가 자소봉(紫霄峰)[88]을 떠나 속세에 내려가 다스리고 있습니다."

석가여래가 싱긋 미소를 지으며 말했다.

"알고 보니 지고한 분이 속세에 강림하셨구나."

그 자리에 있던 여러 보살이 일제히 여쭈었다.

"어느 분이신지요?"

"옥허사상현천상제(玉虛師相玄天上帝)[89]이시지."

---

86 도가(道家)에서는 생기(生氣)와 사기(死氣) 양기(陽氣), 음기(陰阴氣), 토기(土氣), 지기(地氣), 승기(乘氣), 취기(聚氣), 납기(納氣)를 아울러 '구기(九氣)'라고 한다.

87 정확하게 어떤 옷인지는 알 수 없다. 조복(皀服)은 옛날 하급 관리가 입던 검은색 옷을 가리킨다.

88 여기서는 하늘 높이 솟은, 신선의 거처가 있는 산봉우리라는 뜻이다. 불교의 성지 가운데 하나인 중국 허난성[河南省]의 숭산(崇山)에 속하는 소실산(少室山)에도 같은 이름의 봉우리가 있다.

89 현천상제(玄天上帝)는 진무제(眞武帝) 또는 북극진무(北極眞君)라고도 부른다. 진무(眞武)란 바로 북방의 신 현무(玄武)를 가리키는데, 송(宋)나라 때 피휘(避諱)를 위해 진무로 바꾸었다. 현천상제는 송나라 도교에서 북방상제(北方上帝)로 받들어졌고, 명(明)나라 때는 천자의 수호신으로 간주되었다. 원시천존(元始天尊)이 옥청(玉淸)에서 설법(說法)하다가 속세에 나쁜 기풍이 가득 차 있는 것을 보고 주(周)나라 무왕(武王)에게 주(紂)를 정벌하여 인간 세계를 다스리고, 현천상제에게 마귀들을 가두어 저승을 다스리도록 했다고 한다. 이 때문에 그를 탕마대천존(蕩魔大天尊)이라고도 부른다. 그에게는 원(元)나라 때 원성인위현천상제(元聖仁威玄天上帝)

"그분께서 무슨 일로 인간 세계에 강림하셨는지요?"

"옛날 은(殷)나라 주왕(紂王)[90]이 죄악을 저질러 악독한 일을 자행하는지라 여섯 마왕(魔王)이 그에 이끌려 못된 귀신들을 이끌고 인간 세계에 내려가 중생을 해쳤었지. 그러자 원시천존(元始天尊)[91]이

라는 봉호(封號)가 주어졌으며, 오늘날에도 중국 도교에서 산시성[陝西省]의 무당산(武當山)은 현천상제의 성지(聖地)로 간주되고 있다. '옥허사상현천상제(玉虛師相玄天上帝)'는 현천상제에 대한 21개의 성호(聖號) 가운데 가장 널리 불리는 것으로서 정식 성호는 '옥허사상북극현천상제(玉虛師相北極玄天上帝)'이다.

90 상(商)나라 마지막 왕으로서 중국 역사에서 '걸(桀)'과 함께 대표적인 폭군(暴君)으로 꼽히는 인물이다. 그의 정식 시호(謚號)는 제31대 제신(帝辛)이며 '주(紂)'는 '의롭고 착한 이를 해친다[殘義損善]'는 의미에서 붙여진 악시(惡謚)이다. 역사 기록에 따르면 그는 즉위 초기에는 훌륭한 치적을 많이 쌓았다고 하나 후기에는 화려한 녹대(鹿臺)를 건축하고 주지육림(酒池肉林)의 방탕한 사치를 일삼으면서 비간(比干) 같은 충직한 신하를 살해하고 기자(箕子)와 같은 현자를 옥에 가두는 등의 실정으로 인해 민심을 잃었고, 결국 주(周)나라 무왕(武王)이 이끄는 부족 연맹군에 의해 도읍인 조가(朝歌, 지금의 허난성[河南省] 치현[淇縣])가 함락되고 그 자신은 녹대에서 불길에 몸을 던져 죽어서 기수(淇水) 강가에 묻혔다고 한다.

91 도교의 최고신인 '삼청(三淸)' 가운데서도 가장 높은 옥청원시천존(玉淸元始天尊) 또는 반고대제(盤古大帝)을 가리킨다. 정식 호칭은 '일기화삼청옥청거청미천성등옥청경시기소성일천보군원시천존묘무상제(一氣化三淸玉淸居淸微天聖登玉淸境始氣所成日天寶君原始天尊妙無上帝)'이다. 그러나 이렇듯 지위가 높은 신이지만 초기 도교의 경전인 《태평경(太平經)》이나 《상이주(想爾注)》에는 그 이름이 보이지 않으며, 진(晉)나라 갈홍(葛洪)의 《침중서(枕中書)》에 '원시천왕(元始天王)'이라는 호칭이 나타났나가 다시 남조(南朝) 양(梁)나라 때 도홍경(陶弘景)이 편찬한 《진령위업도(眞靈位業圖)》에 이르러서야 비로소 '옥청경원시천존(玉淸境元始天尊)'이라는 칭호가 나

옥황상제(玉皇上帝)[92]에게 자미궁(紫微宮)에서 조서(詔書)를 내려서 인간 세계에서는 무왕(武王)에게 주왕을 정벌하게 하고, 저승에서는 현천대제에게 마귀들을 잡아들이라고 하셨지. 당시 현천대제는 머리카락을 풀어헤치고 맨발에 황금 갑옷과 검은 전포(戰袍)를 입은 채 검은 깃발을 앞세우고 육정육갑(六丁六甲)[93]을 통솔하여 인간 세계로 내려가 동음(洞陰)의 벌판에서 여섯 마왕과 전투를 벌이셨지. 마왕들이 감기(坎氣)와 이기(離氣)를 이용해 거대한 거북과 뱀으로 변신했는데, 그들이 막 변신하자 현천대제께서 신통력을 발휘하여 발로 밟아 제압해 버리셨어. 그리고 아가귀중(阿呵鬼衆)을 풍도(酆都)[94]의 큰 동굴에 가두셨지. 그제야 비로소 우주가 깨끗하

타난다. 그러나 그를 최고의 신으로 섬기기 시작한 것은 수(隋)·당(唐) 무렵부터라고 여겨지고 있다.

92 옥황대제(玉皇大帝)라고도 부르며, 정식 명칭은 '호천금궐무상지존자연묘유미라지진옥황상제(昊天金闕無上至尊自然妙有彌羅至眞玉皇上帝)'이며, '호천통명궁옥황대제(昊天通明宮玉皇大帝)', '현궁고상옥황대제(玄穹高上玉皇大帝)' 등으로도 불린다. 그는 옥청궁(玉淸宮)에 거주하는 신으로서, 도교에서는 여러 신들의 왕으로서 하늘과 땅, 인간 세계의 신령(神靈)들을 통솔하는 최고의 권위를 가짐과 동시에 우주 만물의 흥망성쇠와 길흉화복을 관장하는 존재로 간주된다. 다만 수련의 경지는 원시천존(元始天尊) 등에 비해 낮은 것으로 여겨지고 있다.

93 바람과 우레를 일으켜 귀신을 제압하는 도교의 수호신들이다. 육정(六丁)은 정묘(丁卯)와 정사(丁巳), 정미(丁未), 정유(丁酉), 정해(丁亥), 정축(丁丑)을 포함하는 음신(陰神)이고, 육갑(六甲)은 갑자(甲子)와 갑술(甲戌), 갑신(甲申), 갑오(甲午), 갑진(甲辰), 갑인(甲寅)을 포함하는 양신(陽神)이다.

94 당(唐)나라 단성식(段成式)의 《유양잡조(酉陽雜俎)》 〈옥격(玉格)〉에 따르

게 청소된 셈이지. 그런데 지금 남선부주는 북방 오랑캐가 다스리고 있어서 기성(箕星)과 미성(尾星) 아래 세상에 피비린내와 독한 기운이 아직 깨끗하게 씻기지 않았으니, 현천상제께서 또 마왕을 제압하신 수단을 베푸실 수밖에 없게 되었지. 다만 오십 년 뒤에 마하승기(摩訶僧祇)[95]가 그곳에 액운을 가져다줄 터인데, 그건 벗어날 길이 없겠구나."

그 말이 채 끝나기도 전이었다. 원래부터 부처들과 보살들은 자비를 바탕으로 사람의 성정에 따라 가르침을 내리는 방편을 찾는 이들인지라, 석가여래께서 이런 말씀을 하시자 부처 한 분을 깜짝 놀라게 했다. 이 부처는 예사로운 분이 아니라 과거와 중간, 미래의 각기 천 년 동안 삼천 명의 옛 부처들 가운데 으뜸이었고 만 년, 십만 년, 백만 년, 천만 년, 일억 년 동안 수많은 보살을 이끌던 분이었다. 그분이 그런 분이라는 걸 어떻게 아느냐고?

그러니까 옛날 열여섯 명의 왕자들이 하나씩 출가하여 승려가 되었는데, 오랜 세월이 흐른 뒤에 여래의 모든 지혜를 얻었다. 개중에 가장 나중의 인물이 바로 석가모니 부처이다. 그 전에 여덟

면 북방(北方)의 계지(癸地)에 나풍산(羅酆山)이 있는데, 둘레가 3만 리이고 높이가 2천 6백 리이며, 동천(洞天)의 육궁(六宮)은 주위가 만리이고 높이가 2천 6백 리로서, 이곳이 바로 여섯 하늘의 귀신들이 사는 궁전이며, 사람이 죽으면 모두 그곳으로 간다고 했다. 수(隋)나라 때는 쓰촨성[四川省]에 풍도현(豐都縣)을 설치하기도 했다.

95 마하승기(摩訶僧祇)란 원래 대중(大衆)이라는 뜻이다.

명의 왕자가 출가하여 모두 묘광보살(妙光菩薩)[96]의 제자가 되어 성불(成佛)했는데, 개중에 가장 나중에 성불한 이가 바로 연등고불(燃燈古佛, Dīpaṃkara)[97]이다. 석가여래는 모든 부처 가운데 법왕(法王)이시고, 연등고불은 석가여래에게 불법(佛法)을 강설해 준 수기(授記)[98]의 사부이다. 이를 증명하는 시가 있다.

嘗聞釋迦佛	듣자 하니 석가모니 부처께서는
先授燃燈記	예전에 연등고불에게 설법을 들으셨다지.
燃燈與釋迦	연등고불과 석가모니 부처는
只論前後智	그저 전후의 지혜만 논하셨다네.
前後體非殊	전후의 실체는 다른 게 아니니
異中無一理	다름 속에서도 무(無)는 하나의 이치라네.
一佛一切佛	하나의 부처는 일체의 부처이니
心是如來地	마음이 여래의 경지에 있기 때문일세.

96 묘광보살(妙光菩薩)은 곧 문수보살(文殊菩薩, mañjuśrī)을 가리킨다.

97 정광여래(定光如來) 또는 보광여래(普光如來)라고도 불리며, 과거의 장엄겁(莊嚴劫)에서 나타난 천불(千佛) 가운데 하나이다.

98 수기(授記, vyākaraṇa)는 설법(說法)의 형식 가운데 하나로서 9부경(九部經)의 하나이자 12부경(十二部經) 가운데 하나이기도 하다. 이것은 원래 분석하여 가르쳐 설명해 주거나 문답의 형식으로 해설한다는 의미였는데, 나중에는 불제자(佛弟子)가 미래세계에 깨달음을 얻는 등의 일과 관계된 증언을 가리키는 뜻으로 쓰이게 되었다. 불경 가운데 이런 내용을 서술한 것들은 모두 '수기'라고 부른다.

당시 깜짝 놀란 부처는 바로 연등고불 또는 정광불(定光佛, Dīpaṃkara)이라고도 하는 분이었다. 보라. 그는 아상(我相)도 인상(人相)도 중생상(衆生相)도 수자상(壽者相)도 없이 머리 위로 수만 길[丈]의 광명을 내비치며 무상(無上)의 가부좌를 틀고 앉아 있었다. 그러다가 "오십 년 뒤에 마하승기가 그곳에 액운을 가져다줄 터인데, 그건 벗어날 길이 없겠다."라는 석가여래의 말씀을 듣자 취한 듯 몽롱하게 자비심이 발휘되어 미간에서 장엄한 지혜의 빛을 발산하며, 순식간에 자리에서 새처럼 날아내렸다. 그리고 석가여래를 뵙자마자 이렇게 말했다.

"동녘 땅이 재난을 겪게 된다면 마땅히 제가 내려가 수많은 중생을 구제해주겠습니다."

석가여래가 공손히 합장하며 대답했다.

"훌륭하신 생각입니다. 정말 훌륭하십니다!"

이에 여러 부처와 아라한, 보살들이 일제히 외쳤다.

"훌륭하신 생각입니다. 정말 훌륭하십니다! 헤아릴 수 없이 많은 공덕(功德)을 쌓으실 것입니다."

연등고불은 즉시 마하살(摩訶薩)[99] 존자와 가마아(迦摩阿)[100] 존자를 불러 따라오게 했다. 그리고 금빛 광채가 일어나는가 싶더니 어

99 마하살타(摩訶薩陀) 또는 마하살타(摩訶薩埵)를 줄여 부른 것이다. 이것은 범어 mahāsattva를 번역한 것으로 깨달아 부처가 되기를 바라는 마음이 큰 중생 또는 위대한 보살을 가리킨다.

100 알 수 없음.

느새 뇌음사를 떠나 영산의 도량 밖으로 나가니, 향기로운 바람이 아득히 불어오고 상서로운 기운이 가득 피어났다. 연등고불과 두 존자는 느긋하게 구름을 타고 안개를 밟으며 한담을 나누었다. 마하살이 물었다.

"사부님, 이번에는 본래 모습으로 강림하는 것입니까, 아니면 속세의 사람 모습으로 강림하는 것입니까?"

"동녘 땅의 재난을 없애러 가는 길이니 당연히 속세 사람의 모습으로 강림해야지."

"그럼 좋은 어머니를 찾아야겠군요?"

"그래야지."

"어머니뿐만 아니라 아버지도 필요하지 않겠습니까?"

"그렇지."

"괜찮은 부모뿐만 아니라 좋은 지역도 골라야지요?"

"그래야지."

그러자 가마아 존자가 말했다.

"좋은 어머니와 아버지, 좋은 땅이 필요하다는 것은 알겠습니다. 그런데 사조(師祖)님, 그리고 사부님,[101] 잠시만요. 제가 먼저 남선부주에 가서 한 번 둘러보고 괜찮은 곳을 골라놓겠습니다."

"그럴 필요 없다. 남해에 보살 한 분이 계시는데, 원래 영산의 모

101 원문에는 "사부(師父), 사형(師兄)"으로 되어 있으나 뒤쪽에서 운곡은 비환의 제자로 설정되어 벽봉장로를 '사조'라고 부르기 때문에 여기에 맞춰서 바꾸었다.

임에서 나하고 오랜 친구 사이니라. 대단히 자비롭고 중생의 고난을 구제해주기 때문에 남선부주의 모든 이들이 향을 피우고 그에게 공양을 올리고, 지극히 공경하며 그에게 귀의하고 있지. 잠시 그에게 가서 우리가 인간 세계에 머물 만한 괜찮은 지역과 선남선녀에 대해 물어보기로 하자꾸나."

그 말이 채 끝나기도 전에 구름을 타고 내려가 어느 산 위에 이르렀다. 이 산은 동쪽 큰 바다 위에 있었는데, 동쪽으로는 고구려와 일본, 유구(琉球),[102] 신라 등이 손바닥에 놓인 것처럼 환히 보이고 서쪽으로는 천하를 통일하여 북경(北京)과 남경(南京), 열세 개의 성(省)으로 나누어 통치하고 있는 명(明)나라가 그림처럼 펼쳐져 있었다. 예로부터 이곳은 매잠산(梅岑山)[103]이라고 불렸는데, 홍무제(洪武帝)[104]가 등극한 후 보타낙가산(補陀落迦山)으로 개명했다.

---

102 유구(琉球)는 일반적으로 오늘날의 타이완[臺灣], 또는 타이완과 일본의 큐슈[九州] 사이에 동북쪽에서 남서쪽으로 늘어서 있는 작은 열도(列島)를 가리킨다. 후자는 일본에서는 류큐쇼토[琉球諸島], 난세이쇼토[南西諸島]라고 부르는 곳으로 오늘날 중국과 일본, 타이완 사이에서 영토 분쟁이 일어나고 있는 곳이다. 이곳에는 원래 독자적인 연합 왕국이 있었으나 1879년에 일본에 합병되어 섬들이 대부분 오키나와 현에 편입되었고, 북부의 섬들은 카고시마[鹿兒島] 현에 편입되었다.

103 중국 남동해에 있는 보타산(普陀山)을 송(宋)나라 때는 매잠산(梅岑山)이라고 불렀는데, 이것은 한(漢)나라 성제(成帝: 기원전 32~기원전 7 재위) 때 방사(方士) 매복(梅福)이 이곳에 은거하여 단약(丹藥)을 제련하고 섬 주민들의 병을 치료해주었다는 전설 때문에 생긴 명칭이라고 한다.

104 명(明)나라 태조(太祖) 주원장(朱元璋: 1328~1398)을 가리킨다. 그는 원래 이름이 주중팔(朱重八)이었는데, 나중에 주흥종(朱興宗)으로 바꾸었다.

산에는 관음봉(觀音峰), 영취봉(靈鷲峰), 괘천봉(掛天峰), 구로봉(九老峰), 필가봉(筆架峰), 향로봉(香爐峰) 등의 봉우리와 삼마암(三摩巖), 대사암(大士巖), 해월암(海月巖), 완월암(玩月巖), 진헐암(眞歇巖), 농주암(弄珠巖) 등의 바위, 그리고 조음동(潮音洞), 선재동(善才洞), 삭타동(槊陀洞), 현룡동(懸龍洞), 화양동(華陽洞) 등의 동굴, 백장천(百丈泉), 소음천(嘯吟泉), 희객천(喜客泉), 팔공천(八公泉), 온천(溫泉), 농환천(弄丸泉), 괘주천(掛珠泉) 등의 샘들이 있다. 산 뒤쪽은 기암괴석이 높고 가파르게 솟아 구름과 안개를 삼키고 있다. 산 앞쪽은 평탄한 지형인데, 그 중간에 오래된 절이 하나 있다. 앞에는 괘석탁봉(掛錫卓峰)이 솟아 있고, 왼쪽에는 일종봉(日鐘峰)이, 오른쪽으로는 월고봉(月鼓峰)이, 뒤쪽에는 관성용벽(觀星聳壁)이 있으니, 예로부터 보타사(普陀寺)라고 부르던 곳이다. 홍무제가 등극한 뒤에 보원사(補院寺)로 개명했다. 명산과 오래된 절이 있으니 동해에서 일대 장관을 이루는 곳이라 하겠다. 이를 증명하는 시가 있다.[105]

25세 때부터 곽자흥(郭子興)이 이끄는 홍건군(紅巾軍)에 참가하여 원(元)나라에 대해 저항했고, 1361년에 오국공(吳國公)에 봉해졌다가 3년 후에는 스스로 오왕(吳王)을 자처했다. 이어서 1368년에는 남경(南京)에서 황제로 자처하며 명 왕조를 건립했다. 시호(謚號)는 개천행도조기립극대성지신인의문의무준덕성공고황제(開天行道肇紀立極大聖至神仁文義武俊德成功高皇帝)이다.

105 다음 시는 송나라 때의 이무진(李撫辰)의 시 〈서암사영지각[瑞岩寺靈芝閣]〉을 변형한 것이다. 원작은 다음과 같다: "허공중에 높은 누각 영롱한데, 가을이 와서 흰 구름 종적 깨끗이 쓸어 버렸구나. 이 자연의 풍경 묘사할 이 없나니, 열두 난간이 열두 봉우리와 어우러졌구나. [高閣玲瓏倚

古寺玲瓏海溢中	바닷가에 오래된 절 영롱하니
海風淨掃白雲踪	바닷바람이 흰 구름 자취 깨끗이 쓸었네.
誰堪寫出天然景	천연의 이 경치를 누가 묘사해 낼 수 있으랴?
十二欄杆十二峰	열두 난간과 열두 봉우리 어우러졌네.

어쨌든 연등고불은 구름을 내려 그 보타낙가산에 도착하자 마하살 존자와 가마아 존자를 데리고 보타사를 향해 곧장 달려갔다. 일천문(一天門)과 이천문(二天門)을 지나 다시 상방보전(上方寶殿)으로 들어가니 양쪽 회랑 아래에 온갖 기화이초(奇花異草)가 빼어난 모습을 자랑하고, 참새와 꿩들이 둥지에서 새끼를 먹여 키우고 있었다.

'과연 산수가 어우러져 신선이 살 만한 곳이로구나!'

연등고불이 속으로 감탄하고 있을 때, 마하살이 나직하게 헛기침을 했다. 잠시 후 보련좌(寶蓮座) 아래쪽에서 어린 스님이 돌아나왔다. 마하살이 그를 알아보고 큰소리로 인사했다.

"혜안(惠岸),[106] 훌륭한 인과(因果)를 이루셨구먼!"

그 소리에 어린 스님이 깜짝 놀랐다.

'얼굴도 낯설고 외지에서 온 스님이 나를 어떻게 알아보고 이름까지 아는 거지? 에그, 짜증 나!'

半空, 秋來淨掃白雲踪. 無人寫此天然景, 十二闌干十二峰.]"

106 《서유기》에 서술된 바에 따르면 그는 탁탑천왕(托塔天王) 이정(李靖)의 둘째 아들로서 원래 이름은 목차(木叉, 또는 목타[木吒]라고도 함)였는데, 남해 관음보살의 제자가 되면서 혜안(惠岸)이라는 법호(法號)를 받았다.

하지만 속내를 드러내지 않고 얼른 반가운 표정을 지으며 물었다.

"스님, 저를 어떻게 알아보시고, 보잘것없는 이름까지 알고 계시는지요?"

"자네뿐만 아니라 자네 부친까지 잘 알고 있네."

"그래요? 제 아버님이 누구이고 성함이 뭔데요?"

"탁탑이천왕(托塔李天王)이 아니신가? 원래 나하고 함께 도를 수련하던 벗이었는데 모를 리가 있는가? 당연히 자네도 잘 알지."

어린 스님은 그의 말이 틀림없는 걸 알고 더욱 공경스러운 태도로 물었다.

"알고 보니 아버님 친구분이셨군요. 제가 눈앞의 태산을 알아보지 못했으니 큰 죄를 지었습니다. 부디 용서해 주십시오. 그런데 스님께서는 법명이 어떻게 되시는지요?"

"보잘것없는 이 몸의 법명은 마하살이라고 하네."

"하하, 과연 천하에 모르는 일이 없다는 그 마하살이시군요! 그런데 저 스님의 법명은 어찌 되십니까?"

"저쪽은 내 제자인 가마아일세."

"저 스님 또한 마하 어쩌고 하는 분이군요. 그런데 저 사부님은 법명이 어찌 되시는지요?"

"저 분은 우리 스승님이신 연등고불이시라네."

그 말에 혜안이 깜짝 놀라 머리를 두어 번 내젓고 어깨를 서너 번 움찔거리더니 천천히 중얼거렸다.

"제자들은 모두 마하살인데, 사부님은 마하살이 아니구나."

"자, 쓸데없는 얘기는 그만하고, 자네 사부님은 어디 계신가?"

"낙가산 자죽림(紫竹林)에 산책하러 가셨습니다."

마하살이 혜안과 함께 돌아서서 산문(山門) 밖으로 서너 걸음 나가서 바라보니, 멀리 울창한 대나무 숲 아래 보살이 한 분 앉아 계셨다.

키는 여덟 자인데 열 손가락 가늘고 곱고
입술은 붉은 칠하고 얼굴엔 분을 바른 듯.
봉황 같은 두 눈과 아리따운 눈썹
맨발에 머리 틀어 올리고, 도관과 법복 입었네.
천만 겁 인간 세상 모두 살피고 온갖 어려움 겪으며
스스로 갈고 닦아 홀로 정과(正果)를 이루었네.
오로지 고난을 구제할 생각뿐인 대자대비하신 분.
왼쪽에 선 제자는 온몸에 화염을 두르고 있고[107]
오른쪽에 서 있는 여제자는 연신 아미타불을 외네.
초록색 앵무새는 왔다 갔다 대숲 위를 날아돌고

---

107 원래 《서유기》에 등장하는 요괴이다. 그는 우마왕(牛魔王)과 철선공주(鐵扇公主, 즉 나찰녀[那刹女]) 사이에서 태어난 아들로서, 호산(號山) 고송간(枯松澗) 화운동(火雲洞)에 살면서 '성영대왕(聖嬰大王)'이라는 호(號)를 갖고 있었다. 훗날 그는 삼장법사(三藏法師)를 납치했다가 손오공과 싸움이 벌어졌는데, 결국 관음보살의 법력(法力)에 굴복하여 그의 제자가 되어 선재동자(善財童子 또는 善才童子)라는 법명을 받았다.

팔딱팔딱 물고기가 대바구니 안에서 뛰고 있네.[108]
원래 이분이 바로 관세음보살로서
인간 세상의 모든 이를 살피신다네.

體長八尺, 十指纖纖.
唇似抹朱, 面如傅粉.
雙鳳眼, 巧蛾眉.
跣足櫳頭, 道冠法服.
觀盡世人千萬劫, 苦熬苦煎.
自磨自折, 獨成正果.
一腔子救苦救難, 大慈大悲.
左傍立着一個小弟子, 火焰渾身.
右傍立着一個小女徒, 彌陀滿口.
綠鸚哥去去來來, 飛繞竹林之上.
生魚兒活活潑潑, 跳躍團籃之中.
原來是個觀世音, 我今觀盡世間人.

그는 바로 관음보살이었다. 이 보타낙가산은 바로 그가 성스러

108 《서유기》에 나오는 이야기에서 착안한 묘사이다. 그 소설에 따르면 보타산의 연지(蓮池)에 살던 금붕어가 몰래 인간 세상에 내려가 통천하(通天河)의 요괴가 되어서 어린 남녀를 잡아먹곤 했는데, 술법으로 통천하를 얼려 놓고 그곳을 건너던 삼장법사를 납치했다. 이때 손오공의 요청에 따라 관음보살이 나타나 요괴를 굴복시켜서 본래 모습으로 돌아가게 하고 가져온 대바구니에 담았다고 한다.

운 이적(異蹟)을 드러낸 성지이기 때문에 연등고불이 남해에 보살이 한 분 계시다고 했던 것이다. 그리고 그들은 예전에 영산의 모임에서 만난 적이 있는 친구였기 때문에 그를 만나 동녘 땅에서 무슨 일이 일어나고 있는지 물어보려 했다.

한편 관음보살은 높고 큰 지혜의 눈이 있어서 연등고불이 인간 세계에 내려가려 한다는 사실을 진즉부터 알고 있었기 때문에 황급히 몸을 날려 보련대 위로 왔다. 둘은 인사를 나누고 주인과 손님으로 자리를 나누어 앉아 이런저런 한담을 나누었다. 그 이야기에는 아욕회(阿耨會)와 다라회(多羅會),[109] 반도회(蟠桃會),[110] 도솔회(兜率會), 구로회(九老會), 수보회(須菩會)[111] 등이 언급되었으며 각종

---

109 작자가 임의로 만들어 낸 모임 이름이다. '아욕다라(阿耨多羅)'는 《반야심경(般若心經)》에 나오는 말로서 범어 Anuttara를 음역한 것인데, 그 뜻은 '무상(無上)'을 나타낸다. 석가모니의 가르침에는 색무상(色無上), 심무상(心無上), 심소무상(心所無上), 열반무상(涅槃無上)의 네 가지 '무상'이 포함되어 있다.

110 중국 민간 전설에 따르면 음력 3월 3일이 서왕모(西王母)의 생일인데, 이 날 서왕모가 요지(瑤池)에서 반도(蟠桃)를 차려놓고 여러 신선들을 초청하여 잔치를 연다고 했다. 《서유기》에서는 하늘나라의 권렴대장(捲簾大將)으로 있던 사오정(沙悟淨)이 그 모임에서 유리 등잔을 깨서 벌을 받아 인간 세계로 쫓겨났고, 은하수의 천봉원수(天蓬元帥)로 있던 저팔계(豬八戒) 역시 그 모임에서 항아(嫦娥)를 희롱한 죄로 벌을 받아 인간 세계로 쫓겨나며, 처음에 신선 세계에서 지위가 낮았던 손오공은 그 모임에 초청을 받지 못하자 홧김에 잔치를 난장판으로 만들어 버렸다는 이야기가 들어 있다.

111 이상의 모임들 역시 작자가 임의로 만들어 낸 신선 및 부처들의 모임 명칭이다.

인과(因果)에 대한 깨달음이 담겨 있었다. 이때 혜안이 옆자리에 서 있다가 나직이 여쭈었다.

"그러니까 '만나서 시름겨워 쓸쓸하지는 않은 것은 모두 모임에 있던 이들 때문[相見未須愁落莫, 想因都是會中人]'이라고 하는 군요?"

그러자 연등고불이 말했다.

"훌륭한 모임이 늘 있는 건 아니니 즐거움을 줄 만한 원인을 미리 심어놓아야지."

그리고 곧 자리를 파하고 일어나서 산문을 걸어 나갔다. 연등고불과 관음보살은 보타낙가산을 천천히 거닐며 꼼꼼히 구경했다. 나들이가 끝나자 곧장 영취봉(靈鷲峰) 꼭대기의 설경대(說經臺)로 올라가 가부좌를 틀고 앉았다. 왼쪽에는 연등고불이, 오른쪽에는 관음보살이 앉아 불경과 불법에 대해 담론을 나누며 윤회에 관한 오묘한 진리를 얘기했다. 혜안은 향로봉에 올라가 용뇌분천향(龍腦噴天香)을 살랐다. 마하살은 석종산(石鐘山)을 걸어 올라가 돌 종을 치기 시작했고, 가마아는 석고산(石鼓山)을 걸어 올라가 돌 북을 치기 시작했다.[112] 순식간에 하늘에는 상서로운 기운이 가득 피어나면서 하늘 꽃잎[天花]이 비처럼 떨어져 내렸다.

설경대 아래에서 강설을 듣고 있는 이들 가운데는 생김새가 특

112 석종산(石鐘山)과 석고산(石鼓山)은 각기 앞서 언급된 일종봉(日鐘峰)과 월고봉(月鼓峰)을 가리킨다.

이한 네 명이 있었다. 머리에는 모두 두 개의 뿔이 있고, 목 아래쪽에는 모두 거꾸로 난 비늘[逆鱗]이 있었지만, 얼굴 생김새는 확연히 달랐다. 첫 번째 인물은 검푸른 얼굴에 푸른 옷을 입고 갑을(甲乙)의 술수를 익히고 있었고, 두 번째 인물은 붉은 얼굴에 붉은 옷을 입고 병(丙)의 방위를 가리키며 정(丁)의 방위에 서 있었으며, 세 번째 인물은 하얀 얼굴에 하얀 옷을 입고 경신(庚辛)의 방위를 호흡하고 있었으며, 네 번째 인물은 검은 얼굴에 검은 옷을 입고 임(任)의 방위를 머리에 인 채 계(癸)의 방위를 향해 예를 올리고 있었다. 혜안이 다가가 보니 다름 아니라 사해(四海)의 용왕들이었다. 검푸른 얼굴을 한 이는 동해용왕 오광(敖廣)이었고, 붉은 얼굴을 한 이는 남해용왕 오흠(敖欽), 하얀 얼굴을 한 이는 서해용왕 오순(敖順), 검은 얼굴을 한 이는 북해용왕 오윤(敖潤)이었다.[113] 그때 마하살과 가마아도 아래쪽에서 서서 강설을 들었는데, 강설이 끝나자 하늘 꽃잎이 어지러이 떨어지고 용왕들도 각자 듣고 있는 것을 보고 나

113 사해용왕의 이름에 대해서는 이설이 많으나, 일반적으로 북해용왕이 오순(敖順)이고 서해용왕이 오윤(敖閏)이라고 알려져 있다. 또 동해용왕은 광덕왕(廣德王), 서해용왕은 광순왕(廣順王), 남해용왕은 광리왕(廣利王), 북해용왕은 광택왕(廣澤王)이라고 부르기도 한다. 중국 고대소설《봉신연의(封神演義)》(《봉신방(封神榜)》이라고도 함)에서는 동해용광의 이름이 오광(敖光), 남해용왕은 오명(敖明), 서해용왕은 오순(敖順), 북해용왕은 오길(敖吉)이라고 했다. 또 건륭(乾隆) 17년(1752)의《대만현지(臺灣縣志)》에 따르면 옹정(雍正) 2년(1724)에 동해용왕을 현인왕(顯仁王), 남해용왕을 소명왕(昭明王), 서해용왕을 정항왕(正恒王), 북해용왕을 숭례왕(崇禮王)으로 봉해 주었다고 기록되어 있다.

직이 여쭈었다.

"연등고불과 관음보살께서 설법하시니 하늘에서 꽃잎이 떨어지고 용왕들도 귀 기울여 듣는군요. 이건 어떤 신통력인지요?"

관음보살이 대답했다.

"너희들이 종과 북을 쳐준 인연이지."

마하살이 여쭈었다.

"그게 무슨 말씀이신지요?"

"나의 그 종과 북은 예사로운 물건이 아니니라."

그 종과 북이 왜 예사로운 물건이 아니고 또 무슨 신통력이 있으며, 무슨 요괴와 귀신이 있는지는 다음 회를 보시라.

제2회

보타산에서 용왕들은 보물을 바치고 용금문에서 연등고불은 인간의 태에 들어가다

補陀山龍王獻寶　涌金門古佛投胎

종에 관한 시 가운데 이런 것이 있다.[1]

旣接南隣磬	남쪽의 경쇠 소리 이어받고
還隨百里笙	또 백 리 밖 생황 소리 따르네.
平陵通曙響	평릉[2]에서는 새벽을 알리며 울렸고
長樂警宵聲	장락궁[3]에서는 밤에 시각을 알렸지.

1 이것은 당나라 때 이교(李嶠: 644~713, 자는 거산[巨山])의 시 〈종(鐘)〉을 인용한 것이다. (일설에는 송지문[宋之問]이 지은 것이라고 함.)

2 평릉(平陵)은 한(漢)나라 소제(昭帝) 유불(劉弗: 기원전 94~기원전 74)의 무덤이다. 그는 8살에 황제가 되어 21살의 젊은 나이로 요절했으나 곽광(霍光: ?~기원전 68)의 보필을 받아 훌륭한 치적을 남긴 것으로 평가된다.

3 장락궁(長樂宮)은 서한(西漢) 황실의 궁궐로서 미앙궁(未央宮), 건장궁(建章宮)과 함께 한나라를 대표하는 '삼궁(三宮)'으로 꼽힌다. 이곳은 한나라 고조(高祖) 유방(劉邦: 기원전 258~기원전 195) 이후로 태후(太后)의 거처가 되었는데, 그 위치가 미앙궁 동쪽에 있다고 해서 동궁(東宮)이라고도 불렸다.

秋至含霜動	가을이 오면 서리 머금고 울렸고
春歸應律鳴	봄이 돌아오면 음률에 맞춰 울렸지.
欲知常待扣	언제나 울릴 준비가 되어있음을 알고 싶거든
金簴有餘淸	황금 틀에 넘치는 청아함을 보게나!

북에 관한 시 가운데 이런 것이 있다.[4]

軒制傳匏質	헌원황제(軒轅黃帝)[5]가 박으로 만들어 전하니
堯年韻土聲	요 임금 시절에 흙의 소리 울렸다네.
向樓疑欲擊	누각을 바라보면 치고 싶어지는데
震谷似雷驚	우레처럼 계곡을 울려 놀라게 한다네.
虓虎迎風起	포효하는 호랑이 바람을 맞아 일어나듯
靈鼉帶水鳴	신령한 악어가 물에 젖어 울어 대듯
樂雲行已奏	즐거운 구름 멈추어 모이고

4 이것은 당나라 때 이교(李嶠)의 시 〈북[鼓]〉을 인용한 것이다. 다만 원작의 첫째 구절은 "순 임금 시절에는 땡땡이와 어울려 울렸고[舜日諧鼗響]"라고 되어 있고, 다섯째 구절은 "신선 세계의 학이 문을 밀치고 일어서네[仙鶴排門起]"라고 했다.

5 고대 중국의 전설적인 부족장이다. 그는 곡식과 각종 초목에 대한 지식을 전파하여 농업을 장려하고, 의복과 모자, 배와 수레, 나침판 등을 발명했으며, 산수(算數)의 법을 정하고 음률(音律)을 제정하고 의학을 창시한 인물로 알려져 있다. 특히 판천(阪泉)의 전투에서 염제(炎帝)를 물리치고, 탁록(涿鹿)의 전투에서 치우(蚩尤)를 물리쳐 천자(天子)가 되었으며, 중화민족의 시조(始祖)라고 여겨지고 있다.

禮日冀相成	의례 올리는 날에는 서로 어우러지기 바란다네.

관음보살이 말했다.

"나의 이 종은 예사로운 게 아니라서, 그 재질은 본래 돌이고 모양은 종을 닮았지. 자회(子會)에 하늘이 열린 이래 가볍고 맑은 영기(靈氣)들이 모두 이 돌에서 잉태되어 자랐기 때문에, 이 돌 종의 왼쪽에는 해와 달의 무늬가 있고 오른쪽에는 별들의 형상이 있지. 이 종이 말라 있을 때는 하늘이 맑고 공기가 청량하지만, 젖어 있을 때는 날이 어두워지고 비바람이 불지. 그 소리는 서른세 곳 하늘까지 다 들릴 정도여서, 조금 전에 종을 울리니까 하늘 관청에서 놀라는 바람에 하늘 꽃잎이 떨어졌던 게야.

이 돌 북도 예사로운 게 아니라서, 그 재질은 본래 돌이고 모양은 북을 닮았지. 축회(丑會)에 땅이 열린 이래 무겁고 두터운 기운이 이 돌에 녹아 엉켰기 때문에 이 돌 북의 왼쪽으로는 산악(山嶽)의 무늬가 있고 오른쪽에는 강과 바다의 형상이 있지. 이 북이 말라 있을 때는 바다와 강이 맑고 평온하지만, 젖어 있을 때는 풍랑과 파도가 거세게 일어나지. 그 소리는 칠십이 층 지옥까지 들릴 정도여서, 조금 전에 북을 울리니까 바다의 신들이 놀라는 바람에 용왕들이 강설을 들으러 왔던 게야."

마하살과 가마아가 합장을 하며 일제히 말했다.

"아아, 훌륭합니다! 공덕이 헤아릴 수 없이 크옵니다."

그때는 이미 칠칠 사십구, 마흔하고도 아흐레가 지났는지라, 연등고불이 설경대에서 내려오자 관음보살이 허리를 숙여 절을 올렸다. 그러자 연등고불이 말했다.

"현천상제께서 인간 세상에 강림하셨는데 마하승기가 그곳에 재난을 가져다준다고 하니, 그걸 어떻게 풀면 좋겠소?"

"연등고불께서 인간 세계에 내려가셔서 대중들의 재난을 풀어주셔야 합니다."

"그러면 좋은 장소와 훌륭한 부모를 어떻게 구할지 좀 얘기해 주시구려."

원래 관세음보살은 남선부주에 신령한 모습을 드러낸 적이 있기 때문에 이곳 사람들은 집집마다 극진한 예로 공양하면서 모두 그에게 귀의했다. 이에 착한 사람이든 악한 사람이든, 선행을 한 이든 악행을 한 이든, 못난이든 재주 많은 이든, 못된 이든 자상한 이든 간에 모두 관음보살의 지혜로운 눈에 모두 비쳐서 그야말로 "어두운 방 안에서 양심에 어긋나는 짓을 해도 신령한 눈은 번개처럼 환히 본다."라는 말이 틀리지 않았다. 그래서 관음보살은 연등고불이 찾는 좋은 장소와 훌륭한 부모를 금방 찾아내고 공손히 합장하며 연등고불에게 알려주었다.

"남선부주에는 항주(杭州)라는 유서 깊은 곳이 있습니다. 예로부터 하늘에는 천당이 있고 땅에는 소주(蘇州)와 항주가 있다는 말이 있는데, 바로 여기가 좋은 지역입니다."

"그럼 이제 훌륭한 부모를 찾아야겠구려."

"항주성 용금문(涌金門) 밖 왼쪽에 원외랑(員外郎)을 지낸 김(金) 아무개가 있습니다. 그는 원래 옥황상제의 문서 시중을 들던 이였는데, 인간 세상에 내려가 아욕다라삼막보리(阿耨多羅三藐三菩提)[6]를 깨닫고자 했습니다. 이 사람이라면 훌륭한 아비가 되겠습니다."

"그럼 어미만 찾으면 되겠구려."

"김 원외랑의 아내 유(喩)[7]씨는 원래 옥황상제 밑에 있던 선녀였는데, 인간 세상에 내려가 아욕다라삼막보리를 깨닫고자 했습니다. 이 사람이라면 훌륭한 어미가 되지 않겠습니까?"

연등고불은 좋은 지역과 훌륭한 부모를 찾게 되자 즉시 몸을 날려 떠나려 했다. 그러자 마하살이 큰 소리로 외쳤다.

"저도 사부님을 따라 인간 세계로 내려가고 싶으니, 좋은 지역과 훌륭한 부모가 필요합니다."

가마아도 소리쳤다.

"저도 그렇습니다."

연등고불이 말했다.

"그것도 전부 보살께서 안배해 주시구려."

---

6 부처의 지혜를 가리킨다. 중국어로는 '무상정등정각(無上正等正覺)' 즉, 일체의 진리에 대한 진정으로 평등하게 깨달은 무상의 지혜라는 뜻이다.

7 원외랑 부부의 성이 각기 김(金, jīn)과 유(喩, yù)라는 것은 중국어 발음의 유사성을 이용한 표현으로서, 그들이 각기 하늘나라의 금동(金童)과 옥녀(玉女)라는 것을 암시한다.

관음보살은 말없이 소매 안에서 두 개의 비단 주머니를 꺼내서 마하살과 가마아에게 하나씩 건네주었다. 연등고불은 그걸 보더니 곧 몸을 날려 떠나려 했다. 그런데 또 사해 용왕이 일제히 무릎을 꿇으며 크게 소리쳤다.

"부처님, 잠시만요!"

자비롭기 그지없는 연등고불은 그 모습을 보자 갈 길이 바쁜 몸임에도 잠시 걸음을 멈추고 슬며시 미소를 지으며 말했다.

"왜 그러는 것인가? 불문(佛門)에는 머무는 법이 없다네."

사해 용왕이 일제히 소리쳤다.

"저희가 오늘 부처님의 지고한 설법을 듣고 깊은 고해(苦海)에 빠지는 것을 면하게 되었으니, 이는 모두 부처님의 헤아릴 수 없는 공덕 때문입니다. 그래서 저희가 감사하는 마음에서 각기 몇 가지 예물을 바치고자 합니다."

"탐욕의 뿌리를 뽑아버리지 않으면 괴로움의 나무가 늘 자라는 법이니, 그런 것은 필요 없네."

"다라,[8] 다라! 그저 부처님께 귀의하려는 저희의 오롯한 마음을 나타내려는 것일 따름입니다."

연등고불이 입을 열기도 전에 관음보살이 옆에서 칭송했다.

"하나의 마음을 비우면 비우고자 하는 마음까지 포함한 모든 마음이 비워지고, 하나의 마음이 깨달으면 모든 마음이 깨닫게 되는

8 다라(多羅, Tārā)는 '구하여 제도함[救度]'을 나타낸다.

법이지요."

연등고불이 말했다.

"그대는 선한 보살이니 다른 이들도 좀 아껴줘야 하지 않겠소?"

"하하, '바다 용왕에게 보물이 모자랄까?'라는 말도 있지 않습니까?"

그러자 사해 용왕이 일제히 외쳤다.

"부처님께서 인간 세계에 내려가시면 육신을 빌려 머물러야 하지 않겠습니까? 듣자 하니 오조(五祖)[9]에게 소나무가 하나 있었는데 집안을 꾸미기보다는 바람을 막기 위한 것이라고 했고, 육조(六祖)[10]에게는 디딜방아가 하나 있었는데 그 축(軸)을 밟고 있다가 비로소 유(有)와 무(無)에 대한 깨달음을 얻었다고 하더이다. 부디 받아 주시옵소서. 이를 통해 헤아릴 수 없이 많은 공덕을 쌓아 헤아릴 수 없이 많은 기쁨이 생겨나게 하시옵소서."

연등고불이 고개를 들어 보니, 맨 앞에 꿇어앉은 검푸른 얼굴에

---

9 동산법문(東山法門)의 개창자이자 중국 선종(禪宗) 불교의 5대 조사(祖師) 홍인(弘忍: 601~675)을 가리킨다. 시호(諡號)는 대만선사(大滿禪師)이다. 전설에 따르면 그의 전신(前身)은 재송도인(栽松道人)이었다고 한다. 그에게는 신수(神秀)와 혜능(慧能)을 비롯한 열 명의 뛰어난 제자가 있었으나, 그 가운데 가장 뛰어난 혜능에게 의발(衣鉢)을 전수했다고 한다.

10 중국 선종 불교의 6대 조사 혜능(惠能: 638~713)을 가리킨다. 시호는 대감선사(大鑒禪師)이며, 본래 글자를 몰랐으나 제자들이 기록한 《단경(壇經)》을 남겼다. 소주(韶州)의 보림사(寶林寺, 지금의 남화사[南華寺])에서 30여 년 동안 설법하면서 '돈오(頓悟)'를 중심으로 한 남종(南宗) 선종의 토대를 다진 고승으로 평가된다.

푸른 옷을 입고 갑의 도를 따르며 을의 술수를 익히고 있는 이가 휘황찬란한 진주를 하나 들고 있었다. 연등고불이 미소를 지으며 물었다.

"그대는 누구인가?"

"저는 동해의 보잘것없는 용신(龍神)인 오광이라 하옵니다."

"손에 들고 있는 것은 무엇인가?"

"동정옥(東井玉)을 꿰어 만든 팔찌입니다."

"어디서 난 것인가?"

"제가 맡은 바다의 여룡(驪龍)의 목에 걸려 있던 것입니다. 용이 늙으면 진주가 저절로 벗겨지는데, 제가 그의 것을 거둬두고 있었습니다. 세월이 흘러 이제 서른세 알이 되었으니, 삼십삼 조(祖)라는 수에 들어맞습니다."

"무슨 쓰임새가 있는가?"

"제가 맡은 바다는 위쪽은 짜서 먹을 수 없지만, 아래쪽은 그렇지 않아서 먹을 수 있습니다. 이 진주는 오랜 세월 동안 여룡의 목에 걸려 있어서 담수(淡水)와는 잘 어울리지만 짠 물과는 반대되는 성질이 있습니다. 햇빛이 비치는 곳에서 보면 안쪽에 층층의 물결무늬가 있고, 어두운 곳에서 보면 안쪽에서 눈부신 붉은빛이 나옵니다. 바다에서 배가 표류할 때 이걸 바닷물에 놓으면 위쪽의 짠물을 분리하여 아래쪽의 담수가 나타나게 해서 차를 끓이거나 밥을 짓는 데에 쓸 수 있습니다."

연등고불이 고개를 끄덕이며 쓸 만한 데가 있다고 생각하고 나직이 말했다.

"그럼 그걸 남선부주에 두어서 나중에 내가 쓰도록 하세."

용왕이 공손히 바치자 그 팔찌에서 한 줄기 노을빛이 하늘로 비쳤다.

두 번째 자리에 무릎을 꿇고 있던 이는 붉은 얼굴에 붉은 옷을 입은 채 병의 방위를 가리키며 정의 방위에 서 있었는데, 그는 손에 털이 보송보송한 야자를 들고 있었다.

"자네는 누구인가?"

"저는 남해의 보잘것없는 용신인 오흠이라 하옵니다."

"손에 들고 있는 것은 무엇인가?"

"바라허유가(波羅許由迦)라고 하는 야자 열매입니다."

"어디서 난 것인가?"

"이 야자는 서방 극락의 마라수(摩羅樹)[11]에서 자란 것인데, 모양이 둥글어서 부처님 머리 뒤쪽의 둥근 후광(後光)과 비슷합니다. 쪼개기 전에는 태극(太極)이라고 부르고, 쪼갠 후에는 양의(兩儀, 즉 음양[陰陽])이라고 부릅니다. 옛날 나타도(羅墮闍) 존자[12]께서 바다에

---

11 암마라수(庵摩羅樹, amra)를 가리키는 듯하다. 다만 이것은 통칭 망고(Mango)라고 하는 것이므로, 야자와는 다른 것이다. 그러므로 이 나무는 암마라수를 토대로 만들어 낸 가상의 나무라고 하겠다.

12 부처가 적멸(寂滅)에 든 후에 불교를 널리 알린 16명의 제자들, 즉 16나한(羅漢) 가운데 첫 번째인 빈도라발라타도(賓度羅跋囉墮闍, Pindolabharadvaja) 존자 즉 빈두로(賓頭盧) 비구(比丘)를 가리킨다. 《아미타경(阿彌陀經)》에 언급된 16명의 대비구(大比丘)에는 빈두로파라타(賓頭盧頗羅墮)라고 했다. 빈도라(賓度羅)는 '부동(不動)'이라는 뜻이다.

강림하셨을 때 수신(水神)에게 주신 것입니다."

"무슨 쓰임새가 있는가?"

"제가 맡은 바다에 팔백 리에 걸친 연양탄(軟洋灘)이 있는데, 그곳의 물은 위는 부드럽고 아래는 딱딱합니다. 위쪽의 부드러운 물은 바로 깃털이나 부평초 하나도 뜨지 못하기 때문에 동서남북의 배들이 지나다닐 수 없습니다. 하지만 이 야자를 쪼개 바가지 모양으로 만들면, 보십시오, 어지간히 큰 호수나 사방의 바다보다 훨씬 큽니다. 배가 표류하여 부드러운 물이 있는 바다에 이르렀을 때 그걸로 반 바가지만 뜨면, 부드러운 물이 모두 없어지고 딱딱한 물이 저절로 위로 올라옵니다. 그러면 바퀴 달린 커다란 탈것으로 동서남북 어디든 마음대로 다닐 수 있지 않겠습니까?"

연등고불이 고개를 끄덕이며 그것도 쓸모 있다고 생각하고 나직이 말했다.

"그것도 남선부주에서 내가 찾을 때까지 기다리라고 하게."

용왕이 공손히 바치자 바라허유가에서 한 줄기 푸른빛이 나와서 하늘을 쓸며 지나갔다.

세 번째 자리에 꿇어앉은 이는 하얀 얼굴에 하얀 옷을 입고 경신의 방위를 호흡하고 있었는데, 손에는 선명한 푸른빛의 매끈한 유리를 들고 있었다.

"그대는 누구인가?"

"저는 서해의 보잘것없는 용신인 오순이라 하옵니다."

"손에 들고 있는 것은 무엇인가?"

"금시폐유리(金翅吠琉璃)라고 하는 것입니다."

"어디서 난 것인가?"

"이 유리는 수미산에 사는 금시조(金翅鳥)[13]의 껍질인데, 그 색이 서역 승려의 눈동자처럼 파랗습니다. 대단히 단단해서 어떤 보물로도 깰 수 없으며 생철(生鐵)을 잘 먹습니다. 이것은 제 시조(始祖) 때부터 갖고 있다가 지금까지 영원한 가문의 보물로 전해지고 있습니다."

"그건 어디 쓰는 것인가?"

"제가 맡은 바다에 오백 리 흡철령(吸鐵嶺)이 있는데, 그 오백 리 바다 밑에는 첩첩으로 빽빽하게 흡철석(吸鐵石)들이 쌓여 있어서 철기(鐵器)들이 그곳에 이르면 모두 바다 밑으로 가라앉습니다. 배를 타고 바다를 지날 때 이걸 뱃머리 아래에 늘어뜨려 놓으면 흡철석들이 마치 쇠가 용광로에서 녹듯이 찌꺼기까지 완전히 없어져서, 부처님의 자비로운 뱃길이 곧장 피안(彼岸)으로 이어질 것입니다."

연등고불은 고개를 끄덕이며 그것도 쓸모 있겠다고 생각하여 조용히 말했다.

"그것도 남선부주에 갖다 두게."

---

13 고대 인도의 신화에서 비슈누가 타고 다닌다는 새로서 가루라(迦樓羅, Garuḍa)라고도 한다. 이 새는 용을 잡아먹고 산다고 하며 천신(天神) 제파족(提婆族)과 용(龍, 나가[那迦]), 야차(夜叉), 향(香)의 신 건달파(乾闥婆), 아수라(阿修羅), 노래와 음악의 신 긴나라(緊那羅), 이무기 신 마호라가(摩呼羅迦)와 더불어 불교의 8대 호법신(護法神) 가운데 하나로 꼽힌다.

용왕이 공손히 바치자 금시폐유리에서 한줄기 맑은 바람이 불어 나와 땅을 휩쓸고 지나갔다.

네 번째 자리에 꿇어앉은 이는 검은 얼굴에 검은 옷을 입은 채 임의 방위를 머리에 이고 계의 자리를 밟고 서 있었는데, 그의 손에는 시커먼 승려의 신[禪履]을 한 짝 들고 있었다.

"그대는 누구인가?"

"저는 북해의 보잘것없는 용신인 오윤이라 하옵니다."

"손에 들고 있는 것은 무엇인가?"

"무등등선리(無等等禪履)라고 하는 것입니다."

"어디서 난 것인가?"

"이것은 달마조사(達摩祖師)의 신입니다. 달마조사는 서천의 제 28대 조사이십니다. 동진(東晉) 초기에 동녘 땅에 재난이 있어서 조사께서 물길로 동쪽으로 오시면서 탐마국(耽摩國)[14]과 갈다국(羯茶國),[15] 불서국(佛逝國)[16]을 지나 제가 맡고 있는 바다에 이르렀을 때 갑자기 큰 태풍이 일어나 하늘 관문 지축을 흔드는 바람에 항해하

14 동인도 최대의 무역항에 자리 잡은 옛 왕조이다. 이곳은 지금의 마드라스(Madras)에 해당한다.

15 지금의 말레이시아 서북부 케다(Kedha)와 그 북부에 자리 잡은 항구 도시로서 예로부터 동서 무역의 요충지였다.

16 7~13세기에 인도 수마트라(Sumatera)에 있던 왕국으로서 정식 이름은 스리비자야(室利佛逝國, Sri Vijaya) 또는 삼불제(三佛齊, Samboja) 왕국이라고도 한다. 지금의 인도 수마트라에 있던 이 왕국의 수도는 1659년 네덜란드의 침략으로 불타 없어져 버렸다.

던 배들이 모두 가라앉았는데, 달마조사만은 마치 평지에 있는 것처럼 물 위에 의연히 앉아 계셨습니다. 제가 다가가 살펴보니 신을 한 짝 벗어서 그 위에 앉아 계셨습니다. 그래서 제가 그분을 동녘 땅까지 모셔다드리고 바다를 다스리도록 그 신 한 짝을 제게 달라고 청했습니다. 달마조사께서는 또 이 신에다가 이와 같은 네 구절의 시를 적어주셨습니다."

吾本來茲土	내 본래 이 땅에 온 것은
傳法覺迷津	불법을 전하여 미혹을 깨우치기 위함이라.
一花開五葉	한 송이 꽃이 다섯 잎을 피우니
結果自然成	결과는 자연히 이루어지리라.

"그건 어디 쓰는 것인가?"

"제가 이 신을 얻은 뒤로 바다에는 파도가 일지 않아 물속에 사는 족속들이 평안할 수 있었습니다. 이후로 배가 바다를 지나다가 태풍을 만났을 때 이것을 물 위에 두면 풍랑이 저절로 가라앉아 아주 잠잠해져서 아무 탈 없이 평안할 수 있을 것입니다."

연등고불은 고개를 끄덕이며 그것도 쓸모가 있겠다고 생각하고 조용히 말했다.

"그것도 내가 찾을 때까지 남선부주에 두도록 하게."

용왕이 공손히 바치자 무등등선리에서 검은 구름이 피어나 머리를 쓸고 얼굴을 스치며 지나갔다.

사해 용왕은 무척 기뻐하며 합장한 채 무릎을 꿇으며 작별인사를 했다. 연등고불이 다시 일어서려 하는데, 물속에 사는 족속들 가운데 수많은 이들이 일제히 무릎을 꿇으며 소리 높여 외쳤다.

"부처님, 잠시만! 잠시만 기다려주십시오!"

자비로운 연등고불은 중생들이 이렇게 외쳐 부르자 분명히 갈 길이 바쁜데도 잠시 돌아서지 않을 수 없었다. 그가 희미하게 미소를 지으며 물었다.

"왜 잠시만 기다리라고 하는가? 불문에는 떠남이란 없는 법이니라."

"저희는 영원히 부처님의 가르침을 받고 싶어서 각자 예물을 올리며 삼가 부처님께 귀의하고자 하옵니다."

연등고불이 고개를 들고 보니 곤오(鯤鰲)[17]는 머리를, 장경(長鯨)은 입을, 신령한 악어[靈鼉]는 북을, 똬리 튼 교룡[蟠蛟]은 가는 목을, 푸른 용[蒼虬]은 빳빳한 구레나룻[棱髯]을, 현귀(玄龜)는 기주(箕籌)를, 척리(尺鯉)는 비단 북[錦梭]을, 괴이한 악어[怪鱷]는 백묘(百卯)를, 신륜(神蝓)[18]은 구름과 비를, 물소는 짐승 모양을, 대모(玳瑁) 거북은 그 등껍질을, 정위(精衛)[19]는 나무와 돌을, 충용(蟲庸)[20]은 뱀

17 전설 속의 큰 물고기와 자라를 가리킨다.

18 신령한 뱀의 일종이다.

19 고대 신화 속의 새이다. 《산해경(山海經)》 〈북산경(北山經)〉에 따르면 그 새는 발구산(發鳩山)에 사는데 생김새는 까마귀를 닮았고 머리가 무늬가 있으며, 부리는 희고 발은 붉은색이라고 했다. 또한 염제(炎帝) 딸 여와(女娃)가 동해에 놀러 갔다가 물에 빠져 죽어서 정위가 되었는데, 항상 서산

의 형상을, 추모(蝤蛑)[21]는 한 쌍의 집게 발가락을, 유명(蜼螟)[22]은 교룡의 둥지[蛟巢]를, 산삼(山滲)은 외발[獨足]을, 대합조개[蚌蛤]는 야명주(夜明珠)를 남쪽의 악어[南鰐]는 제찬(祭撰)을, 커다란 조개는 커다란 국자[車渠枓斗]를, 알유(猰貐)[23]는 용의 발톱과 호랑이 무늬를, 알유(窫窳)[24]는 사람의 얼굴에 뱀의 몸을 한 형상을, 독사(蟂蛇)는 붉은 모자와 자주색 옷을, 복어[魨魚]는 서시유(西施乳)[25]를 바쳤다. 연등고불이 말했다.

"장하고 훌륭하도다! 그대들은 무슨 인과(因果)를 짓고 싶은가?"

"각자 지닌 바를 내놓고 삼가 부처님께 귀의하고자 하옵니다."

"그대들의 보시는 받지 않아도 되느니라."

"부디 살펴보시고 거둬주십시오."

"여기서는 받지 않겠노라."

의 나무와 돌을 물어다가 동해를 메우고 있다고 했다.

20 전설 속의 신령한 동물이다. 《산해경》 〈동산경(東山經)〉에 따르면 그것은 일독산(日獨山)에 사는데 생김새는 노란 뱀을 닮았고 물고기 지느러미 같은 날개가 있으며 드나들 때 빛이 나는데, 그것이 나타나면 그 마을에 큰 가뭄이 든다고 했다.

21 바다에 사는 꽃게의 일종이다.

22 모기의 속눈썹 사이에 둥지를 튼다는 아주 작은 벌레를 가리킨다.

23 고대 전설에 나오는, 사람을 잡아먹는다는 사나운 짐승이다.

24 알유(窫窳)는 일반적으로 알유(猰貐)와 같은 것으로 여겨지고 있으나, 여기서는 다른 존재로 나타내고 있다.

25 수컷 복어의 독을 품은 어백(魚白) 즉, 정자를 만들어 내는 기관을 가리킨다. 특히 중국 발해만(渤海灣)에서 봄철에 잡힌 복어의 어백은 최고의 맛을 내는 것으로 유명하다.

“내놓지도 못하게 하시고 거둬주시지도 않으면, 저희 중생이 어떻게 고해에서 벗어나 피안으로 가는 깨달음을 얻겠습니까?”

“장하고 훌륭하도다! 일체의 현상은 부질없는 것이니 버림[舍]도 받음[受]도 없고, 버리지 않음[無舍]도 받지 않음[無受]도 없도다.”

그러면서 연등고불은 중생들을 향해 다음과 같은 게송(偈頌)을 읊조렸다.

若以色見我	색(色)으로 나를 보고
以聲音求我	소리로 나를 구하는 것은
是人行邪道	잘못된 길을 가는 것이니
不能見如來	여래를 볼 수 없으리라!

물속의 중생들은 연등고불이 읊은 진리의 말씀을 받들어 날고, 뛰고, 손을 치고, 춤을 추며, 위로 올라가고, 아래로 내려가고 해서 멀리 있는 이는 먼 곳으로, 가까이 있는 이는 가까운 곳으로 일제히 물러났다. 연등고불이 다시 일어서려 하자 깃털 달린 족속과 털에 덮인 족속 가운데 수많은 중생이 두 무리로 나누어 무릎을 꿇고 일제히 소리쳤다.

“부처님, 잠시만 돌아와 주십시오! 잠시만요!”

자비롭기 그지없는 연등고불이 그들이 이렇게 외치자, 분명히 길을 떠나야 함에도 불구하고 어쩔 수 없이 멈춰 서서 다시 미소를 지으며 물었다.

"왜 잠시 돌아오라는 게냐? 떠남도 돌아옴도 없는 법이거늘."

"물속의 족속들은 이미 진리의 가르침을 받았으니, 부디 저희도 제도(濟度)하여 고해에서 벗어나게 해 주시옵소서."

연등고불이 고개를 들어 보니 깃털 달린 족속들 가운데는 봉황과 난새[鸞], 원추리[鵷], 해오라기, 독수리, 물수리[鶚], 댓닭[鶡], 붕새[鵬], 매, 새매[鸇], 물오리, 학, 닭, 집오리, 제비, 꾀꼬리, 큰 기러기, 고니, 거위, 황새, 그리고 가마우지[鸕鷀], 되강오리[鷿鷉], 자고새[鉤輈], 사다새[鵜鶘], 올빼미[鵂鶹], 할미새[鶺鴒], 제비[鷾鴯] 등이 아름다운 깃털과 알록달록한 무늬를 자랑하며 밝고 어두운 데에서 무리를 나누어 행렬을 이루고 있었다. 또 털에 덮인 족속들 가운데는 기린과 천리마[驥], 호랑이, 비휴(貔貅),[26] 표범, 뿔 없는 용[螭], 송아지, 코뿔소, 코끼리, 꿩[雉],[27] 기(夔),[28] 성성이[猩], 큰 노루[麃], 바퀴벌레[蜚], 때까치[鵙],[29] 담비[貉], 맥(貘),[30] 원숭이, 긴팔원숭이, 말, 소, 개, 돼지, 그리고 살무사[雄虺], 추여(騶駼),[31] 합유(合

---

26 고대 전설 속의 사나운 들짐승으로서, 그 생김새는 호랑이를 닮았다는 설도 있고 곰을 닮았다는 설도 있다.

27 꿩은 깃털 달린 족속에 포함되어야 하는데 이 자리에 잘못 표기된 듯하다.

28 전설 속의 괴이한 외발 동물로서 상(商)·주(周) 시대의 청동기를 장식하는 무늬로 자주 등장한다.

29 때까치 역시 깃털 달린 족속에 포함되어야 하는데 이 자리에 잘못 표기된 듯하다.

30 맥(tapir)은 물소와 비슷하게 생긴 포유동물로서, 자유자재로 늘렸다가 줄일 수 있는 긴 코를 갖고 있으며 뿔은 없다. 주로 열대지방에 서식한다.

31 추우(騶虞), 또는 추오(騶吾), 추아(騶牙)라고도 하는 고대 전설 속의 동물을

窳),[32] 거저(蝺蠩),[33] 설결(蛥蚗),[34] 구인(朐䏰),[35] 쥐며느리[蛜蝛] 등의 무리가 옥 같은 발톱과 황금 같은 비늘에 굽은 발굽으로 빽빽하게 들어서서 쌍쌍이 짝을 이루고 있었다. 연등고불이 물었다.

"장하고 훌륭하도다! 그대들은 무슨 인과를 짓고 싶은가?"

"진리 말씀으로 구원을 받아 정과(正果)를 수행하여 궁극적인 깨달음[菩提]을 얻고 싶습니다."

"장하고 훌륭하도다! 수행도 깨달음도, 장애도 기쁨도, 제도할 중생도, 사람답게 살 수 있게 해 주는 궁극적인 깨달음도 없는 법이니라."

그리고 그 중생들을 향해 게송을 읊조렸다.

一切有爲法　　　　모든 현상이라는 것은

가리키는 듯하다. 하얀 호랑이를 닮았다는 이 동물은 성품이 어질어서 저절로 죽은 동물이 아니면 먹지 않는다고 했다. 《시경(詩經)》 〈소남(召南)〉 〈추우(騶虞)〉 참조.

32 전설 속의 신령한 동물로서 머리는 사람 얼굴 모양이고 몸은 돼지 몸통을 하고 있는데, 사람을 잡아먹는다고 했다. 《산해경》 〈동산경(東山經)〉에 따르면 이 동물은 몸이 노란색이고 꼬리는 붉은색이며 어린아이 울음소리 같은 소리를 내는데, 이 동물이 나타나면 세상에 큰 물난리가 난다고 했다.

33 강이나 바다에 사는 수중생물의 일종이다.

34 매미의 일종으로서 대체로 쓰르라미와 비슷한 몸집이 작고 푸른색의 곤충을 가리키는 듯하다. 《본초강목(本草綱目)》 〈충삼(蟲三)〉 〈책선(蚱蟬)〉과 《방언(方言)》에 따르면 이것은 각 지역에 따라 혜고(蟪蛄), 조료(蛁蟟), 전목(蜓蚞), 혜록(蟧蠬), 도로(蛁蟧), 제로(蝭蟧) 등으로 불린다고 했다.

35 지렁이와 유사한 곤충인 듯하나 자세히 알 수 없다.

如夢幻泡影	꿈같고 거품 같으며
如露亦如電	이슬과 번개처럼 순간에 지나지 않으니
應作如是觀	마땅히 이렇게 통찰해야 할지라!

깃털 달린 족속들과 털에 덮인 족속들은 연등고불이 읊조린 진리의 말씀을 받들고서 뛰어오르고, 내달리고, 쫓아가고, 울부짖고, 소리치고, 울어 대고, 읊조리고 하면서 일제히 물러갔다.

연등고불도 벌떡 일어서니 온몸에서 수만 가닥 지혜의 빛이 쏟아져 나와 하늘의 별에까지 환히 비쳤다. 그는 마하살과 가마아에게 각기 인간의 몸을 빌려 세상에 태어나라고 분부하면서, 자신도 바람을 타고 안개 장막을 펼쳤다. 순식간에 보타산 위에는 하늘의 향기가 자욱하게 퍼지고 초목들이 아름다움을 다투며 새들이 산을 둘러싸고 날아돌며 많은 대중이 부처에게 귀의했다.

혜안이 소리쳤다.

"부처님!"

선재동자(善才童子)도 소리쳤다.

"부처님!"

용녀(龍女)도 소리쳤다.

"부처님!"

여러 불제자도 소리쳤다.

"부처님!"

앵무새도 소리쳤다.

"부처님!"

심지어 관음보살이 들고 있는 정병(淨甁)까지 소리쳤다.

"부처님!"

하지만 연등고불은 전혀 지체하지 않고 곧장 떠나갔다. 혜안은 연등고불이 떠나면서 두 제자에게 분부한 말을 들었기 때문에 몇 마디 더 소리쳤다.

"마하! 마하!"

그러다가 연등고불이 떠나자 그는 피식 웃으며 중얼거렸다.

"저번에 처음 보았을 때는 제자만 마하살인 줄 알았는데, 오늘 작별할 때 보니 사부도 마하살이었네."

관음보살은 연등고불을 전송하고 혜안과 제자들을 데리고 다시 돌아가 각자 맡은 일을 하게 했는데, 그 이야기는 그만하겠다.

한편 연등고불은 보타산에서 관음보살과 작별하고 구름을 타고 안개를 펼친 채 숨을 한 번 들이마셨다가 내쉬는 사이에 어느새 전당강(錢塘江)을 지나 항주성으로 들어섰다. 그가 눈을 들어 살펴보니 과연 동녘 땅에서 비할 데 없이 아름답고 복 받은 땅이었다. 이를 증명하는 〈망해조(望海潮)〉[36]라는 노래[詞]가 있다.

東南形勝　　　　동남쪽 빼어난 곳

---

36 이것은 송(宋)나라 때 유영(柳永: 987~1053, 자는 기경[耆卿])이 지은 것이다.

三吳都會	삼오(三吳)[37]의 도회지
錢塘自古繁華	전당은 예로부터 번화해서
烟柳畫橋	안개 머금은 버들과 그림 같은 다리가 펼쳐졌지.
風簾翠幕	바람을 휘장 삼고 녹음을 장막 삼아
參差十萬人家	올망졸망 십만의 인가들이 들어서 있다네.
雲樹繞堤沙	구름 같은 숲이 모래 제방을 두르고 있고
怒濤卷霜雪	성난 파도는 눈 서리처럼 말려 오르는데
天塹無涯	강물은 끝없이 흐르네.
市列珠璣	저자에는 진주와 옥이 진열되어 있고
戶盈羅綺	집집마다 고운 비단 가득 차 있어
競豪奢	호화로움을 다투지.
重湖疊巘淸嘉	겹겹 호수 첩첩 산봉우리들 맑고 아름다워라.
有三秋桂子	가을엔 계수나무 열매 맺히고
十里荷花	연꽃은 십 리에 걸쳐 피어 있지.
羌管弄晴	피리 소리 청아하게 울리고
菱歌泛夜	마름 따는 노랫소리 밤중까지 울리는데
嬉嬉釣叟蓮娃	즐거워라, 낚시꾼과 연꽃 따는 아가씨들
千騎擁高牙	수천의 기마병들 높은 깃대를 옹위하는 듯

37 지명. 구체적으로 진(晉)나라 때는 오흥(吳興)과 오군(吳郡), 회계(會稽)를, 당(唐)나라 때는 오흥과 오군, 단양(丹陽)을, 송(宋)나라 때는 소주(蘇州)와 상주(常州), 호주(湖州)를 가리키는 말이었으나 일반적으로 이 문맥에서처럼 장강(長江) 하류 일대를 아울러 지칭하는 말로도 쓰인다.

乘醉聽簫鼓	얼큰한 술기운 속에 퉁소 소리 북소리 들으며
吟賞烟霞	안개와 노을 감상하며 노래 읊조리네.
異日圖將好景	나중에 이 멋진 풍경 떠올리며
歸去鳳池夸	돌아가거든 글을 써서 자랑해야지.

그는 어느새 용금문 밖으로 나가 김 원외랑의 집 위에서 잠시 살펴보았다. 이 집은 비록 일반 백성의 저택이었지만 예사롭지 않아서, 인간 세상의 복을 모조리 차지하고 해상(海上)의 기이함까지 나눠 가진 곳이었다. 뒤쪽으로는 봉황산(鳳凰山)을 베개 삼아 기대고 있는데, 산세가 마치 봉황이 날아오르려는 듯한 모양이라서 그런 이름이 붙은 것이었다. 이를 증명하는 시가 있다.[38]

滄海桑田事渺茫	상전벽해(桑田碧海)의 역사 아득하나니
行逢遺老色荒凉	길 가다 만난 옛 왕조의 늙은 선비 표정도 쓸쓸하구나.
爲言故國遊麋鹿	옛날에는 이곳에 사슴들이 노닐었다며
漫指空山號鳳凰	느릿하게 빈산을 가리키며 봉황을 부르네.
春盡綠莎迷輦道	봄이 지난 푸른 모래밭엔 황제의 수레 다니던 길 흐릿하고

38 인용된 시는 원(元)나라 때의 황진(黃溍: 1277~1357, 자[字]는 진경[晉卿] 또는 문잠[文潛])이 항주 봉황산에 있던 남송(南宋)의 옛 궁궐터에서 쓸쓸한 풍경을 노래한 〈봉황산(鳳凰山)〉이다.

雨多蒼薺上宮墻	잦은 비에 파란 냉이가 궁궐 담장 위에 자라네.
遙知汴水東流畔	멀리 동쪽으로 흐르는 변하(汴河)[39] 강가에는
更有平蕪與夕陽	더욱이 잡초 우거진 평원에 석양이 비치겠지.

또 이런 시가 있다.[40]

荒山欲逐鳳凰騫	황량한 산은 높이 나는 봉황을 쫓으려는 듯한데
誰構浮圖壓寢園	절 지어 황릉(皇陵) 지킨 이 누구인가?
土厚尙封南渡骨	두터운 흙은 남쪽으로 온 이의 유골을 아직 덮고 있고
月明不照北歸魂	밝은 달빛도 북으로 돌아가는 영혼 비춰주지 않네.
海門有路雙龍去	바다로 통하는 길 있어 쌍룡은 떠나고
沙溆無潮萬馬屯	밀물 들어오지 않는 물가 모래밭엔 수만의 기마병 주둔하네.
莫向秋風重惆悵	가을바람 바라보며 다시 슬퍼하지 말지니

39 북송(北宋)의 수도 변경(汴京, 지금의 허난[河南] 카이펑시[開封市])에 흐르는 강 이름이다.

40 인용된 시는 명(明)나라 때 서분(徐賁: 1335~1380, 자는 유문[幼文], 호[號]는 북곽생[北郭生])이 지은 〈백탑회고(白塔懷古)〉이다.

梵王宮殿易黃昏	절집 위로 황혼이 바뀌어 비치네.

그 왼쪽에는 남고봉(南高峰)이 있고 오른쪽에는 북고봉(北高峰)이 있어서 서로 친밀하게 마주 서 있으니, 마치 두 사람이 함께 서 있는 듯한 모습이었다. 이 역시 시로써 증명할 수 있다.[41]

南望孤峰入翠微	남쪽을 바라보니 외로운 봉우리 푸른 녹음으로 들어가고
淸泉白石可忘機	맑은 샘 하얀 돌은 속세의 명리 다툼 잊게 하네.
雲中犬吠劉安過	구름 속에 개 짖는 소리 들리니 유안(劉安)[42]이 들렀다 갔을까?
樹杪春深望帝歸	나무 끝에 봄이 깊어지니 망제(望帝)[43]가 돌아오려나?

41 인용된 시는 송(宋)나라 때 오도손(敖陶孫: 1154~1227, 자는 기지[器之], 호는 구암[臞庵] 또는 구옹[臞翁])이 지은 〈고정산(皐亭山)〉이다.

42 유안(劉安: 기원전 179~기원전 122)은 한(漢)나라 고조(高祖) 유방(劉邦)의 손자로서 회남왕(淮南王)에 봉해졌다. 그는 두부를 처음 만든 사람이라고도 하며, 문객(門客)들의 도움으로 《회남자(淮南子)》를 편찬하기도 했으나, 만년에 반란을 도모하다가 실패하여 자살을 강요당했다.

43 망제(望帝)는 전국(戰國)시대 말엽 촉(蜀)나라의 황제였던 두우(杜宇)를 가리킨다. 진(晉)나라 때 상거(常璩: 291?~361?)가 편찬한 《화양국지(華陽國志)》 〈촉지(蜀志)〉에 따르면 그는 만년에 황제 자리를 물려주고 산속에 은거했는데, 마침 산속에서 두견새가 울자 사람들은 그의 영혼이 그 새로 변했다고 생각했다. 이 때문에 두견새 즉 자규(子規)를 '두우' 또는 '망제'라고도 부른다고 했다.

白鶴曾留華表語	백학은 일찍이 화표(華表)에서 말을 남겼고
蒼宮合受錦衣圍	푸른 궁전은 마침 금의위(錦衣衛)에게 포위되었네.
朱襦玉柙今何許	황제의 붉은 옷과 옥합(玉柙)[44]은 지금 어디 있는가?
一笑人間萬事非	인간 세상의 잘못된 모든 일 한바탕 웃음에 부치네.

또 이런 시가 있다.[45]

杳杳孤峰上	어둑하고 외로운 봉우리에
寒陰帶遠城	차가운 음기가 먼 성을 둘렀구나.
不知山下雨	산 아래에는 비가 오는지 모르지만
奎斗自爭別	규수(奎宿)와 북두칠성 다투어 작별하는구나.

또 이런 시가 있다.[46]

翠出諸峰上	녹음은 여러 봉우리에서 나오고
湖邊正北看	호숫가에서 똑바로 북쪽을 본다.

44 옛날 왕후(王侯) 등의 시신을 묻을 때 입혔던 수의(壽衣)를 가리킨다.

45 인용된 시는 북송(北宋)의 양반(楊蟠: 1017?~1106, 자는 공제[公濟], 별호[別號]는 호연거사[浩然居士])이 지은 〈북고봉(北高峰)〉이다.

46 인용된 시는 북송(北宋)의 곽상정(郭祥正: 1035~1113, 자는 공보[功父] 또는 공보[功甫], 호는 사공산인[謝公山人], 취인거사[醉引居士], 장남랑사[漳南浪士] 등)이 지은 〈서호백영(西湖百詠)·북고봉(北高峰)〉이다.

夜來雲霧散	밤이 되자 구름과 안개 흩어지고
獨臥斗杓寒	홀로 누워 있을 때 북두칠성 쓸쓸하다.[47]

앞쪽에는 서호(西湖)가 있고 산천이 빼어나며 풍경이 아름다워서 당(唐)나라 이래 지금까지 동남쪽 지역에서 유명한 명승지로 알려진 곳이었다. 이를 증명하는 시가 있다.[48]

湖上春來似畫圖	호숫가에 봄이 오니 그림 같아서
亂峰圍繞水平鋪	삐죽삐죽 산봉우리들 평탄한 물을 둘렀다.
松排山面千重翠	산 앞에 늘어선 소나무는 한없이 푸르고
月點波心一顆珠	물결 가운데 비친 달은 한 알의 진주 같구나.
碧毯線頭抽早稻	푸른 양탄자 같은 볏논에는 벌써 이삭이 패고
青羅裙帶展新蒲	새로 자란 창포는 치마에 두른 푸른 비단 띠 같다.
未能拋得杭州去	항주를 버리고 떠나지 못하는 것은
一半勾留是此湖.	반쯤은 이 호수에 미련이 있기 때문이지.

또 이런 시가 있다.[49]

47 원작에는 이 두 구절이 "밤이 깊어지니 구름과 안개 흩어지고, 북두칠성만 쓸쓸히 걸려 있다.[夜深雲霧散, 獨掛斗杓寒]"라고 했다.

48 인용된 시는 당나라 때 백거이(白居易: 772~846, 자는 낙천[樂天], 호는 향산거사[香山居士])가 지은 〈봄날 호숫가에서[春題湖上]〉이다.

49 인용된 시는 북송의 임포(林逋: 967~1028, 자는 군복[君復], 시호[謚號]는 화정

混元神巧本無形	신묘한 천지는 본래 형체가 없지만
匠出西湖作畵屛	서호를 만들어 고운 병풍으로 삼았지.
春水淨於僧眼碧	봄날 호수는 승려의 푸른 눈보다 맑고
晩山濃似佛頭青	저물녘 산은 부처의 머리처럼 질푸르다.
蓼苹翠渚搖魚影	부평초 푸른 물가에는 물고기 그림자 흔들리고[50]
蘭桂烟叢閣鶯翎	난초와 계수나무 안개 속에 우거진 누각에선 꾀꼬리 난다.
往往鳴榔與橫笛	종종 뱃전에 찰랑거리는 물소리와 피리소리 들리는데
斜風細雨不堪聽	빗겨 부는 바람과 가랑비 속에서는 차마 듣기 어렵지.

호수 중앙에는 물결 속에 고산(孤山)의 봉우리 하나가 우뚝 솟아 더욱 호수와 산이 어우러진 절경을 이루고 있다. 이를 증명하는 시가 있다.[51]

樓臺聳碧岑	누대는 푸른 봉우리에 우뚝 솟아 있는데
一徑入湖心	한 줄기 오솔길 호수로 들어간다.

선생[和靖先生])가 지은 〈서호(西湖)〉이다.

50 원작에는 이 구절이 "난목 두공에 분칠한 담에는 물고기 그림자 흔들린다.[欒櫨粉堵搖魚影]"라고 했다.

51 인용된 시는 당나라 때 장호(張祜: 785?~849?, 자는 승길[承吉])가 지은 〈항주 고산사에서[題杭州孤山寺]〉이다.

不雨山長潤	비가 오지 않아도 산은 언제나 윤택하고
無雲水自陰	구름 없어도 물은 저절로 그늘을 만들지.
斷橋荒蘚合	단교(斷橋)[52]엔 황량한 이끼 덮이고[53]
空院落花深	빈 뜰엔 떨어진 꽃잎 가득하구나.
猶憶西窗夜	아직도 기억하지, 어느 밤 서쪽 창가에서
鐘聲出北林	북쪽 숲에서 들리던 종소리.

이것들은 모두 김 원외랑의 저택 전후좌우의 모습이다.

연등고불은 한참 동안 유심히 살펴보고 한없이 즐거웠다. 그가 막 앞으로 다가가려 할 때, 호숫가의 어느 언덕에서 찬란한 노을빛이 빛났다. 노을 속에서 한 줄기 원한에 찬 기운이 북두칠성을 향해 똑바로 비치고 있었다.

'여기에 아직도 이런 원한의 기운이 없어지지 않았단 말인가?'

연등고불이 정신을 가다듬고 지혜의 눈을 크게 뜨고 살펴보니, 그곳은 서하령(棲霞嶺)이었다. 그 아래에는 무목왕(武穆王) 악비(岳飛)[54]의 무덤과 사당이 있었다. 이를 증명하는 이동양(李東陽)의 시

---

52 항주 서호의 백제(白堤)에 있는 다리이다. 본래 이름은 보우교(寶祐橋)라고 했고, 단가교(段家橋)라고 불리기도 했으나, 근래에는 대개 '단교'라고 불린다.

53 원작에는 이 구절이 "단교는 황량한 이끼에 막혀 있고[斷橋荒蘚澀]"라고 했다.

54 악비(岳飛: 1103~1142)는 자가 붕거(鵬擧)이며 한세충(韓世忠), 장준(張俊), 유광세(劉光世)와 더불어 중흥사장(中興四將)으로 꼽히는 남송(南宋)의 명장이다. 그는 당시 금(金)나라에 대항하는 항전파(抗戰派)의 중심인물이었

가 있다.[55]

苦霧四塞, 悲風橫來.	질은 안개가 사방을 막고, 슬픈 바람 함부로 불어온다.
羲景縮地, 下沉蒿萊.	햇빛은 땅에 오그라들어, 잡초도 땅속으로 잠겨든다.
坤輿內折, 鼎足中頹.	땅은 안에서 부러지고, 솥 다리는 중간에서 기울어졌다.
大霆無聲, 枯蘖槁荄,	큰 천둥은 소리가 없고, 마른 그루터기에는 풀뿌리도 말랐구나.
羯虜騰突, 狼風崔嵬.	오랑캐들 함부로 쳐들어오니, 사나운 바람 거세게 몰아쳤지.
龍困沙漠, 鱗傷角摧.	용이 사막에서 곤경에 처해, 비늘 다치고 뿔도 부러졌구나.
齊仇九誓, 楚戶三懷.	원수 다스리리라 아홉 번 맹세하니, 고향은 삼 년 동안 가슴에 품었지.
奸宄賣國, 忠臣受參.	악당이 나라를 팔아먹었는데, 충신이 탄핵을 당했구나.
積毁消骨, 遺禍成胎.	비방이 쌓여 목숨 잃게 되고, 남겨둔 재앙이 씨가 되었지.

으나 간신 진회(秦檜)의 음모에 의해 독살되었다. 1162년에 무목(武穆)이라는 시호(諡號)를 받았으며, 나중에 악왕(鄂王)에 봉해지면서 시호도 충무(忠武)로 바뀌었다.

55 인용된 시는 명나라 때 이동양(李東陽: 1447~1516, 자는 빈지[賓之], 호는 서애[西涯], 시호는 문정[文正])이 쓴 〈악비를 애도하며[弔嶽武穆辭]〉이다.

命迫十使, 功垂兩涯. 급한 명령 받아 열 번의 출정 나갔으니, 공적이 장강 남북에 드리웠다.

盟城不耻, 借寇終諸. 오랑캐와 맹약한 걸 부끄러워하지 않고, 오랑캐 덕에 평생 해로했지.

重器同劚, 群兒共咍. 나라의 동량들 함께 부러지고, 아이들만 함께 웃어댔지.

髮竪檀冠, 潮浮五骸. 머리카락이 모자를 뚫고, 물결에 육신이 떠다녔지.

氣奮胡醜, 殃流宋孩. 추한 오랑캐 분노를 떨치니, 송나라 자손들에게 재앙이 미쳤다.

英雄已死, 大運成乖. 영웅은 이미 죽고, 나라의 운세 어그러졌다.

魂作唐厲, 形細漢臺. 영혼은 당려(唐厲)[56]가 되었건만, 형세는 한나라를 약하게 만들었지.

天不祚國, 人胡爲哉. 하늘이 왕조에 복을 내리지 않거늘 사람이 어찌할 수 있으랴?

壯士擊劍, 氣深殷雷. 사나이는 칼을 휘두르며 우렁찬 우레보다 더 분개했지.

日落風起, 山號海哀. 해는 저물고 바람 일고, 산도 울부짖고 바다도 슬퍼했지.

樹若可轉, 江爲之回. 나무가 몸을 돌릴 수 있다면, 강도 그를 위해 돌아서 흐르리라.

乾坤老矣, 歎息雄才. 하늘과 땅이 노쇠해졌으니 굳센 사나이

---

56 당려(唐厲)는 서한(西漢)의 개국공신으로서 척구의후(斥丘懿侯, 지금의 허베이성[河北省] 한단시[邯鄲市] 청안현[成安縣])에 봉해졌다.

탄식하게 하는구나!

소(卲) 상서(尙書)[57]는 이런 시를 지었다.

六橋行盡見玄宮　여섯 다리[58] 다 지나니 황제의 무덤 보여
生氣如聞萬鬣風　분노가 치밀어 거센 바람에 갈기 수염 곤두서는 듯
松檜有靈枝不北　신령한 소나무 노송나무도 가지가 북쪽을 향하지 않고
江湖無恙水猶東　세상은 별 탈 없이 강물은 여전히 동쪽으로 흐른다.
千年宋社孤墳在　천년의 사직은 외로운 무덤에 묻혀 있고
百戰金兵寸鐵空　수많은 전투 치른 금나라 병사의 무기도 헛되구나.[59]

---

57 확인할 수 없음.

58 항주 서호의 외호(外湖)의 소제(蘇堤)에 있는 6개의 다리 즉 영파교(映波橋)와 쇄란교(鎖瀾橋), 망산교(望山橋), 압제교(壓堤橋), 동포교(東浦橋), 과홍교(跨虹橋)를 가리킨다. 이것은 원래 송나라 때 소식(蘇軾)이 세운 것이라고 한다. 한편 서호 이호(裏湖)에는 명나라 때 양맹영(楊孟瑛)이 세운 6개의 다리가 있는데 이 역시 '6교'라고 불리기도 한다. 후자는 각기 환벽교(環壁橋)와 유금교(流金橋), 와룡교(臥龍橋), 은수교(隱秀橋), 경행교(景行橋), 준언교(濬源橋)라는 이름을 갖고 있다.

59 이 두 구절은 청나라 때 홍조(洪兆: ?~?)가 악비(嶽飛)를 애도하며 쓴 시에서 변용되기도 했는데, 중간에 한 글자가 다르다. 청나라 때 전채(錢彩)와 김풍(金豊)이 편찬하고 증정(增訂)한 장편소설《설악전전(說嶽全傳)》제61회에 인용된 홍조의 시는 다음과 같다. "열두 개의 급한 명령에 말머리 동

時宰胡爲竊天意	당시 재상[60]은 어이해 하늘의 뜻을 훔쳤던가?
野雲愁絶夕陽中	들판의 구름도 석양 속에 깊은 시름에 젖었구나.

고(高) 학사(學士)는 다음과 같은 시를 썼다.[61]

大樹無枝向北風	큰 나무에는 북풍을 향하는 가지 없고
千年遺恨泣英雄	천년의 한은 영웅을 눈물짓게 하지.[62]

쪽으로 돌리나니, 폐허가 된 언성에 통곡 소리 무성하다. 천년의 종사는 외로운 무덤 속에 있고, 수많은 전투 치른 금나라 병사들 무기도 헛되구나. 신령한 길가의 풀들도 북쪽으로 가지 뻗지 않고, 강물은 아무 일 없는 듯 동쪽으로 흐른다. 오랜 세월 흐른 뒤 시인이 들렀다가, 석양 속에서 슬픔에 젖어 아득히 읊조린다.[十二金牌馬首東, 郾城憔悴哭相叢. 千年宗社孤墳在, 百戰金兵寸鐵空. 徑草有靈枝不北, 江潮無恙水流東. 堪嗟詞客經年過, 惆悵遙吟夕照中.]"

60 진회(秦檜: 1090~1155, 자는 회지[會之])를 가리킨다. 그는 남송(南宋)의 재상으로 19년 동안 군림하면서 악비(嶽飛) 등 항전파(抗戰派)를 탄압하며 황제에게 금나라에 투항할 것을 종용한 인물로, 중국 역사에서 대표적인 간신 가운데 하나로 꼽힌다.

61 고 학사는 고계(高啓: 1336~1373, 자는 계적[季迪], 호는 사헌[槎軒])를 가리킨다. 인용된 시는 고계의 〈조악왕묘(弔嶽王墓)〉이다.

62 원작에는 '십년(十年)'으로 되어 있다. 《송사(宋史)》 〈악비전(嶽飛傳)〉에 따르면 악비가 언성(郾城)에서 금나라 군사를 대파한 후에 송나라 고종(高宗)과 진회(秦檜)가 하루에 12개의 급보를 알리는 금패(金牌)를 내려 속히 철군하라고 재촉하자, 그가 분개하며 "십년의 공이 하루아침에 무너졌구나!" 하고 탄식했다고 한다.

班師詔已成三殿	철군(撤軍)하라는 조서는 벌써 삼전(三殿)[63]에서 만들어졌고[64]
射虜書猶說兩宮	오랑캐에게 쏜 문서에서는 여전히 두 황제[65]를 언급했지.
每憶上方誰請劍	언제나 누구에게 상방(上方)[66]의 보검을 달라 할까 생각했거늘
空嗟高廟自藏弓	부질없이 탄식했구나, 고종께서 활을 창고에 넣어둔 일을.[67]
棲霞嶺上今回首	서하령에 올라 이제 돌아보나니
不見諸陵白露中	흰 이슬 속에서 황릉들도 보이지 않는구나.

어쨌든 악비의 사당에 아직 원한의 기운이 없어지지 않은 걸 보

---

63 원래 당나라의 황궁인 인덕전(麟德傳)의 별칭인데, 여기서는 송나라 조정을 가리킨다.

64 원작에는 '내삼전(來三殿)'으로 되어 있다.

65 1126년에 금나라 병사들이 북송의 수도 번경(汴京)을 함락하고 휘종(徽宗)과 흠종(欽宗) 두 황제를 포로로 잡아 북쪽으로 끌고 갔다. 이후 악비는 두 황제를 되찾아 황실의 기반을 튼튼히 하려고 맹세했다고 한다.

66 상방(尙方)이라고도 한다. 한(漢)나라 때 제왕 및 황궁에서 사용하는 도검(刀劍)과 의복, 음식, 일상용품 등을 제작하고 보관하는 일을 전담했던 관서(官署)이다.

67 《사기》〈월왕구천세가(越王勾踐世家)〉에서 범려(范蠡)는 문종(文種)에게 보낸 편지에서 "교활한 토끼가 죽으면 사냥개는 삶아지고, 날아다니는 새가 없어지면 훌륭한 활은 창고에 넣어 둔다.[狡兎死走狗烹, 飛鳥盡良弓藏.]"고 했다. 여기서는 금나라를 아직 물리치지도 않았는데 병력을 거두고 뛰어난 장수들을 홀대한 고종(高宗)을 풍자하고 있다.

자 연등고불도 탄식했다.

'항주는 정말 훌륭한 곳이고 김 원외랑 내외도 과연 훌륭한 부모가 될 만하구나. 다만 인간의 몸을 빌려 태어난 뒤에도 불법이 충만한 좋은 세상이 필요하겠지. 이참에 우선 내가 직접 골라놓도록 해야겠구나.'

그는 걸음을 옮겨 항주성 안팎의 훌륭한 지역들을 하나하나 자세히 살펴보았으나, 모두 조금씩 마음에 들지 않는 구석이 있었다. 이에 얼른 서호 물가 김 원외랑의 대문 앞으로 돌아와 보니, 백 걸음 정도 떨어진 곳에 오래된 절이 하나 있었다. 그 앞에는 아주 작고 낮은 산문(山門)이 있었다. 그 다음에는 천왕전(天王殿)이 있었는데, 양쪽으로 '풍조(風調)'와 '우순(雨順)'이라는 두 신상이 제법 웅장하게 늘어서 있었다. 그 다음에는 금강전(金剛殿)이 있는데, 앞뒤로 '국태(國泰)'와 '민안(民安)'이라는 두 신이 더욱 위풍당당하게 앉아 있었다. 대웅보전(大雄寶殿) 위에 이르니, 쪼그려 앉은 사자와 코끼리의 호위를 받으며 세 개의 낡은 불상이 연화좌(蓮花座) 위에 앉아 있었다. 동쪽으로 약간 돌아가니 또 나한전(羅漢殿)이 있는데, 그 안에는 각기 높이가 몇 길쯤 되는 나한상 오백 개가 있었다. 절 앞에는 산봉우리 하나가 우뚝 솟아 있는데 모양새가 부용꽃처럼 아름다웠다. 산봉우리에는 오래된 탑이 높다랗게 서 있었는데, 언제 세운 것인지는 새겨져 있지 않았다. 하나의 절과 하나의 봉우리가 좌우로 날개를 펼친 듯 나뉘어 서 있어서 마치 자식을 보살피는 어미의 모습 같았다. 바깥을 보니 노을빛이 환히 빛나고 자줏빛 안개가 뭉게뭉게 피어오르고 있었다.

연등고불은 대웅보전 안으로 들어가 자세히 살펴보았다. 알고 보니 이 절은 정자사(淨慈寺)라는 곳이었다. '정자사'에는 얼마나 많은 고대의 유적이 담겨 있는가! 그걸 어찌 아느냐고? 원래 이 절은 어느 한 왕조에 만들어진 것이 아니라 후주(後周) 현덕(顯德) 연간[68]에 지어졌으며, 그 봉우리는 뇌봉(雷峰)이라고 했다. 이 뇌봉에도 얼마나 많은 고대의 유적이 담겨 있는가! 그걸 어찌 아느냐고? 원래 이 봉우리는 항주성 안에 있던 것이 아니라 서천 뇌음사의 부처님의 보좌 아래에 있던 연꽃 한 송이가 동녘 땅으로 날아와 서호의 경치를 구경하느라 제방 위에 서 있다가, 갑자기 들린 닭 울음소리와 함께 날이 밝아오자 날아가지 못하고 이 봉우리가 되었던 것이다. 그 후에 혜리(慧理)[69]가 이런 이야기를 들려주었기 때문에 뇌봉이라고 부르게 되었다. 후주 현덕 연간에 지은 이 절은 뇌음사의 청정하고 자비로운 의미를 따서 정자사라는 이름을 붙였다.

연등고불은 본래 서천에 있던 몸이기 때문에 이 뇌봉과 정자사

68 후주(後周)의 태조(太祖) 곽위(郭威: 951~954 재위) 때 사용하던 연호(年號)로서 세종(世宗) 시영(柴榮: 921~959)을 거쳐서 남당(南唐) 원종(元宗) 이영(李璟: 916~961)까지 사용되었다.

69 일반적으로 알려진 혜리(彗理: ?~?)는 진(晉)나라 함화(咸和) 1년(326) 무렵에 서역에서 건너와 항주에 정착했다가 영취사(靈鷲寺)와 영은사(靈隱寺)를 창건했다고 하는 인물이다. 328년에 그는 항주의 비래봉(飛來峰)을 보고, "이건 천축 영취봉에 있던 것인데 언제 여기로 날아왔을까?"라는 말을 했다고 한다.

가 모두 서천에서 온 것임을 알아보았던 것이니, 그야말로 "좋기로는 고향의 물만 한 것이 없고, 친하기로는 고향 사람만 한 이가 없는" 격이었다. 당연히 그는 무척 기뻐했다.

"진리가 가까이 있는데 멀리서 구한다면 어찌 얻으랴? 암, 그렇고말고!"

그는 곧 돌아서서 김 원외랑의 집으로 들어갔다. 이때가 대략 이경(更, 저녁 9~11시) 무렵이었다. 그야말로 이런 격이었다.[70]

地遠柴門靜	외진 곳이라 사립문 조용하고
天高夜氣凄	하늘은 높고 밤공기 처량하다.
寒星臨水動	차가운 별은 물가에서 흔들리고
夕月向沙堤	저녁달은 모래 제방을 향한다.

원래 김 원외랑은 집에 있으면서 불법을 수행하는 몸이라서, 조상 때부터 벌써 일곱 세대를 거치면서 줄곧 재계하며 소식(素食)을 해왔다. 부인 유씨도 태어날 때부터 정결한 몸으로 태어났으니, 그

---

70 인용된 시는 명나라 때 하경명(何景明: 1483~1521, 자는 중묵[仲默], 호는 백파[白坡] 또는 대복산인[大復山人])이 지은 오언율시(五言律詩) 〈밤[夜]〉의 전반부인데, 몇 군데 글자가 다르다. 원작은 다음과 같다: "외진 곳이라 사립문 조용하고, 하늘은 높고 밤공기 처량하다. 차가운 별은 물가에서 흔들리고, 조각달은 모래밭을 향한다. 방 안에 들어가니 벌레 소리 요란한데, 등불 밝히니 새 울음 그친다. 자연히 그윽한 마음 상쾌해지니, 깊은 숲속 거처가 그립기 때문은 아니라오.[地遠柴門靜, 天高夜氣凄. 寒星臨水動, 片月向沙低. 入室喧蟲語, 張燈住鳥啼. 自然幽意愜, 不是戀深棲.]"

들 부부는 그야말로 하늘에나 있을 법한 한 쌍이었다. 집안에는 언제부터인지 모르게 관음보살을 모셔놓았는데, 음식을 먹을 때면 반드시 제사를 올리고, 질병에 걸리면 반드시 그 앞에서 기도했다. 관음보살도 대단히 영험했지만 단지 숨을 돌릴 여력이 없을 뿐이었다.

어쨌든 연등고불이 김 원외랑의 집에 이르렀을 때는 바로 홍무제가 다스리던 때로서 오원년(吳元年, 1367) 10월 15일 하원절(下元節)[71] 즉, 삼품(三品) 수관(水官)이 재앙을 풀어주는 날이었다. 김 원외랑 부부는 오경 삼점(五更三點, 아침 5시 15분 무렵)에 일어나서 세수하고 머리 빗고 공양을 올린 다음, 관음보살의 상 앞에 좋은 초를 꺼내 불을 밝히고 좋은 향을 사르면서 맑은 차를 따라 올리고 정갈한 과일과 잿밥을 차려놓았다. 그리고 삼승의 오묘한 법전(法典)을 펼치고 오온(五蘊)의 진리가 담긴 《능엄경》을 소리 높여 읽는데, 입에서 나오는 소리마다 모두 '부처님'이요 불경의 구절이었다. 그렇게 하루 내내 읽고 밤까지 이어가다 보니 어느새 이경 무렵이 되었다.

불경을 읽고 참회의 명상을 하고 나자 부부는 느긋하게 뜰을 산보했다. 하늘에는 밝은 달과 수많은 별이 속세의 때 젖지 않은 채

71 도교에서는 복을 내리는 천관(天官)과 죄를 사하여주는 지관(地官), 재앙을 풀어주는 수관(水官)이 있다고 믿었는데, 이들의 탄신일은 각기 음력 정월 15일과 7월 15일, 10월 15일이라고 여겼다. 이 때문에 이것을 각기 상원절(上元節), 중원절(中元節), 하원절(下元節)로 구별해서 불렀다.

아름다운 풍경을 연출하고 있었다. 그 뜰에는 구리로 된 대야가 얹힌 세면대가 하나 있었는데, 대야 안에는 몇 바가지의 물이 담겨 있었다. 하늘 가득한 별이 대야 안의 물에 비치자 그 빛에 젖은 대야 안의 물이 가볍게 일렁이며 별들이 돌아가니, 그 별들이 하늘에 있는 건지 물이 대야 안에 있는 건지도 모를 지경으로 대야 가득한 별들의 모습이 너무나 사랑스러웠다. 김 원외랑이 그걸 보고 연신 소리쳐 불렀다.

"여보, 이것 좀 보구려!"

그의 아내도 그걸 보고 무척 기뻐하면서 얼른 소매를 걷고 대야 안에 두 손을 담가 별들을 잡으려 했다. 하지만 이리저리 손을 움직여 봐도 별은 잡히지 않았다. 그러자 연등고불이 신통력을 부려서 순식간에 유성(流星)으로 변해 대야 안으로 섞여 들어갔다. 그 모습은 하늘의 별과 똑같았다. 유씨는 아무리 손을 움직여도 별이 잡히지 않다가 갑자기 하나가 손에 잡혔으니, 그야말로 "물을 움켜쥐니 달이 손안에 들어온[掬水月在手]"[72] 격이었다. 그녀는 말할 수 없이 기뻐하며 손을 들어 별과 물을 한꺼번에 삼켜버렸다.

72 이것은 당나라 때 우양사(于良史: 756 전후)가 지은 오언율시 〈춘산야월(春山夜月)〉에 들어 있는 구절이다. 원작은 다음과 같다. "봄날 산은 훌륭한 게 많아, 즐기다 보면 밤이 되어도 돌아갈 줄 모르지. 물을 움켜쥐면 달이 손안에 있고, 꽃을 희롱하다 보면 옷에 가득 향기가 배지. 흥겨워 찾아오다 보니 길이 멀고 가까운 것 상관 않고, 떠나려 하면 아름다운 화초들 버려두기 아까워지지. 종소리 들리는 남쪽을 바라보니, 누대들이 푸른 녹음 깊숙이 서 있다.[春山多勝事, 賞玩夜忘歸. 掬水月在手, 弄花香滿衣. 興來無遠近, 欲去惜芳菲. 南望鳴鐘處, 樓臺深翠微.]"

이 별을 삼킨 뒤에 무슨 길한 일이나 흉한 일, 무슨 응보(應報)나 경사가 생기는지, 아니면 아들을 낳을지 딸을 낳을지는 다음 회를 보시라.

제3회

연등고불은 김 원외랑의 집에 현신하고 유서 깊은 정자사에 몸을 의탁하다

現化金員外之家　投托古淨慈之寺

이런 시가 있다.[1]

夜夜生蘭夢	밤마다 아들 얻는 꿈을 꾸고
年年種玉心	해마다 좋은 아내 얻고 싶었지.
充閭看氣色	아들 낳은 걸 축하하며 기색을 살피고
入戶試啼聲	방 안에 들어가 울음소리 들어보았지.
明月還珠浦	밝은 달이 주포(珠浦)로 돌아오니
高枝發桂林	계수나무 숲에 높이 출세한 이 나타났구나.
北堂書報日	모친께 편지로 알리는 날이면
不啻萬黃金	황금 만 냥 벌었다는 얘기만 하진 않을 테지.

1 인용된 시는 명나라 때 하경명(何景明: 1483~1521)이 지은 〈하여제생자(賀汝濟生子)〉인데 원작은 몇 군데가 약간 다르다. 즉 원작에는 넷째 구절이 "入戶試啼音"이고, 다섯째 구절은 "明月含珠浦"로 되어 있다.

그러니까 유씨는 대야에서 별을 하나 집어 두 손으로 받쳐 들고 단숨에 삼켜버렸지만, 정작 자신은 그런 줄도 모르고 있었다. 김원외랑은 그걸 보고 깜짝 놀랐다.

"저런, 조심하지 않고!"

"옛날에 누가 술잔에 비친 활 그림자를 보고는 뱀을 삼켰다고 놀랐다고 하더니, 이것도 뜻밖의 실수였나 보네요."

"술잔에 비친 그림자야 가짜였지만, 당신이 삼킨 별은 진짜였소."

"허풍이 진짜가 돼버린 셈이군요."

"그나저나 그 별은 정말 예쁘게 빛나던데, 아깝구먼."

"아니, 그게 무슨 말씀이셔요?"

"예로부터 '총명한 사람들끼리 서로 처지를 알아본다.'[2]라고 했잖소?"

그 말에 두 사람은 잠시 웃음을 터뜨리다가 자리를 정리하고 잠자리에 들었다.

이튿날 일어나서도 그들은 실수로 별을 삼켰다고만 생각했을 뿐, 연등고불이 인간의 몸을 빌려 세상에 나오기 위해 유씨의 태에 들어갔다는 사실은 꿈에도 생각하지 못했다. 그러다가 월경이 없

2 이 부분의 원문은 "惺惺自古惜惺惺"로서 원(元)나라 때 왕실보(王實甫: 1260~1316, 본명은 덕신[德信])가 지은 《서상기(西廂記)》에 들어 있는 구절이다. 원래 의미는 성격이나 취향, 처지가 같은 사람들끼리 서로 아껴주고 동정하며 격려해 준다는 뜻이다.

는 것을 보고서야 임신했다는 사실을 알게 되었다. 유씨는 초산(初產)이기도 하고 별을 삼킨 일도 있고 해서 마음이 무척 불안했고, 김 원외랑도 마음을 놓지 못했다. 이에 부부는 관제(關帝)의 사당에 가서 기도를 올리고 점을 쳐서 길흉을 알아보기로 했다. 김 원외랑은 몸소 향과 촛불, 지전 따위를 준비해서 관제의 사당으로 가서 다섯 번 절을 올리고 세 번 머리를 조아린 후, 지금까지의 일을 자세히 설명하며 두 손으로 점 통을 받쳐 들었다. 그리고 점 통을 한 번 흔들자마자 막대가 하나 툭 떨어졌다. 주워들고 보니 쉰세 번째 점괘였는데, 거기에는 '중평(中平)'이라고 적혀 있었다. 그가 다시 기원했다.

"정말 쉰세 번째 점괘라면 길조(吉兆)를 보여주는 두 개의 점괘를 내려 주소서."

그러자 과연 두 개의 점괘가 나왔는데 그 의미가 조금 애매했다. 그는 관제에게 공손히 읍(揖)하여 감사하고, 서쪽 회랑 아래의 방으로 가서 도사에게 인사하고 종이봉투를 건넸다. 도사는 쉰세 번째 점괘를 적은 시를 꺼내서 그에게 건네주었다. 받아서 읽어보니 내용이 조금 이상했다.

君家積善已多年	그대 가문에선 이미 여러 해 동안 선업을 쌓았으니
福有胎兮禍有根	잉태할 복은 있지만 재앙도 뿌리를 내렸노라.
八月秋風生桂子	팔월 가을바람에 계수나무 열매 생기리니

西風鶴唳哭皇天　　서풍에 학이 울며 하늘 향해 통곡하리라.

그걸 보자 김 원외랑은 마음속에 차츰 화가 치밀었다. 도사가 그의 표정을 보더니 물었다.

"이건 무얼 점친 것입니까?"

그가 화난 목소리도 대답했다.

"제 아내가 임신한 것에 대해 점친 거요."

"그렇다면 아주 길한 점괘입니다. 아주 길해요!"

"아니, 왜요?"

"팔월 가을바람에 계수나무 열매가 생긴다고 했으니, 대단히 길한 점괘가 아닙니까?"

"거기다가 하늘 향해 통곡한다는 게 더해졌으니, 불길한 예감이 듭니다."

"아들을 낳을 건가를 물으셨지 길흉화복을 물으신 게 아니지 않습니까? 그 구절은 덤으로 붙여진 것에 지나지 않습니다. 만약 길흉화복을 물으셨다면, 팔월 가을바람에 계수나무 열매가 생긴다는 구절은 아무 쓸모가 없어집니다."

도사가 풀이를 잘해 주었지만 김 원외랑의 마음에는 약간 걱정이 있을 수밖에 없었다. 그가 도사와 작별하고 집으로 돌아가자 아내가 급히 맞이하며 물었다.

"점괘가 어떻게 나왔어요?"

그가 점괘를 적은 시를 외어주자 아내가 말했다.

"길보다는 흉이 많은 것 같네요."

그는 다시 도사의 말을 전해 주었다.

"그야 면전에서 아첨하는 말일 테니까 믿기 어렵지 않겠어요?"

"걱정하지 마시오. 나한테 방법이 있소."

"무슨 방법이요?"

"며칠 전 통강교(通江橋)에서 여동빈(呂洞賓)[3]의 도건(道巾)을 머리에 두르고, 이십사기(二十四氣)의 문양이 그려진 법복(法服)을 입고, 남경교(南京橋) 교영리(轎營里)에서 만든 삼양혜(三鑲鞋)[4]를 신은 채 남쪽으로 문이 난 옻칠 가게에 앉아 있는 어떤 이를 만났소. 앞쪽에는 '역괘통신(易卦通神)'[5]이라고 큼직하게 써 놓았습디다. 그런데 점을 치고 괘를 풀이하는 것이 버들가지로 생선을 꿰듯 조리 있고 능숙하더란 말이오. 그래서 근처에 사는 사람한테 조심스럽게 그 사람이 누구냐고 물어보았소. 그러니까 자기도 본래 이름은 모

3 고대 중국 도교에서 유명한 '팔선(八仙)' 가운데 하나이자 전진파(全眞派) 도교의 북오조(北五祖) 가운데 하나이다. 그는 본명이 여암(呂巖) 또는 여욱(呂煜)이고 자는 동빈(洞賓), 호는 순양자(純陽子)로 알려져 있다. 일반적으로 그는 당나라 덕종(德宗) 때인 796년에 지금의 산시성[山西省] 루이청현[芮城縣] 융러진[永樂鎭]에서 태어났다고 알려져 있으나, 당나라 말엽 경조(京兆, 지금의 산시성 시안시[西安市])에서 태어났다고 하기도 한다. 나중에 민란으로 나라가 어지러울 때 아내와 함께 중조산(中條山)에서 수련하여 신선이 되었다고 한다.

4 세 개의 선을 넣어 장식한 목이 짧은 신이다.

5 《주역(周易)》의 괘(卦)를 이용해서 치는 점이 신통하게 들어맞는다는 뜻이다.

르는데, 다만 듣자 하니 귀곡자(鬼谷子)[6]의 제자로서 별명이 귀추(鬼推)[7]라고 한다 합디다. 그렇게 《주역(周易)》 점을 잘 치는 사람이라면, 가서 한 번 점을 쳐볼까 하오."

"일리 있는 말씀이네요."

김 원외랑은 의관(衣冠)을 단정히 고치고 소매를 휘저으며 천천히 통강교로 갔다. 그 점쟁이는 점을 치고 풀이해주느라 정신이 없어서 고개를 들거나 걸음을 옮길 틈조차 없었다. 김 원외랑은 다리가 저리고 발이 아플 때까지 서서 기다렸으나 차례가 오려면 한참 멀었다. 그는 어쩔 수 없이 "귀추 선생!" 하고 불렀다. 점쟁이는 자신의 별명을 부르는 사람이 있자, 아는 사람인가 싶어서 얼른 맞이했다.

"어서 들어오시지요."

김 원외랑은 사람들 사이를 비집고 간신히 안으로 들어갔다. 서로 인사를 나누고 나자 점쟁이가 말했다.

"원외랑님, 점을 치시려거든 먼저 성명하고 사주팔자, 그리고 점

---

6 춘추(春秋) 시대의 왕후(王詡) 또는 왕선(王禪)을 가리킨다. 전설에 따르면 그는 운몽산(雲夢山)에서 약초를 캐면서 도를 수련하여 청계(淸溪)의 귀곡(鬼谷)에 은거했다고 한다. 흔히 그는 종횡가(縱橫家)의 비조(鼻祖)로 알려져 있으나 점술과 병법(兵法), 의학, 처세술 등등 다양한 분야에서 뛰어난 성취를 이룬 것으로 평가되며, 사실상 평생의 사적에 대해 알려진 바가 거의 없는 신비한 인물이다. 유명한 병법가는 손빈(孫臏)과 방연(龐涓), 종횡가인 소진(蘇秦)과 장의(張儀)가 그의 제자라고 알려져 있다.

7 귀추(鬼推)는 귀신같이 추론해 맞힌다는 뜻도 있지만, 엉터리로 추측한다는 뜻도 있다.

을 치는 목적에 대해 말씀해 주셔야 합니다."

"저는 용금문 밖에 사는 김 아무개라고 합니다. 제 내자가 임신했는데 그게 아들인지 딸인지, 길한 일인지 흉한 일인지 여쭤보고 싶습니다."

그 점쟁이는 제법 노련한 사람이어서, 즉시 돌아서서 향을 사르고 공손히 절을 올리며 중얼중얼 주문을 읊조렸다.

"육정신(六丁神)께 삼가 고하노니 문왕(文王)의 괘(卦)에 영험함을 담아주소서. 길흉은 우주만물에 부합하지만 결코 인정을 따르지는 않습니다. 무릇 괘라는 것은 그 덕이 천지와 합치되고, 밝음이 해와 달과 합치되며, 순서가 사계절과 합치되고, 그 길흉은 귀신과 합치됩니다. 하늘은 사사로움이 없고 영험한 괘에 감응합니다. 좋은 향을 사르며 복희(伏羲)[8] 성인(聖人)과 문왕 성인, 주공(周公) 성인, 대우(大禹) 성인, 공자(孔子) 성인, 귀곡(鬼谷) 선생, 원천강(袁天罡)[9] 선생, 이순풍(李淳風)[10] 선생, 진희이(陳希夷)[11] 선생, 소강절(邵

8 신농(神農), 황제(黃帝)와 더불어 중화민족의 시조로 알려진 전설적인 왕으로서, 대개 신석기시대 후기에 팔괘(八卦)과 옛 문자를 창제하고 큰 거문고[瑟]를 발명한 인물로 여겨진다. 신화에서 그는 여와(女媧)와 함께 사람의 얼굴에 용(또는 뱀)의 몸뚱이를 한 채 뒤얽혀 있는 모습으로 묘사된다.

9 원천강(袁天罡: ?~?)은 당나라 초기의 천문학자이자 예언가로서 화산령(火山令)을 지냈다. 이순풍(李淳風)의 스승으로 알려진 그는 《육임과(六壬課)》와 《추배도(推背圖)》, 《오행상서(五行相書)》 등을 지었다고 하며, 《서유기》에서는 뛰어난 점술가인 원수성(袁守城)의 조카로 설정되어 있기도 하다.

10 이순풍(李淳風: 602~670)은 당나라를 대표하는 천문학자이자 점술가, 수학자이다. 그는 지금의 산시성[陝西省] 펑샹현[鳳翔縣] 사람이며 도사인 부친 이파(李播)의 영향으로 다양한 분야를 깊이 공부했다고 한다. 이후 627

康節)[12]선생까지 팔괘조사(八卦祖師)를 청하옵나니, 앞뒤로 가르쳐 주시고 종사(宗師)의 뜻을 풀이해서 설명해 주시옵소서. 아울러 괘

년부터 태사국(太史局) 장사랑(將仕郎)으로 40년 가까이 천문과 지리, 역법(曆法) 및 역사 편찬에 종사했다. 그는 《진서(晉書)》와 《수서(隋書)》, 《오대사(五代史)》의 편찬에 참여하고 《법상지(法象志)》, 《문사박요(文思博要)》, 《연제민요술(演齊民要術)》, 《택경(宅经)》, 육임음양경(六壬陰陽經)》 등을 저술하고, 또 스승 원천강(袁天罡)과 함께 《추배도(推背圖)》를 저술하여 '태평천국(太平天國)'을 비롯한 오랜 후대의 역사를 예언하기도 했다. 또한 고대의 천문 및 기상현상을 기록한 《을사점(乙巳占)》을 편찬했고, 도교의 경전으로까지 꼽히는 《금쇄류주인(金鎖流珠引)》과 《태상적문동신전주(太上赤文洞神三篆注)》를 저술하기도 했다. 이 때문에 명나라 때의 양유정(楊維貞)은 그를 고금의 천문가 및 역수가(曆數家) 가운데 으뜸으로 꼽기도 했다.

11 진희이(陳希夷: 871~989)는 본명이 진단(陳摶)이다. 진단노조(陳摶老祖)는 실존 인물이 신격화된 경우이다. 진단은 자가 도남(圖南)이고 호는 부요자(扶搖子)이며, 황제로부터 희이선생(希夷先生)이라는 호를 받았다. 송나라 초기의 저명한 도학자(道學者)이자 은사인 그는 한나라 이래의 상수역학(象數易學) 전통을 계승하고 황로사상(黃老思想)과 도교의 방술(方術), 유가와 선불교(禪佛教) 등을 융합함으로써 송나라의 이학(理學)이 발전하는 데에 큰 영향을 주었고, 이로 인해 '진단노조(陳摶老祖)', '수선(睡仙)', '희이조사(希夷祖師)' 등의 별칭으로 불리기도 했다. 《구실지현편(九室指玄篇)》, 《입실환단시(入室環丹詩)》 50수(首), 《역룡도(易龍圖)》, 《적송자계(赤松子誡)》(《적송자팔계록(赤松子八誡錄)이라고도 함), 《인륜풍감(人倫風鑒)》(또는 《귀감(龜鑑)》이라고도 함), 《삼봉우언(三峰寓言)》 등의 풍부한 저작과 고양집(《高陽集)》, 《조담집(釣潭集)》 같은 시집과 600여 수의 시를 남겼다. 특히 그는 24절기 기운의 운행과 인체의 경맥(經脈)을 대응시켜서 '이십사기좌공도치병(二十四氣坐功導治病)'이라는 양생치병(養生治病)의 수련법을 창시한 것으로도 유명하다.

12 소옹(邵雍: 1011~1077)은 자가 요부(堯夫)이고 호는 안락선생(安樂先生), 이천옹(伊川翁), 백원선생(百源先生) 등이 있으며, 범양(范陽, 지금의 허베이성 줘저우[涿州]) 사람이다. 평생 벼슬살이를 하지 않았던 그는 뛰어난 점술가

속에 육정육갑의 신장(神將)들과 천리안(千里眼), 순풍이(順風耳), 축천축지신장(縮天縮地神將), 보괘동자(報卦童子), 척괘랑군(擲卦郎君), 치일전언옥녀(值日傳言玉女), 주사공조(奏事功曹),[13] 이 지역 오방(五方)의 토지신(土地神), 이 지역 성황대왕(城隍大王), 해당 가문의 조상들, 따라오신 향화복신(香火福神), 허공을 지나는 모든 신과 우러러 마지않는 여러 성인께서도 이 제사에 내려오셔서 이 점이 영험하게 들어맞는지 보살펴 주시옵소서.

이제 위대한 명나라 절강도(浙江道) 항주부(杭州府) 인화현(仁和縣)의 신도 김 아무개가 삼가 부인의 임신과 관련하여 길흉을 미리 알 수 없는지라, 이번 달 오늘에 삼가 여러 성인의 팔팔 육십사 괘 가운데 하나의 괘와 삼백여든네 개 효(爻) 가운데 하나의 효를 점치고자 하옵니다. 효는 함부로 움직이지 않고 괘는 함부로 옮기지 않으며, 인정에도 귀신의 뜻에도 따르지 말아야 합니다. 길하다면 길

로서 《관물편(觀物篇)》, 《선천도(先天圖)》, 《이천격양집(伊川擊壤集)》, 《황극경세(皇極經世)》 등의 저술을 남겼다. 특히 그가 독창적으로 이룩한 《매화역수(梅花易數)》는 이른바 건일(乾一), 태이(兌二), 이삼(離三), 진사(震四), 손오(巽五), 감륙(坎六), 간칠(艮七), 곤팔(坤八)의 '선천팔괘수리(先天八卦數理)'를 근거로 《주역》의 점괘를 풀이한 걸작으로 꼽힌다. 시호는 강절(康節)이다.

13 공조(功曹)는 원래 한(漢)나라 때 인사(人事)와 군현(郡縣)의 정무(政務)를 담당한 기관인 공조사(功曹史) 및 그곳을 담당한 관리를 일컫는 말이었다. 도교에서는 하늘나라에서 연(年), 월(月), 일(日), 시(時)를 담당하는 신선을 아울러 '사치공조(四值功曹)'라고 부르며 각기 이병(李丙), 황승지(黃承之), 주등(周登), 유홍(劉洪)이라는 이름까지 붙여놓고 있다. 여기서 '주사공조'는 중요한 사건의 보고를 맡은 신선을 가리키는 듯하다.

한 신께서 괘에 나타나시고, 흉하다면 흉한 신께서 나타나시옵소서. 엎드려 바라옵건대 부디 여러 성현께서 자세히 살피시고 상세히 따져주시옵소서. 지성이면 괘에도 영험함이 나타나고, 효가 천지와 통하면 괘도 귀신과 통하겠지요. 성현들이시여, 영험을 드러내시어 응답해주소서!"

이어서 그는 동전을 여섯 번 던졌는데, 나온 것은 뇌수해괘(雷水解卦)[14]였다.

"해괘로군요! 아주 좋습니다! 해(解)라는 것은 곤란함이 사라진다는 뜻입니다. 또 위쪽 괘가 아주 길한 괘입니다. 괘의 해설서에는 '길한 별이 길한 날을 만나니 흉함은 적어지고 길함은 더욱 많아지리라. 남자는 아내를 만나고 여자는 해로할 남편을 만나리라.'라고 했습니다. 그러니 부인께서 아드님을 낳으실 게 분명합니다."

"다시 한번 살펴봐 주십시오. 군자는 재앙에 대해 묻지 복에 대

14 뇌수해(雷水解)는 〈䷧〉를 가리킨다. 이에 대한 《주역》의 원문과 해설을 간략히 정리하면 다음과 같다. 서남쪽으로 가면 이롭지만 목적이 뚜렷하지 않다면 돌아오는 것이 길하다. 목표가 있다면 서둘러 가는 것이 길하다. 풀이[解]의 안쪽 괘는 감(坎)이니 이것은 험함을 의미하고, 바깥 괘는 진(震)이니 움직임을 의미한다. 험한 것을 만나 움직여야 하니 적극적으로 움직이면 위험을 피할 수 있다는 뜻이다. 서남쪽으로 가면 이롭다는 것은 그곳이 무리[衆]를 의미하는 곤(坤)의 방위이기 때문에 그쪽으로 가면 많은 이들에게 도움을 받는다는 뜻이다. 또 풀이의 위쪽 괘는 우레[雷]를 나타내는 진(震)이고, 아래 괘는 비[雨]를 나타내는 감(坎)이니, 이는 천지가 열리면서 우레가 치고 비가 내림으로써 만물을 키워내 싹트게 한다는 의미이다. 군자(君子)가 이 괘를 보게 되면 과실(過失)을 용서하여 죄인에게 관대하게 대하게 된다.

해서는 묻지 않는다고 했으니, 사실대로 말씀하셔도 괜찮습니다."

점쟁이는 김 원외랑이 사리를 아는 사람이라 숨기기 어렵다는 것을 알았다.

"이 괘가 좋긴 합니다만, 한 가지가 부족합니다. 이런 말씀을 드린다고 기분 나빠 하지 마시기 바랍니다."

"그저 사실대로만 말씀해 주십시오. 제가 선생을 탓할 리 있겠습니까?"

"오늘이 축일(丑日)이니 몸도 다섯째 효에 있고, 귀신도 다섯째 효에 있습니다. 이걸 일컬어 사람이 귀신을 따라 무덤에 들어간다고 하는데, 다만 이런 점이 덧붙여져 있다는 말씀입니다. 하지만 댁에 길한 운세가 찾아왔으니 흉한 일을 만나도 길하게 바꿀 것입니다. 그러니 걱정하지 마십시오. 괜찮습니다."

김 원외랑은 '사람이 귀신을 따라 무덤에 들어간다.'라는 말을 듣는 순간 한 길[丈] 여덟 자[尺]의 신창(神槍) 다섯 개가 일제히 가슴을 찌르는 듯이 아팠다. 그는 눈살을 찌푸린 채 걱정스러운 표정으로 복채를 주고, 두 손을 모아 절을 한 후, 황급히 집으로 돌아갔다. 그의 아내가 맞이하는데, '집에 들어가면 흥망성쇠에 대해 말하지 말지니, 표정만 봐도 알 수 있기 때문'이라는 속담에 딱 들어맞는 상황이 되어 버렸다.

"또 불길한 점괘가 나온 모양이군요."

김 원외랑은 점괘 이름과 점쟁이가 해 준 이야기를 자세히 들려주었다. 그런데 그의 아내가 뭐라고 하기도 전에 갑자기 그의 뒤쪽에서 누군가 소리를 질렀다.

"점은 뭐 하러 치고, 무슨 신에게 물어본다는 겁니까?"

김 원외랑이 급히 돌아섰고, 그의 아내가 눈이 휘둥그레져서 살펴보니, 거리에서 구걸하는 노파였다. 나이는 아흔 살쯤 되어 보이고 머리카락은 온통 눈 서리처럼 새하얀 그 노파는 왼손에 물고기 담는 광주리를 들고, 오른손에는 자죽(紫竹) 지팡이를 짚고 있었다. 김 원외랑의 부인이 말했다.

"할머니, 그게 무슨 말씀이셔요?"

그러자 그 노파가 이렇게 읊조렸다.

如來觀盡世間音	여래는 세간의 모든 소리를 듣고
遠在靈山近在心	몸은 멀리 영산(靈山)에 있어도 마음은 가까이 있노라.
禍福古來相倚伏	예로부터 재앙과 복은 서로 기대어 바뀐다고 했으니
何須問卜與求神	굳이 점 치고 귀신 찾을 일 있으랴!

그다지 요긴하진 않지만 이 읊조림이 김 원외랑 부부를 깨우쳤다. 그의 아내가 말했다.

"할머니, 일리 있는 말씀이네요. 잠깐 안으로 들어오셔요. 제가 보시라도 조금 해 드릴게요."

하지만 김 원외랑의 아내가 막 돌아서는 순간, 그리고 김 원외랑이 눈을 한 번 깜박하는 순간, 그 노파의 모습은 어느새 사라져 버리고 없었다. 그들 부부는 비로소 관음보살이 현신하여 깨우쳐주었다는 것을 알고, 즉시 관음보살상 앞에 세 자루 향을 사르고 천 장의 갑마지(甲馬紙)[15]를 태우며 지성으로 귀의하면서 경건하게 아미타불에게 절을 올렸다. 그러는 사이에 어느새 해가 서쪽으로 기울고 달이 떴다.

원래 이날 밤은 평범한 밤이 아니라 8월 15일 중추절의 밤이었고, 그 달도 평범한 달이 아니라 중추절의 보름달이었다. 김 원외랑은 하인들에게 향을 사르는 탁자와 갑마지를 태우는 화로를 치우라고 분부했다. 그러자 그의 아내가 말했다.

"중추절 밤이니까 준비해둔 떡하고 차로 천지신명께 제사를 지내도록 해요."

그다지 오래지 않아 그들은 차와 떡을 준비하여 천지신명에게 제사를 지냈다. 잠시 후 둥근 달이 떠오르며 온 하늘의 구름이 걷히니 정말 너무나 아름다웠다. 이를 증명하는 부(賦)가 있다.[16]

저 음기(陰氣)의 정령(精靈)은
보름마다 기울었다가 보름마다 차오르지.

---

15 종이에 신의 모습을 그려서 신에게 제사지낼 때 사르는 것이다.

16 인용된 부는 송나라 때 오숙(吳淑: 947~1002, 자는 정의[正儀])의 《사류부(事類賦)》〈천부(天部)〉〈월(月)〉인데, 중간의 몇 글자는 원작과 다르다. 본 번역에서는 인용한 작자가 의도적으로 고친 것이 아니라고 여겨지는 글자들은 원작에 맞춰서 바꿔놓았다.

하얀빛 흘리면서 얼음처럼 깨끗하고[17]

차가운 빛 뿌려 눈처럼 엉기지.

토끼의 정령 뛰어올라 밤중에 노니는데

두꺼비의 현란한 빛으로 밤이 놀라지.

신선 세계 계수나무 심도록 허용하고

천성(天星)[18]을 우러러 밝음을 더해주게 하지.

갑자기 기꺼이 생겨나서

또 즐겁게 밝아지기 시작했지.

여드레가 지나 빛이 생기고[19]

석 달이 지나 계절을 이루었지.[20]

여기(呂錡)가 활로 달을 쏘니 성(姓)을 점쳤고[21]

---

17 원작에는 '얼음처럼 깨끗하다[氷靜]'라고 했다.

18 남조(南朝) 양(梁)나라 때 손유(孫柔: ?~?)의 《손씨서응도(孫氏瑞應圖)》에 따르면 경성(景星)은 천성(天晅)인데, 생김새는 반달 같고 그믐과 초하루에 떠서 달을 도와 밝음을 더해준다고 했다.

19 반고(班固)의 《백호통(白虎通)》에 따르면 달은 사흘 만에 형체[魄]를 이루고, 여드레 만에 빛[光]을 이룬다고 했다.

20 《예기(禮記)》에 따르면 달은 사흘 만에 형체[魄]를 이루고, 석 달 만에 계절[時]을 이룬다고 했다.

21 《좌전》〈성공(成公) 16년〉에는 다음과 같은 기록이 있다. 진(晉)나라와 초(楚)나라가 언릉(鄢陵)에서 전투를 하려 할 때 여기(呂錡)가 꿈에 달을 쏘아 맞히고 나서 물러나 진흙에 빠졌는데, 이에 대해 점을 치자 "희성(姬姓)은 해이고, 이성(異姓)은 달이니 바로 초나라 왕을 가리킨다. 활을 쏘아 맞추고 물러나 진흙에 빠졌으니, 틀림없이 죽을 것이다."라는 점괘가 나왔다. 이후 전투가 시작되자 초나라 공왕(恭王)이 눈에 화살을 맞았고, 이로 인해 여기도 죽게 되었다.

감택(闞澤)은 달 속에 자기 이름 나타나는 꿈을 꾸었지.[22]

서쪽 교외의 감단(坎壇)에서

가을바람 부는 저녁에 제사를 지냈지.[23]

물의 부류에 속하니 조수(潮水)와 호응하고[24]

음(陰)의 의미에 속하니 예(禮)에 부합하지.[25]

후비(后妃)의 형상을 보여주고

경(卿)과 사(士)의 올바른 자세를 보여주지.

그러므로 하늘의 사자(使者)가 되고[26]

군주의 누이가 되었지.[27]

---

22 감택(闞澤: ?~243)은 자가 덕윤(德潤)이고, 삼국시대 오(吳)나라에서 중서령(中書令)과 태자태부(太子太傅)를 지냈다. 사승(謝承)의 《회계선현전(會稽先賢傳)》에 따르면 그는 13살 때 꿈에서 달 뒤쪽에 자신의 이름이 환하게 나타나는 것을 보았다고 한다.(《태평어람(太平御覽)》 권398 〈인사부(人事部)〉 39 〈길몽하(吉夢下)〉 참조.)

23 《예기》에 따르면 해에 제사 지낼 때는 단(壇)에서 행하고, 달에 제사 지낼 때는 감(坎)에서 행함으로써 밝은 낮과 어두운 밤을 구분한다고 했다. 또한 추분(秋分)에는 서쪽 교외에서 달에 제사를 지낸다고 했다.

24 《포박자(抱樸子)》의 일문(佚文)에 따르면 "달의 정기가 물을 생성하기 때문에, 보름달이 되면 조수와 파도가 커진다.[月之精生水, 是以月盛滿而潮濤大]"고 했다.

25 《예기》에 따르면 달은 사흘 만에 형체[魄]를 이루고, 석 달 만에 계절[時]을 이루기 때문에 '세 번의 양보[三讓]'가 있게 되고, 나라를 세우면 반드시 삼경(三卿)을 둔다고 했다.

26 《회남자(淮南子)》 권3 〈천문훈(天文訓)〉에서는 "사계절은 하늘의 관리이고, 해와 달은 하늘의 사자[四時者天之吏也, 日月者天之使也]"라고 했다.

27 《태평어람》 권4 〈천부(天部)·4〉 〈월(月)〉에 인용된 《춘추감정부(春秋感精符)》에 따르면 "군주의 형은 태양이고 누이는 달[人主兄日姊月]"이라고 했다.

바퀴 같은 달 속에서 상서로운 광채를 보고[28]

천 리 먼 곳에서도 맑은 빛 함께 누리지.

그 덕분에 서쪽 정원에 나들이 가는 귀족들의 수레가 있고[29]

동쪽 변방의 왕찬(王粲)에게 아름다운 문장을 짓게 할 수 있었지.[30]

회계왕은 뜰에 비친 달빛을 사랑했고[31]

육기(陸機)[32]는 방에 비친 달빛을 손으로 잡으려 했지.

---

28 최표(崔豹)의 《고금주(古今注)》에 따르면 한(漢)나라 명제(明帝)가 〈태자락인가(太子樂人歌)〉 4장(章)을 지어서 태자의 덕을 칭송하면서 그 첫째는 큰 빛을 내는[重光] 태양이요, 둘째는 바퀴처럼 굴러 변하는[重輪] 달이요, 셋째는 반짝이는[重曜] 별이요, 넷째는 윤택이 가득한[重潤] 바다 같다고 비유했다고 한다.

29 조식(曹植)의 〈공연시(公讌詩)〉에서는 "맑은 밤 서쪽 정원으로 나들이 가는데, 화려한 수레 줄지어 따르고, 밝은 달빛 맑게 비치는데, 별들의 모습 올망졸망.[清夜遊西園, 飛蓋相追隨, 明月澄清景, 列宿正參差.]"이라고 했다.

30 왕찬(王粲: 177~217, 자는 중선[仲宣])은 이른바 '건안칠자(建安七子)' 가운데서도 문학적 성취가 가장 높은 인물로 꼽히며, 특히 시(詩)와 부(賦)의 창작에 뛰어났다고 한다. 사장(謝莊)의 〈월부(月賦)〉에 따르면 진사왕(陳思王) 조식(曹植)이 지기(知己)의 죽음을 슬퍼하던 중에 문득 달을 보고 《시경(詩經)》의 노래를 읊조리다가 시름이 사라지니, 이에 왕찬에게 그 정경을 글로 쓰게 했다고 한다.

31 《진서(晉書)》〈회계왕도자전(會稽王道子傳)〉에 따르면 회계왕 사마도자(司馬道子: 364~403)는 밤중에 뜰에 앉아 있다가 티 없이 깨끗한 달을 보고 아름답다고 여겼는데, 사중(謝重: ?~?, 자는 경중[景重])이 그보다는 구름이 약간 낀 것이 더 낫다고 하자, 그의 마음이 깨끗하지 못해서 청정한 달에 때를 묻히려 한다고 꾸짖었다고 한다.

32 육기(陸機: 261~303)는 자가 사형(士衡)으로서 진(晉)나라 때 평원내사(平原內史), 좨주(祭酒), 저작랑(著作郎) 등의 벼슬을 지냈다. 뛰어난 시인이자

둥근 빛은 부채 같고
하얀 몸체는 홀과 같다네.
합해(蛤蟹)와 성쇠를 함께 하고
주귀(珠龜)와 차고 기우는 것을 똑같이 하지.[33]
달무리가 합쳐지니 한나라 군대는 포위에서 벗어나지 못했고[34]
보름달이 되면 오랑캐 기병들이 공격해왔지.[35]
달무리가 귀고리처럼 좌우로 피거나 위로 서면 상서롭고
아직 차지 않을 때나 갓 생겨난 때는 조화로움을 보여주어
대지의 결이 되고[36]
음기의 종주가 되었지.

부(賦) 작가, 역사가인 그의 작품은 명나라 때 장부(張溥)가 편찬한《한위육조백삼명가집(漢魏六朝百三名家集)》에《육평원집(陸平原集)》이라는 제목으로 모아져 있다.

33《회남자(淮南子)》〈지형훈(墬形訓)〉에 따르면 "지렁이는 비를 내리게 하고, 제비는 기러기를 대신해서 날고, 합해와 주귀는 달과 차고 기우는 것을 함께한다.[土龍致雨, 燕雁代飛, 蛤蟹珠龜, 與月盛衰.]"라고 했다.

34《한서》〈천문지(天文志)·하(下)〉에 따르면, 고조(高祖) 7년에 달무리가 져서 삼수(參宿)와 필수(畢宿)을 일곱 겹으로 둘러싸서, 이에 대해 점을 치니 "필수와 묘수(昴宿) 사이가 하늘 길[天街]인데 그 북쪽은 오랑캐[胡] 땅이고 그 남쪽은 중국이다. 묘수는 흉노(匈奴)를, 삼수는 조(趙)나라를, 필수는 변방의 병사를 가리킨다."라고 했다. 그해에 고조가 친히 병사를 이끌고 흉노를 토벌했는데, 평성(平城)에 이르러서 묵돌선우(冒頓單于)가 이끄는 흉노의 병사들에게 포위되어 7일 만에야 겨우 풀려났다고 했다.

35《한서》〈흉노전(匈奴傳)〉에 따르면 흉노는 보름달이 뜨면 공격을 시작하고 달이 기울면 퇴각했다고 한다.

36《춘추감정부(春秋感精符)》에 따르면 달은 "음기의 정화요 대지의 결[月者, 陰之精, 地之理]"이라고 했다.

상서로움을 내려서 한나라 왕실에 길조를 드리우고
오나라 궁궐에 길몽을 통하게 했지.[37]
발톱이나 송곳니 같은 빛이 보이면 허물로 여겼고[38]
초하루에 달이 동쪽에 나타나면 불길한 징조로 여겼지.
하얀빛이 하늘에 흐르고
향기로운 빛이 방 안에 들어오는데
아내가 순종의 덕을 닦지 않으면
왕후는 월식이 생길 때 북을 쳤지.[39]
사물은 오직 서치(徐穉)의 설명과 같고[40]
달이 드나드는 굴이 양웅(揚雄)의 부(賦)에 나왔지.[41]

---

37 《수신기(搜神記)》에 따르면 손견(孫堅: 155~191)의 아내가 손권(孫權: 182~252)을 잉태했을 때 달이 품속으로 들어오는 꿈을 꾸고, 손견에게 예전에 손책(孫策)을 임신했을 때 달이 품속으로 들어오는 꿈을 꾸었는데 이번에 또 같은 꿈을 꾸었다고 얘기하자, 손견은 자손이 홍성할 징조라며 좋아했다고 한다.

38 《춘추고이우(春秋考異郵)》에 따르면 제후(諸侯)가 모반하면 달에 발톱이나 송곳니 같은 빛이 나타나고, 후족(后族)이 정치를 멋대로 좌우하면 해와 달이 함께 나타난다고 했다.

39 《예기》〈혼의(昏義)〉에 따르면 아내가 순종의 덕을 닦지 않아 음사(陰事)가 마땅하지 않으면 달에 월식(月蝕)이 나타난다고 했다.

40 서치(徐穉: ?~?)는 자가 유자(孺子)이고 남창(南昌) 사람이며, 동한(東漢) 시대의 은사(隱士)이다. 《세설신어(世說新語)》〈언어(言語)〉에 따르면 그가 아홉 살 때 달을 보며 놀고 있는데 누군가 달 속에 아무것도 없다면 아주 밝지 않겠느냐고 묻자, 그것은 마치 사람의 눈에 눈동자가 없는 것과 같아서 그게 없다면 밝지 않을 거라고 대답했다고 한다.

41 양웅(揚雄: 기원전 53~서기 18)은 자가 자운(子雲)이고 지금의 쓰촨성[四川

관산(關山) 가득 그림자 드리웠고[42]

회랑의 창에 들어와 하얀빛이 쌓였지.[43]

그걸 수레에 태우고 다니는 이는 누구인가?

망서(望舒) 또는 섬아(纖阿)라네.[44]

풍성하게 맑은 광채 드리우고

가득한 황금 물결 희롱하지.

듣자 하니 그 정령이 여적(女狄)에게 감응했고[45]

省] 청두[成都] 사람이다. 박학다식하고 사부(辭賦)를 잘 지어서 유명했던 그는 성제(成帝) 때 급사황문랑(給事黃門郞)을 지냈고, 왕망(王莽)의 신(新) 왕조에서 대부(大夫)를 지냈다. 양웅의 〈장양부(長楊賦)〉에 '달이 드나드는 굴[月窟]'에 대한 언급이 있다.

42 서한(西漢) 때 왕포(王褒: ?~?, 자는 자연[子淵])가 지은 시 〈관산월(關山月)〉을 가리킨다. 원작의 내용은 다음과 같다. "관산의 밤에 달빛 밝아 시름겨운 달빛 외로운 성을 비춘다. 반원형 모습은 한나라 군대 진용을 닮아서, 온전한 그림자 오랑캐 군대를 쫓는구나.[關山夜月明, 愁色照孤城, 半形同漢陣, 全影逐胡兵.]"

43 남조 송(宋)나라 때 사혜련(謝惠連: 407?~433)이 지은 〈원효월부(怨曉月賦)〉에 "계단 위 땅과 섬돌에 거울처럼 비추고, 회랑과 창에 맑게 찰랑거린다.[墀除兮鏡鑑, 廊櫳兮澄澈]"라는 구절이 있다.

44 역대의 주석에서 인용한 《회남자》에는 "달을 태운 수레를 모는 신을 망서라고 하고 또 섬아라고도 한다.[月御曰望舒, 亦曰纖阿]"라는 구절이 들어 있다. 다만 현존하는 회남자 원문에는 이 구절이 들어 있지 않다.

45 《둔갑개산도(遁甲開山圖)》에 대한 영씨(榮氏)의 풀이에서는 여적(女狄)이 저녁에 석뉴산(石紐山) 아래 샘물을 긷다가 달의 정령을 얻었다고 한다. 그녀는 달걀처럼 생긴 그것이 너무 사랑스러워서 자기도 모르게 삼켜버렸는데, 그 바람에 임신해서 14개월 만에 훗날 하(夏)나라를 세운 우(禹)를 낳았다고 했다.

항아가 불사약을 훔쳐 달아났다는 전설도 있지.

밝고 아름답게 하늘에 있다가

환하게 필수(畢宿) 곁을 떠났지.

달이 없어지면 틀림없이 물고기 뇌도 없어지고[46]

계단 옆의 달력 풀[蓂莢]로 틀림없이 증명했지.[47]

갈대 재로 그렸을 때 달무리에 빠진 부분이 있기도 하고[48]

이슬 받는 쟁반 받쳐 들면 광휘가 흐르지.[49]

흰 토끼 약초 찧는 소리 들리고

오(吳) 땅의 물소는 달을 바라보면 숨을 헐떡이지.[50]

---

46 《회남자》 권3 〈천문훈〉에 따르면 달은 음기의 종주이기 때문에 달이 기울면 물고기의 뇌가 없어진다고 했다.

47 《제왕세기(帝王世紀)》에 따르면 요(堯) 임금 때 계단을 끼고 자란 풀이 있었는데, 매월 초하루에 열매가 하나 달려서 보름이 되면 15개가 되고, 16일 이후에는 날마다 하나씩 떨어져서 그믐이 되면 다 떨어진다고 했다. 그리고 한 달이 29일인 달에는 열매 하나가 남았다고 했다. 요 임금은 그것을 달력풀[蓂莢]이라고 불렀는데, 달리 영협(靈莢) 또는 서초(瑞草)라고도 부른다.

48 《회남자》 〈남명훈(覽冥訓)〉: "갈대 재로 달빛 비치는 땅에 원을 그렸을 때 빠진 부분이 있다면 달무리에도 빠진 부분이 있다. [畫蘆灰而月暈闕]"

49 간보(干寶)의 《수신기(搜神記)》 권13에는 쇠[金]의 성질은 한결같아서 5월 병오일(丙午日) 낮에 주조하면 양수(陽燧)가 되고, 11월 임자일(壬子日) 한밤중에 주조하면 음수(陰燧)가 된다는 내용이 있는데, 이에 대한 왕소영(汪紹楹)의 교주(校注)에서는 양수로는 불을 얻을 수 있고 음수로는 물을 얻을 수 있다고 설명했다.

50 《풍속통(風俗通)》에는 오(吳) 땅의 물소는 달을 올려다보면 해를 본 것으로 착각하고 더울까 싶어서 숨을 헐떡인다는 내용이 있다.

언뜻 눈썹 같은 초승달 알아보고
아득히 옥 고리 같은 달 보고 놀라지.
거문고 들고 촛불 끈 채
맑은 달빛 유유히 감상할 수 있을까?

維彼陰靈, 三五闕而三五盈, 流素彩而氷淨, 湛寒光而雪凝.

顧兎騰精而夜逸, 蟾蜍絢彩以宵驚, 容仙桂之託植, 仰天星而助明.

乍喜哉生, 還欣始明, 經八日而光就, 歷三月而時成.

呂錡射之而占姓, 闞澤夢之而見名.

若夫西郊坎壇, 秋風夕祭, 類在水故應於潮, 義在陰故符於禮.

取象后妃, 視秩卿士, 故以爲上天之使.

人君之姊, 瞻瑞彩於重輪, 共淸光於千里.

爾其遊西園之飛蓋, 騁東鄙之姸詞, 會稽愛庭中之景, 陸機攬堂上之輝.

圓光似扇, 素魄如圭, 同盛衰於蛤蟹, 等盈缺於珠龜, 暈合而漢圍未解, 影圓而虜騎初來.

若乃珥戴爲瑞, 朏魄示衝, 爲地之理, 作陰之宗.

降祥符於漢室, 通吉夢於吳宮, 覩爪牙而爲咎, 見側匿而爲凶.

觀其素景流天, 芳輝入戶, 婦順苟或不修, 王后爲之擊鼓.

物惟徐孺之說, 窟見揚雄之賦, 彌關山而布影, 入廊櫳而積素 .

厥御兮維何, 望舒兮纖阿, 垂靄靄之澄輝, 弄穆穆之金波.

聞感精之女狄, 傳竊藥之嫦娥.

皎兮麗天, 昭然離畢, 應魚腦而無差, 驗階蓂而靡失.

亦有畵蘆灰而暈缺, 捧陰燧而輝流.

擣聞白兎, 喘見吳牛, 乍認蛾眉, 遙驚玉鉤.

得不薦鳴琴而滅華燭, 翫淸質之悠悠.

그야말로 이런 격이었다.

한가을이라 천리를 비추는 달 높이 걸렸는데

밤 깊어지니 온 하늘의 별들에 한기가 스며든다.

秋半高懸千里月, 夜深寒浸一天星.

김 원외랑 부부가 한참 동안 달구경에 빠져 있다 보니 어느새 이경을 지나 삼경이 가까워지고 있었다. 유씨는 갑자기 피곤해져서 다른 생각이 들지 않았다.

"여보, 그만 자는 게 어때요?"

이튿날 일어나 보니 해는 벌써 세 길이나 높이 떠 있었다. 이것은 "마음 한가하니 무슨 일이든 느긋하지 않으랴? 잠에서 깨어 보니 동쪽 창이 벌써 밝아졌네."[51]라는 상황은 아니니, 분명코 어떤 이유가 있었다.

그런데 부인이 일어나 눈을 떠 보니 어느새 커다란 아이를 낳아 놓고 있었다. 하늘에서 떨어진 건지 땅에서 솟아난 건지, 자기가

51 이것은 북송(北宋) 정호(程顥: 1032~1085, 자는 백순[伯淳], 호는 명도선생[明道先生])의 시 〈가을날 우연히 짓다[秋日偶成]〉에 들어 있는 구절로서, 원문은 다음과 같다: "閑來無事不從容, 睡覺東窗日已紅."

낳은 건지 남이 낳아서 두고 간 건지, 해질녘에 낳은 건지 한밤중에 낳은 건지, 새벽에 낳은 건지 해가 뜬 뒤에 낳은 건지도 모를 지경이었다. 그녀는 "아이고!" 하면서 한 손으로 침대를 짚고 다른 한 손으로는 남편을 잡아당겼다. 그때까지도 김 원외랑은 꿈속에 있었다. 부부는 나란히 눈을 감고 합장한 채 침상 앞에 가부좌를 틀고 앉았다. 그 아이의 몸에서는 수많은 금빛이 피어나 방 안이 온통 발그레한 빛으로 가득했다.

한편 이웃에 사는 벗이나 주민들은 날이 밝아 해가 세 길이나 높이 떴는데도 자리에서 일어났거나 세수를 한 사람이 아무도 없었다. 그야말로 선비와 농부, 기술자와 장사꾼은 각자의 직업이 있다는 격이었다. 그때 갑자기 하늘에서 삘릴리 둥둥 음악 소리가 일제히 울리면서 기이한 하늘의 향기가 콧속으로 스며들었다. 문을 열고 살펴보니 김 원외랑의 집 위로 눈부시게 아름답고 환한 빛이 하늘에 닿을 듯이 피어나고 있었다. 이웃들과 벗들이 일제히 달려와 보니, 그 집의 대문은 여전히 닫혀 있고 사람 말소리도 들리지 않았다. 이게 어디 보통 일인가? 사람들이 문을 밀치고 들어가 보니 안에도 사람이 보이지 않고, 방문 앞에도 아무도 없었다. 그대로 문을 박차고 침실로 들어가 보니 머리에 솜털도 없는 아이 하나가 침대에 앉아 있었고, 김 원외랑 부부는 눈을 감은 채 합장을 하고 침상 앞에 가부좌를 틀고 앉아 있었다. 다들 그 장면을 보고 너무 놀라 멍한 표정이 되어 버렸다. 불이 난 게 아니라면 머리에서는 불꽃같이 이글거리는 빨간 빛은 무엇이고, 불이 났다면 방안은 연기에 가득 차서 잿더미가 되어 있어야 하지 않겠는가? 아이를 낳은 게 아니라면 침대 위에 버젓이 있는 아이는 무엇이며, 아이를 낳았다 하더라도 무슨 아이가 이리 장엄한 모습이란 말인가? 누군가에게 음해를 당하지 않는 거라면 그들 부부는 왜 이리 혼백이 날아가 죽은 모습이고, 누군가에게 음해를 당했다면 두 사람의 몸에 왜 칼자국 같은 상처 하나 없단 말인가? 도무지 알 수 없는 사건이 아닐 수 없었다.

개중에 그나마 경험 많고 사리 구분을 잘하는 이가 있었다.

"이거 예삿일이 아니로구먼. 관청에 보고해서 조치하게 하지 않는다면 우리까지 재앙을 당하겠어!"

사람들이 곧 육(陸) 노인을 대표로 내세워 연명(聯名)으로 문서를 작성해서 관청에 보고하자고 했다. 육 노인은 나이도 많고 음덕이 있어서 마을 사람들이 모두 존경하는 인물이었기 때문이다. 육 노인은 사람들의 얘기를 듣더니 연신 "알겠네!" 하면서 곧 소매를 떨치고 일어났다. 그때 사람들 속에서 젊은이 하나가 불쑥 나서서 육 노인의 소매를 붙들었다.

"잠깐만요!"

"자네는 누군데 나를 붙드는가?"

"저는 이 집안의 친척입니다. 돌아가신 분은 제 큰형님이시고, 저는 넷째입니다. 형님이 돌아가셨으니 동생이 장례를 치러드려야지, 관청에 알릴 필요가 있습니까?"

"자네 형님의 죽음에 좀 이상한 데가 있으니, 관청에 알려야 하지 않겠는가?"

"그럴 필요 없습니다."

"아닐세. 알려야 하네."

한참 동안 언쟁이 오갔지만 결국 다수의 의견대로 연명으로 문서를 작성해서 항주지부(杭州知府)에게 보고했다. 이 지부는 청강포(淸江浦)[52] 사람으로서 전제(田齊)[53]의 후예인데, 상당히 청렴하고 일 처리가 공정했다. 이 때문에 항주 사람들 사이에는 "지부 나리는 너무 청렴하고 공정해서 전혀 인정사정을 봐주지 않고, 지부 나리는 너무 청렴하고 유능해서 한 톨의 뇌물도 받지 않는다."라는 소문이 돌 정도였다. 그래서 다들 그를 '청천태야(淸天太爺)'라고 불렀다. 연명장을 받은 지부는 그걸 가져온 이들에게 몇 마디 물어보더니 금방 사태를 파악하고 이렇게 분부했다.

"김 아무개의 죽음은 의혹이 있긴 하지만 검증할 만한 상처도 없고, 태어난 자식은 어미가 없지만 살아 있다. 그러니 다들 힘을 합쳐 그들 부부의 장례를 치러주고, 아이는 출가시키도록 하라. 이렇게 하면 산 자와 죽은 이들 모두에게 이로울 테니, 더 이상 번거롭게 고발장을 올리지 말라!"

---

52 지금의 장쑤성[江蘇省] 화이안시[淮安市]에 속한 지역이다.

53 전국(戰國)시대의 제후국 이름이다. 원래 제(齊)나라의 재상이었던 전화(田和)가 위(魏)나라 문후(文侯)의 도움을 받아 주(周)나라 천자(天子)의 승인을 얻음으로써 임치(臨淄)에 수도를 둔 독립된 제후국으로 인정을 받았다. 이후로 제나라의 제후를 전씨 가문에서 이어갔기 때문에, 이후의 제나라를 이전의 것과 구분하기 위해 '전제(田齊)'라고 부른다.

육 노인은 함께 간 이웃들과 함께 머리를 조아리며 연신 "예, 예!" 하고 급히 물러났다. 그리고 두 개의 관을 사서 김 원외랑 부부의 시신을 수습했다. 일이 끝나자 사람들이 다시 상의했다.

"시신은 수습했는데 영구는 어디에 두나? 아이를 출가시켜야 하는데 나이가 몇인지도 모르잖아? 또 어느 절에다 출가시킨단 말인가? 아무래도 청천태야께 다시 말씀드려야 하지 않겠어?"

그 지부는 바로 사람들의 마음을 꿰뚫어 보고 공정하고 엄명한 판결을 내리는 인물이었다. 육 노인 등이 관아로 들어가 섬돌 아래 넙죽 엎드렸는데, 그들이 입을 열기도 전에 지부가 말했다.

"또 나를 찾아온 건 영구를 안치하는 문제와 아이의 출가 문제 때문이렷다?"

육 노인 등이 황급히 머리를 조아리며 대답했다.

"나리, 과연 신처럼 고명하십니다!"

"내 이미 생각해둔 바가 있다. 영구는 소경사(昭慶寺) 안의 북쪽에 있는 그 경기탑(慶忌塔) 아래 안치하고, 아이는 뇌봉 아래 정자사의 온운적(溫雲寂) 장로(長老)의 제자로 출가시키도록 해라. 오늘 당장 시행하라!"

지부는 즉시 담당 관리를 불러 두 장의 긴급 문서를 쓰게 했다. 그리고 두 명의 심부름꾼을 시켜서 하나는 서호 옆의 소경사로 보내 주지에게 영구를 탑 아래 안치하도록 통지하고, 다른 하나는 뇌봉 아래 정자사로 보내 운적 장로에게 그 아이를 제자로 받아들이라고 통지했다. 이렇게 두 가지 문제를 합리적으로 처리하니, 산

자와 죽은 자 모두 감사할 수밖에 없었다.

하지만 '인간 세상에서 겨우 한없는 복을 맞는가 싶었더니 하늘에서 재앙이 날아온다.'라고 하지 않았던가? 하늘 가득 음악 소리가 울리고 온 성안에 기이한 향기가 퍼졌으니 누군들 놀라지 않았겠는가? 군인들과 일반 백성들은 물론이고 도지휘사(都指揮司)와 승선포정사사(承宣布政使司), 제형안찰사사(提刑按察使司)까지 삼사(三司)와 정치를 감찰하는 삼원(三院),[54] 남북의 양쪽 관문까지 놀랄 수밖에 없었다. 이것들이 어떤 관청인가! 그런데 하필 그곳에는 무척 까다로운 관리가 하나 있었다. 그의 모습은 이러했다.

玉節搖光出鳳城	옥 장식 반짝반짝 흔들며 도읍을 나서니
威摧山嶽鬼神驚	산악을 꺾을 듯한 위세에 귀신도 놀란다.
群奸白晝嫌霜冷	간사한 무리는 대낮에도 찬 서리 보듯 피하고
萬姓蒼生喜日晴	억조창생들은 맑은 날 왔다고 기뻐하지.
當道豺狼渾斂迹	권력 잡은 사나운 무리 수탈의 흔적 혼탁해도
朝天驄馬獨馳名	천자 배알하며 어사 홀로 이름 날렸지.
九重更借調元手	구중궁궐에서 다시 정치의 권력 빌려주니
補袞相期致太平	황제를 보필하며 태평성대를 기약하지.

54 당(唐)·송(宋) 시대에는 시어사(侍御史) 소속의 대원(臺院)과 전중시어사(殿中侍御史) 소속의 전원(殿院), 감찰어사(監察御史) 소속의 찰원(察院)을 아울러 '삼원'이라고 불렀다.

그는 어사대(御史臺)에 앉아 있었어도, 도무지 종잡을 수 없는 김원외랑의 사건에 대해 진즉부터 알고 있었다. 당시 그는 바로 유능한 관리를 파견하여 해당 지역 관청으로 가서 정보를 알아보고, 그곳 지방관이 사건을 어떻게 처리하는지 살펴보게 했다. 그날 오후, 관리가 돌아와서 보고했다.

"청렴하고 공정한 그곳 지부께서 이렇게 저렇게 처리했습니다."

어사는 즉시 두 명의 전령을 파견하여 전하고 직접 그 지방 관청의 해당 부서에서 가서 문서를 제출받아 검토해 보려 했다. 전령이 그곳에 도착해서 문서를 제출하라고 요구하자 담당 관리들이 어찌할 바를 모르고 있는데, 마침 그 '청천태야'가 도착했다. 서로 인사를 나누고 나자 어사가 물었다.

"인명은 중한 것이거늘 어찌 가벼이 여길 수 있겠소?"

"제가 어찌 감히 그러겠습니까? 다만 이 사건은 단서가 없다 하지만, 저는 그 실상을 잘 압니다."

"그걸 어찌 안단 말이오? 어디 좀 자세히 얘기해 보시구려."

"저는 매일 새벽 오경에 일어나 목욕재계하고 향을 살라 하늘에 기원한 뒤에 청사로 나와 일을 처리합니다. 오늘도 오경 무렵에 일어나 기원을 마쳤는데, 갑자기 하늘에서 음악 소리가 울리면서 기이한 향기가 코를 찔렀습니다. 그래서 뭔가 상서로운 일이 있지 않을까 하는 생각이 들었습니다. 그런데 잠시 뒤에 과연 상서로운 구름 한 덩어리가 서쪽에서 내려왔는데, 그 위에는 깃발과 화려한 덮개를 한 수레가 깃털을 장식한 의장(儀仗)과 무지개 깃발을 앞세우고, 양쪽으로 악대를 거느리고, 사방으로 호위병들을 대동한 채 얹혀 있었습니다. 흐릿해서 잘 보이지는 않았지만 그 가운데에 두 바퀴가 달린 용거(龍車)와 봉련(鳳輦)[55]이 있었는데, 곧장 본 성의 서북쪽 귀퉁이로 내려갔습니다. 그리고 얼마 후에 중간의 그 구름이 저절로 내려갔다가 다시 올라가는데 왼쪽 수레에는 웬 남자가, 오른쪽 수레에는 웬 여자가 단정히 앉아 있었습니다. 구름은 계속 하늘 높이 올라가서 결국 보이지 않게 되었습니다. 그때 마침 이 지역 사람들이 찾아와 다들 김 아무개 부부가 평소 정진결재(精進潔齋)를 해왔다고 칭송하지 뭡니까? 그래서 저는 전말을 깨닫고, 그들 부부의 시신을 수습하여 장례를 치르라고 분부를 내렸던 것입니다."

"영구는 지금 어디 있소이까?"

"소경사 경기탑 아래에 있습니다."

"아이한테는 무슨 기이한 점이 있었습니까?"

"제가 보기에 아이의 일은 그다지 기이할 것도 없는데, 지역 사람들 얘기로는 멀리서 볼 때 그 집에 붉은 기운이 가득 차 있었고, 가까이 가서 보니 그 아이가 두 손을 모으고 가부좌를 튼 채로 우뚝 앉아 있더랍니다. 어리석은 제 소견으로는 분명 어떤 훌륭한 보살님이 인간 세계에 강림하신 게 아닐까 해서 출가시키라고 분부했던 것입니다."

"어디로 출가시켰습니까?"

---

55 용거(龍車)와 봉련(鳳輦)은 모두 신선이 타는 수레를 가리킨다.

"정자사의 운적 스님 제자로 들였습니다."

"현명하신 태수님, 말씀도 타당하고 처리도 마땅하게 하셨습니다. 다만 한 가지, 백성들이 워낙 교활한 짓을 잘하니 저희처럼 윗자리에 있는 사람들이 자세히 살피지 않으면 안 됩니다."

"분부대로 하겠습니다."

"그럼 태수께서는 관사로 돌아가십시오. 저는 여기서 달리 처리할 방도가 있습니다."

청천태야가 나가자 어사는 곧 명령을 내려 항주 전아(前衛)와 우아(右衛), 관해아(觀海衛), 임산아(臨山衛)의 담당 관리들을 불러들였다. 그리고 또 해녕(海寧)과 감포(澉浦), 사포(乍浦), 대숭(大嵩), 확구(霩衢), 건도(健跳), 애완(隘頑), 만기(滿岐) 등지의 수어천호소(守御千戶所)[56] 담당 관리들과 자산(赭山), 석돈(石墩), 왕강경(王江涇), 백사만(白沙灣), 조림(皂林), 고당(皐塘), 사안(四安), 천목산(天目山) 등지의 순검사(巡檢司)[57] 담당 관리를 불러들였다. 아문(衙門)의 관리

56 수어천호소(守御千戶所)는 명나라 때의 군사 방어 조직인 위소(衛所) 제도 가운데 특별한 편제(編制)이다. 이것은 위(衛)보다는 위상이 낮지만 위에 소속되지 않고 도지휘사사(都指揮使司)에게 소속된 부서로서, 그 조직은 일반적인 천호소와 같다. 위소는 군사적 요충지에 소속된 부(府)와 주현(州縣)에 설치되었으며, 최고 책임자는 천호솔령(千戶率領)이고, 그 아래에 10개의 백호소(百戶所)를 두었다. 백호소는 각기 2개의 총기(總旗)를 거느렸고, 각 총기는 다시 5개의 소기(小旗)를 거느렸다. 천호소에 주둔한 병사는 조기군(操旗軍)과 둔기군(屯旗軍)으로 구별되었는데, 그 수는 시대에 따라 조금씩 다르다.

57 순검사(巡檢司)는 원·명·청 세 왕조에서 현(縣) 단위의 관아 아래 두었던 하부조직으로서, 통상적으로 인구가 적은 지역의 비상 상황에 대비하기 위

들은 각기 기마병(騎馬兵) 서른 명, 천호소의 관리들은 각기 보병(步兵) 서른 명, 순검사의 관리들은 각기 궁병(弓兵) 서른 명을 대동했다. 갑옷과 투구를 번쩍이며 날카로운 무기로 무장한 이들은 일제히 서호 소경사 경기탑 아래로 가서 관을 열고 시신을 살펴보았다. 여러 관리가 함께 살펴보았지만, 시신에 상처 자국은 보이지 않았다. 검시가 끝나자 그들은 다시 뇌봉 아래 정자사의 운적 스님의 방으로 갔다. 관리들이 함께 점검하러 오자 그 절의 모든 제자가 벌을 받지 않으려고 신속하게 상황을 보고했다. 이게 바로 "장군의 명령만 들을 뿐 황제의 조서(詔書)는 듣지 않는" 격이었다.

한편 이들 관아의 관리들과 천호소의 관리들, 순검사의 관리들을 비롯한 수많은 관리와 기마병, 보병, 궁병 및 수많은 군마(軍馬)가 일제히 들이닥쳐 소경사를 철옹성처럼 겹겹이 둘러싸자, 승려들은 너무 놀라 혼이 달아날 지경이었다. 관리들은 다들 상처를 발견해내면 제일 큰 공을 세우리라 생각했고, 따라온 군인들은 다들 오늘 상처를 발견하면 적당한 상을 받으리라고 생각했다. 그런데 관을 날라다가 하나를 열어서 보니 뜻밖에도 안이 비어 있었고, 다른 하나도 마찬가지였다.[58] 관리들은 멍하니 서로 얼굴을 마주 보

한 조직이었다. 원나라 때 이 기관은 행정적 재량권도 없고 주관하는 관리도 없었으며, 주로 군사적 기능만 담당했다. 명나라 때는 여기에 행정권이 부여되었으며, 청나라 말엽에는 인구 증가에 따라 순검사의 역할이 날로 커짐에 따라 통판(通判) 등의 관리가 업무를 총괄하게 하는 경우가 많았다.

58 앞에서 이미 검시를 끝냈다고 서술했기 때문에 이 부분과는 앞뒤가 맞지 않지만, 원문 그대로 번역해두었다.

고, 병사들은 너나없이 비집고 나와 자기 눈으로 확인하려 했다. 하지만 어쩔 수 없이 정자사로 가는 수밖에 없었다.

정자사에 도착해 보니 운적 스님도 예사로운 인물이 아니어서 육신의 눈은 좋은 편이고, 법안(法眼)은 아주 하급이었고, 혜안은 중간쯤 되고, 천안(天眼)은 제법 높았지만, 불안(佛眼)이야말로 자신의 장기였으니 이들 군마(軍馬)쯤이야 안중에도 없었다. 군마가 산문 앞에 이르렀을 무렵에 그는 벌써 어사가 조사하러 나왔다는 사실을 알아챘다. 이에 그는 한 손에 그 아기를 안고 다른 한 손으로 지팡이를 짚은 채, 아무 말도 없이 다짜고짜 도찰원(都察院)으로 향했다. 관리들은 그가 나이도 많고 아이까지 안고 있으니 사실이 확인되었다고 여겨서, 그를 가로막지 않고 그대로 돌아갔다.

이때는 벌써 날이 어두워지고 있어서, 둥지로 돌아가는 까마귀들이 줄지어 날고 있었다. 어사는 그때까지 청사에 앉아 관리들의 보고를 기다리고 있었다. 잠시 후 관리들이 꿰인 생선들처럼 줄지어 들어와 서열대로 계단 앞에 무릎을 꿇었다.

"그래, 관을 열어 검시하니 무슨 상처가 있더냐?"

관리들이 일제히 대답했다.

"두 개의 관이 모두 비어 있었습니다."

어사는 슬쩍 웃으며 고개를 끄덕이더니 그에 대해서는 더 묻지 않았다.

"아이는 어디 있더냐?"

"지금 승려가 밖에 와 있사옵니다."

어사는 관리들에게 각자의 부서로 돌아가라고 분부하고, 따로 승려를 안으로 들이라고 했다. 관리들이 물러나자 승려가 천천히 섬돌 위로 올라왔다. 어사는 몸소 일어나며 분부했다.

"스님, 예절은 생략하고 그냥 대청으로 들어오시지요."

그러면서 고개를 들어 살펴보니 늙은 승려가 어린아이를 하나 안고 있었는데, 그 아이는 머리가 길쭉하고 이마가 넓은 데다 이목구비가 아주 깔끔하고 예뻤다. 태어난 지 겨우 하루밖에 안 되었는데도 포대화상(布袋和尙)[59] 같은 기품이 완연했다. 어사가 무척 기꺼워하며 물었다.

"오늘 아이가 무얼 먹었습니까?"

"이 아이는 태어난 지 하루밖에 안 되었지만, 사실 많은 것을 품고 널리 알려졌습니다."

"그걸 어찌 아시오?"

"아침에 청천태야의 분부에 따라 제가 제자로 받아들였사온데,

---

59 포대화상(布袋和尙)은 성명과 출신 내력이 불분명하지만 고대 중국에서 혜비수(惠比壽)와 대흑천(大黑天), 비사문천(毗沙門天), 수노인(壽老人), 복록수(福祿壽), 변재천(弁才天)과 더불어 '칠복신(七福神)' 가운데 하나로 숭배되는 인물이다. 그의 신분에 대해서는 오대(五代) 후량(後粱) 때의 승려 설차화상(契此和尙)이라는 등의 여러 가지 설이 있다. 그는 항상 입을 크게 벌리고 웃는 얼굴이며, 주름진 이마와 커다랗게 불룩 솟은 배를 특징으로 한다. 또한 항상 천으로 만든 자루를 지거나 들고 있으며, 상식적으로는 이해하기 어려운 기행을 일삼는 것으로 알려져 있다. 중국의 불교 사원에는 대부분 대두미륵(大肚彌勒) 또는 대두비구(大肚比丘)의 상을 앉혀놓고 재신(財神)으로 모시는데, 그 원형이 바로 포대화상이라고 여겨지고 있다.

태어나자마자 어미를 잃어서 젖을 먹일 사람도 없는지라, 불목하니를 시켜 시주들의 집을 찾아가 젖동냥을 얻게 했습니다. 그런데 첫 번째 집에서도 두 번째 집에서도 아이가 입을 열지 않았고, 심지어 열 번째 집에 갔을 때도 계속 입을 열지 않더랍니다. 아이를 안고 산문으로 돌아올 무렵에는 날이 저물어 가서 이미 어스레해지고 있었지요. 그러니 저는 혹시 이 제자가 부처님의 인연을 따르는 특별한 존재가 아닌가 하는 생각이 들었습니다. 그래서 부처님 앞에 바쳐진 과일을 조금 떼어서 먹여보았더니, 단번에 받아 삼키는 게 아니겠습니까? 그런데 겨우 두 입을 먹었을 때 어사께서 파견하신 관리들과 병사들이 들이닥쳤기 때문에, 소승이 제자를 안고 이렇게 어사 나리를 찾아와 간청하게 된 것입니다. 부디 하늘을 대신해 올바른 도리를 실천하시는 어사 나리께서 현명하게 살펴주시기 바랍니다."

어사가 입을 열기도 전에 문지기가 큰 소리로 보고했다.

"항주지부께서 오셨습니다!"

어사는 승려에게 일어나라 하고 아이를 잘 보살피라고 당부하면서, 다른 한 편으로 청천태야를 맞이했다. 청천태야가 뜰에서 예를 행하자 어사가 두 손으로 부축해 일으키고 껄껄 웃으며 말했다.

"오늘 일은 어떤 것 같소이까?"

"불민한 저는 그저 깨우쳐주셔야 이해할 수 있을 뿐입니다. 그런데 보고 아는 것과 듣고 아는 것은 어떻게 다른 것인지요?"

"무릇 신선이 인간 세계에 내려올 때는 육신을 빌려 그 안에 영성(靈性)이 사는 법이지요. 이 영성이 바로 신선이고, 육신은 그저 껍질에 지나지 않습니다. 그런데 영성이 승천하게 되면 육신도 따라서 사라지기 때문에, 세상 사람들은 그걸 '시해(尸解)'라고 합니다. 태수께서 아침에 직접 김 아무개 부부가 신선이 되어 승천하는 것을 보셨다고 하시기에, 저는 그 두 사람의 육신도 분명히 풍화되어 사라졌을 테니 관 속에 없으리라고 생각했습니다. 그래서 관리들에게 관을 열어 살펴보라고 했던 것입니다. 이렇게 되면 태수의 신명(神明)함을 드러내고 제 어리석은 소견을 증명할 수도 있으니 말입니다. 이러니 태수께서는 보고 아시는 것이고, 저는 듣고 아는 게 아니겠습니까?"

청천태야가 연신 훌륭한 말씀이라고 칭송하며 감사하자, 어사가 또 말했다.

"그런데 그 아이가 인간 세상에 강림한 보살이라는 건 어찌 아셨습니까?"

"지역 사람들의 얘기를 듣고 제 나름대로 추측해본 것입니다."

"이번에는 제가 보고 알게 되었고, 태수께서는 듣고 아시게 되었구려."

"무슨 말씀이신지?"

"태수께서는 지역 사람들의 얘기를 들으시고 속으로 짐작하셨지만, 저는 조금 전에 그 스님이 아이를 안고 들어오는 것을 보았습니다. 그런데 그 아이는 머리가 길쭉하고 이마가 넓은 데다 이목구비가 아주 깔끔하고 예뻤고 미륵처럼 환한 웃음을 짓고 있는 것이 영락없이 포대화상의 모습이지 뭡니까? 그러니 그렇게 말씀드린 것이지요."

그야말로 이런 상황이었다.

一切須菩提	모든 것은 수보리[60]이니
心如是淸淨	마음은 이렇듯 청정하다네.
佛言世希有	부처님 말씀은 세상에 진귀한 것이라
所未曾見聞	이제껏 듣도 보도 못했던 것이라네.
若復有人聞	사람들이 그 말씀 듣게 되면
淸淨生實相	청정함이 실제로 나타나리라.
若復有人見	사람들이 그것을 보게 되면
成就第一天	첫날에 바로 성취를 이루리라.
無見復無聞	보지도 듣지도 않는다면
是人卽第一	그는 세상의 제일이겠지.

어사와 청천태야가 각기 듣고 본 것이 있다 하지만, 그 안에 귀로 들을 수 없고 눈으로 볼 수 없는 수많은 인과(因果)가 담겨 있음을 어찌 알 수 있었겠는가? 그러면 그 귀로 들을 수 없고 눈으로 볼 수 없는 수많은 인과라는 게 무엇인지는 다음 회를 보시라.

---

60 수보리(須菩提)는 범어 subhūti를 음역한 것으로 '수부제(須浮帝)', '수부제(須扶提)', '소부저(蘇部底)' 등으로 쓰기도 한다. 의역의 경우는 '선현(善現)', '선견(善見)', '선길(善吉)', '공생(空生)' 등으로 쓴다. 원래 이것은 인명으로서, 옛날 인도의 구살라(拘薩羅, Kosala) 왕국 사위성(舍衛城, Sāvatthī)의 장자(長者) 아구류(阿鳩留)의 아들인데, 출가하여 석가모니의 10대 제자 가운데 하나가 되었다. 그는 '공의 뜻을 가장 잘 이해한 인물[解空第一]'로 유명하다. 여기서는 그 이름이 갖는 뜻 자체를 나타내고 있다.

제4회

먼저 번뇌를 없애려고 머리를 깎고 나중에는 대장부임을 보이려고 수염을 남기다

先削髮欲除煩惱　後留鬚以表丈夫

由來迹狀甚殊常	내력과 행적이 너무 특별하여
脫落人間宅渺茫	인간 세계에 내려오니 집이 아득하네.
鐺煮山川深有象	산천을 솥에 볶으니 형상이 심오하고
瓢藏世界妙無疆	표주박에 세상을 담으니 아득하여 경계가 없네.
衝天淨假能飛翼	하늘에 올라 청정하게 쉬며 날아다닐 수 있고
服日長居不老鄉	태양의 정기 먹으며 늙지 않고 오래도록 사는 것은
漢武秦皇求未得	한 무제도 진시황도 구하지 못했거늘
豈因浪說事荒唐	어찌 말도 안 되는 소리 때문에 황당한 일 벌이는가?

한편 김 원외랑과 그의 아내는 원래 옥황상제의 시중을 들던 금

동(金童)과 옥녀(玉女)였는데, 인간 세상이 그리워서 둘이 함께 내려왔다가 부부가 되었다. 영소보전에서야 순식간의 일이지만 인간 세상에서는 어느새 칠칠 사십구 년이 흐른 뒤였다. 그런데 그날 연등고불이 인간 세계에 내려오자 그의 몸에서 발산되는 수많은 금빛이 영소보전까지 치솟았다. 이 때문에 옥황상제가 대전에 올라 금동과 옥녀를 찾으셨으니, 그들이 금방 원래 자리로 돌아가지 않을 수 있겠는가?

게다가 그들이 낳은 아이는 더욱이 귀로 들을 수 없고 눈으로 볼 수 없는 수많은 인과를 갖고 있었다. 그걸 어찌 아느냐고? 원래 이 아이는 오십 년 마하승기의 재난을 풀어주기 위해 인간 세계에 내려온 연등고불이었기 때문이다. 그의 명호가 왜 연등고불인가? 그는 원래 서천의 태자(太子)로 태어났는데, 태어난 날 그의 몸에 등불처럼 밝은 빛이 일렁였기 때문에 그런 명호가 붙은 것이다. 그가 몸을 등잔 접시로 삼아 등불을 밝힌 것은 '등(燈)'이라는 글자가 또 '금(金)'을 따르기 때문인데, 후세에는 이 때문에 그를 정광불(錠光佛)이라고 불렀고, 요즘 사람들은 줄여서 '정광불(定光佛)'이라고 부르기도 한다. 이를 증명하는 게송이 있다.

說卽雖萬般	말이야 여러 가지로 많지만
合理還歸一	이치에 맞는 것은 하나로 귀결되지.
除是身畔燈	곁에 있는 이 등불을 없애야
方才是慧日	비로소 지혜의 해가 뜨리라.

한편 연등고불의 화신인 이 아이는 태어날 때 부모가 세상을 떠나서 정자사 운적 스님의 제자가 되었는데, 운적 스님은 그를 무척 아꼈다. 다만 이 제자에겐 아주 이상한 구석이 많았다. 그것은 절에 들어온 뒤로 생긴 것이 아니라 태어날 때부터 갖고 있던 성격이었다. 오줌을 싸지 않는 것은 그렇다 치고, 하루에 몇 가지 음식을 몇 그릇이나 주더라도 다 먹는데 도무지 배부르다고 하지 않는 것이었다. 그리고 사나흘 동안 먹을 것을 주지 않아도 달라고 하지도 않고 배고프다고 하지 않았다. 또 한 가지, 그는 남들과 똑같이 하얀 눈자위와 까만 눈을 갖고 있었지만 한쪽 눈은 뜨지 않았고, 남들과 똑같은 입과 혀를 갖고 있었지만 말을 한 마디도 하지 않으며, 남들처럼 동그란 귀를 갖고 있었지만 무슨 소리든 듣지 못했으며, 남들과 똑같이 가늘고 고운 열 개의 손가락을 갖고 있었지만 아무것도 집어 들지 못했고, 남들과 똑같이 발이 달려 있어서 재주넘기를 할 수 있었지만 걷거나 뛰지는 못했다. 오로지 앉아 있는 것만이 타고난 팔자였다. 선방(禪房)에 앉으면 벽돌 벽을 바라보며 몇 달이든 앉아 있었고, 승방(僧房)에 앉으면 판자벽을 바라보며 여섯 달 동안 앉아 있곤 했다.

날랜 망아지가 구멍으로 내달리듯, 번갯불이 내리치듯 어느새 삼삼은 구, 아홉 해 가까운 세월이 흘렀다. 사부는 그를 아꼈지만 그에게는 이처럼 보통 사람들의 정리(情理)에 맞지 않는 부분이 적지 않았던 것은 어쩔 수 없었다.

어느 날 등화상(滕和尙)이라고 자칭하는 어느 행각승이 운적 스님을 찾아왔다. 운적 스님이 승방으로 맞이하여 인사를 나누고 보니, 그는 제법 기개도 있고 풍채도 좋았다. 곧 자리를 권하고 차를 대접한 후 밥까지 주었다. 둘은 불교 경전에 대해 이야기를 나누었으니, 그야말로 이런 격이었다.

空華落影	허공의 꽃이 그림자 떨구니
陽焰翻波	태양의 불꽃 파도처럼 출렁인다.
光發襟懷	빛이 가슴을 비추나니
影含法界	그림자엔 법계[1]가 담겨 있구나.

등화상이 고개를 들어 바라보니 제자 하나가 묵묵히 판자벽 아래에 앉아 있는 것이었다.

"저분은 누구신지요?"

"제 제자입니다."

"어찌 저리 단정히 앉아 있는 것입니까?"

"저 아이는 벌써 아홉 해째 저렇게 앉아 있습니다."

---

1 일체 만물의 현상과 본질적 법칙을 가리키는 불교 용어이다. 일반적으로 이것은 의식이 닿는 경지 즉, 이른바 '18계(界)' 가운데 하나를 가리킨다. 법계는 소승(小乘) 75법 가운데 64개 심소(心所)와 14개 불상응행(不相應行), 3개 무위법(無爲法) 및 무표색(無表色)까지 모두 64법을 포괄한다. 대승(大乘) 100법 가운데는 51개 심소와 스물네 개 불상응행, 6개 무위법 및 무표색까지 82법을 포괄한다. 일설에는 법계가 일체의 법을 통섭(統攝)하기 때문에, 나머지 17법 또한 법계라고 하기도 한다. 또한 구체적인 내용에 대해서도 경전과 종파에 따라 그 범위와 종류에 대한 이론이 다양하다.

"스님께서도 왜 그러는지 이유를 물어보시지 않았습니까?"

"물어본들 귀가 들리지 않는답니다."

그 두어 마디 말에 온 하늘의 별들이 놀랐다. 그 제자는 가볍게 자리에서 일어나 느릿하게 발을 끌며 선방 밖으로 나갔다. 어디로 간 걸까? 그는 곧장 대웅전으로 가서 부처님과 보살, 나한들에게 참배하고, 고루(鼓樓)에 올라 북을 몇 번 울리고, 종루(鐘樓)에 올라 종을 몇 번 치더니, 다시 선방으로 돌아와 먼저 사부에게 인사를 올린 다음, 등화상에게도 인사를 했다. 그리고는 눈을 뜨고 혀를 굴리더니 이렇게 말했다.

"도라는 것은 듣고자 해도 들을 수 있는 게 아니고, 법이라는 것은 묻고자 해도 물을 수 있는 게 아니지요."

그 말에 운적 스님이 무척 기뻐하며 만면에 웃음을 지었다. 그러자 등화상이 말했다.

"정말 경사로군요. 너무 훌륭한 다라니(陀羅尼, dhāraṇī)의 목소리[2]라 마음을 시원하게 통하게 해 주고, 귀에도 거슬림 없이 쏙쏙 들어오는군요!"

그러자 그 제자가 응대했다.

"사람이 미혹되는 것은 색즉시공을 깨닫지 못했기 때문이니, 깨

2 범어 dhāraṇī에는 무량한 불법(佛法)을 모두 기억하여 잊어버리지 않는 기억력을 비롯해서 많은 뜻이 있지만 여기서는 아무리 들어도 기쁘거나 화내거나 집착하거나 동요하는 마음이 생기지 않는 깨달음의 경지에 이른 것을 가리킨다.

달음이라는 것은 본래 거스름도 따름도 없는 것입니다."

"불법을 깨닫는 길은 많은데 깨달음에 본래 거스름도 따름도 없다고 할 수 있겠는가?"

"팔만 사천 가지 깨달음의 문이 있지만 지극한 이치는 그저 한 치의 마음에 달려 있을 뿐입니다."

"그 한 치의 자리에 사실 번뇌의 뿌리가 있고 청정의 꽃은 씨앗이 없는 게 아닌가?"

"번뇌가 지혜요, 청정의 꽃은 더러운 진흙에서 피는 법입니다."

"그런 말은 나 같은 행각승한테나 놀라운 것일 뿐이지."

"자신이 있을 곳 알고 거기 살면서 타지를 떠돌지 말아야 합니다."[3]

"이 못난 몸은 원래 이런 소견 좁은 얘기만 할 줄 알았는데, 그대의 말은 모두 나로서는 놀랍기 그지없네."

"부처는 하나의 목소리로 설법하기 때문에 일체의 법은 이 하나의 목소리와 같습니다. 삼세(三世)의 모든 부처와 육대조사(六代祖師)는 물론이요, 천하의 승려는 모두 이 하나의 목소리인데 어찌 부화뇌동이 있을 수 있겠습니까?"

"하나의 목소리라고는 하지만 어제와 오늘, 앞과 뒤가 다르지 않은가?"

"어제의 해와 오늘의 해는 두 곳을 모두 비출 수 없고, 어제의 바

3 이상의 대화는 〈등등화상가(騰騰和尙歌)〉를 풀어 놓은 것인데, 이에 대해서는 본 회 끝부분의 역주에서 자세히 설명할 것이다.

람과 오늘의 바람이 두 곳에서 함께 불 수는 없습니다."[4]

"그 말엔 협곡을 무너뜨리고 산을 넘어지게 할 만한 뜻이 담겨 있구먼. 어디, 내 한 번 시험해 봄세."

"무엇으로 시험하시겠습니까?"

"도라는 게 무엇인가?"

"끊어지지도 항상 있지도 않고, 오지도 가지도 않으며, 생겨나지도 소멸하지도 않고 자연스러운 천성으로 옮겨감이 없이 항상 그 자리에 있는 것, 이것을 '도'라고 부르는 것입니다."[5]

"그럼 선(禪)은 무엇인가?"

"모든 법을 환히 아는 것을 체(諦, satya)라 하고, 아무것도 취하지 않는 것을 선이라 합니다."

"그럼 부처는 무엇이고 불조(佛祖)는 무엇인가?"

"악을 보지 않아도 미움이 생기고 선을 보지 않아도 잘못을 저지르지 말라고 권하고, 지혜를 버리지 않고도 어리석음에 다가가고, 미혹을 버리지 않고도 깨달음에 나아가며,[6] 지고한 도리를 깨우쳐

---

4 이것은 송나라 때 침주(郴州)의 승려 시인 만수념선사(萬壽念禪師:?~?)가 남긴 게송(偈頌)에 들어 있는 구절들로, 원문은 다음과 같다(괄호 안은 노래의 원래 글자): "昔日日, 今日日, 照無兩鮮(明). 昔日風, 今日風, 鼓無二動."

5 《육조단경(六祖壇經)》〈호법품제구(護法品第九)〉: "不斷不常, 不來不去, (不在中間及其內外), 不生不滅, 性相自如, 常住不遷, 名之日道." 괄호 안은 원문의 빠진 부분으로, "중간에도 안팎에도 존재하지 않는다."라는 뜻이다.

6 이것은 《종범(宗範)》〈조습(調習)〉에 들어 있는 내용으로서, 원문은 다음과 같다. "악을 보지 않아도 미움이 생기고, 선을 보지 않아도 행동을 삼가고, 지혜를 버리지 않고도 어리석음에 다가가고, 미혹을 버리지 않고도 깨달음

지혜로운 마음과 통함으로써 범인에게나 성인에게나 얽매이지 않고 초연히 홀로 나아가는 것을 부처이자 불조라고 합니다."

"부처님의 법신(法身)은 어디 있는가?"

"있는 곳도 없으며, 없는 곳도 없습니다."

"여기 대웅전에 있는 것은 법신이 아닌가?"

"황금빛의 여섯 길[仗] 몸일 뿐, 법신은 아닙니다."

"그렇다면 부처는 몸이 없단 말인가?"

"있습니다."

"불신이란 무엇인가?"

"육도(六度)[7]가 부처의 몸입니다."

"부처에게 머리가 없겠는가?"

"있습니다."

"그것이 무엇인가?"

"정념(正念)[8]이 부처의 머리입니다."

에 나아가라.[不睹惡生嫌, 不觀善勤措, 不舍智就愚, 不拋迷就悟.]"

7 육도(六度, ṣaṭ-pāramitā)는 자신을 제도하고 남을 제도하며, 지혜와 복을 함께 닦고, 모든 불경의 학문을 두루 익히기 위한 여섯 가지 방법으로서 대개 보시(布施)와 지계(持戒), 인욕(忍辱), 정진(精進), 선정(禪定, 또는 지관[止觀]), 지혜(智慧)를 가리킨다. 이것은 흔히 바라밀(波羅蜜) 또는 바라밀다(波羅蜜多)로 음역하기도 한다. '도(度)'는 제도(濟渡)의 뜻이다.

8 염(念, smṛti)이란 이른바 '오근(五根)' 가운데 하나로서 평온한 마음으로 대상을 관찰하는 데에 집중하는 것을 가리킨다. 정념(正念, samyak-smṛti)이란 그것을 올바른 방식으로 수행하는 것을 가리키며, 이것은 부처가 되는 '팔정도(八正道)' 가운데 하나이다.

"부처에게 눈이 없겠는가?"

"있습니다."

"무엇인가?"

"자비가 바로 부처의 눈입니다."

"부처에게 귀가 없겠는가?"

"있습니다."

"무엇인가?"

"묘음(妙音)[9]이 바로 부처의 귀입니다."

"부처에게 코가 없겠는가?"

"있습니다."

"무엇인가?"

"향림(香林)[10]이 바로 부처의 코입니다."

"부처에게 입이 없겠는가?"

"있습니다."

"무엇인가?"

"감로(甘露)가 바로 부처의 입입니다."

"부처에게 혀가 없겠는가?"

"있습니다."

"무엇인가?"

9 묘음(妙音)이란 삶의 복잡한 문제를 해결할 수 있는 심오한 이치를 담은 말을 의미하는데, 대개 불경에 담긴 도리를 가리킨다.

10 향림(香林)은 선림(禪林) 즉 불교 사원을 가리킨다.

"사변(四辨)[11]이 바로 부처의 혀입니다."

"부처에게 손이 없겠는가?"

"있습니다."

"무엇인가?"

"사섭(四攝)[12]이 바로 부처의 손입니다."

"부처에게 손가락이 없겠는가?"

"있습니다."

"무엇인가?"

"평등이 바로 부처의 손가락입니다."

"부처에게 발이 없겠는가?"

"있습니다."

"무엇인가?"

"계정(戒定)[13]이 바로 부처의 발입니다."

"부처에게 마음이 없겠는가?"

"있습니다."

"무엇인가?"

---

11 '사변(四辯)'을 가리킨다. 사변은 법변(法辯)과 의변(義辯), 사변(詞辯), 응변(應辯)을 아울러 칭하는 것으로서 사변재(四辯才) 또는 사무애해(四無碍解), 사무애변(四無碍辯)이라고도 한다.

12 보살이 중생들 속에서 일하는 방법으로서 보시와 자애로운 말[愛語], 이로운 행동[利行], 일을 함께하는 것[同事]을 아울러 가리키는 말이다. '섭(攝)'이란 이끌어 무리 속에 붙들어두는 것을 가리킨다.

13 계율을 지키며 선정(禪定, dhyāna)에 든 상태를 가리킨다.

"종지(種智)[14]가 바로 부처의 마음입니다."

"그건 틀린 말일세!"

"왜 틀리다는 것입니까?"

"자네는 있다고도 해 놓고 또 없다고도 하니, 그야말로 두 척의 배를 한 발로 디딘 꼴이 아니고 무엇이냔 말일세."

"오묘한 진리란 있으면서도 있는 게 아니고, 없으면서도 없는 게 아닙니다. 있음과 없음에서 벗어나 있어야 법신이라고 할 수 있지요."

"자네가 이제까지 한 말을 받아쳤으니, 달리 시험해 봐야겠네."

"말씀하시지요."

"그럼 어디 물어보세. 불경을 읽는 데에 무슨 중요한 곳이 있는가?"

"옷에도 옷깃이 있고 그물에도 줄이 있는데, 불경에 중요한 곳이 없겠습니까?"

"그런 게 얼마나 있는가?"

"딱 하나밖에 없습니다."

"그게 무엇인가?"

"바로 '공(空, śūnya)'이라는 글자 하나입니다."

---

14 정식 용어로는 '일체종지(一切種智, sarvathā-jñāna)'이며 불지(佛智)라고도 한다. 이것은 부처의 '삼지(三智)' 가운데 하나로서 일체의 법도와 일체 중생의 인연의 씨앗[因種]에 대해 지혜로 자각하고, 아울러 제법(諸法)의 적멸상(寂滅相)과 그 부류의 차이에 대해 통달하는 지혜를 가리킨다. 《대승기신론(大乘起信論)》(大三二 · 五八一中) 참조.

등화상이 어이없다는 듯이 크게 웃으며 말했다.

“이번엔 조금 틀렸네.”

“왜 틀렸다는 것입니까?”

“기껏 ‘공’이라는 글자 하나에 얼마나 큰 신통력이 담겨 있겠는가? 그게 어찌 불경에서 제일 중요한 곳이 되겠어?”

“스님께선 이 ‘공’이라는 걸 과소평가하시는군요.”

“그럴 리가 있는가?”

“그럼 저도 하나 여쭤보겠습니다.”

“물어보게.”

“부처님께서도 걱정하시거나 기뻐하시는 일이 있을까요?”

“근심도 없고 기쁨도 없지.”

“부처님께도 괴로워하시거나 즐거워하실 일이 있을까요?”

“괴로움도 즐거움도 없지.”

“부처님께서 얻거나 잃으실 일이 있을까요?”

“얻음도 잃음도 없지.”

“그럼 아시겠군요.”

“그게 무슨 말인가?”

“마음이 공과 상응하면 비난이나 칭찬에 어찌 근심하거나 기뻐하겠습니까? 몸이 공과 상응하면 힘들거나 편안하더라도 어찌 괴로워하거나 즐거워하겠습니까? 근본이 공과 상응하면 베풀거나 빼앗더라도 어찌 얻고 잃음이 있겠습니까? 근심과 기쁨을 잊어버리고, 괴로움과 즐거움을 똑같이 여기고, 얻고 잃음을 가벼이 여기게 되겠지요. 이렇게 이 '공'이라는 것이 부처님의 모습을 모두 표현하고 있으니 어찌 불경에서 제일 중요한 곳이 아니겠습니까?"

"또 자네 입심에 졌군. 그럼 하나 더 물어보세. 불경에서 '현상은 바로 공허한 것이요 공허한 것이 바로 현상[色卽是空, 空卽是色]'이라고 했는데, 어떻게 그럴 수 있는가?"

"물속의 달과 거울 속의 꽃을 생각해 보십시오. 그게 현상인가요 공허한 것인가요?"

"그럼 불경에서 '아상(我相)도 없고 인상(人相)도 없고 중생상(衆生相)도 없음'에 대해 언급했는데,[15] 왜 '무아'라는 얘기를 하는 것인가?"

"불경에 '불난 집이라는 것은 오직 내 몸[火宅者, 只我身]'[16]이라는 구절도 있지 않습니까?"

"그렇긴 하지."

"내가 불난 집이라면 응당 남을 태우겠지요. 그런데 남을 태울 수 없으니 '내가 없음[無我]'이 분명하지 않습니까?"

"그럼 '남이 없다[無人]'는 건 무엇인가?"

"불경에 '사람은 색계에 산다.[人居色界.]'라는 구절이 있지 않습

15 이것은 《금강반야바라밀다경(金剛般若波羅蜜多經)》에서 말한 네 가지 상(相)에 포함되는데, 여기서 빠진 것은 나와 중생, 우주 만물이 모두 끊임없이 변화하다가 소멸할 수밖에 없음을 의미하는 '무수자상(無壽者相)'이다. 사실상 이 네 가지 상은 '나[我]'라는 한 가지 사물에 대해 논한 것이다.

16 불교에서 '불난 집[火宅]'은 종종 온갖 고뇌[苦]로 가득 찬 속세를 비유한다.

니까?"

"그렇지."

"만약 사람이 색계를 가지고 있다면 이 땅은 어디에 의지해 서겠습니까? 그러니 색계가 없다면 남도 없음이 분명하지 않습니까?"

"그럼 '중생이 없다'는 건 무엇인가?"

"경전에 '겁화가 활활 타오르니 온 세상이 모두 무너진다.'[17]라는 구절이 있지 않습니까?"

"그렇지."

"중생이 있다면 겁화에도 무너지지 않을 수 있을 텐데, 겁화가 무너뜨릴 수 있다면 중생이 없다는 것이 분명하지 않습니까?"

"그렇다면 다른 걸로 시험해 보겠네."

"정말 아둔한 분이시군요!"

"깨달은 이가 시험을 두려워한단 말인가?"

"그게 무슨 말씀입니까?"

"지렁이 한 마리를 둘로 자르면 양쪽 머리가 모두 움직이는데, 불성(佛性)은 어느 쪽 머리에 들어 있는가?"

"맑은 강에 달이 뜨면 세 척의 배에서 함께 감상할 수 있지요. 그

---

17 《인왕경(仁王經)》: "劫火洞然, 大千俱壞." 불교에서는 옛 세계가 붕괴하는 '괴겁(壞劫)'의 말엽에 엄청난 세 가지 재앙이 일어나는데, 불과 물과 바람의 재앙이 그것이라고 했다. 불의 재앙이 일어날 때는 일곱 개의 해가 동시에 뜨고, 산이 무너지고 땅이 갈라지고, 바다가 마르고 돌이 타들어가면서 지옥으로부터 불길이 치솟아 색계를 모두 태워 잿더미로 만든다고 했다.

런데 잠시 후 한 척은 그대로 있고 한 척은 남쪽으로, 다른 한 척은 북쪽으로 떠나게 되었을 때 달이 어느 배 위에 있습니까?"

"보통의 물은 바다에서는 짜고 강에서는 짜지 않은데, 불성은 짠 곳에 있는가, 아니면 짜지 않은 곳에 있는가?"

"동쪽에는 해가 뜨고 서쪽에는 비가 내린다면, 하늘의 도리[天道]는 비가 내리는 곳에 있습니까, 아니면 맑게 갠 곳에 있습니까?"

"정말 대답이 청산유수로구먼. 그렇다면 세상사를 가지고 시험해 보겠네."

"그게 무엇인지요?"

"저 비래봉(飛來峰) 말일세. 저게 이리로 날아왔다면 어째서 날아가지 않는 것인가?"

"움직이는 것은 고요히 있는 것만 못하지요."

"관음보살이 왜 또 '나무관세음보살!' 하고 염불을 외는 건가?"

"남을 구제하는 것보다 자신을 구제하는 것이 낫기 때문입니다."

"노스님은 왜 사흘에 한 푼만 쓰는가?"

"남는 것보다는 모자라는 것이 낫습니다."

"자네는 왜 오늘 대전에 갔다가 종과 북을 울렸는가?"

"하하, 하루라도 중노릇을 하면 그만큼 종을 쳐야 하기 때문입니다."

그러더니 등화상이 입을 열기도 전에 그 제자가 말했다.

"스님께서 저를 시험하신 것은 아마 속이 더부룩하셨기 때문인 것 같은데, 이번엔 제가 스님께 문제를 내보겠습니다."

"마음대로 하게."

"염부세계에서 만물은 고르지 않은데, 이 만물에도 과연 일정한 것이 있을까요?"

"있지."

"높은 벼랑은 골짜기를 이루고, 깊은 골짜기는 언덕을 이루며, 태어나면 죽게 되고, 죽음이 있으면 태어나는 것이 있는데 어찌 일정할 수 있습니까?"

"정말 만물은 일정하지 않구먼."

"만물이 일정하지 않다면 왜 하늘을 땅이라 하지 않고 땅을 하늘이라 하지 않으며, 별을 달이라하지 않고 달을 별이라 하지 않을까요?"

이 단 두 마디로 등화상은 말문이 막혀버렸다.

두 사람이 웃음을 짓고 있는데 갑자기 공중에서 휘리릭 하는 소리가 들렸다. 그러자 운적 스님이 말했다.

"두 사람이 하도 끝없이 얘기를 나누니까 하늘이 노하셨나 보구먼."

그 말이 끝나기도 전에 노한 목소리가 들렸다.

"협곡을 무너뜨리고 산을 넘어지게 할 만한 뜻이 풍부한 말이건만, 승려들이 있는 절에서는 전혀 쓸모가 없구나!"

그 말에 깜짝 놀란 운적 스님이 황급히 허공을 향해 절을 올렸다.

"소승의 어린 제자가 말을 함부로 하였사오니, 부디 용서해 주시옵소서!"

그걸 보고 등화상이 혼자 생각했다.

'하긴 말이 좀 많긴 했지.'

그가 곧 작별인사를 하자 운적 스님이 말했다.

"제자야, 등 스님께 감사 인사를 올리도록 해라."

등화상이 사양했다.

"그럴 필요 없습니다."

"아닙니다. 절을 받으셔야지요."

하지만 등화상은 그대로 산문을 향해 내달렸다. 운적 스님이 다급히 붙들었다.

"제자의 절을 받지 않으시겠다면, 제 말씀 한마디만 들어주십시오."

"무슨 가르침이 있으신지요?"

"제 제자가 이 절에 들어온 지 아홉 해가 되었습니다만, 그동안 눈도 뜨지 않고 귀로 듣지도 못하고, 말도 못하고 손발도 움직이지 못해서 저는 저 아이가 윤회의 나락에 떨어져 영원히 올라오지 못할까 염려스러웠습니다. 그런데 마침 스님께 가르침을 받아 눈과 귀가 환하게 트이고 말도 하고 몸도 움직일 수 있게 되었으니 이야말로, 이야말로……"

운적 스님은 감격에 겨워 말을 잇지 못했다. 그러다가 문득 고개를 들어보니 악사 하나가 비파를 타며 도정(道情)[18]을 흥얼거리면서 회랑의 처마 밑을 지나고 있었다. 그걸 보자 그는 퍼뜩 뒷말이 떠

18 도정(道情)은 중국의 전통적인 곡예(曲藝) 가운데 하나이다. 이것은 당나라 때 시작되었다고 알려져 있으며, 송나라 때는 어고(魚鼓)나 통판(筒板)

올랐다.

"이야말로 금슬(琴瑟)과 공후(箜篌)라고 하겠습니다. 오묘한 소리가 있다 한들 오묘한 손가락이 없으면 소리를 낼 수 없는 법이니까요."

등화상은 그 말에 깊은 뜻이 들어 있다고 생각하고, 작별인사를 하면서 소매에서 노란 종이봉투를 하나 꺼내서 운적 스님에게 건네주었다. 그런데 운적 스님이 그 봉투를 받아 드는 순간, 눈 깜짝할 사이에 그 승려의 모습이 사라져 버렸다.

운적 스님이 깜짝 놀라며 생각했다.

'틀림없이 하늘에 계신 어느 선사(禪師)께서 내 제자에게 가르침을 주시려고 내려오셨던 모양이구먼. 내 제자도 절대 보통 인물이 아니야.'

그는 급히 돌아가서 "얘야!" 하고 부르자 제자가 얼른 "예, 예!" 하고 대답했다.

"조금 전의 그 스님이 오실 때는 형체가 보이더니 가실 때는 종적도 없으니, 어디로 가셨는지 모르겠구나."

"스스로 등화상이라고 하셨으니, 각종 경전에서 '등화상'이라는 글자를 찾아보면 알 수 있지 않을까요?"

"그 말도 일리가 있구나."

등의 반주에 맞춰 노래를 불렀다. 청나라 때 이르면 각 지역의 민간음악과 결합되어 다양한 형식으로 발전하는데, 일반적으로 노래를 위주로 이야기를 섞어가며 어떤 줄거리를 풀어가는 공연 양식이다. 공연은 자리에 앉거나 서서, 혼자 또는 두 명이 짝을 맞추어 주고받는 형식으로 진행된다.

잠시 후 《관음경(觀音經)》과 《화엄경(華嚴經)》, 《금강경(金剛經)》, 《공작경(孔雀經)》, 《능인경(能仁經)》, 《반야경(般若經)》, 《열반경(涅槃經)》, 《원각경(圓覺經)》, 《법화경(法華經)》, 《능엄경(楞嚴經)》, 《유가경(遺伽經)》, 《유교경(遺教經)》을 일일이 꺼내 왔다. 하지만 다들 물속의 달을 잡고 바닷속에서 바늘을 찾는 격이니, 대충 넘기면서 찾아내기 어려울 거라고 했다. 그런데 막 펼쳐 본 불경을 언뜻 살펴보니 이런 게송이 눈에 들어왔다.

修道道無可修	도를 닦지만 닦을 도가 없고
問法法無可問	법을 묻지만 물을 법이 없네.
迷人不悟色空	어리석은 이들은 색공의 이치를 모르나니
達者本無逆順	깨달은 이는 본래 거스르고 따름이 없다네.
八萬四千法門	팔만 사천 가지 깨달음의 문이 있지만
至理不過方寸	지극한 이치는 한 치 마음에 달려 있을 뿐일세.
煩惱正是菩提	번뇌가 바로 지혜일지니
淨華生於泥糞	청정한 꽃은 더러운 진흙 속에서 피어난다네.
識取自家城邑	자신이 있을 곳을 알고 거기 살아야지
莫漫遊他州郡	타향을 떠돌아서는 안 된다네.

그 게송의 뒤쪽에는 '등등화상(騰騰和尙)의 게(偈)'[19]라고 제목이

19 등등화상(騰騰和尙: ?~?)은 당나라 측천무후(則天武后) 때 낙양(洛陽) 복선

적혀 있었다.

운적 스님이 그걸 보고 무척 기뻐하며 "얘야!" 하고 부르자 제자가 얼른 "예, 예!" 하고 대답했다.

"조금 전에 오셨다 가신 스님은 정말 옛날의 선사이셨구나."

사(福先寺)의 승려로서 법명은 인검(仁儉)이며, 오조(五祖) 홍인(弘忍: 601~675)의 뒤를 이은 숭산(嵩山)의 혜안선사(彗安禪師)에게서 탄연화상(坦然和尙), 파조타(破竈墮)와 함께 가르침을 받았다. 그런데 깨달음을 얻은 후 호탕하고 거침없이 안팎을 돌아다니며 기행을 일삼아서, 당시 사람들이 그가 심하게 날아오르는 것 같다는 의미에서 '등등화상'이라는 별명이 붙었다고 한다. 본문에 인용된 게송은 등등화상의 〈요원가(了元歌)〉(흔히 〈낙도가(樂道歌)〉라고도 함)를 축약한 것이다. 《대정경(大正藏)》 제51책에 수록된 원래의 게송은 다음과 같다. "도를 닦지만 닦을 도가 없고, 법을 묻지만 물을 법이 없네. 어리석은 이들은 색공의 이치를 모르나니, 깨달은 이는 본래 거스르고 따름이 없다네. 8만 4천 가지 깨달음의 문이 있지만, 지극한 이치는 한 치 마음에 달려 있을 뿐일세. 널리 공부하고 많은 견문 익힐 필요 없으니, 깨달은 교묘한 말재주나 총명함에 달린 것이 아니기 때문일세. 자신이 있을 곳을 알고 거기 살아야지, 타향을 떠돌아서는 안 된다네. 하는 말들은 '공'을 깨닫는 데에서 벗어나지 않고, 온화한 빛은 세속의 때와 어울리지 않는다네. 번뇌가 바로 지혜일지니, 청정한 꽃은 더러운 진흙 속에서 피어난다네. 문답을 구하는 이가 있다 한들, 그와 더불어 강론해 줄 사람 어디 있겠는가? 달은 차고 기울어 그 크기를 알 수 없고, 한 해가 윤달이 있는지도 알 수 없다네. 새벽에 죽으로 주린 배를 채우고, 점심때면 다시 한 끼를 먹는다네. 오늘은 운명 따라 마음껏 날아오르고, 내일도 마음껏 날아 운명을 따른다네. 마음속으로 환히 다 알고 있지만, 짐짓 어리석고 미친 체 행동한다네.[修道道無可修, 問法法無可問. 迷人不悟色空, 達者本無逆順. 八萬四千法門, 至理不過方寸. 不要廣學多聞, 不在辯才聰雋. 識取自家城廓, 莫漫遊他州郡. 語言不離性空, 和光不同塵坌. 煩惱正是菩提, 淨華生於泥糞. 若有人求問答, 誰能共他講論. 亦不知月之大小, 亦不知歲之餘閏. 晨時以粥充饑, 仲時更餐一頓, 今日任運騰騰, 明日騰騰任運. 心中了了總知, 且作佯癡縛鈍.]"

"성이 '등(滕)'씨 입니까?"

"등은 등이지만 그 '등'자는 아니니라."

"그럼 무슨 '등'자인가요?"

"'구름이 치솟다[雲騰]'라고 할 때의 '등(騰)'이지. 그분은 '등등화상'이라고 불렀던 분이란다."

"그분은 무슨 말씀을 남기셨는지요?"

"조금 전에 네가 칠언고시의 구절로 '도를 묻지만 물을 도가 없다.[問道道無可問.]'라고 했는데, 그게 바로 그분이 남긴 게송에 들어 있는 것이란다."

"저는 몰랐습니다."

"그럼 너는 왜 그렇게 얘기했느냐?"

"그쪽에서 물으시기에 그냥 입에서 나오는 대로 대답했을 뿐입니다."

"그때 너는 말끝마다 경전의 구절이 아니냐고 하지 않았더냐?"

"사부님과 노스님들께서도 말씀하실 때마다 부처님 운운하시지 않습니까?"

"그 얘긴 그만하자꾸나. 다만 한 가지, 그 등등화상은 선사이실 뿐만 아니라 신통력도 대단하셨던 분이니, 조금 전에 주신 노란 종이봉투 안에 분명 어떤 도리가 담겨 있을 게다."

"열어보시지 그러셔요?"

"그래, 맞는 말이야."

그러면서 운적 스님은 봉투를 열었는데, 그 안에는 두 가지 보물이 들어 있었다. 그게 무엇이냐 하면 영양(羚羊)의 뿔 하나와 빈철(鑌鐵)[20]로 만든 칼 한 자루였다.

"이것들은 무슨 깊은 뜻이 담긴 물건들일까?"

"그것도 불경 안에 들어 있겠지요."

운적 스님은 한참 동안 생각하더니 갑자기 깨달은 듯 소리쳤다.

"얘야, 무슨 뜻인지 알겠구나!"

"무슨 뜻인데요?"

"이건《금강경》에 들어 있는 뜻을 보여주려는 것이야."

"좀 자세히 설명해 주셔요."

"금강세계의 보물이 단단하기는 하지만 영양의 뿔은 그걸 부술 수 있지. 그런데 영양의 뿔이 단단하기는 하지만 빈철로는 그걸 부술 수 있거든."

"그건 좀 어설픈 해석이 아닌가요?"

"그런 뜻만 있는 게 아니다."

"또 어떤 듯이 있습니까?"

"금강은 불성(佛性)을, 영양의 뿔은 번뇌를, 빈철은 반야의 지혜를 비유한다. 그러니까 이 물건들은 불성이 단단하기는 하지만 번뇌로 인해 어지러워질 수 있고, 번뇌가 단단하다지만 반야의 지혜로 부술 수 있다는 것을 얘기하고 있는 것이지."

"그 스님이 이것들을 저희에게 주신 이유는 무엇일까요?"

---

20 고대의 강철(鋼鐵) 가운데 하나로서 '빈철(賓鐵)'이라고도 하며, 표면을 광이 나게 갈고 부식제(腐蝕劑)로 처리하여 꽃무늬가 나타나게 한 것이다.

"아마 나에게 번뇌를 경계하라고 일깨워주신 게 아닐까?"

총명한 그 제자는 진즉 등등화상의 뜻을 간파했다.

"그게 아닙니다."

"아니, 왜 그게 아니라는 게냐?"

"사부님께서는 마음을 맑게 하여 불성을 보시고 청정하며 자비로우신데, 경계해야 할 번뇌가 어디 있겠습니까?"

"나한테 가르침을 주시려는 게 아니라면 누구를 가르치려 하셨다는 게냐?"

"아무래도 저를 일깨워주려 하신 것 같습니다."

"왜 그렇다는 게냐?"

"저는 사부님의 제자가 되어 불문에 들어왔는데도 아직 삭발하지 않았고, 지극한 가르침을 받았으면서도 아직 마음을 맑게 하지 못하고 있습니다. 이 영양의 뿔은 생김새로 보면 저의 총각 머리와 닮았고, 비유로 따지자면 저의 번뇌를 의미합니다. 그런데 빈철로 만든 칼이 있으니 분명히 저에게 삭발해서 번뇌를 없애라는 뜻인 것 같습니다."

"아주 그럴듯한 말이구나. 그런데 네가 이왕 불문에 들어왔으니 언제든 삭발을 할 수밖에 없지 않겠느냐? 그래도 좋은 날 좋은 때를 골라 삭발식을 거행해서 네 번뇌의 뿌리를 뽑아버리는 게 좋겠구나."

그러면서 운적 스님은 심부름하는 어린 승려를 불렀다.

"얘야, 달력 좀 가져와라."

어린 승려 하나가 달력을 가져와 바치자, 운적 스님이 받아서 불상 앞의 탁자에 펼쳐놓고 살펴보았다.

"오늘이 4월 6일이니 내일은 7일, 모레는 8일이구나. 이날은 부처님 탄신일이니 대단히 길한 날일 뿐만 아니라, 달력에도 이렇게 쓰여 있구나.

> 혼인이나 친척 및 벗들의 모임, 상소문을 올리거나 집안에 사람을 들이는 일, 의관(衣冠)을 준비하거나 목욕하는 일, 기둥을 세우거나 들보는 얹는 일, 삭발하는 일, 부동산 계약이나 교역(交易), 이사를 하는 데에 아주 길한 날이다. 다만 진시(辰時, 오전 7~9시)를 이용해야 한다.

얘야, 그러니까 팔월 초파일을 택해 네 삭발식을 거행하자꾸나."

"말씀대로 따르겠습니다."

하루가 지나고 또 하루가 시작되어 어느새 초파일이 되었다. 운적 스님은 아침 일찍 일어나 물을 끓이고 칼을 갈아두라고 분부하고, 몸소 향을 사르며 보살님께 축원을 올린 다음, 제자의 머리를 모두 깎아 순식간에 반질반질 까까머리의 아미타불처럼 만들었다. 여기까지가 바로 연등고불이 항주 땅에서 인간의 몸으로 태어나 정자사의 운적 스님에게 길러지다가 삭발하여 번뇌를 없애게 된 사연이다. 이를 증명하는 시가 있다.

自入禪林歲月長	불문에 들어오고 긴 세월 흘러
今朝削髮禮穹蒼	오늘 아침 삭발하고 하늘에 예를 올렸네.
一眞湛湛三乘透	심후한 하나의 진리로 불법을 꿰뚫어 보니
五蘊空空萬慮忘	오온이 비고 비어 모든 근심 잊었다네.
鉢底降龍時溢水	바리 아래 독룡을 굴복시키니[21] 때맞춰 물이 넘치고
圈中伏虎夜焚香	우리 속에 호랑이 굴복시키고 밤중에 향을 사르네.
渾然失却人間事	순박한 혼돈의 상태가 되어 인간사를 잊으니
一點禪心自秘藏	한 점 선심(禪心)이 저절로 마음 깊이 담기게 되었네.

21 《불본행집경(佛本行集經)》 〈가섭삼형제품(迦葉三兄弟品)〉에 따르면 가섭 삼형제가 우루빈라촌(優婁頻螺村)에서 쉴 곳을 찾았는데 마침 초가집이 하나 있었다. 가섭의 형제 가운데 하나가 설사병에 걸려서 초가집을 더럽히자 밖으로 들어다 내놓았는데, 그 형제가 한을 품고 죽어서 모진 용이 되어 이 초가집에서 사람과 가축을 해쳤다. 이에 가섭이 용을 굴복시키기 위해 불의 신에게 제사를 올리며 축원했으나 불의 신도 그 용을 당해 내지 못했다. 석가여래가 방 안에서 고요히 참선하고 있을 때 그 용이 불길을 토해 위협하자, 석가여래는 화광삼매(火光三昧)에 들어갔다. 온몸을 둘러싼 거대한 불길이 초가집을 태웠으나 석가여래가 앉은 주위에는 전혀 불길이 미치지 않았다. 이를 보고 용이 스스로 석가여래 곁으로 가서 바리 속으로 들어갔다고 한다. 또 남조 양(梁)나라 때 혜교(慧皎)가 편찬한 《고승전(高僧傳)》 〈신이하(神異下)〉의 "섭공(涉公)" 항목에 따르면, 섭공(涉公)이 장안(長安)에서 신비한 주문으로 용을 내려오게 하자 용이 내려와 바리 속으로 들어갔고, 잠시 후 큰 비가 내렸다는 이야기가 있다. 나중에는 대개 승려의 바리를 일컬어 '항룡발(降龍鉢)'이라고 했다.

이 제자는 삭발하고 부처님과 보살들께 참배하고, 나한에 귀의한 후, 다시 사부에게 절을 올렸다. 운적 스님이 말했다.

"이제부터는 지난 아홉 해처럼 살아서는 아니 되느니라."

"지난 아홉 해 동안은 어땠는데요?"

"그동안 불경도 전혀 읽지 않고 설법도 전혀 듣지 않은 채 그저 앉아 있기만 했지 않았느냐?"

"불경에 아주 적당한 구절이 하나 있어요."

"그게 무엇이냐?"

"여덟 살에 경전을 암송할 수 있더라도 백 살이 되도록 실행에 옮기지 못하니, 급하게 추구하지 않았기 때문이라고 했습니다."[22]

"그럼 네가 실행하여 내게 보여주도록 해라."

그다지 긴요한 말은 아니었지만 이 한 마디가 그 제자의 깨달음의 바퀴를 움직이게 했다. 보라. 그는 오늘은 불경을 해설하고, 다음날은 경전의 내용을 강의했다. 이는 그가 말주변도 좋고 강설이 훌륭했기 때문이기도 하고, 항주성 안에 정진결재하고 경전에 대한 강론을 들으려 하는 이들이 많았기 때문이다. 이 바람에 매일 사람들이 개미 떼처럼, 꿰어놓은 생선처럼 몰려들어 항주성을 불

22 이것은 남조 제(齊)나라 때 업하(鄴下) 대각사(大覺寺)의 승려 혜광(彗光)이 한 말이다. 이른바 '심론(心論)'의 개창자로 추앙받는 그는 '마음의 스승이 되어야지 마음에 스승을 두지 말아야 함[當爲心師不師於心]'을 강조하며 이렇게 말했는데, 당나라 때 도선(道宣)이 편찬한 《속고승전(續高僧傳)》 권21에 수록된 원문은 "八歲能誦, 百歲不行, 不救急也."이다.

경 강당으로, 항주성의 선량한 불자(佛者)들을 온 천하의 중생으로 만들어 놓았다.

한편 비래봉 아래에는 영은사라고 하는 절이 있었는데, 바로 풍마화상(風魔和尙)[23]이 진회(秦檜)[24]를 꾸짖었던 곳이다. 영은사에는 '벽봉회(碧峰會)'라는 불경 강설 모임이 있었다. 비래봉이 서역 승려의 눈동자처럼 푸르고 맑았기 때문에 그런 이름을 붙인 것이었다. 원래 대지선사(大志禪師)[25]가 이 모임에서 《화엄경(法華經)》을 강설

---

23 풍마화상(風魔和尙)은 명나라 때의 희곡 《정충기(精忠記)》에 등장하는 허구적인 인물이다.

24 진회(秦檜: 1090~1155)는 자가 회지(會之)이고 강녕부(江寧府, 지금의 장쑤[江蘇] 난징[南京]) 사람이다. 그는 1115년 과거에 급제하여 북송 말엽에는 어사중승(御史中丞)까지 지냈으나, 1126년 금(金)나라에 의해 수도 변경(汴京)이 함락되어 휘종(徽宗), 흠종(欽宗) 두 황제가 포로로 잡혀 갔고, 이듬해에는 그도 붙들려갔다. 그곳에서 변절하여 여진족(女眞族)의 귀족으로 지내던 그는 1149년에 남송(南宋) 조정을 회유하라는 밀명을 받고 남쪽으로 돌아왔다. 이후 예부상서(禮部尙書)를 거쳐 두 번이나 재상을 지내는 등 19년 동안 조정의 정치를 좌우하면서 악비(岳飛: 1103~1142) 등 항전파(抗戰派)를 탄압하는 등 반민족적 행위를 일삼음으로써 중국 역사에서 대표적인 간신(奸臣)으로 악명을 날리게 되었다.

25 《신승전(神僧傳)》 권5에 기록된 바에 따르면, 대지(大志)는 수(隋)나라 때 회계(會稽) 땅의 고(顧)씨 가문 사람으로, 출가하여 천태(天台)의 지자(智者)를 스승으로 삼았다. 그는 낭랑하고 목소리로 느긋하게 《법화경》을 암송하여 듣는 이들이 피곤함을 잊게 했다고 한다. 훗날 여산(廬山) 감로(甘露)에서 번뇌를 떨치기 위한 고행인 두타행(頭陀行)을 실천하면서, 가끔 맹수에게 몸을 던졌으나 맹수들이 모두 피해 갔다고 한다. 7년 동안 고행하면서 불경 암송하기를 멈추지 않았다고 한다. 만년에는 복림사(福林寺)의 주지를 지냈으며, 대업(大業: 605~617) 연간에 불교를 탄압하자 양제(煬帝)에게 탄원하여 법회(法會)를 열게 해 달라고 하고, 자신의 한쪽 팔에 불을 붙

했는데, 목소리가 너무나 맑고 느긋하여 듣는 이들이 감동해서 피곤함을 잊게 했다. 법건선사(法建禪師)가 이 모임에서 《화엄경》을 강설하면 목소리가 밖으로 새나가지 않았는데, 어떤 이가 벽에 귀를 대고 들어보니 졸졸 땅속의 물이 밖으로 쏟아지는 듯한 소리만 들렸다.[26] 이런 모임에 이렇듯 위대한 두 선사가 다녀간 적이 있다면 어느 절이든 성황이 이루지 않겠는가! 하지만 오랜 세월이 흐른 뒤 당시의 저명한 이들도 모두 세상을 떠나고 나자 이 모임도 쇠락하고 말았다. 이렇게 사오십 년이 흘러 지금에 이르렀으니 쇠퇴가 극에 이르면 다시 번영으로 돌아설 때가 되지 않았는가? 게다가 이렇듯 말재주 좋고 강설이 훌륭한 어린 스님까지 나타나지 않았는가!

당시 항주성 동쪽에서 가장 지체가 높은 인물로는 지재(遲再)를

인 채 불경을 강설하거나 부처의 공덕을 칭송했고, 그 팔이 다 타고 나자 7일 동안 가부좌를 틀고 똑바로 앉아 있다가 입적(入寂)했다고 한다.

26 《속고승전》 권28에 따르면 법건(法建)은 남조 위(魏)나라 익주(益州) 오층사(五層寺)의 승려이다. 그는 출가하기 전의 성이 주(朱)씨였으며, 출가한 뒤에 불경 천여 권을 암송할 수 있었다고 한다. 그런데도 한가한 때가 많아서 속세를 떠돌며 기행을 일삼다가 어느 날 폐문하고 며칠 동안 밖에 나오지 않은 채, 음식도 먹지 않고 경전만 암송했다. 그런데 목소리가 작아서 밖에까지 들리지 않아서, 누군가 귀를 벽에 대고 몰래 들어보니 졸졸 땅속의 물이 밖으로 쏟아지는 듯한 소리만 들렸다고 한다. (그러므로 그가 영은사에서 《화엄경》을 강설했다는 것은 작자가 만들어 낸 허구이다.) 이후 위(魏)나라의 장군 울지형(尉遲逈)이 촉(蜀) 땅을 정벌하고 그 지역 명승(名僧)들을 구금했다. 그런데 밤에 환한 빛이 나서 찾아가 보니 법건이 단정히 앉아 경전을 암송하고 있는데, 그의 입에서 빛이 나오고 있었다고 한다. 이후 칠일 밤낮으로 천 권의 불경을 암송하자 울지형이 감복하며 승려들을 모두 풀어주었다고 한다.

꼽았고, 서쪽에서 가장 지체가 높은 인물로는 파소(巴所)를 꼽았다.[27] 그 가운데 지재가 황급히 성 서쪽으로 가면서 중얼거렸다.

"그 스님을 '벽봉회'에 초청해서 강설해 달라고 해야겠구나."

그리고 파소도 황급히 성 동쪽으로 가면서 중얼거렸다.

"그 스님을 '벽봉회'에 초청해서 강설해 달라고 해야겠구나."

이들은 각자 이 어린 스님을 모셔서 '벽봉회'에서 불법의 진리를 설명하고 선한 세상에 널리 부처의 말씀을 전하게 했다.

날이 갈수록 자꾸 이런 일이 쌓여가자 다들 이렇게 쑤군거렸다.

"이렇게 훌륭한 스님에게 법명(法名)이 없어서야겠는가? 이렇게 훌륭한 보살님께 존호(尊號)가 없어서야겠는가?"

그러자 지재가 말했다.

"불제자인 우리가 어찌 감히 그분의 법명을 부를 수 있겠소? 그러니 존호를 하나 지어 바치도록 합시다."

파소가 거들었다.

"존호를 하찮은 걸로 지으면 안 되겠지요."

이렇게 점점 많은 이들이 이구동성으로 얘기했다.

"이 모임의 스승이신 그분에 존호를 지어드려야 마땅하오!"

그러자 개중에 관상을 조금 볼 줄 아는 이가 말했다.

---

27 지재(遲再)와 파소(巴所)는 중국어 발음의 유사성을 이용하여 이들이 각기 끽재(喫齋, chīzhāi) 즉, 음식과 행동을 절제하며 재계하는 경건한 인물이자 파소(把素, bǎsù) 즉, 꾸밈없는 정성을 굳건히 간직한 인물임을 비유하고 있다.

"이 스님은 서역 승려처럼 눈동자가 푸르니까 '벽안선사(碧眼禪師)'라고 부르는 게 어떻소?"

그러자 또 다른 이가 코를 벌름거리며 말했다.

"이 스님은 코가 산봉우리처럼 우뚝하니까 '비봉선사(鼻峰禪師)'라고 부르는 게 좋겠소."

그러자 개중에 산에 사는 이가 말했다.

"이 스님은 예전에 정자사에서 출가하셨는데, 그 절은 뇌봉 아래에 있소. 지금은 영은사에서 강설하고 계시는데, 영은사는 비래봉 아래에 있소. 그러니까 그분의 호는 '뇌봉선사(雷峰禪師)'나 '비봉선사(飛峰禪師)'라고 해야 마땅하오."

이렇게 다들 이러쿵저러쿵 말들이 많았지만 도무지 딱 들어맞는 게 없었다. 그래도 지재가 생각이 조금 깊었고, 파소도 앞뒤를 잴 줄 아는 인물이었다. 그럼 지재는 뭐라고 했는가?

"푸른 눈[碧眼]이나 높은 코[鼻峰]는 모두 신체의 특징을 가지고 지은 존호인데, '금빛 나는 여섯 길 몸은 법신이 아니[丈六金姿, 不是法身]'라고 했으니 이건 안 되겠소, 뇌봉이니 비봉이니 하는 것은 멀리 사물에서 특징을 취해 지은 존호인데, 그것들이 비록 세상에 있는 것이긴 하지만 별다른 맛이 없으니 이것도 안 되겠소."

그러자 파소가 물었다.

"신체의 특징도 아니고 사물의 특징도 안 된다면 어떻게 존호를 지을 수 있겠소?"

"바로 이 '모임[會]'을 바탕으로 짓는 것이오."

"어떻게 한다는 말씀이오?"

"우리의 이 모임의 명칭이 무엇이오?"

"그야 진즉부터 '벽봉회'라고 부르지 않았소?"

"그렇지요. 이 모임은 '벽봉회'이고, 이 스님이 회주(會主)시며, 우리는 회원이 아니오? 그러니 우리 회주님께 '벽봉장로(碧峰長老)'[28] 라는 존호를 지어드리는 게 어떻소?"

"그거 좋습니다!"

이 얘기가 여러 사람들의 입을 거쳐 널리 퍼지자 다들 입을 모아

---

28 명나라 때 송렴(宋濂: 1310~1281, 자는 경렴[景濂], 호는 잠계[潛溪], 별호는 현진자[玄眞子], 현진도사[玄眞道士], 현진둔수[玄眞遁叟])의 《송학사문집란파후집(宋學士文集鑾坡後集)》 권5에 수록된 〈적조원명대선사 벽봉김공 사리탑비(寂照圓明大禪師壁峰金公設利塔碑)〉와 기타 자료에 따르면, 벽봉장로의 출가하기 전 이름은 석보금(石寶金: 1308~1372)이고 법호는 벽봉(壁峰)으로서, 건주(乾州) 영수현(永壽縣, 지금의 산시성[陝西省] 셴양시[咸陽市]에 속함)의 명문 집안에서 태어났다. 그 후 여섯 살 때 출가하여 운적온법사(雲寂溫法師)의 제자가 되었고, 이후 서촉(西蜀)의 보운산(普雲山)과 아미산(峨眉山), 오대산(五臺山)을 거치며 수행하다가 깨달음을 얻었다. 원나라 지정(至正) 8년(1348) 겨울에는 순제(順帝)의 부름을 받아 경사로 갔고, 지정 10년에는 적조원명대선사(寂照圓明大禪師)라는 법호와 함께 해인선사(海印禪寺)의 주지로 임명되었으나 사양했다. 명나라 홍무(洪武) 3년(1370)에 태조는 그를 남경으로 초빙한 바 있으며, 이후 벽봉사(碧峰寺)에서 지내다가 59세로 입적했다고 했다(자세한 내용은 廖可斌, 〈《三寶太監西洋記通俗演義》 主人公金碧峰本事考〉를 참조할 것.) 어쨌든 이러한 김벽봉의 생애는 이 소설에 묘사된 바와 그다지 일치하지 않는데, 이는 소설의 작자가 벽봉선사와 훗날 벽봉사의 주지를 지낸 비환선사(飛幻禪師)의 이야기를 섞어서 가상의 이야기를 만들어 냈기 때문이다(비환선사에 대해서는 뒤에서 그가 등장할 때 다시 설명할 것이다.)

찬성했다.

"'벽봉장로'가 딱 어울리는 존호로군요!"

이 얘기가 지금까지 전해져서 그 스님을 벽봉장로라고 부르고 있다. 또 그분이 출가하기 전의 성이 김씨인지라 그것까지 붙여서 '김벽봉장로'라고도 불렀다. 이렇게 벽봉장로로 불리던 시절에 그의 나이는 대략 스물은 넘었고 서른은 되지 않아서 입가의 수염이 막 자라기 시작하던 때였다. 정자사의 운적 스님도 이미 오래전에 입적한 뒤였고, 오직 그 스님 혼자 까까머리에 수염을 기르고 있었다. 그런데 이 수염이 예사로운 것이 아니었으니, 이를 증명하는 시가 있다.

堂堂六尺屬仙郎	당당한 육척 몸은 젊은 신선 같은데
更喜豊髭品字傍	풍성한 코밑수염까지 품자로 더해졌구나.
風急柳絲飛渡口	거센 바람에 버들가지 나루터에 날리고
雨餘苔迹上宮墻	풍족한 비에 이끼가 궁궐 담장을 올라간다.
龍歸古洞螯先醉	용이 돌아가는 오래된 동굴엔 차오가 먼저 취해 있고
鳳出丹山尾帶狂	단산(丹山)[29]에서 나온 봉황 꼬리 거칠게 흔들린다.
惟有美髯公第一	멋진 수염 가진 이들 가운데 최고요

29 《여씨춘추(呂氏春秋)》 〈본미(本味)〉에 따르면 유사(流沙)의 서쪽, 단산(丹山)의 남쪽에 봉황의 알이 있는데 이른바 '해외(海外) 36국(國)' 가운데 하나인 옥민국(沃民國) 사람들이 먹는다고 했다.

滿腔忠義越加長　　　가슴 가득한 충의(忠義)는 더욱 훌륭하구나.

벽봉장로의 입 주위가 수염으로 덮이자 다들 쑤군거렸다.

"스님께선 왜 수염을 깎지 않으실까?"

비사문(毗沙門)[30]도 궁금해했다.

"스님께선 왜 수염을 깎지 않으실까?"

삼막삼불타(三藐三佛陀)[31]도 궁금해했다.

"스님께선 왜 수염을 깎지 않으실까?"

불파제(弗把提)[32]도 의아해했다.

---

30 비사문천왕(毗沙門天王, Vaiśravaṇa) 즉 흔히 탁탑천왕(托塔天王)으로도 불리는 다문천왕(多聞天王)을 줄인 말이다. 그는 불교의 사천왕(四天王) 가운데 하나로서 호법신(護法神)으로 섬겨지는데, 중국 불교에서는 관세음보살의 화신(化身)이라고 여겨지고 있다. 그의 주위에는 여러 재신(財神)들이 둘러싸여 있으며, 재보천왕(財寶天王)을 도와 중생의 염원을 들어주고 구제해준다고 믿어지고 있다.

31 삼막삼불타(三藐三佛陀, samyak-saṁbuddha)는 삼야삼불(三耶三佛), 삼야삼불단(三耶三佛檀)이라고도 하며, 부처에 대한 열 가지 호칭 가운데 세 번째 것이다. 이를 의역하여 정편지(正遍知), 등정각(等正覺), 정등각(正等覺)이라고 하기도 한다. 즉 일체의 법에 대해 올바르게, 두루 안다는 뜻이다. 외도(外道)의 사각(邪覺)에 대비하여 나한을 정각(正覺)이라 하고, 나한의 편각(偏覺)에 대비하여 보살을 등각(等覺)아리고 하며, 보살의 분각(分覺)에 대비하여 부처를 정등각(正等覺)이라고 한다. 이른바 보리(菩提)라는 것은 법(法)을 기준으로 붙인 명칭이고, 부처[佛陀]라는 것은 사람을 기준으로 붙인 명칭이기 때문에 삼막삼보리(三藐三菩提) 역시 정편지(正遍知)나 정등각(正等覺)으로 불러야 하고, 삼막삼불타를 '정편지자(正遍知者)' 내지 '정등각자(正等覺者)'라고 불러야 한다는 견해도 있다.

32 《불학사전(佛學辭典)》 등에서는 불파제(弗把提)가 천화(天華)라고 했으나,

"스님께선 왜 수염을 깎지 않으실까?"

니리타(泥犁陀)[33]도 궁금해했다.

"스님께선 왜 수염을 깎지 않으실까?"

우바새(優婆塞)[34]도 궁금해했다.

"스님께선 왜 수염을 깎지 않으실까?"

우바이(優婆夷)[35]도 궁금해했다.

"스님께선 왜 수염을 깎지 않으실까?"

다라니(陀羅尼)[36]도 궁금해했다.

"스님께선 왜 수염을 깎지 않으실까?"

여기서는 불교의 신 가운데 하나로 설정되어 있다.

33 니리(泥犁, Niraya)는 니리(泥梨)라고도 쓰며, 희로애락이 일체 없는 지옥으로서 불교의 십계(十界) 가운데 가장 열등한 세계를 가리킨다. 본문의 '니리타'는 이 지옥을 관장하는 신으로 설정된 듯하다.

34 우바새(優婆塞, upāsaka)는 또 다른 음역으로 오파색가(烏波索迦), 우파사가(優波娑迦), 이포색(伊蒲塞) 등을 쓰기도 하고, 의역으로는 근사(近事), 근사남(近事男), 근선남(近善男), 신사(信士), 신남(信男), 청신사(淸信士) 등을 쓴다. 이는 출가는 하지 않았으나 집에서 삼보(三寶)를 받들며 오계(五戒)를 받아 지키는 남자 거사(居士)를 가리킨다.

35 우바이(優婆夷, upāsikā)는 또 다른 음역으로 우바사가(優婆私訶), 우바사(優婆斯), 우파사가(優波賜迦) 등을 쓰기도 하고, 의역으로는 청신녀(淸信女), 근선녀(近善女), 근사녀(近事女), 근숙녀(近宿女), 신녀(信女) 등을 쓴다. 이는 출가는 하지 않았으나 삼보를 가까이하고 삼귀(三歸)의 가르침을 받아 오계(五戒)를 지키며 선법(善法)을 시행하는 여자들을 가리킨다.

36 다라니에 대해서는 본회의 각주 2를 참조할 것. 여기서는 기억력이 뛰어난 신을 가리키는 듯하다.

여러 단월(檀越)[37]들도 궁금해했다.

"스님께선 왜 수염을 깎지 않으실까?"

승강(僧綱)과 승기(僧紀), 승록(僧錄)[38]도 의아해했다.

"스님께선 왜 수염을 깎지 않으실까?"

또한 차두(茶頭)와 반두(飯頭), 채두(菜頭), 화두(火頭), 정두(淨頭)[39]들도 모두 궁금해했다.

"스님께선 왜 수염을 깎지 않으실까?"

이렇게 다들 궁금해하며 말들이 많았지만 벽봉장로는 강 건너 불구경하듯, 쇠귀에 경을 읽는 듯 모른 체했다.

벽봉장로가 머리는 깎고 수염은 남겨둔 것이 어떤 불경을 근거로 한 것인지, 아니면 어떤 자기주장이 있어서인지, 그리고 끝까지 수염은 남겨두게 되는지 어쩌는지는 다음 회를 보시라.

---

37 단월(檀越, Dānapati)은 시주(施主)를 가리킨다. 월(越)은 베풂[施]의 공덕을 통해 가난의 고해를 넘어섰다는 뜻이다.

38 승강(僧綱)은 승관(僧官)이라고도 하며 전국의 불교사원과 승려들을 관리하는 임무를 띠고 있다. 승기(僧紀)와 승록(僧錄)은 정식 관직이 아니지만, 여기서는 승강을 도와서 불교사원의 각종 기록과 승려들의 명부를 기록하고 관리하는 일을 담당하는 이라는 뜻으로 쓰고 있는 듯하다.

39 차두(茶頭)와 반두(飯頭), 채두(菜頭), 화두(火頭), 정두(淨頭)는 각기 불교사원에서 차와 밥과 반찬, 채소, 등불, 측간 청소 등의 업무를 담당하는 이들을 가리킨다.

제5회

마하살이 먼저 자발적으로 주인에게 돌아오고 가마아는 나중에야 본래 자리로 돌아오다

摩訶薩先自歸宗　迦摩阿後來復命

四月八日日遲遲	사월 초파일 낮은 길기만 한데[1]
雨後熏風拂面吹	비 갠 후 훈훈한 바람 얼굴을 스치네.
魚躍亂隨新長水	물고기는 어지러이 뛰며 불어난 물길을 따라가고
鳥啼爭占最高枝	새들은 지저귀며 제일 높은 가지 차지하려 다투네.
紗厨氷簟難成夢	비단 휘장 속 얼음 같은 대자리 위에선 꿈도 꾸기 어렵고
羽扇綸巾漸及時	깃털 부채 들고 윤건(綸巾)[2] 쓸 때가 점점

1 인용된 시는 명나라 때 우겸(于謙: 1398~1457, 자는 정익[廷益], 호는 절암[節庵])의 〈하일즉사(夏日卽事)〉인데, 원작의 첫 구절은 "홰나무 그늘에 뭉친 녹음에 계단은 어둑하고[槐陰凝綠暗堦墀]"이다. 또한 원작의 마지막 두 구절은 "두 방은 청정하여 별다른 일도 없고, 책을 읽노라니 기쁘게도 날이 느릿하게 저무는구나.[兩閫淸夷無別事, 觀書最喜日遲遲]"라고 했다.

2 윤건(綸巾)은 옛날에 푸른색 비단 띠로 만든 두건(頭巾) 또는 푸른색 비단 띠

	다가오네.
淨梵中天今日誕	정범왕(淨梵王)의 천중천(天中天)이 오늘 태어나셨으니
好將檀越拜階墀	시주들 계단 앞에 엎드려 절을 올린다네.

그러니까 벽봉장로는 남들이 왜 수염을 깍지 않느냐고 궁금해해도 아무 대답도 하지 않았다. 그러나 말로는 대답하지 않았지만 그의 마음속에는 나름대로 계산이 있었다. 경사롭게도 이날은 바로 사월 초파일 불상에 목욕을 시키는 날이어서, '벽봉회'에는 강설을 들으러 몰려든 사람들이 인산인해를 이루고 있었다.

'오늘 중으로 머리는 깎고 수염은 기르는 이유를 해명하지 않으면 보물산에 들어갔다가 빈손으로 돌아오는 꼴이 되고 말겠구나.'

보라. 처음에 그는 벽봉회의 연화보좌(蓮花寶座) 위에 단정히 앉아 있었는데, 갑자기 금빛이 일어나는가 싶더니 그의 모습이 사라져 버렸다. 신도들은 그저 고개 숙여 큰절을 올리며 간청했다.

"스님의 불경 강설이 막 오묘한 곳에 이르러서 저희는 그저 고해에서 구제되어 영원히 지옥을 밟지 않기만을 바라고 있었습니다. 오늘 그 바람이 이루어질 수 있었지만 아직 끝나지 않았는데, 어찌하여 갑자기 떠나 버리신 겁니까? 엎드려 바라오니, 부디 돌아와 주십시오!"

가 달린 두건을 가리킨다. 전설에 따르면 삼국시대 촉(蜀)나라의 제갈량(諸葛亮)이 군중(軍中)에 있을 때 이것을 쓰고 있었다고 해서 '제갈건(諸葛巾)'이라고도 부른다.

그 기원이 끝나기도 전에 길 가는 사람들이 웅성거리는 소리가 들렸다.

"육화탑(六和塔) 위에 어느 나리가 앉아 계시는데, 온몸에서 찬란한 금빛이 피어나는 것이 인간 세계에 내려오신 신선 같더구먼."

불자들은 벽봉장로가 육화탑 위에 있다는 것을 알고 그저 경건하게 예배하고 염불을 하면서 간청할 따름이었다. 그러자 벽봉장로는 속으로 생각했다.

'지금이야말로 저들에게 사실을 설명해 주기 좋은 기회로구나.'

이어서 한 줄기 금빛이 일어나는가 싶더니, 어느새 그가 몸을 뒤집어 벽봉회의 연화보좌 위에 단정하게 앉아 있었다. 불자들이 한 목소리로 하소연했다.

"스님, 어이하여 저희 중생들을 버리셨습니까?"

"그대들이 줄을 어지럽게 서 있어서 내 눈이 흐려졌는지라 저 탑에 가서 잠시 눈을 씻고 왔노라."

"어느 줄이 어지럽게 서 있사옵니까?"

"그대들 가운데 수염이 있는 사람과 없는 사람, 수염이 많은 사람과 적은 사람들이 모두 한곳에 서 있으니 어찌 어지럽지 않겠는가?"

"그럼 어떻게 나누어 서면 좋겠습니까?"

"수염이 있는 사람하고 없는 사람들이 각기 한쪽으로 나누어 서도록 하라."

불자들은 즉시 양쪽으로 나뉘어 수염이 있는 이들은 왼쪽에, 수염이 없는 이들은 오른쪽에 자리를 잡았다. 그러자 벽봉장로가 말했다.

"수염이 많은 사람과 적은 사람들도 각기 한쪽으로 나누어 서도록 하라."

불자들은 즉시 위아래로 나눠어 수염이 많은 이들은 위쪽에, 적은 이들은 아래쪽에 자리를 잡았다. 그러자 벽봉장로가 말했다.

"잘 나누어 섰는가?"

"예!"

벽봉장로는 잠시 신통력을 부려놓고, 이렇게 물었다.

"저기 섬돌 왼쪽에 서 있는 이는 누구인가?"

다들 고개를 돌려 바라보니 정말 섬돌 왼쪽에 성현이 한 분 서 있었다. 키는 열 자에 눈동자는 봉황 같고, 누에처럼 짙은 눈썹을 가진 그는 붉은 두건을 쓰고 아름다운 수염을 휘날리고 있었다. 벽봉장로가 물었다.

"그대는 어떤 성현이오?"

"삼국(三國)을 높이 들고 천하를 딛고 있는 이 몸을 사람들은 미염공(美髥公)[3]이라 부르더이다."

"그렇다면 돌아가도록 하시지요."

그러자 "휙!" 하는 순간 그 성현의 모습이 사라져 버렸다. 벽봉장로가 또 물었다.

3 삼국시대 촉한(蜀漢)의 명장 관우(關羽: 160?~219)의 별명이다.

"저기 섬돌 오른쪽에 서 있는 이는 누구인가?"

사람들이 고개를 들어 보니 섬돌 오른쪽에도 성현이 한 분 서 있었다. 키는 열 자 정도에 얼굴은 푸르뎅뎅하고, 부리부리한 눈과 칼날 같은 눈썹을 한 그는 붉은 두건을 쓴 채 규룡(虯龍) 같이 덥수룩한 수염을 기르고 있었다. 벽봉장로가 물었다.

"그대는 어떤 성현이오?"

"한(漢)나라 말엽이 아니라 당(唐)나라 초기를 생각해 보시오. 다들 나더러 규염객(虯髥客)[4]이라 하더이다."

"그렇다면 돌아가도록 하시지요."

다시 한번 "휙!" 하는 순간 그 성현의 모습이 사라져 버렸다.

줄지어 서 있던 사람들이 일제히 외쳤다.

"아미타불, 공덕이 헤아릴 수 없나이다!"

그러자 벽봉장로가 말했다.

"아미타불이 아니라 한 분은 미염공이고 다른 한 분은 규염객이었지. 그래, 그대들 가운데는 어느 쪽이 더 대장부답게 생긴 것 같은가?"

"왼쪽의 수염 있는 쪽이 없는 쪽보다 더 대장부답게 생겼고, 위쪽의 수염이 많은 이들이 적은 이들보다 더 대장부답게 생겼습니다."

---

4 당나라 때의 도사 두광정(杜光庭: 850~933)이 지은 전기(傳奇) 소설《규염객전(虯髥客傳)》 등장하는 인물로서, 본명은 장중견(張仲堅)으로 설정되어 있다. 이정(李靖), 홍불(紅拂)과 더불어 이른바 '풍진삼협(風塵三俠)'으로 꼽히는 이 인물은 고구려(高句麗)의 연개소문(淵蓋蘇文)을 모델로 만들어 낸 허구적 주인공이라고 알려져 있다.

벽봉장로는 사람들의 그 말을 듣자 한 손으로 자신의 수염을 쓰다듬으면서 다른 한 손으로 사람들을 가리키며 물었다.

"내 수염도 대장부처럼 보이는가?"

사람들은 그제야 꿈에서 깨어난 듯, 술에서 깨어난 듯 일제히 외쳤다.

"이제야 알겠습니다. 스님께서는 '수염을 길러 대장부임을 나타내려는'[5] 뜻이었군요!"

이것은 다섯 자로 된 대구(對句)에 지나지 않지만 만고의 역사에 길이 전해져서, 모든 이들이 벽봉장로가 번뇌를 없애기 위해 머리를 깎았어도 대장부임을 보이기 위해 수염을 길렀다는 사실을 알게 되었다. 이를 증명하는 시가 있다.[6]

---

5 낭영(郎瑛: 1487~1566)의 《칠수류고(七修類稿)》 권47 〈사물류(事物類)〉와 여비(呂毖: ?~?)의 《명조소사(明朝小史)》 권1 〈홍무기(洪武紀)〉에 따르면 이것은 명나라 초기의 유명한 승려였던 내복(來復)의 일화와 관련된 것이다. 내복은 원래 이름이 원명준(元明濬)이고 자는 천연(天淵)으로서 원나라 때 학사(學士)를 지냈고, 원나라가 망한 뒤로는 머리를 깎고 승려가 되어 자를 견심(見心)이라고 했다. 명나라 태조(太祖)가 그에게 머리를 깎고 수염을 기른 이유를 묻자, 그는 "머리는 번뇌를 없애려고 깎았고, 수염은 대장부임을 보이려고 남겨 두었습니다.[削髮無煩惱, 留鬚表丈夫]"라고 대답했다고 한다. 그러나 그는 훗날 태조를 풍자하는 시를 지어 진노를 샀고, 결국 섬돌 아래에 앉은 채 옥잠(玉簪)을 흘리며 입적했다고 한다.

6 인용된 시는 송나라 때 우억(虞億: ?~?)이 지은 시 〈중추절에 자식들과 함께 구곡에서 달밤에 배를 띄우다[中秋同諸子九曲泛月]〉를 바탕으로 일부 변형한 것이다.

名山閱萬古	명산은 만고의 세월을 겪었는데
明月來幾時	명월은 언제 왔던가?
顧遊屬中秋	나들이란 한가을에 하는 것
萬里雲霧披	온 세상에 운무가 퍼져 있지.
心閑境亦靜	마음이 느긋하니 사는 곳도 고요하고
月滿山不移	달빛은 산에 가득한 채 움직이지 않네,
況玆飛來峰	게다가 이 비래봉[7]은
秀削清漣漪	높고 빼어나게 솟아 발치에 맑은 물 찰랑거리지.[8]
下有碧峰會	그 아래 벽봉회가 열리나니
颯颯仙風吹	산들산들 신선 세계의 바람 불어오네.
主者碧峰老	회주는 벽봉장로인데
崑玉不磷緇	곤옥(崑玉)[9]처럼 굳세고 고결하다네.
玆山暫寄逸	잠시 이 산에 머물며 노닐면서
所至琴且詩	거문고 타고 시를 읊었지.
削髮除煩惱	머리 깎아 번뇌를 없애고
躋彼仙翁毗	저 신선 세계에 오른다네.
留鬚表丈夫	수염 길러 대장부임을 보이고
怡然大雅姿	기꺼이 고상한 자태 자랑한다네.

7 원작에서는 '飛來峰' 대신에 '九曲溪'라고 했다.

8 원작에서는 '秀削' 대신에 '正漾'이라고 했다.

9 곤륜산(崑崙山)의 옥이라는 뜻으로서, 대개 고결한 뜻이나 아름다운 문장, 걸출한 인재 따위를 비유한다.

雲駢與風馭	구름 몰고 바람을 타고[10]
來往誰可知	오가는 걸 누가 알랴?
但聞山桂香	산속 계수나무 향기만 풍기고
繽紛落殘卮	고운 꽃잎 남은 술잔[11]에 어지러이 떨어지네.
愧我羈軒冕	부끄러워라, 이 몸은 벼슬살이에 매여
妄意皐與夔	고요(皐陶)[12]와 기(夔)[13]의 뜻을 잊었다네.[14]
那知涉幻境	어찌 알랴, 덧없는 인간 세계에서는
百歲黍一炊	백년의 인생이 황량몽(黃粱夢)[15]에 지나지 않음을?
風波世上險	세상에는 험한 풍파 일어도

10 "下有碧峰會"부터 "雲駢與風馭"까지는 작자 나무등이 지어서 끼워 넣은 것이다.

11 원작에서는 '술잔[卮]' 대신 '지게문[戶]'이라고 했다.

12 고요(皐繇)라고도 쓴다. 그의 이름은 정견(庭堅)이고 자는 외(隤)라고 알려져 있다. 그는 중국 고대 전설에서 우순(虞舜) 시대의 사법관(司法官)을 지냈다고 한다. 이 때문에 후세에는 종종 옥관(獄官)이나 옥신(獄神)을 가리키는 뜻으로 쓰이기도 했다.

13 우순(虞舜) 시대의 악관(樂官) 이름이다.

14 원작에서는 이 두 구절이 "다들 벼슬살이 좋아하여, 고요와 기처럼 되고자 했다.[諸君愛軒冕, 許身皐與夔]"라고 했다.

15 당나라 때 심기제(沈既濟: 750?~800)가 지은 전기(傳奇) 소설《침중기(枕中記)》에 따르면 노(盧) 아무개라는 서생이 한단(邯鄲)의 어느 여관에서 여옹(呂翁)이 준 베개를 베고 잠들어서 꿈속에서 일생의 부귀영화를 다 누리고 여든 살에 죽었는데, 꿈에서 깨어나 보니 주모가 솥에 앉혀놓은 기장[黍]이 아직 익지도 않았다고 했다.

日月壺中遲	술병 속의 세월은 느긋하게 흐르네,
何如歸此山	이 산에 귀의하여
相從爲解頤	그를 따라 기꺼이 사는 것만 못하리!
朝霞且沆瀣	아침노을과 항해(沆瀣)[16]가 있고
火齊兼交梨	화제(火齊)와 교리(交梨)도 있다네.[17]
晨夕當供給	아침저녁으로 먹으면
足以慰渴饑	갈증과 허기를 달래기에 충분하다네.
此事未易談	이런 일은 쉽게 말할 수 없거늘
聳耳聽者誰	귀 기울여 듣는 이 누구인가?
洗盞酹山靈	잔 씻어 산신령께 술을 올리나니
吾誓不爾欺	이 몸은 그대를 저버리지 않겠나이다.
天空萬籟起	하늘에서 만물의 소리 일어나니
爲奏塤與篪	질나발과 피리 부는 것 같네.

16 항해(沆瀣)는 밤에 맺힌 이슬을 가리키는데, 옛날에는 대해 신선이 마시는 진귀한 음료라는 뜻으로 쓰였다. 이 구절부터 마지막까지는 작자 나무등이 지어서 덧붙인 것이다.

17 화제(火齊)는 화제탕(火齊湯) 즉, 열을 내리는 데에 효험이 있는 탕약 이름이다. 《사기》〈편작창공열전(扁鵲倉公列傳)〉에는 순우의(淳於意)가 이 약을 세 번 먹고 땀을 흘리고 나자 열병이 나았다는 이야기가 실려 있다. 다만 여기서는 도교에서 신선 세계의 과일을 의미하는 화조(火棗)를 잘못 쓴 것으로 보인다. 송나라 때 왕규(王逵)가 편찬한 《여해집(蠡海集)》〈귀신(鬼神)〉에 따르면 배[梨]는 봄에 꽃을 피워 가을에 열매가 익는데 겉은 푸르스름하지만 속은 하얀색이니 금(金)과 목(木)이 교차한다는 의미에서 교리(交梨)라고 부르고, 대추[棗]는 단맛이 나고 색깔은 양(陽)을 나타내는 붉은색이니 양토(陽土)에서 나는 것이라는 뜻에서 화조(火棗)라고 부른다고 했다.

벽봉장로가 수수께끼에 대한 해답으로 대장부임을 보이기 위해 수염을 기른다는 사실을 밝히자 그 자리에 있던 불자들이 "아미타불!"을 외었을 뿐만 아니라 비사문과 삼막삼불타, 불파제와 니리타, 우바새와 우바이, 다라니와 단월들, 승강과 승기, 차두, 반두, 채두, 화두, 정두까지 모두가 "아미타불!"을 외었다. 벽봉장로는 다시 예전처럼 연화대에 올라가 설법했고, 불자들도 예전처럼 강설을 들으며 귀의했다.

어느덧 세월이 흘러 추위가 지나고 더위가 찾아올 무렵, 불경 강설이 오묘한 곳에 이르자 사람들은 저마다 이 법회가 무사히 끝나게 되리라고 생각했다. 하지만 어찌 알았으랴? '불문에는 끝남도 쉼도 없으니, 시시각각 물에 뜬 배처럼 흐르는 것[佛門無了又無休, 刻刻時時上水舟]'임을! 왜 그렇다는 것인가? 불자들이 불사를 끝내려 할 때 신통력을 부려 불법을 존경하도록 만드는 힘[南無][18]이 나타났다.

벽봉장로가 윗자리에 앉아 있을 때 불자들은 좌우와 위아래의 네 무리로 나뉘어 줄을 서 있었다. 매일 불자들이 산문을 들어서서 자리에 앉을 때면 각자 품속에 비단 손수건을 넣고 있었는데, 날이 저물어 산문을 나갈 때면 다들 그 손수건을 찾을 수 없었다. 이 때

18 나무(南無, Namas)는 나마(那摩) 또는 나모(那謨)라고도 표기하며 귀경(歸敬), 귀명(歸命), 신종(信從)을 의미한다. 대개 불자들이 합장하고 고개를 숙이는 행위를 '나무'라고 하며, 또 부처나 보살의 호칭 앞에 이것을 붙여서 불법에 대한 존경을 표시하기도 한다.

문에 거리나 마을에서는 벽봉회에서 불경 강설을 듣다가 손수건을 잃어버렸다는 얘기가 시끌벅적하게 퍼졌다. 그러니 '술자리에서 한 말은 전혀 맞지 않아도, 길거리 행인들의 말은 나는 듯이 빨리 퍼지는[尊前說話全無準, 路上行人口似飛]' 격으로 그 말은 금방 벽봉장로의 귀에까지 들어갔다.

'강설을 듣다가 비단 손수건을 잃어버렸다는데, 그게 어디서 와서 어디로 사라진 걸까? 여기에는 분명 까닭이 있을 테니, 내일 진상을 밝혀 처리해야겠구나.'

이튿날 날이 밝자 불자들이 꿰인 생선들처럼 줄줄이 들어와서 좌우와 위아래로 무리를 나누어 앉았다. 벽봉장로는 불경의 구절에 대해 몇 마디 하다가 불자들에게 물었다.

"그대들 품속에 무엇이 들어 있는가?"

불자들이 황급히 각자의 품속에 든 물건을 꺼내 보니, 바로 어제의 그 손수건이었다.

"각자의 품속에 비단 손수건이 하나씩 있습니다."

"비단 손수건이 맞는가?"

"예, 각자에게 하나씩 있습니다."

"다들 그걸 나에게 달라."

불자들이 각자 자신의 손수건을 바쳤다.

"다들 자리에 앉으라."

불자들이 예전처럼 네 무리로 나뉘어 앉자, 벽봉장로는 다시 불경에 대해 몇 마디 하다가 갑자기 물었다.

"지금 시간이 몇 시나 되었는가?"

왼쪽에 앉은 불자들을 이끄는 이가 바로 지재(遲再)였는데, 그가 일어나 해시계 쪽으로 다가가 보니 오시(午時, 11~13시)가 끝나고 미시(未時, 13~15시)로 넘어가려 하고 있었다. 그가 돌아서서 시간을 알려주자 벽봉장로가 말했다.

"시간이 그리 되었다면 오늘 법회는 여기서 마쳐야겠구먼."

그 말에 불자들이 자리에서 일어나 보니, 벽봉장로 앞에 놓여 있던 비단 손수건들이 또 보이지 않는 것이었다. 그러자 벽봉장로가 말했다.

"잠깐! 내가 그대들을 한 명씩 살펴보겠노라."

벽봉장로가 지혜의 눈을 크게 뜨고 원신(元神)[19]을 일으켜 산문 위에 서서 불자들을 하나하나 헤아리면서 각자 자신의 이름을 외치고 지나가게 했다. 그렇게 헤아리다가 다음 차례에 나타난 사람은 알고 보니 출가한 승려였다.

幾載棲雲祗樹林　　몇 년 동안 기수(祗樹)의 숲[20]에서 지냈던가?

---

19 도교의 수도(修道)에서는 인간의 몸에서 정(精), 기(氣), 신(神)을 '삼보(三寶)'로 간주하는데, 이 가운데 선천적인 신을 가리켜 원신(元神)이라고 한다. 이것은 특히 내단(內丹)의 수련에서 중요한 의미를 지니는데, 본문에서 벽봉장로 원신을 일으킨다고 묘사한 것은 불교와 도교가 혼합된 당시 민간 종교의 특성이 반영된 현상이라고 할 수 있다.

20 원래는 서역의 기타태자(祗陀太子)와 급고독장자(給孤獨長者)가 함께 세운 기수급고독원(祗樹給孤獨園)이라는 불교 수도원을 가리키는데, 여기서는 일반적인 의미의 불교사원을 가리킨다.

琅琅淸梵發餘音	낭랑하게 불경 외는 소리 여운이 울린다.
三乘悟徹玄機妙	삼승(三乘)의 불법 깨달으니 현묘하기 그지없어
萬法通明覺海深	일체의 법을 환히 알아 바다의 깊음을 깨달았다.
玉麈揮時龍虎伏	옥진(玉麈)[21]을 떨치니 용과 호랑이가 굴복하고
寶花飄處鬼神欽	보배로운 꽃 휘날리니 귀신들도 공경하지.
紅爐一點鵝毛雪	붉은 화로 떨어진 한 송이 눈처럼
消却塵襟萬慮心	속세의 마음에 담긴 온갖 근심 사라졌구나!

벽봉장로는 그 불자에게 어느 정도 신선의 기풍과 기개가 있는 것을 눈치챘다.

'틀림없이 이 작자가 농간을 부린 게로군!'

이에 그가 준엄하게 호통을 쳤다. 그야말로 이런 격이었다.[22]

巫峽中霄動	무협이 한밤중에 요동치는 것은

21 옥으로 만든 손잡이가 달린 먼지떨이[拂塵]를 가리킨다.

22 인용된 시는 두보(杜甫)의 〈우레[雷]〉 가운데 전반부이다. 전문은 다음과 같다. "무협이 한밤중에 요동치는 것은, 창강의 시월에 우레가 치기 때문이지. 용과 뱀은 숨지 못했는데, 천지를 갈라 다투어 돌아가게 하네. 빈산을 갈아 뭉개며 지나더니, 절벽을 깊숙이 휘감으며 다가오네. 운우의 정을 다툴 필요 있으랴? 초왕의 누대에 벽력이 치는구나.[巫峽中霄動, 滄江十月雷. 龍蛇不成蟄, 天地劃爭廻. 却碾空山過, 深蟠絶壁來. 何須妒雲雨, 霹靂楚王臺.]"

滄江二月雷　　창강의 이월에 우레가 치기 때문이지.
龍蛇不成蟄　　용과 뱀은 숨지 못했는데
天地劃爭廻　　천지를 갈라 다투어 돌아가게 하네.

벽봉장로가 사나운 기세로 다가오자 그 승려는 재빨리 도망치려 했다. 하지만 벽봉장로는 번쩍 금빛을 내쏘는가 싶더니 쌩하고 쫓아갔다. 그런데 그 승려는 내달릴 뿐만 아니라 날아갈 줄도 알았다. 벽봉장로는 날 줄도 구름이나 안개를 탈 줄도 몰랐지만, 한 줄기 금빛으로 변해 공중으로 내쏘았다. 그렇게 쫓아가니 그 승려도 어쩔 수 없었다. 그는 항주성 밖으로 도망치지 못하리라는 것을 알았지만, 눈앞에 몇몇 인가가 나타났다. 눈을 크게 뜨고 살펴보니 뽕나무 우거진 숲속에 작은 집이 하나 보였다. 울타리에는 두 짝 여닫이 대문이 달려 있고 높다란 틀이 하나 있었는데, 그 틀 위에 머리가 푸른 벌레들이 한 무리 모여 있었다. 그 벌레들의 모양은 이러했다.[23]

---

23 인용된 시는 송나라 때 사방득(謝枋得: 1226~1289)이 지은 〈누에[蠶]〉의 일부이다. 전문은 다음과 같다. "먹고 영양 얻는 것은 뽕잎에 의지하지만, 결국 왕도를 이루어 은택이 길이 흐른다. 실을 토하는 건 거미의 재주 부럽지 않고, 먹을 잎 달라 재촉하여 베 짜는 여인 바쁘게 하지. 세 번 깨고 세 번 잠들어 때맞춰 변신하고, 한 번 태어나 한 번 죽으니 하늘의 도리에 운명 맡기지. 고치를 바치고 고치 켜진 뒤에는, 먼저 우리 황제께 곤룡포를 짜드려야지. [養口資身賴以桑, 終成王道澤流長. 吐絲不羨蜘蛛巧, 飼葉頻催織女忙. 三起三眠時化運, 一生一死命天常. 待看獻繭盆繅後, 先與吾皇織袞裳.]"

吐絲不羨蜘蛛巧	실을 토하는 건 거미의 재주 부럽지 않고
飼葉頻催織女忙	먹을 잎 달라 재촉하여 베 짜는 여인 바쁘게 하지.
三起三眠時化運	세 번 깨고 세 번 잠들어 때맞춰 변신하고
一生一死命天常	한 번 태어나 한 번 죽으니 하늘의 도리에 운명 맡기지.

알고 보니 그것은 베 짜는 여인이 기르는 누에였다. 누에들은 각기 머리에 실타래를 이고 있었는데, 그 모양은 이러했다.

小小彈丸渾造化	조그마한 탄환에 조물주의 솜씨 섞여 있어
一黃一白色相當	노랗고 하얀 색깔 서로 어울리는구나.
待看獻與盆繅後	고치를 바치고 고치 켜진 뒤에는
先與吾皇織袞裳	먼저 우리 황제께 곤룡포를 짜 드려야지.

알고 보니 누에들이 짠 고치였던 것이다. 그 승려는 몸을 흔들어 누에로 변신하여 그치 안으로 들어가 앉아 있었다.

벽봉장로도 그런 것은 오래전에 익히고 있던 것인지라 몸을 뒤집어 좇아 들어갔다. 그런데 그를 따라잡기도 전에 어느 선사(禪師)를 만나게 되었다. 그 선사가 물었다.

"그대는 누구신가?"

"벽봉이라 하옵니다."

"여긴 무슨 일로 왔는가?"

"조금 전에 어느 승려 하나가 신통력을 부려 장난을 쳐서, 그를 쫓아오다 보니 이렇게 실례를 범하게 되었습니다."

"그 승려는 바로 떠났네."

"스님께서는 법호(法號)가 어찌 되시는지요? 그 일에 대해 좀 더 자세히 말씀해 주십시오."

"나는 혜달(慧達)[24]이라고 하네."

"그런데 무슨 일로 고치 안에 살고 계십니까?"

"낮에는 높은 탑에 앉아 설법하고, 밤이면 누에고치를 빌려 잠을 잔다네."

"설법을 왜 굳이 탑 위에서 하십니까?"

"구름 걸린 높은 벼랑은 두드리지 않아도 저절로 소리를 내는 법이지."

"왜 누에고치 안에서 주무십니까?"

"돌로 지은 집이든 쇠로 만든 정원이든 그림자를 남길 형체가 없는 법이지."

"가르침에 감사합니다."

벽봉장로는 그 말을 마치자마자 온몸에서 금빛을 피우며 공중

---

24 석도세(釋道世)의 《법원주림(法苑珠林)》 권31 〈잠둔편(潛遁篇)〉 〈인증부(引證部)〉 제2에 따르면 서진(西晉) 때 자주(慈州) 안인사(安仁寺) 서쪽에 살던 유살하(劉薩何)라는 이가 출가하여 법명이 혜달(慧達)이었는데, 낮에는 높은 탑에서 설법하고 밤이면 누에고치 속으로 들어가 쉬었다고 한다. 이에 당시 사람들이 그를 소하성(蘇何聖)이라고 불렀는데, 소하(蘇何)는 북방 이민족의 말로 누에고치[繭]라는 뜻이라고 했다.

으로 날아올라 지혜의 눈을 크게 뜨고 살펴보았다. 그러자 서호 옆 육선공(陸宣公)[25]의 사당 왼쪽에 작은 잡화점이 하나 보였다. 가게 안에는 반질반질하게 붉은색을 칠한 두 개의 진열대가 놓여 있었는데, 그 위에 새하얗고 마디가 있으며, 구멍이 있는 과일이 쌓여 있었다. 그 과일의 모양은 이러했다.

家譜分從泰華峰	족보는 태화봉에서 갈라져 나왔는데
氷姿不染俗塵紅	고결한 자태에 속세의 때 묻지 않았지.
體含春繭千絲合	몸 안에 봄날 누에 명주 천 가닥 품었고
天賦心胸七竅通	타고난 마음에 일곱 개 구멍이 통했지.
入口忽驚寒凛烈	입에 넣으면 서늘한 맛에 깜짝 놀라고
沾唇猶惜玉玲瓏	입술 적신 영롱한 옥 같은 그 살이 아깝구나.
暑天得此眞風味	여름날 이 진정한 맛을 얻으니
獻納須知傍袞龍	바치게 되면 곤룡포 만드는 일 도우리라는 걸 알리라.

알고 보니 그것은 연뿌리[藕]였다. 그 승려는 신통력을 부려 재

25 육지(陸贄: 754~805)를 가리킨다. 육지는 소주(蘇州) 가흥(嘉興, 지금의 저장성[浙江省]에 속함) 사람으로서 자는 경여(敬輿)이다. 그는 773년 진사에 급제하여 한림학사(翰林學士)를 거쳐 792년에는 재상이 되었으나 2년 뒤 배연령(裴延齡)과 갈등을 일으키는 바람에 충주(忠州, 지금의 충칭시[重慶市] 중현[忠縣]) 땅의 별가(別駕)로 폄적되었다가 그곳에서 죽었다. 시호(諡號)는 선(宣)이다.

빨리 그 연뿌리의 구멍 안에 들어가 숨어 있었던 것이다. 하지만 이런 정도의 신통력으로 어찌 벽봉장로의 지혜로운 눈을 속일 수 있겠는가? 과연 벽봉장로는 "휙!" 하며 그 연뿌리의 구멍으로 들어갔다. 그런데 그 승려를 잡기도 전에 또 안쪽에서 어느 선사를 만났다.

"그대는 누구인가?"

"벽봉이라 하옵니다."

"여긴 무슨 일로 왔는가?"

"조금 전에 어느 승려 하나가 신통력을 부려 장난을 쳐서, 그를 쫓아오다 보니 이렇게 실례를 범하게 되었습니다."

"그 승려는 바로 떠났네."

"스님께서는 법호(法號)가 어찌 되시는지요? 그 일에 대해 좀 더 자세히 말씀해 주십시오."

"나는 아수라(阿修羅)[26]라고 하네."

"그런데 무슨 일로 연뿌리 구멍 속에 살고 계십니까?"

"제석(帝釋)[27]과 싸우다가 져서 돌아가는 길에 여기에 숨어 있게

---

26 아수라(阿修羅, Asura)는 '과보(果報)'가 하늘인 듯하지만 사실은 하늘은 아닌 존재로서, '천인(天人)' 또는 '제바(提婆, Deva)'와 상대되는 존재이다. 그는 '육도(六道)' 가운데 하나로서 '욕천계(欲天界)'에서 큰 힘을 지닌 신 또는 방인반신(半人半神)의 존재로서 쉽게 노하고 싸움을 좋아한다고 알려져 있다. 하지만 불법을 받들어 호법신(護法神) 천룡팔부(天龍八部) 가운데 하나이기도 하다.

27 제석(帝釋)은 석가제환인다라(釋迦提桓因陀羅, Sakra-devanam-Indra)를 가리킨다. 이는 원래 힌두교의 신이었으나 훗날 불교의 신으로도 받들어졌다.

되었네."

"어쩌다가 싸움에서 지셨습니까?"

"하늘 높이 나는 비둘기는 사나운 머리가 아홉 개이고, 세상을 지키는 나타(那吒)[28]는 팔이 여덟 개라네."

"연뿌리 구멍 속은 잠자리가 편합니까?"

"일곱 개 구멍 끊어지면 범인(凡人)도 성인도 죽기 마련이고, 열 개의 몸[十身][29]이 끝나면 무량국토(無量國土)와 같아지는 법이지."

"가르침에 감사합니다."

그 말을 마치자마자 벽봉장로는 온몸에서 금빛을 피우며 공중으로 날아올라 지혜의 눈을 크게 뜨고 살펴보았다. 그러자 서호 북쪽 보석산(寶石山)에 이런 모습이 보였다.[30]

석가모니가 태어날 때 그는 칠보금계(七寶金階)로 변해서 석가모니가 도리천(忉利天)에서 그것을 밟고 내려오게 해 주었으며, 석가모니가 태어난 뒤에는 석가모니의 좌전방에서 보개(寶蓋)를 들고 우전방의 대범천(大梵天)과 함께 시중을 들었다고 한다.

28 나타(那吒, Nalakūvara)는 다문천왕(多聞天王) 또는 탁탑천왕(托塔天王)이라고도 부르는 비사문천왕(毘沙門天王)의 아들인데 뼈를 깎아 부친께 돌려주고 살을 발라 모친께 돌려준 후, 위대한 신력을 발휘하여 부모에게 설법을 들려주었다고 한다. 그러나 그의 출신에 대해서는 《서유기》와 《봉신연의(封神演義)》(제12회 및 제14회)의 서술이 약간 다르다.

29 십신(十身)은 부처와 보살의 열 가지 몸을 가리킨다.

30 인용된 부는 송나라 때 오숙의 《사류부》 〈지부(地部)〉 〈화(火)〉에서 일부 구절들을 뽑아 짜깁기하면서 몇 구절을 지어 덧붙인 것으로서, 글자가 원작과 다르기도 하고 구절의 순서가 뒤바뀌기도 해서 문맥이 잘 통하지 않는다. 본 번역에서는 원작을 참고로 교정하여 풀었지만, 마지막 구절은 여전히 문맥이 잘 통하지 않는다.

높고 큰 소리 울려
사방이 어둑해지고
붉은 기운 하늘을 찔러
검은 연기 해를 가리고
바람 소리에 불길 거세게 일어나네.
공중에 수많은 황금 뱀들이 내달리는 듯
열기는 세차게 치솟고
온 땅에 수많은 불덩이가 굴러다니니
산에는 초목이 없이 붉은 흙만 쌓여 있네.
순식간에 수많은 건물 한꺼번에 무너지며
물은 들끓고 숲은 말라
잠깐 사이에 수많은 대문 쓰러져 버리나니
옥석을 가리지 않네.
곤강(崑岡)[31]의 통곡 소리 들판에 전해지니
재앙이 물고기와 새우에게도 미치고
뜨거운 바다가 하늘 밝히는 불길의 재앙 퍼뜨리니
항우가 함양을 불태우는 듯하고[32]

---

31 청나라 때 이두(李斗: ?~1817)의 《양주화방록(揚州畵舫錄)》〈촉강록(蜀崗錄)〉에서는 곤강이 양주에 있는 촉강(蜀崗)의 다른 이름이라고 했다. 하지만 여기는 일반적인 산봉우리를 가리킨다.

32 항우(項羽: 기원전 232~기원전 202)의 군대가 함양궁(咸陽宮)을 점령하고 약탈한 후 불을 질러버린 일을 가리킨다. 다만 최근의 고고학적 발굴 결과에 따르면 항우가 아방궁(阿房宮)을 불태웠다는 과거의 전설은 잘못된 것이라고 한다.

염주(炎洲)의 불꽃처럼 거침없이 타올라

목동이 진(秦)나라의 무덤을 태우는 듯하네.[33]

애처롭구나, 상군(上郡)의 불꽃이여![34]

알백(閼伯)[35]은 상구(商丘)에서 대화(大火)에 대한 제사를 맡았지.

옥 그릇[瓘]이나 청동 술잔[斝][36]으로 제사 지낼 수 있는 일이 아니나니

---

33 《태평어람》 권44 〈지부(地部)〉·9 "관중촉한제산(關中蜀漢諸山)"에 이용된 《삼보고사(三輔故事)》에 따르면 진시황(秦始皇)의 무덤이 여산(驪山)에 있는데, 항적(項籍) 즉 항우(項羽)가 6년 동안 파헤쳤다고 한다. 또 어느 목동이 양을 방목하는데 양들이 무덤 안에 떨어져서 불을 지펴 양을 구하느라 무덤 안의 관과 부장품들을 태워 버렸다고 했다.

34 《고금주(古今注)》에 따르면 선제(宣帝) 지절(地節) 1년(B.C. 69)에 상군(上郡)의 모래밭에서 밤에 좁쌀[粟]만 한 불꽃이 나왔는데, 뜨겁지는 않았다고 한다.

35 알백(閼伯)은 제곡고신씨(帝嚳高辛氏)의 아들로서 오늘날 허난성[河南省] 상치우[商丘] 사람이다, 전설에 따르면 그는 제곡고신씨의 후비(后妃)인 간적(簡狄)이 제비 알을 삼키고 잉태하여 낳았다고 한다. 그는 요당씨(陶唐氏)의 화정(火正)으로서 대화(大火) 즉 이십팔수[28宿] 가운데 하나인 심수(心宿)에 대해 제사를 지내고 계절에 변화를 기록했다고 한다.

36 가(斝)는 옥이나 청동으로 만든 술잔으로서, 대개 세 개의 다리와 한 개의 손잡이[鋬]가 달렸고, 주둥이는 둥근 나팔 모양이다. 《좌전(左傳)》 〈소공(昭公) 17년〉에 따르면 정(鄭)나라의 비조(裨竈)가 자산(子產)에게, 송(宋)나라와 위(衛)나라, 진(陳)나라, 정(鄭)나라가 장차 같은 날에 화재를 당할 것인데 만약 자신에게 제사를 지내는 데에 필요한 귀한 그릇인 관가옥찬(瓘斝玉瓚)을 주어 하늘에 제사를 지내게 한다면 정나라는 화재를 면할 것이라고 했다. 그러나 자산은 그의 말을 들어주지 않았으니, 이는 하늘이 내일 재앙은 제사로 막을 수 없는 것이라고 여겼기 때문이다.

송(宋)나라 제후의 희첩은 박사(亳社)의 징조에 따라 요절했지.[37]

뉘라서 흙을 퍼 날라 방비할 수 있었으랴!

놀랍게도 둥근 연못처럼 환하게 불타 버렸지.[38]

미축(糜竺)[39]의 재물도 사라져 버릴 뻔했고

놀랍게도 무기고에 불이 났지만[40]

임공(臨邛)[41] 땅엔 우물도 부엌도 남아 있지 않게 되었다네.[42]

---

37 《좌전(左傳)》 〈양공(襄公) 30년〉에 따르면, 박사(亳社)에서 새가 우는데 그 소리가 마치 "희희(嘻嘻)!" 하는 것 같았다고 한다. 그리고 그해 5월 5일에 송나라에 큰 화재가 나서 제후의 희첩[伯姬]이 보모(保姆)를 기다리다가 불에 타 죽고 말았다.

38 《습유기(拾遺記)》에 따르면 대산(岱山)의 동쪽에 둥근 연못[圓淵]이 있는데, 한여름이면 항상 물이 끓었고, 사람들이 땅을 파보면 석탄처럼 까맣게 그을린 돌이 나왔는데 종종 불기를 담고 있다고 했다.

39 미축(糜竺)은 자가 자중(子仲)이며, 삼국시대 촉한(蜀漢)에서 안한장군(安漢將軍)을 지낸 명망 높은 관리였다. 《수신기(搜神記)》에 따르면, 그가 낙양에서 돌아오는 길에 어느 아낙을 보고 수레에 태워주었다. 이에 그녀가 감사하며 말하기를, 자신은 하늘의 사자로서 동해(東海) 땅의 미(糜)씨 집에 불을 내야 하는데, 수레를 태워준 은혜에 감사하기 위해 미리 알려줄 테니 먼저 돌아가서 대비하라고 했다. 그리고 과연 그녀의 말대로 낮에 그의 집에 불이 났는데, 미축은 미리 재물들을 꺼내놓은 덕분에 더 이상의 피해를 입지 않았다고 한다.

40 《진서(晉書)》에 따르면 무기고에 불이 나자 장화(張華)가 이 때문에 변란이 일어날까 두려워서 병사들을 줄을 세워 놓고 단단히 지킨 뒤에 불을 끄려 했다. 이 바람에 여러 세대 동안 쌓아 놓은 보물들이 모두 불에 타버렸다고 한다.

41 임공(臨邛)은 지금의 쓰촨성[四川省] 충라이현[邛崍縣]에 속한 지역의 옛날 지명이다. 이곳은 진(秦)나라 때부터 행정구역이 설치되어 있었다. 한

제갈량이 적벽에서 위나라 군대를 무찌른 것은 아니라 해도
유곤(劉昆)처럼 바람 돌려 큰비 내리게 한 이도 없다네.[43]

一聲響亮, 四塞昏沉.

紅氣撲天, 黑烟障日.

風聲刮雜, 半空中走萬萬道金蛇.

熱氣轟騰, 遍地裏滚千千團烈焰.

山童土赤, 霎時間萬屋齊崩.

水沸林枯, 一會裏千門就圮.

無分玉石, 崑岡傳野哭之聲.

殃及魚蝦, 炎海播燭天之禍.

項羽咸陽, 肆炎洲之照灼.

나라 때 사마상여(司馬相如)와 탁문군(卓文君)이 이곳에서 우물을 파서 가게를 열고 술장사를 했다고 한다.

42 《박물지(博物志)》에 따르면, 임공 땅에 불 우물[火井]이 있는데 가로세로 폭이 다섯 자에 깊이가 두세 길이나 된다고 했다. 제갈량이 그걸 구경한 뒤로 불길이 점점 거세져서 우물 위에 소금 굽는 그릇을 얹으면 소금을 구울 수 있었다고 한다. 하지만 나중에 누군가 자기 집에 있던 초를 우물에 던지자 불이 즉시 꺼져버려서, 이후로 다시는 타오르지 않게 되었다고 한다.

43 유곤(劉昆: ?~57)은 자가 환공(桓公)으로 동한 진류(陳留) 사람이며, 양효왕(梁孝王)의 후손으로 알려져 있다. 후한 광무제(光武帝) 때에 광록훈(光祿勳)과 기도위(騎都尉)를 역임하고, 건무(建武) 30년(54)에 연로하여 벼슬을 사임하자 황제가 낙양에 집을 하사하며 평생 천 석(石)의 봉록을 받게 해주었다. 그는 경학(經學)에 조예가 깊고 500여 명을 제자를 양성한 것으로도 유명한데, 강릉현령(江陵縣令)을 지낼 때 민간에서 큰불이 났을 때 그가 불길을 향해 머리를 조아려 절을 올리자 소낙비가 쏟아져 불길을 껐다고 한다.

牧童秦冢, 慘上郡之熒煌.

閼伯商丘之職, 非瓘斝之能禳.

宋姬亳社之妖, 誰畚梮以爲備.

訝圓淵之灼昭, 糜竺之貨財殆盡.

驚武庫之焚蕩, 臨邛之井竈無存.

雖不是諸葛亮赤壁鏖兵, 却沒個劉江陵返風霈雨.

이날의 불은 너무 엄청났다. 벽봉장로가 지혜의 눈을 뜨고 보니, 그 승려가 신통력을 부려서 시뻘건 불길 속에 숨어 있는 것이었다. 벽봉장로도 노기가 치밀어 금빛을 번쩍이는가 싶더니 한 손으로 보숙탑(保俶塔)[44]을 집어 들며 그 위에 얹혀 있던 아홉 개의 생철반(生鐵盤)까지 가져와 왼손에서 오른손으로, 오른손에서 왼손으로 옮겨 잡으면서 주물러 선장(禪杖) 모양으로 만들었다. 아홉 개의 생철반은 주물러서 아홉 개의 쇠 고리로 만들었으니, 이것이 바로 벽봉장로가 평생 사용하던 구환석장(九環錫杖)이다. 이를 증명하는 시가 있다.[45]

---

44 항주 서호 북쪽 보석산(寶石山) 꼭대기에 있는 탑으로서 응천탑(應天塔) 또는 보석탑(寶石塔)이라고도 부른다. 이 탑이 처음 세워진 것은 언제인지 모르지만 대개 오월국(吳越國)을 세운 전류(錢鏐: 852~932)가 살았을 무렵에 이미 존재하고 있었던 것으로 여겨지고 있다. 현존하는 탑은 원나라 이래 6차례의 중수(重修)를 거친 것으로, 마지막으로 중수한 것은 1933년이다.

45 《사고전서(四庫全書)》에 수록된 《어정연감류함(御定淵鑑類函)》 권 378 〈장오(杖五)〉에 따르면, 이 시는 명나라 때 하언(夏言: 1482~1548, 자는 공근[公謹])이 지은 〈영장(詠杖)〉이다.

九節蒼蒼碧玉同	푸릇한 아홉 마디는 벽옥 같은데
隨行隨止伴禪翁	길을 갈 때나 쉴 때나 스님[46]과 함께 했네.
寒蹊點雪鳩頭白	추운 길 갈 때는 비둘기 머리처럼 하얀 눈을 찍고
春徑挨花鶴膝紅	봄날 오솔길에선 학의 무릎처럼 붉은 꽃을 찾아갔지.
縮地一從人去後	축지법을 부려 사람이 떠난 뒤
敲門多在月明中	대문 두드릴 때는 대개 달 밝은 밤이었지.
扶危指佞兼堪用	위태로울 때 도와주기도 하고 사악한 무리 다스리기도 하니
亘古誰知贊相功	예로부터 누가 알까,[47] 공을 세우는 데 도움이 되었음을?

벽봉장로는 이 구환석장을 쥐고 눈으로 잘 살피더니 손에서 미끄러지듯 휙 던져서 그 불꽃을 매섭게 후려쳤다. 그리 세게 후려친 것도 아니었는데 재가 날리고 연기가 사라지면서 하늘이 걷히고 공기가 맑아졌다. 이제 날아 도망칠 곳이 없어진 그 승려는 납작 엎드려 합장을 한 채 땅바닥에 두 무릎을 꿇고 애원했다.

"사부님, 사부님, 이 제자를 구제해 주십시오!"

"너는 누구인데 감히 내 법회에서 신통력을 부려 불법의 힘을 매

46 본문의 '선옹(禪翁)'을 원작에서는 '쇠옹(衰翁)'이라고 했다.

47 본문의 '수지(誰知)'를 원작에서는 '수여(誰如)'이라고 했다.

도했느냐?"

"다시는 그러지 않겠습니다."

"법회에서 손수건이 없어지게 한 것도 네 짓이었더냐?"

"예."

"저번에도 법회에서 가죽들이 많이 없어졌다고 하던데, 그것도 네 짓이었더냐?"

"예."

"그런 못된 짓을 저질렀으니 내 석장으로 한 대 맞아야겠구나!"

그가 석장을 들어 올리려 했으나 그 승려의 말이 더 빨랐다.

"사부님, 잠깐만요! 이 덕분에 제가 깨달음을 얻었습니다."

"무얼 깨달았다는 게냐?"

"옛날에 대지선사께서 이 법회에서 《법화경》을 강설하셨을 때는 목소리가 너무나 맑고 느긋하여 듣는 이들이 감동하여 피곤함을 잊게 해 주었습니다. 그런데 오늘 사부님께서 강설하실 때도 목소리가 그와 비슷해서 듣는 이들이 감동하여 피곤함을 잊게 해 주셨으니, 어찌 정말로 가죽을 잃은 것이겠습니까? 또 듣는 이들의 고단함을 잊게 해 주셨으니, 어찌 정말로 비단 손수건을 잃은 것이겠습니까?"[48]

이 말은 제법 그럴듯해서 벽봉장로도 무척 기분이 좋았다.

---

48 이것은 피곤함[疲]과 가죽[皮]을 나타내는 한자들의 중국어 발음이 똑같이 [pí]이고, 고단함[倦]과 비단[絹]을 나타내는 한자들의 중국어 발음이 똑같이 [juàn]이라는 점을 이용한 말장난이다.

"그럴듯한 말이긴 하지만 피곤하다고 할 때의 '피(疲)'와 가죽의 '피(皮)', 고단하다고 할 때의 '권(倦)'과 비단의 '견(絹)'은 다르지 않느냐?"

"그렇긴 합니다."

"어쨌든 '피곤'이라는 두 글자는 제법 잘 풀이했구나. 그런데 네가 나를 '사부'라고 부르는데, 이 단어에는 무슨 뜻이 들어 있는지 아느냐?"

"그 말은 남해 보타낙가산에서 가져온 것입니다."

"왜 그렇다는 것이냐?"

"보타산에서 비단 주머니에 담긴 계획을 받고, 사부님을 따라 인간 세계에 내려오고 싶었기 때문입니다."

"비단 주머니니 뭐니 하는 건 나도 기억하지 못한다. 그나저나 그 비단 주머니 안에는 무슨 내용이 들어 있더냐?"

"딱 세 글자만 들어 있었습니다."

"그게 무엇이더냐?"

"바로 '하늘이 눈을 뜨다.[天開眼]'입니다."

"그걸 어디다 쓰는 것이더냐?"

"인간 세상에 태어나는 데에 쓰는 것입니다."

"정말 '하늘의 눈[天眼]' 위에 살았다는 것이냐?"

"눈을 뜰 방법을 찾지 못해서 얼마나 많은 우여곡절을 겪었는지 모릅니다!"

"그래, 나중에는 어찌 되었느냐?"

"남선부주를 여러 차례 드나들며 샅샅이 찾아보았지만 눈을 뜰 방도를 찾지 못했습니다. 그러다가 이곳 항주에서 서북쪽으로 이삼백 리쯤 떨어진 곳에서 어느 산을 보았습니다. 높이는 삼천구백 길[丈]이 넘고 둘레가 팔백 리 남짓 되는데, 거기 있는 두 개의 봉우리에 각기 연못이 하나씩 있었습니다. 봉우리 가운데 하나는 임안현(臨安縣)에서 관할하고, 다른 하나는 어잠현(於潛縣)에서 관할하고 있습니다. 두 봉우리가 동서로 마주 보고 있는데, 물이 가득 차서 일렁이는 것이 꼭 눈동자 같아서 천목산(天目山)이라는 이름이 붙어 있었습니다. 그래서 저는 이게 바로 '하늘이 눈을 뜬' 게 아닐까 생각했습니다. 게다가 도교의 책에 따르면 이 산에는 서른네 번째 동천(洞天)이라고 했습니다."[49]

"무슨 증거가 있느냐?"

"이걸 증명하는 시가 있습니다."

"그게 어떤 시이더냐?"

"송나라 때 공풍(巩豊)[50]이 이런 시를 남겼습니다."

---

49 이것은 천목산이 동한(東漢) 때 귀산(龜山)의 장전자(長荃子)가 쓴 《동연집(洞淵集)》에 수록된 '36동천(洞天)' 가운데 34번째에 거명되었다는 뜻이다. 북송의 도사 이사총(李思聰)이 편찬한 《동연집》에는 57번째에 천주산(天柱山)이라는 이름으로 수록되어 있다. '동천'이란 동전복지(洞天福地) 즉 도교의 선경(仙境)을 가리킨다.

50 공풍(鞏豊: 1148~1217)은 자가 중지(仲至)이고 호는 율재(栗齋)이다. 그는 1184년 진사에 급제하여 이후 임안지현(臨安知縣), 강동제형(江東提刑) 등의 벼슬을 지냈다. 인용된 시는 공풍의 〈영휘정(迎暉亭)〉의 일부인데, 사실상 첫 두 구절만 빼고 모두 다르게 바꾸어놓았다. 원작은 다음과 같다.

我來將値日午時	도착해 보니 정오 무렵이 되어 가는데
雙峰照耀碧玻璃	두 개의 봉우리 푸른 유리처럼 빛나네.
三十四天餘福地	서른네 번째 선경(仙境)에는
上中下池如仰箕	상중하 연못들이 기수(箕宿)[51]를 우러르는 듯하네.
人言還有雙徑雄	이 외에도 웅장한 두 개의 산길이 있다지만
勝處豈在阿堵中	빼어난 곳이 어찌 여기에 있으랴!
兩泓秋水淨於鑒	가을 물 일렁이는 두 호수는 거울보다 깨끗하고
恢恢天眼來窺東	드넓은 하늘의 눈이 동쪽에서 지켜보네.

벽봉장로가 물었다.

"비단 주머니 속에 적힌 글이 가리키는 곳을 찾고 나서, 어느 곳

"도착해 보니 정오 무렵이 되어 가는데, 수많은 봉우리 푸른 유리처럼 빛나는구나. 현인들 모여 사는 마을 앞에는 집들이 늘어서 있고, 아름다운 숲의 나무와 바위들 그윽한 자태 드러낸다. 사람들은 쌍경봉의 웅장함과 비견된다고 하지만, 빼어난 곳이 어찌 여기에 있으랴? 층층이 치솟은 봉우리에 둘러싸여 높다란 정자 있으니, 마치 노인이 동쪽을 훔쳐보는 듯한 모습일세. 해 뜨면 까마귀와 새들 날고, 해 지면 소와 양들 내려오지. 다음에 올 때는 꼭 과보(夸父)와 함께 와서, 산속의 승려 멀리까지 마중 나오게 하지 말아야지.[我來將値日午時, 千峰照耀碧玻璃. 集賢村前俯列屋, 寶林木石呈幽姿. 人言可比雙徑雄, 勝處乃在阿堵中. 崇崗層嶂屹亭在, 似約老眼來窺東. 日出烏鳥飛, 日入牛羊下. 再遊當與夸父期, 不用山僧遠迎迓.]"

51 고대 중국의 28성수(星宿) 가운데 하나로서 사수좌(射手座, Sagittarius)에 속한다. 기수(箕宿)의 네 별(gamma, delta, epsilon, eta)은 키[簸箕] 모양의 사변형을 이루고 있다.

에서 사람의 몸을 빌려 태어났느냐?"

"그 산발치에 사는 은(鄞)씨 성을 가진 어르신의 집에서 사람의 몸을 빌려 태어났습니다."

"그러면 출가는 어디에서 한 것이냐?"

"그 산 서쪽에 있는 보복사(寶福寺)에서 출가했습니다."

"네 법명은 무엇이냐?"

"저는 날아다닐 수 있고 바람과 비를 부를 수도 있어서, '비환(飛喚)'이라는 법명을 갖게 되었습니다."

"법명으로는 어울리지 않는구나. 그래, 서천에 있을 때는 뭐라고 불렀느냐?"

"마하살이라고 불렀습니다."

"너 혼자만 있었더냐?"

"가마아라는 제자가 있었습니다."

"그 아이는 지금 어디 있느냐?"

"그 아이도 보타산에서 비단 주머니를 하나 받았습니다."

"그 아이 주머니에는 무슨 글이 들어 있더냐?"

"거기에는 다섯 글자가 들어 있었습니다."

"그게 무엇이냐?"

"바로 '기러기도 날아가지 못하는 곳[雁飛不到處]'이었습니다."

"그걸로 어떻게 인간 세계에 내려올 곳을 찾았느냐?"

"그 아이도 남선부주를 여러 차례 돌며 샅샅이 찾아다녔습니다."

"그래 거기가 어디더냐?"

"바로 온주부(溫州府)에서 동북쪽으로 백 리쯤 떨어진 곳에 산이 하나 있었습니다. 높이는 사십 리쯤 되는데, 동쪽으로 온령(溫嶺)과 이어지고 서쪽으로는 백암(白巖)과 인접해 있고, 남쪽에는 옥환현(玉環縣), 북쪽에는 괄창산(括蒼山)이 있습니다. 그 꼭대기에 폭이 십 리 정도 되는 호수가 하나 있는데, 항상 물이 마를 날이 없어서 봄에 기러기가 돌아갈 때 대개 여기서 묵어갑니다. 그래서 산 이름이 안탕산(雁蕩山)인데, 그 아이는 거기가 바로 '기러기도 날아가지 못하는 곳'이 아닐까 생각했습니다."

"조금 전에 봄이면 기러기가 돌아갈 때 들른다고 했는데, 왜 '기러기도 날아가지 못하는 곳'이라고 여긴 것이더냐?"

"하하, 그게 바로 '거꾸로 돌아가서 간략하게 말하는 것[將以反說約也]'[52]이 아니겠습니까?"

"그건 유가(儒家)에서 한 말이 아니더냐?"

"하하, 유가와 불가, 도가가 결국 '하나의 흐름[同流]' 속에 있는 게 아니겠습니까?"

"훌륭한 말이로구나. 하지만 그곳이 안탕산을 가리킨다는 것을 어찌 증명할 수 있겠느냐?"

"그것도 증명하는 시가 있습니다."

"어떤 시가 있다는 게냐?"

52 이것은 《맹자(孟子)》 〈이루하(離婁下)〉에 들어 있는 구절로서, 전문은 "널리 공부하여 상세히 해설하고, 장차 거꾸로 돌아가서 간략하게 대의만 얘기한다.[博學而詳說之, 將以反說約也]"이다.

"왕십붕(王十朋)[53]이 이런 시를 남겼습니다."

歸雁紛飛集澗阿	돌아가는 기러기 분주히 날아 굽은 계곡에 모이며
不貪江海稻粱多	곡식 많은 사방의 땅을 탐하지 않지.
峰頭一宿行窩小	산꼭대기에서 하룻밤 묵어가기엔 둥지가 작지만
飮啄偏堪避網羅	마시고 먹어도 사냥꾼의 그물 피할 수 있지.

그리고 임경희(林景熙)는 이런 시를 남겼습니다.[54]

53 왕십붕(王十朋: 1112~1171)은 자가 구령(龜齡)이고 호는 매계(梅溪)이며, 남송 낙청(樂淸, 지금의 저장성에 속함)에서 태어났다. 그는 1157년 장원(壯元)으로 진사에 급제하여 승사랑(承事郞) 겸 건왕부소학교수(建王府小學教授)에 임명되었으나 원나라에 대한 항전을 주장하다가 벼슬을 잃고 귀향했다. 그러나 이후 다시 등용되어 시어사(侍御史) 등을 역임했다. 절개 굳고 강직하게 직언을 서슴지 않았던 그의 저작으로는 《왕매계문집(王梅溪文集)》 등이 남아 있다. 인용된 시는 그의 〈소안탕(小雁蕩)〉인데, 본문에 인용된 것과는 약간의 차이가 있다. "돌아가는 기러기 굽은 계곡에 모이니, 곡식 많은 강가 바다를 탐내지 않지. 산꼭대기의 연못은 비록 작지만, 물 마시고 먹이 쪼더라도 사냥꾼 그물 피할 수 있지. [歸雁行飛集澗阿, 不貪江海稻粱多. 峰頭一蕩雖然小, 飮啄猶堪避網羅.]"

54 임경희(林景熙: 1242~1310)는 자가 덕양(德暘) 또는 덕양(德陽)이고 호는 제산(霽山)이며, 온주(溫州) 평양(平陽, 지금의 저장성에 속함) 사람이다. 그는 1271년 진사에 급제하여 종정랑(從政郞)까지 지냈으나, 송나라가 망한 뒤로는 벼슬길에 나아가지 않고 고향에 은거했다. 인용된 시는 임경희의 〈과북안탕산하(過北雁蕩山下)〉이다.

驛路入芙蓉	역의 길은 부용꽃 속으로 들어가고
秋高見旱鴻	높은 가을하늘에 뭍을 나는 기러기 보인다.
蕩雲飛作雨	쓸린 구름은 날아가 비가 되고
海日射成虹	바다의 햇빛은 무지개를 만들었구나.
一水通龍穴	한 줄기 강물은 용의 동굴로 통하고
諸峰盡佛宮	봉우리마다 절이 숨겨져 있구나.
如何靈運屐	어찌하면 등산화 신은 사람들
不到此山中	이 산속에 오지 않게 할 수 있을까?

벽봉장로가 말했다.

"비단 주머니 속의 글이 가리키는 곳을 찾았다면, 그 아이는 어디에서 인간의 몸을 빌려 태어났느냐?"

"산발치의 동(童)씨 성을 가진 어르신의 집에서 태어났습니다."

"그 아이는 어디에서 출가했느냐?"

"동내곡봉(東內谷峰)의 백운사(白雲寺)에서 출가했습니다."

"법명은 무엇이냐?"

"그곳 지명이 동내곡이고 절 이름이 백운사라서 양쪽의 의미를 다 담아서 '운곡(雲谷)'이라고 지었습니다."

"그 얘기를 어디서 들었느냐?"

"이런 말이 있지 않습니까?

風送水聲來枕畔	바람은 물소리를 머리맡으로 전해오고

月移山影到牀前　　달이 옮겨 가니 산 그림자가 침상 앞으로 오네.[55]

"알고 보니 네가 그 아이를 만났던 모양이구나?"

비환이 다시 이렇게 읊조렸다.

曾遊松下路　　소나무 아래 길을 가다
看見洞中天　　동굴 속의 하늘을 보았네.

"먼저 깨우친 이가 뒷사람을 깨우쳐주고, 자신의 이익을 챙겼으면 남을 이롭게 해 줘야 하는 법이니, 어서 가서 제자를 데려오너라."

"깨닫는 것은 자신에게 달렸지만 그걸 인증해주는 것은 스승에게 맡긴다고 했으니, 그럼 다녀오겠습니다."

과연 '비환'이라는 이름이 무색하지 않게 그는 말을 마치자마자 바로 떠났다. 공중에 휭하니 바람 소리가 들리는가 싶더니 어느새 안탕산에 도착했다. 그리고 그곳에 있는 열여덟 개의 절을 돌아다니고, 동쪽의 온령과 서쪽의 백암, 남쪽의 옥환현과 북쪽의 괄창산을 한 바퀴 돌아 다시 동외곡(東外谷)의 다섯 개 산봉우리와 동내곡의 마흔여덟 개 봉우리, 서내곡의 스물네 개 봉우리와 서외곡의 스

55 송나라 때 보제(普濟)가 편찬한 《오등회원(五燈會元)》 권8 하(下)에 따르면 이것은 송나라 때 낭주(朗州, 지금의 후난성[湖南省] 창더[常德]) 대룡산(大龍山) 대룡지홍선사(大龍智洪禪師, 홍제선사[弘濟禪師]라고도 함)가 "미묘한 선(禪)이란 무엇입니까?"라는 질문에 답한 말이라고 알려져 있다.

물다섯 개 봉우리를 샅샅이 뒤졌다. 이어서 대룡추(大龍湫)와 세룡추(細龍湫), 상룡추(上龍湫)와 하룡추(下龍湫)까지 살펴보았으나, 제자의 모습을 찾을 수 없었다.

'사부님께서 제자를 찾아오라고 하셨는데, 찾지 못하면 드릴 말씀이 없잖아?'

그는 다시 그 열여덟 개의 절을 찾아갔다. 영암사(靈巖寺)를 지나자 능인사(能仁寺)가 나타났는데, 고개를 들어 살펴보니 그래도 상당히 훌륭한 동천복지(洞天福地)여서, 상서로운 구름이 유유히 흐르고 상서로운 기운이 무성히 피어나고 있었다.

비환이 안으로 달려가서 구불구불 모퉁이를 돌아가니 수도원이 나타났는데, 대문 위의 현판에는 '서산도원(西山道院)'이라고 적혀 있었다. 그 안으로 들어가니 선방(禪房)이 하나 있었고, 그 양쪽에 몇 명의 승려들이 있었다. 비환이 인사하며 물었다.

"운곡이라는 제 제자를 찾고 있는데, 여기 있습니까?"

하지만 승려들은 모두 아무 말도 없이 앉아 있는 것이었다. 그 대신 안쪽에서 어느 노승이 대답했다.

"대룡추를 지나 몇 리를 올라가면 상룡추가 나오는데, 그곳 암벽 중간에 동굴이 하나 있소. 운곡은 바로 거기에 있소이다."

그 말을 듣자 비환은 마치 '공중에 돌이 서고, 불길이 물을 향해 타는[石從空裏立, 火向水中焚]'[56] 듯한 기분이었다. 그가 다시 인사

56《수릉엄경소해몽초권말오록(首楞嚴經疏解蒙鈔卷末五錄)》 권7에 따르면 이것은 당나라 때 안길주(安吉州) 도량산(道場山)의 여눌선사(如訥禪師)가 "어

를 하고 한 줄기 바람이 되어 대룡추를 지나 상룡추로 올라가 보니, 높이가 몇 천 길이나 되어 보이는 폭포가 쏟아지고 있었다. 그리고 과연 괴이한 돌이 층층이 쌓인 암벽 중간에 폭이 여덟 자나 아홉 자쯤 되어 보이는 조그마한 동굴이 하나 있었다. 동굴 밖에는 기화이초들이 가득했고, 동굴 안에는 돌로 만든 걸상과 침상이 놓여 있었다. 비환이 죽 둘러보았으나 거기에는 운곡이 없었다.

'기어이 찾고 말겠어!'

곰곰이 생각하며 주위를 둘러보는데, 동굴 문 위쪽에 몇 줄 글이 희미하게 적혀 있었다. 자세히 살펴보니, 칠언으로 된 여덟 구의 시였다.

蓬島不勝滄海寒	봉래도(蓬萊島)에서는 바다의 추위 견딜 수 없는데
巨鰲擎出九泉關	거대한 자라가 저승의 자물쇠 들고 나오네.
洞中靈怪十三子	동굴 속 신령하고 괴이한 신선이 열셋이라
天下瑰奇第一山	세상에서 가장 기이하고 아름다운 산일세.
棹曲浩歌蒼靄外	자욱한 구름 밖에서 뱃노래 호탕하게 부르고
幔亭高宴紫霞間	자줏빛 노을 속에서 만정(幔亭)[57]에 모여

떻게 하면 불법(佛法)의 진리를 또렷하게 들을 수 있습니까?"라는 질문에 답한 말이라고 한다.

57 만정(幔亭)은 글자 그대로 '휘장을 두른 정자'를 가리키지만, 종종 복건(福建) 무이산(武夷山)의 별칭으로도 쓰인다.

	고상한 잔치 벌이네.
金芽自蛻詩人骨	귀한 찻잎에 저절로 허물 벗어 시인의 기골이 드러나는데
何必神丹煉大還	기사회생의 신령한 단약 만들 필요 있으랴!

이 시를 읽고 나자 비환은 나름대로 생각이 들었다.

'제자는 찾을 수 없고 남긴 시만 찾았구나. 이거라도 찾았으니 사부님께 돌아가서 말씀드릴 증거가 되겠지.'

그는 이 칠언시를 잘 기억해두고, 휙 하는 바람 소리와 함께 어느새 항주성으로 돌아와 벽봉장로에게 보고했다.

이 칠언시에 무슨 의미가 담겨 있는지, 벽봉장로가 이 시를 어떻게 해석하는지는 다음 회를 보시라.

제6회

벽봉회에서 중생들은 증과(證果)[1]를 이루고 무이산에서 부처님은 마귀를 항복시키다

碧峰會衆生證果 武夷山佛祖降魔

瀼瀼秋露鶴聲長	수북한 가을 이슬에 학 울음 길게 퍼지는데[2]
靈隱仙壇夜久涼	영은산 신선의 거처엔 쌀쌀한 긴 밤 이어지네.
明月照開三島路	밝은 달은 삼신산(三神山)으로 가는 길 비추고

1 증과(證果)란 올바른 지혜로 진리에 부합됨으로서 각기 부처나 보살, 성문(聲聞)이나 연각(緣覺)의 과위(果位)에 들어가는 것을 가리킨다.

2 인용된 시는 송나라 때 황희단(黃希旦: 1033~1074, 자는 희중[姬仲], 호는 지리자[支離子])의 〈구곡에 노닐다[遊九曲]〉를 변용한 것인데, 원작과는 많은 부분에서 차이가 있다. 원작은 다음과 같다: "무이산(武夷山)에 금방 도착하니 어찌나 홍겨운지, 홀로 신선의 단에 오르니 서늘한 밤도 길구나. 달빛은 삼신산으로 가는 길 비추고, 솔숲에 부는 바람에 하늘의 향기 날린다. 청산녹수는 해마다 아름답지만, 속세의 늙은이는 날마다 바쁘구나. 인간 세상의 하찮은 다툼이야 묻지 마오, 머지않아 고향을 알아보고 찾아가리니![幔亭乍到興何長, 獨上仙壇夜久涼. 蟾魄照開三島路, 松風飄散九天香. 青山綠水年年好, 白髮紅塵日日忙. 休問蜉蝣蝸角事, 無何認取舊家鄉.]"

冷風吹落九天香	쌀쌀한 바람에 하늘의 향기 날려 떨어지네.
青山綠水年年好	청산녹수는 해마다 아름답지만
白髮紅塵日日忙	속세의 늙은이는 날마다 바쁘구나.
休問人間蝸兩角	좁디좁은 인간 세상의 하찮은 다툼이야 묻지 마오.
無何認取白雲鄉	오래지 않아 흰 구름 속 낙원을 찾으리니!

그러니까 비환은 그 칠언시를 외우고 나자 얼른 벽봉장로에게 보고하러 돌아왔다.

"운곡이 있더냐?"

"벌써 안탕산을 떠났습니다."

"어디로 갔다 하더냐?"

"어디로 갔는지는 모르고, 동굴 문 위에 알쏭달쏭한 고대 문자 같은 글만 몇 줄 남겨놓았습니다."

"뭐라고 적혀 있더냐?"

비환이 그 칠언시를 또박또박 암송하자, 벽봉장로가 들으며 고개를 끄덕였다.

"고개를 끄덕이시는 걸 보니 알아차리신 모양인데, 저는 아직 무슨 얘기인지 종잡을 수 없습니다."

"그 시는 무이산(武夷山)을 노래한 것이니, 십중팔구 거기로 갔을 게다."

"그러면 우리 둘이 무이산에 한 번 다녀올까요?"

"그러면 행각승이 되어야 하지 않겠느냐?"

"옛날 어떤 이는 석장(錫杖)을 타고 날아서 남쪽 나라로 갔고, 술잔을 타고 북쪽 큰 바다를 건넜다고 하던데, 그렇게 하면 되지 않겠습니까?"

비환의 말이 모두 사실인지라 벽봉장로도 조금 기분이 좋아졌다.

"너도 남쪽 나라와 북쪽 큰 바다가 보고 싶은 게냐?"

"남쪽 나라나 북쪽 큰 바다는 물론이고 이 남선부주에 있는 다섯 개 명산인 오악(五嶽)[3]과 네 개의 큰 강물인 사독(四瀆)[4]도 본 적이 없다고요!"

"오악을 구경하고 싶다면야 어려울 것도 없지."

"사부님께서 안내해주실 건가요?"

"서둘지 마라!"

"왜요?"

"너는 오늘 제자를 찾아다니느라 힘들었을 테고, 나는 너를 기다리느라 신경을 많이 썼다. 일단 이 보석산 위에 잠시 앉아서 쉬자꾸나."

그 말을 마치기 무섭게 벽봉장로는 가부좌를 틀고 합장을 한 채 눈을 감고 정신을 가다듬었다. 그러니 비환도 어쩔 수 없이 따라서

---

3 오악(五嶽)은 산동(山東)의 태산(泰山)과 섬서(陝西)의 화산(華山), 산서(山西)의 항산(恒山), 하남(河南)의 숭산(嵩山), 호남(湖南)의 형산(衡山)을 가리킨다.

4 사독(四瀆)은 장강(長江)과 황하(黃河), 회하(淮河), 제수(濟水)를 가리킨다.

할 수밖에 없었다. 이야말로 덕은 평등해지고 마음은 무생(無生)[5]의 경지에 합쳐지는 격이었다. 비환이 눈을 감고 정신을 가다듬자, 벽봉장로는 나직하게 몇 마디 오묘한 법문(法門)을 읊조리더니 가볍게 손을 뻗어 신통력을 펼쳤다. 잠시 후 비환이 재채기를 하며 눈을 뜨더니 다급히 소리쳤다.

"사부님, 사부님! 저한테 훌륭한 경험을 시켜주셨군요!."

벽봉장로는 모르는 체하며 나직이 물었다.

"무슨 소리를 하는 게냐?"

"저는 벌써 오악을 다 돌아보았습니다."

"감히 거짓말을 하는 게냐?"

"분명히 보고 똑똑히 기억하고 있는데 거짓말이라니요!"

"그렇다면 내가 몇 가지 물어봐도 되겠느냐?"

"네."

"동악(東嶽) 태산(泰山)에 가니 어떤 신이 있더냐?"

"제천인성대제(齊天仁聖大帝) 금홍씨(金虹氏)[6]가 있었습니다."

---

5 《대보적경(大寶積經)》 권87에서는 "무생이라는 것은 앞서 생겨남이 있었기에 나중에 그런 말을 하는 것이 아니라 본래 생겨나지도 않았기 때문에 무생이라 하는 것이다.[无生者, 非先有生, 後說無生, 本自不生, 故名無生]"이라고 했다. 이것은 바로 애초에 생겨남도 사라짐도 없는 진정한 '공(空)'의 경지를 가리킨다.

6 동악제군(東嶽帝君) 또는 태산부군(泰山府君)이라고도 부르는 제천인성대제(齊天仁聖大帝)는 이름이 금홍씨(金虹氏)라고 알려져 있다. 전설에 따르면 소해씨(少海氏)의 아내 미륜선녀(彌輪仙女)가 꿈에 두 개의 해를 삼키고 잉태하여 낳은 두 아들 가운데 둘째라고 했다. 첫째는 동화제군(東華帝君) 금선씨(金蟬氏)라고 한다.

"그 신은 무슨 일을 관장하더냐?"

"사람의 일을 관장했습니다. 세상에 태어나서 어떤 신분으로 살아가는지, 벼슬살이는 어떤지를 관장하는데, 십팔 층 지옥에서 문서를 처리하고, 일흔다섯 개 분사(分司)에서 인간의 수명을 결정하고 있었습니다."

"산의 모양은 어떠하더냐?"

"이 산은 이러했습니다."[7]

俯首無齊魯	내려다보면 제(齊)·로(魯) 땅이 보이지 않고
東瞻海似杯	동쪽을 바라보니 바다가 잔에 든 술처럼 찰랑거리네.
斗然一峰上	가파르게 우뚝 솟은 봉우리에 오르면
不信萬山開	믿을 수 없게도 모든 산이 눈앞에 열린다네.
日抱扶桑躍	태양은 부상(扶桑)[8]을 안고 떠오르고
天橫碣石來	하늘은 갈석(碣石)[9]을 가로지르며 펼쳐졌네.
君看松老後	진시황(秦始皇)이 심은 소나무 시든 뒤에도[10]

7 인용된 시는 이몽양(李夢陽: 1472~1530, 자는 헌길[獻吉], 호는 공동[空同])의 시 〈문정생등대(問鄭生登岱)〉 가운데 두 번째 작품이다.

8 고대 중국의 전설에 따르면 태양은 부상(扶桑)이라는 나무 아래에서 그 나뭇가지 꼭대기를 스치며 떠오른다고 했다.

9 허베이성[河北省] 창리현[昌黎縣] 북쪽에 갈석산(碣石山)이 있고, 거기서 이어진 산맥의 끝자락에 기둥 모양이 바위가 있었는데, 그 바위 역시 갈석(碣石)이라고 불렀다고 한다. 그런데 이 바위는 한나라 말엽부터 점차 가라앉아 바다에 잠겨버렸다고 한다.

10 원작에는 이 구절이 "보게나, 진시황 다녀간 뒤에도[君看秦始後]"라고 했다.

仍有漢王臺	한무제(漢武帝)가 다녀간 자리 남아 있다네.

"서악(西嶽) 화산(華山)에서는 어떤 신을 보았느냐?"

"금천순성대제(金天順聖大帝)를 보았는데 성(姓)이 선(善)씨이고 이름은 유(壥)라고 했습니다."

"그 신은 무슨 일을 관장하더냐?"

"인간 세상의 다섯 가지 귀중한 금속인 금과 은, 구리, 철, 주석을 관장했습니다. 이것을 캐서 주조하고 진흙을 개서 틀을 만드는 일과 더불어 깃털 달린 난새와 봉황을 비롯한 날짐승들을 관장했습니다."

"산의 모양은 어떠하더냐?"

"이 산은 이러했습니다."[11]

西入秦關口	서쪽으로 진관(秦關)[12] 어귀로 들어가고
南瞻驛路連	남쪽을 바라보니 큰길이 이어져 있네.
彩雲生闕下	궁궐 아래 오색구름 피어나고
松樹到祠邊	소나무 숲은 사당 옆까지 이르렀네.
作鎭當官道	진영을 세워 큰길을 맡게 하니
雄都俯大川	웅장한 성에서 큰 강을 내려다보네.
蓮峰徑上處	연화봉(蓮花峰) 오르는 길 끝에는

11 인용된 시는 당나라 때 조영(祖詠:?~?)이 지은 〈관화악(觀華嶽)〉이다.

12 진관(秦關)은 지금의 허난성 뤄촨현[洛川縣] 친관향[秦關鄉]에 해당하는 곳이다. 이곳은 예로부터 섬서(陝西) 지역으로 통하는 군사 요충지였다.

彷佛有神仙　　　　신선이라도 있는 듯하네.

"남악(南嶽) 형산(衡山)에서는 어떤 신을 보았느냐?"

"사천소성대제(司天昭聖大帝)를 보았는데, 성은 숭(崇)씨이고 이름은 이(里)라고 했습니다."

"그 신은 무슨 일을 관장하더냐?"

"성신(星辰)의 분야(分野)에 해당하는 인간 세상의 구주(九州)와 섬, 사방을 관장하면서 아울러 새우와 자라, 용을 비롯해서 비늘과 껍질이 달린 물고기들을 관장하고 있었습니다."

"산의 모양은 어떠하더냐?"

"이 산은 이러했습니다."[13]

曲磴行來盡　　　　구불구불 돌 비탈 다 오르니
松明轉寂寥　　　　환한 소나무 숲 점점 적막해지네.
不知茅屋近　　　　근처에 초가집 있는지는 모르지만
却望石梁遙　　　　멀리 돌다리가 보이네.

13 인용된 시는 명나라 때 당순지(唐順之: 1507~1560, 자는 응덕[應德] 또는 의수[義修], 호는 형천[荊川])의 시 〈동황보자순유횡산(同皇甫子循遊橫山)〉에서 몇 군데를 변형한 것으로서, 원작은 다음과 같다. "구불구불 돌 비탈 다 오르니, 소나무 그늘 점점 적막해진다. 근처에 초가집 있는지는 모르지만, 멀리 돌다리가 보인다. 나뭇잎 사각거리니 빗소리 들리는 듯하고, 차가운 도랑엔 아직 물이 차지 않았다. 벼슬살이하는 벗, 이곳으로 초대하고 싶구나.[曲磴行來盡, 松陰轉寂寥. 不知茅屋近, 却望石梁遥. 葉響疑聞雨, 渠寒未上潮. 夫君軒冕客, 此地欲相招.]"

葉喞疑聞雨	나뭇잎 사각거리니 빗소리 들리는 듯하고
渠寒未上潮	차가운 도랑엔 아직 물이 차지 않았네.
何如廻雁嶺	기러기 돌아가는 고개에서
誰個共相招	누구라도 초대하면 어떨까?

"북악(北嶽) 항산(恒山)에서는 어떤 신을 보았느냐?"

"안천현성대제(安天玄聖大帝)를 보았사온데, 성은 신(晨)씨이고 이름은 악(鄂)이었습니다."[14]

"그 신은 무슨 일을 관장하더냐?"

"인간 세계의 강과 바다, 호수, 계곡, 도랑들을 관장하면서 아울러 호랑이나 표범, 물소, 코끼리, 뱀, 곤충 등을 관장했습니다."

"산의 모양은 어떠하더냐?"

"이 산은 이러했습니다."

元氣流行鎭朔方	원기(元氣)가 흘러 북방을 진압하니
金枝玉樹爛祥光	아름다운 나무에 상서로운 빛 찬란하네.
包燕控趙奇形壯	연(燕) 땅을 감싸고 조(趙) 땅을 통제하니 기이한 형상 웅장하고
壓地擎天秀色蒼	땅을 누르고 하늘을 드니 빼어난 모습 창연하구나.
張果巖前仙迹著	장과암(張果巖)[15] 앞에는 신선의 흔적 드러

14 북악대제의 성명에 대해 《중수위서집성(重修緯書集成)》 권6 《용어하도(龍魚河圖)》에서는 등승(登僧)이라고 했으며, 이 외에 다른 설들도 있다.

15 장과(張果: ?~?)는 당나라 현종(玄宗) 때인 7세기 후반에서 8세기 중엽에

	나 있고
長桑洞裏帝符藏	장상동(長桑洞)[16] 안에는 신의 부적이 숨겨져 있지.
夜深幾度神仙至	깊은 밤 신선들이 몇 차례나 다녀갔을까?
月下珊珊響珮瑲	달빛 아래 사락사락 패옥(佩玉) 부딪치는 소리 들리네.

"중악(中嶽) 숭산(嵩山)에서는 어떤 신을 보았느냐?"

"중천숭성대제(中天崇聖大帝)를 보았사온데, 성은 운(惲)씨이고 이름은 선(善)이었습니다."

"그 신은 무슨 일을 관장하더냐?"

"인간 세계의 땅과 물, 불, 연못과 구릉, 계곡을 관장하면서 아울러 산림과 수목, 기화이초들을 관장하고 있었습니다."

"산의 모양은 어떠하더냐?"

"이 산은 이러했습니다."

살았던 저명한 도사로서, 훗날 민간 도교의 '팔선(八仙)' 가운데 하나로 받들어지는 '장과로(張果老)'의 모델이 되는 인물이다. 연단술(煉丹術)로도 유명했던 그는《신선득도영약경(神仙得道靈藥經)》과《단사결(丹砂訣)》,《옥동대신단사진요결(玉洞大神丹砂眞要訣)》 등의 저작을 남겼다.

16 장상동(長桑洞)은 항산 향단곡(香檀峪)에 있는 도교 사원으로서 노군당동(老君堂洞) 또는 희이동(希夷洞)이라고도 부른다. 전설에 따르면 이곳은 원래 약왕(藥王)으로 추앙받는 전국(戰國)시대의 신의(神醫)이자 편작(扁鵲)에게 신비한 약방문을 전수해 주었다는 장상군(長桑君)의 거처였다고 한다.

峻極於天一柱靑　　하늘에 닿을 듯 치솟은 푸른 기둥
誕生申甫秀鐘英　　신보(申甫)[17]를 태어나게 한 아름다운 곳.
石存搗臼今無杵　　돌절구는 남아 있지만 이제 공이는 없는데
地鑿中天舊有名　　땅을 뚫고 하늘에 솟아 예로부터 유명했지.
萬壑風生聞虎嘯　　온 골짝에 바람 일어 호랑이 포효 들리고
五更日出聽鷄鳴　　이른 새벽 해가 뜨면 닭 울음소리 들리지.
當年武帝登臨處　　지난날 한 무제가 올랐던 곳
贏得三呼萬歲聲　　만세삼창의 소리 아직도 남아 있네.

벽봉장로가 말했다.

"이게 바로 남선부주의 대표적인 다섯 개의 산으로서 '오악'이라고 부르는 것들이다. 그리고 네 개의 큰 강물이 있는데 '사독'이라고 하지. 아예 그것까지 구경하고 오는 게 어떠냐?"

"지금은 됐습니다."

"그럼 나하고 함께 법회에 다녀오자꾸나."

"사부님, 무이산으로 가시지요."

"법회는 끝내고 가야 할 게 아니냐?"

"그럼, 거기로 가시지요."

벽봉장로는 이 제자와 구환석장을 얻어서 무척 기쁜 마음으로 법회 자리로 돌아갔다. 스승과 제자가 함께 앉아 강론하고 귀를 기

17 주(周)나라 때의 명신(名臣) 신백(申伯)과 중산보(仲山甫)를 아울러 칭한 것으로서, 종종 군주를 잘 보필하는 현명하고 능력 있는 신하를 비유한다.

울이니 바람에 실려 온 기이한 향기가 맺혀서 보개(寶蓋)가 되었고, 맑은 물에 비친 달은 금빛으로 흔들렸다. 어느덧 시간이 흘러 한밤중이 되었다. 비환이 슬쩍 졸자 벽봉장로가 살그머니 손가락 하나를 펴서 땅바닥에 조그마한 원을 그렸다. 그 원은 별것 아닌 것 같았지만 오묘한 점이 많았다. 잠시 후 벽봉장로가 "어험!" 기침 소리를 내자, 비환이 깜짝 놀라며 깨어났다.

"이런, 이런! 위험해! 위험해!"

"왜 또 헛소리를 하는 게냐?"

"호수가 아니라 장강과 황하, 회수, 제수를 돌아보고 왔습니다."

"그게 무슨 소리냐?"

"사부님께서 또 좋은 경험을 시켜주신 게로군요."

벽봉장로는 또 모르는 체하며 물었다.

"무슨 좋은 경험을 시켜주었다는 게냐?"

"제게 '사독'을 구경시켜주셨잖아요!"

"그럼 거기서 무슨 신들을 만났느냐?"

"장강에서는 광원순제왕(廣源順濟王)을 만났는데, 전국시대 초(楚)나라에서 대부(大夫)를 지낸 굴원(屈原)[18]이었습니다. 황하에서는 영원홍제왕(靈源弘濟王)을 만났는데 한나라 때의 진평(陳

18 본명은 굴평(屈平: 기원전 340~기원전 278)이고 자가 원(原)이며, 전국시대 초(楚)나라 단양(丹陽, 지금의 후베이성[湖北省] 쯔구이[秭歸]) 사람이다. 그는 회왕(懷王) 때 삼려대부(三閭大夫)를 지내며 훌륭한 치적을 남겼지만, 뒤를 이은 경양왕(頃襄王) 때 박해를 받아 쫓겨난 후 멱라강(汨羅江)에 몸을 던져 자살했다.

平)[19]이었고, 회수에서는 장원영제왕(長源永濟王)을 만났는데 당나라 때의 배열(裴說)[20]이었습니다. 그리고 제수에서는 청원박제왕(淸源博濟王)을 만났는데 그 역시 초나라에서 대부를 지낸 분이었습니다."[21]

"강물을 보니 어떠하더냐?"

"그 강들은 이러했습니다."

運行不息妙流通	쉼 없이 흘러 오묘한 흐름 통하나니
逝者如斯本化工	흘러 가버림이 이와 같은 것은 조물주의 뜻이라.
動樂有機春潑潑	즐김에는 때가 있어 봄기운 무르익었고
虛明無物劍空空	텅 비어 아무것도 없으니 칼질도 부질없네.

---

19 진평(陳平: ?~기원전 178)은 양무(陽武, 지금의 허난성[河南省] 위앤양[原陽]) 사람으로, 서한(西漢)의 개국공신 가운데 하나이다. 그는 항우(項羽)와 유방(劉邦)이 천하를 놓고 다툴 때 반간계(反間計)와 이간계(離間計) 등의 계책으로 유방을 도와 많은 공을 세웠고, 훗날 좌승상(左丞相)까지 지내고 호유후(戶牖侯)와 곡역후(曲逆侯)에 봉해지기도 했다. 시호(諡號)는 헌후(獻侯)이다.

20 배열(裴說: ?~?)은 계주(桂州, 지금의 광시성[廣西省] 구이린[桂林]) 사람으로, 906년에 장원급제하여 예부원외랑(禮部員外郞)을 지냈다. 그러나 당시 천하가 혼란했던 관계로 이듬해 가족을 이끌고 남쪽으로 피난 다니던 도중에 죽었다.

21 당나라 천보(天寶) 6년(747)과 송나라 강정(康定) 1년(1040), 그리고 원나라 지원(至元) 28년(1291)에 '사독(四瀆)'의 신들에게 각기 봉호(封號)를 하사했다.

深源自出先天後	깊은 원류는 세상이 만들어진 뒤부터 절로 나왔고
妙用原生太極中	오묘한 쓰임은 원래 태극 속에서 생겨났다네.
尼聖惜形川上歎	공자도 죽음을 슬퍼하여 냇가에서 탄식했나니[22]
續觀瀾者越何窮	훗날에 그 물결 보는 이가 어찌 없어지랴?

"그래, '오악'과 '사독'을 보고 나니 어떤 생각이 드느냐?"

"아직도 마음에서 벗어버리지 못하고 있는 것이 아주 많습니다."

"누가 너를 속박했느냐?"

"속박을 당한 것은 아니지만, '오악'은 왜 그리 높은지 모르겠습니다."

"교만의 산보다 높이 솟아 법계(法界)를 가리려는 게지."

"그럼 '사독'은 왜 그리 깊은지요?"

"탐욕의 바다보다 세찬 파도로 욕망의 물길을 삼키려는 게지."[23]

"높은 산의 우거진 숲과 대밭, 땅에 가득 피어난 꽃들은 어떻게 된 것입니까?"

---

22 《논어(論語)》〈자한(子罕)〉에 따르면 공자는 냇가에서 "흘러가 버리는 것이 이와 같아서 밤낮을 가리지 않는구나![逝者如斯夫, 不舍晝夜.]" 하고 탄식했다.

23 이상 벽봉장로의 대답은 오대(五代) 시기 오월국(吳越國)의 승려 연수(延壽)가 편찬한 《종경록(宗鏡錄)》 권45에서 인용한 것으로서, 원문은 다음과 같다. "聳高阜於慢山, 橫遮法界. 洶長波於貪海, 吞盡欲流."

"자, 들어봐라."

靑靑翠竹	푸르디푸른 대나무는
總是法身	모두 법신(法身)이요
鬱鬱黃花	울창한 국화도
無非般若	반야(般若)의 진리가 아닌 것이 없느니라.[24]

"그 자체로 법신이고 반야의 지혜라면 왜 산은 무너지기도 하고 꽃은 지는 것입니까?"

"욕념(俗念)이 그치면 덧없는 환상의 세계 즉 속세도 저절로 편안해지고, 속세의 때가 사라지면 덧없는 꽃도 저절로 지기 마련이니라."

"그러면 저 네 강의 물들이 쉼 없이 흐르는 것은 어찌 된 일입니까?"

"강에 새로운 물이 어디 있으며, 물이 어찌 옛 강에 있을 수 있겠느냐?"

"물이 넘치지만 흐르지 않는 때도 있으니, 이건 또 어찌 된 일입니까?"

"이런 말도 못 들어보았느냐?"

24 이것은《경덕전등록(景德傳燈錄)》〈혜해선사(慧海禪師)〉에 들어 있는 것으로서 법신(法身)의 무상(無象)함을 깨우치기 위한 말이다.

禪河隨浪靜　　선의 강물은 물결을 따라 고요해지고
定水逐波淸　　고인 물은 파도를 좇아 맑아지는 법이라.[25]

"이렇게 오묘한 점이 들어 있다면, 왜 저에게 꿈속에서 다녀오게 하셨습니까?"

"이런 말이 있지 않더냐?"

一夕之夢翱翔百年　　하룻밤의 꿈에 백 년의 평생을 날고
一尺之鏡洞形千里　　한 자 거울이 천 리의 형상을 환히 비춘다.

이런 말을 들은 비환은 바람에 연기가 쓸려 사라지듯, 눈에다 끓는 물을 붓듯이 의혹이 사라지며 환히 깨달았다. 벽봉장로는 제자가 스스로 범속한 경지를 뛰어넘어 성인의 경지로 들어서는 것을 보고 이렇게 물었다.

"얘야, 깨달은 바가 있느냐?"

"예."

"그래, 무얼 깨달았느냐?"

"바로 이것입니다."

空華三界如風卷烟　　덧없는 삼계(三界)는 바람에 쓸리는 안개

25 이것은《고존숙어록(古尊宿語錄)》권16《운문광진선사광록(雲門匡眞禪師廣錄)·중(中)》에 수록된 부대사(傅大士)의 말을 인용한 것이다.

와 갈고

幻影六塵如湯沃雪　환영에 지나지 않는 속세는 뜨거운 물 부은 눈처럼 사라져 버리지![26]

"과연 깨달았구나. 하지만 네 법명은 깨달음과는 조금 거리가 있구나."

"제 법명이 정과(正果)에 어긋난다면 사부님께서 하나 지어주시기 바랍니다."

"다른 걸 짓긴 해야겠다만, 스스로 하나 지어보고, 나도 하나 지어보는 게 어떠냐?"

"사부님께서 먼저 말씀해 보십시오."

"얘기하지 않으련다."

"그럼 제가 어떻게 압니까?"

"나한테 달리 방도가 있느니라."

"그게 무슨 방도인데요?"

"우리 둘이 지은 법명을 각자 손바닥에 적도록 하자꾸나."

"하하, 이야말로 '심심상인(心心相印)'의 방법이겠군요."

스승과 제자는 각자 붓과 먹을 준비해서 두 글자의 법명을 썼다.

"네가 먼저 손을 펼쳐 보여봐라."

"사부님께서도 손을 펼쳐 보이십시오,"

26 이 역시 《종정록》 권5에서 인용한 것이다.

벽봉장로는 손을 바깥으로 옮겨놓고 말했다.

"내 손은 여기 있으니, 네 손을 먼저 펼쳐 보이도록 해라."

"사부님 먼저 펼쳐 보이시지요."

이렇게 서로 미루다가 둘이 함께 손을 펼치고 보니 두 손바닥에 똑같은 글자가 적혀 있었다. 다만 그것은 예전의 법명과 발음은 같아도 글자는 다른 것이었다. 그게 대체 무엇이었을까? 그것은 바로 시시비비(是是非非)의 '비(非)'와 덧없는 환상의 '환(幻)'이었다. 벽봉장로는 제자의 마음이 자신의 마음과 딱 들어맞는 것을 보자 무척 기뻐했다.

"이제부터 네 법명은 '비환(非幻)'[27]이니라."

벽봉장로의 제자인 이 비환이 바로 훗날 무애영선사(無涯永禪師)

27 이야기에 등장하는 비환선사(非幻禪師: ?~1420)는 영락제 때 남경 벽봉사(碧峰寺)의 주지를 지낸 실존 인물을 모델로 한 것이다. 비환선사는 법명이 도영(道永)이고 자는 무애(無涯)이며 법호는 비환(非幻), 종종 무애영선사(無涯永禪師)로 불렸다. 그는 영락 5년(1407)에 인효황후(仁孝皇后)가 서거했을 때 추천을 받아 능묘의 건축에 참여하면서 흠천감(欽天監) 오관령대랑(五官靈臺郎)에 임명되고, 칠품의 관복을 하사받았다. 이후 그는 다시 승려의 신분으로 돌아가 승록사(僧錄司) 우천교(右闡敎)라는 종륙품의 관함을 갖고 벽봉사의 주지가 되었다. 벽봉사의 비환암에 있는 〈비환암향화성상기(非幻庵香火聖像記)〉에 따르면 그는 흠천감에서 일할 때부터 정화(鄭和)와 거의 사제지간(師弟之間)에 가깝게 밀접한 사이였다고 한다. 한편, 명나라 때 명하(明河: ?~?)가 편찬한 《보속고승전(補續高僧傳)》 권6 〈습선편(習禪篇)〉에 수록된 전기에 따르면 그는 신안(信安) 부석향(浮石鄉)에서 태어났고 속세의 성명은 오원승(吳原僧)이라고 했다. 이후 오석산(烏石山)에서 걸봉우공(傑峰愚公)을 따라 출가했다고 한다. 또한 영락 연간에 남경 벽봉사에서 지내다가 영곡사(靈谷寺) 주지로 자리를 옮겼다고 했다.

라고 불리게 되는 분이다. 비환이 물었다.

"두 개의 법명은 발음이 같은데 왜 하나만 써야 하는 겁니까?"

"너도 알다시피 자성(自性)[28]이 미혹되면 중생이요, 자성을 깨우치면 부처이며, 자비로우면 관세음보살이요, 기꺼이 버릴 줄 알면 대세지보살(大勢至菩薩)[29]이며, 청정할 수 있으면 석가모니요, 공평하고 바르면 아미타불이 아니더냐?"

그 말이 채 끝나기도 전에 비환은 육신은 비록 동녘 땅에 있어도

---

28 자성(自性)은 불경에서 자주 등장하는 중요한 개념이지만 각 종파에 따라 해석에 차이가 있다. 예를 들어서 일체유부(一切有部, sti-vāda)에서는 세간(世間)과 심신(心身)의 일체 현상을 복잡한 종합체로 보고 그 안에 내재한 단일한 본질을 분석해내는 것이 '자성'이라고 여긴다. 그러므로 여기서는 실질적인 존재[實有]와 허상적인 존재[假有]를 구분한다. 그리고 '연기성공(緣起性空)'을 중관론(中觀論)에서는 '자성'이란 스스로 존재하고[自有], 스스로 이루어지며[自成] 영원히 존재하는 것이기 때문에 '자성'이 있게 되면 연기(緣起)에 따른 현상이란 불필요한 것이라고 주장한다. 한편 유식론(唯識論)에서는 일체의 법(法)의 본질과 상태를 편계소집성(遍計所執性)과 의타기성(依他起性), 원성실성(圓成實性)이라는 세 가지 '자성'을 통해 설명한다. 그리고 선종(禪宗) '심(心)'이란 속세의 인간이 가진 망령된 마음이고 '성(性)'이란 그 마음을 일으키는 바탕이라고 여기면서, 종종 '성'을 나타낼 때 본래면복(本來面目)이랄지 본성(本性), 불성(佛性), 자성(自性)이라는 표현을 쓰곤 한다. 다만 본문에 묘사된 벽봉장로의 불교관은 선종에 가깝기 때문에, 그가 말한 '자성'은 곧 '불성'을 가리킨다고 할 수 있겠다.

29 대세지보살(大勢至菩薩, Mahāsthāmaprāpta)은 관세음보살과 함께 아미타불(阿彌陀佛)의 협시불(脇侍佛)로서 대정진보살(大精進菩薩)이라고도 부른다. 아울러 아미타불과 관세음보살, 대세지보살을 아울러 '서방삼성(西方三聖)'이라고 칭한다.

마음은 이미 서천으로 날아갔다. 이에 그는 황급히 부처님께 귀의하여 절을 올렸다. 그때 차를 날라 오던 차두(茶頭)가 비환이 경건하게 참배하는 것을 보고 자기도 어느 정도 깨달음을 얻어 정과에 귀의하게 되었다. 이에 그가 황급히 소리쳤다.

"정두(淨頭) 형님, 얼른 방석을 가져와서 작은 스님을 싸도록 해요!"

"무슨 일이야? 왜 작은 스님을 방석으로 싸라는 거야?"

"작은 스님이 오늘 아침에 득도하셨어요."

"득도하셨는데 방석이 왜 필요해?"

"아니, '아침에 도를 들으면 저녁에 죽는다.[朝聞道夕死]'[30]라는 말도 못 들어 봤어요?"

벽봉장로가 그 말을 듣고 차두에게 말했다.

"쓸데없는 소리 그만하고, 나하고 같이 서쪽 뜰에 가서 구경이나 하고 오자꾸나."

"거기서 뭘 구경한다는 겁니까?"

"과일나무의 열매가 익었는지 보자는 게지."

"조금 전에 거기서 왔는데, 뜰에 가득한 과일나무에 과일들이 주렁주렁 열려 있더군요."

"그럼 어서 가서 따야 하지 않겠느냐?"

30 《논어》〈이인(里仁)〉에는 공자가 "아침에 도를 들으면 저녁에 죽어도 괜찮겠다.[朝聞道, 夕死可矣]"라고 말했다는 기록이 있는데, 차두(茶頭)가 앞뒤 맥락을 모르고 엉터리로 해석한 것이다.

벽봉장로는 즉시 법회를 정리하여 마무리 짓도록 했다. 이미 이 법회가 칠칠 사십구 일에 이르렀는지라 하늘에는 일체의 보련화운(寶蓮華雲)과 견고향운(堅固香雲), 무변색루각운(無邊色樓閣雲), 각양각색의 묘의운(妙衣雲), 한없이 청정한 전단향운(旃檀香雲), 오묘하고 장엄한 보개운(寶蓋雲), 소향운(燒香雲), 묘만운(妙曼雲), 청정하고 장엄한 패운(貝雲)이 피어났다. 그리고 이 법회에 모인 일체의 비구승(比丘僧)과 비구니, 우바새, 우바이 '사중(四衆)'이 청정법신(淸淨法身)과 원만보신(圓滿報身), 천백억화신(千百億化身)을 이루었다. 또 이 삼신(三身) 안에 일체의 과거심(過去心)과 현재심(現在心), 미래심(未來心)이 갖춰지고, 삼심(三心) 안에도 일체의 본래 고요하고 한없이 통달한 진정한 지혜, 일체의 자각무명(自覺無明)이라고 번뇌를 끊어버리는 내적 지혜, 일체의 근문(根門)[31]을 분별하고 속세의 본질을 인식하는 외적 지혜가 갖춰졌다. 또 비구승과 비구니, 우바새, 우바이 '사중'의 머리 위에는 일체의 불사의(不思議)를 핵심으로 하는《유마경(維摩經)》과 무임(無任)을 핵심으로 하는《금강경(金剛經)》, 일체의 법계(法界)를 핵심으로 하는《화엄경(華嚴經)》, 일체의 불성(佛性)을 핵심으로 하는《열반경(涅槃經)》이 얽혀 있었다. 또 '사중'들은 각기 일체의 금륜보(金輪寶)[32]와 백상보(白象寶),[33] 여

31 불교에서는 눈[眼]과 귀[耳], 코[鼻], 혀[舌], 몸[身], 마음[意]을 '육근(六根)'이라고 하는데 이것들을 통해 각종 번뇌가 새나가고, 또 이것들이 속세의 티끌이 들어오는 문이 되기 때문에 '근문(根門)'이라고 부른다.

32《장아함경(長阿含經)》권18에 거론된 전륜성왕(轉輪聖王)의 일곱 가지 보물 가운데 하나인 천폭금륜(千輻金輪, chakraratna)으로서, 금으로 만든 수

의보(如意寶),[34] 옥녀보(玉女寶),[35] 주장보(主藏寶),[36] 주병보(主兵寶),[37] 감마보(紺馬寶)[38]를 손에 들었다. 그리고 청정하면서도 오색 꽃처럼

레바퀴 모양의 무기이다. 이것은 고대 인도의 무기에서 변형된 것으로 보이는데, 방어와 공격을 겸할 수 있는 것이다. 폭이 한 길 네 자라고 하는 이 금륜은 전륜성왕이 사병(四兵)을 이끌 때 쓰던 것으로서, 그의 마음대로 회전하고 움직일 수 있다고 했다.

33 백상보(白象寶, hastiratna)는 청산(青山)이라고도 부르며, 전륜성왕의 일곱 가지 보물 가운데 하나이다. 이것은 티 없이 깨끗한 흰색이며, 여섯 개의 칠보색 상아가 달린 코끼리로서, 하늘을 날아 하루 만에 온 세상을 다 돌 수 있고, 물을 건널 때도 발에 물이 젖지 않는다고 했다.

34 여의보(如意寶, chintamani)는 전륜성왕의 일곱 가지 보물 가운데 하나로서 붉은색이나 초록색, 남색의 배 모양의 머리에 불꽃 모양의 장식이나 보석을 박고, 거기에 긴 자루를 단 형태이다. 불화(佛畵)에서 이것은 종종 전륜성왕이 탄 말의 안장에 얹혀 있는 것으로 묘사된다.

35 옥녀보(玉女寶, raniratna)는 전륜성왕의 일곱 가지 보물 가운데 하나로서 용모 단정하고 아름다운 여인을 가리키며, 정묘덕(淨妙德)이라고도 부른다. 그녀의 몸은 겨울에는 따뜻하고 여름에는 시원하며 모공(毛孔)에서는 전단향(栴檀香)이, 입에서는 청련화향(青蓮華香)이 나온다고 한다.

36 주장보(主藏寶, grahapatiratna)는 전륜성왕의 일곱 가지 보물 가운데 하나로서 거사보(居士寶)라고도 부른다. 이것은 여러 개의 오색 구슬으로 산(山) 모양을 만든 것이다.

37 주병보(主兵寶, parināyakaratna)는 전륜성왕의 일곱 가지 보물 가운데 하나로서 병신보(兵臣寶) 또는 병보(兵寶), 무사보(武士寶), 장군보(將軍寶)라고도 한다. 이것은 무기를 든 병사의 형상으로서 불법(佛法)의 수호자를 상징한다.

38 감마보(紺馬寶, ashvaratna)는 전륜성왕의 일곱 가지 보물 가운데 하나로서 용질풍(勇疾風)이라고도 한다. 이 말은 갈기에 보석이 꿰어 있어서 씻으면 바닥에 떨어지지만 금방 다시 생겨나며, 울음소리가 커서 위로 80리, 가운데로 60리, 아래로 40리까지 들리고 날아다닐 수 있다고 한다. 또 이 말이 먼지를 밟으면 그것이 모두 금모래로 변한다고 한다.

아름다운 일체의 은색세계(銀色世界)와 금색세계(金色世界), 보색세계(寶色世界), 묘색세계(妙色世界), 연화색세계(蓮花色世界), 첨포색세계(檐葡色世界), 우담바라화색세계(優曇鉢羅花色世界), 금강색세계(金剛色世界), 파려색세계(頗黎色世界), 평등색세계(平等色世界)가 펼쳐졌다. 이 때문에 불자들은 모두 보리(菩提)의 깨달음을 얻어 마음이 맑은 거울처럼 깨끗하게 세상의 진리를 비춰볼 수 있게 되었다. 차두와 반두, 채두, 화두, 정두도 모두 죄악의 꽃이 시들어 떨어지고, 인과의 업(業)이 바람에 날려가 사라져 버렸다. 원숭이와 새들도 육시(六時)[39]에 맞춰 찾아와 참배하며 다들 보시를 받았으며, 금빛 터럭을 가진 사자[金毛獅子]와 뿔 없는 무쇠 소[無角鐵牛]도 모두 육신의 탈을 벗고 작은 방에서 편안한 잠을 잘 수 있게 되었다.[40] 그러므로 항주성에서 이 이야기가 지금까지 전해지고 있으니, 온 성 어디든지 선하지 않은 곳이 없고, 남녀를 막론하고 선하지 않은 이가 없었다. 〈찬불사(贊佛詞)〉[41]라는 시가 이를 증명한다.

---

39 하루를 여섯 부분으로 나눈 것으로서 낮 동안의 아침[平旦]과 한낮[日正中], 해질녘[日入] 및 밤 동안의 초저녁[人定]과 한밤중[夜半], 새벽녘[鷄鳴]을 아울러 칭한 것이다.

40 명나라 때 양신(楊愼: 1488~1559)의 《승엄시화(升庵詩話)》 권1 "팔각마반(八角磨盤)"에 인용된 〈북간선사게(北澗禪師偈)〉에 "金毛獅子解翻身, 無角鐵牛眠少室."이라는 구절이 들어 있다.

41 이 시는 바로 명나라 때 왕세정(王世貞: 1526~1590, 자는 원미[元美], 호는 봉주[鳳洲] 또는 엄주산인[弇州山人])이 지은 《의고70수(擬古七十首)》 가운데 제32 〈지도인둔찬불(支道人遁贊佛)〉이다.

群相倡明茂	군중이 서로 경건히 살펴 덕을 쌓으니
四氣適淸和	사계절의 기운 맑고 조화를 이루네.
凌晨將投禮	이른 새벽이면 부처님께 나아가 참배하고
首宿事奢摩	저녁이면 선정(禪定)에 들어 수행하네.[42]
閃居太陽來	어느새 태양이 떠올라
朗躍周九阿	온 세상을 두루 비추네.
諸天從帝釋	모든 신은 제석천(帝釋天)을 따르고
旌拂紛婀娜	깃발을 아름답게 휘날리네.
修羅戢怨刀	아수라[43]는 원망의 칼을 거두고
波旬解障魔	파순[44]은 마의 장애를 풀었네.
馥鬱旃檀樹	울창한 전단나무

42 본문의 '사마(奢摩)'는 '사마타(奢摩他, samatha)'를 가리키는데, 그 뜻은 일체의 번뇌를 없애고 온 힘을 다하여 심신을 안정시킨 채 삼매(三昧)의 경지에 들어가기 위해 수행하는 것을 가리킨다.

43 아수라(阿修羅, asura)는 육도(六道)의 신 가운데 하나이자 십계(十界)의 신 가운데 하나이다. 최초에 그는 선신(善神)이었다고 알려져 있으나, 후세로 가면서 점차 악신(惡神)의 형상으로 바뀌었다. 그의 모습은 신도 아니고 귀신도 아니고 사람도 아닌 중간적인 형태의 괴물로 묘사된다. 다만 그는 하나가 아닌 여러 명으로 여겨지기 때문에, 그 형상에 대한 설명도 다양하다.

44 마왕(魔王) 파순(波旬, mārapāpman)은 욕계(欲界) 제육천(第六天)은 인간의 생명과 선근(善根)을 없애는 악마로서, 석가모니를 거역하고 불제자를 쫓아다니며 교란시키는 극악한 존재이다. 전설에 따르면 그는 석가모니가 진정한 깨달음을 얻을까 두려워 세 명의 미녀를 보내 유혹하게 했으나, 석가모니는 마음이 전혀 흔들리지 않고 오히려 그녀들의 추한 실상을 자각하게 하여 스스로 숨게 만들었다고 한다.

彪炳珊瑚柯	아름다운 산호 가지
醍醐釀甘露	감로로 제호[45]를 빚고
徐挾神飆過	느긋하게 신을 끼고 회오리바람을 타네.
千葉靑芙蓉	부용꽃처럼 푸른 잎
一一淩紫波	잎사귀마다 자줏빛 안개 일렁이네.
流鈴相間發	방울 소리 들리고
寶座鬱嵯峨	높고 낮은 보좌가 가득 찼구나.
上有慈悲父	그 위의 자비로운 부처님은
金頂繡靑螺	정수리에 소라 모양으로 머리 틀었네.
端嚴八十相	단정하고 엄숙한 여든 개의 상을 지니셨으니
妙好一何多	오묘하고 훌륭함이 얼마나 많은가!
微吐柔細旨	부드럽고 자상한 가르침 내리시니
雍和鳴鳳歌	봉황의 노래처럼 목소리도 온화하구나.
惠澤徹無間	은택이 무간지옥[46]까지 두루 미치고
哀響遍婆娑	자애로운 목소리 사바세계에 두루 퍼지네.
密迹中踊躍	은밀한 행적 속에서 우뚝 나오나니
大士亦隗俄	보살들도 그 모습에 심취했지.

45 제호(醍醐, manda)는 원래 우유나 양젖 등을 발효하여 만든 식품을 가리켰으나, 이후에는 주로 불성(佛性)을 비유하는 뜻으로 쓰였다. 대표적인 예로 '제호를 머리에 붓는다.[醍醐灌頂]'는 말은 부처님의 지혜를 부어 철저한 깨달음을 얻게 해 준다는 의미이다.

46 아비지옥(阿鼻地獄, Avicinar Aka)이라고도 한다. 이것은 불교의 열여덟 개 지옥 가운데 여덟 번째에 해당하는, 가장 고통스러운 벌을 받는 곳이라고 한다. 일반적으로 18층 지옥의 맨 아래층을 가리키기도 한다.

獨解舍利子	홀로 사리자[47]를 해탈시키고
回心乾闥婆	건달파[48]의 마음 돌리게 하셨지.
靈花散優鉢	신령한 우담화 꽃잎 뿌려지고
智果結庵羅	지혜의 인과는 엄라[49] 열매로 맺혔네.
法鼓撞震方	법고가 사방을 울리고
慧燈導恒河	지혜의 등은 항하(恒河)의 길을 인도했지.
方廣詎由旬	그 넓이를 어찌 유순(由旬)[50]으로 잴까?
成道僅剎那	도를 이루는 것[51]은 겨우 찰나[52]에 지나지

47 사리자(舍利子, Śāriputra)는 석가모니의 10대 제자 가운데 하나로서, 추로자(鶖鷺子)라고도 부르며, '지혜제일(智慧第一)'이라고 칭해진다. 혹은 유골 또는 시신을 가리키는 śarīra라는 뜻으로도 쓰인다.

48 건달파(乾闥婆, Gandharva)는 건달박(犍達縛), 건달파(健闥婆) 등으로도 쓰며, 팔부중(八部衆) 가운데 하나로서 음악의 신이다. 그는 술과 고기를 먹지 않고 향기만 마시기 때문에 그의 몸에서 향기를 풍긴다고 했다. 석가모니를 모시는 두 음악신 가운데 긴나라(緊那羅)는 법악(法樂)을, 건달파는 수행의 음악[修樂]을 담당한다고 한다.

49 엄모라(庵沒羅) 또는 엄라바리(庵羅婆利)를 가리킨다. 《내녀경(柰女經)》에 따르면 유야리(維耶梨) 왕국의 범지(梵志)라는 이의 정원에 있던 능금나무[柰樹]에서 태어난 여자를 가리킨다고 했으나, 복숭와와 비슷한데 복숭아가 아니고, 능금과 비슷한데 능금이 아닌 열매를 가리킨다고 했다. 일반적으로 여감자(余甘子) 또는 감람자(橄欖子)라고 부른다.

50 유순(由旬, yojana)은 옛 인도에서 사용하던 길이의 단위이다. 다만 그 길이에 대해서는 주석가마다 약간의 차이가 있어서 1유순이 16km라는 설과 소 한 마리가 하루에 걷는 거리 즉 11.2km라는 설 등이 있다.

51 본문의 '成道'를 원작에서는 '成違'라고 했으니, 그럴 경우는 '도를 이루거나 거기서 멀어지는 것'이라고 풀이할 수 있을 것이다.

52 《인왕경(仁王經)》에 따르면 "손가락 한 번 튕기는 시간이 60찰나이며, 하

	않는다네.
冥心歸眞諦	속된 마음 없애고 참다운 진리로 돌아가야지
毋使歎蹉跎	때를 헛되이 보냈다고 한탄하지 않으리라!

'벽봉회'가 마무리되자 벽봉장로가 비구승과 비구니, 우바이, 우바새 등 불자들에게 말했다.

"오늘 여기서 법회를 잘 마무리 지었으니, 이 몸도 그대들에게 경의를 표하노라."

불자들이 일제히 "아미타불!" 하면서 여쭈었다.

"스님의 제도로 저희가 영원히 지옥에 떨어지지 않고 천당에 가게 되었으니 그걸로 이미 한없는 공덕을 쌓은 셈입니다. 그런데 스님께서 오히려 경의를 표하시니 그저 황송할 따름입니다!"

"다른 게 아니라 저기 네 개의 뜰에 있는 과일나무에 열매가 가득 달렸기 때문이니라. 그 나무들은 내가 몇 년 동안 심은 것들이다. 그대들은 정원으로 가서 각자 하나씩 따 먹도록 하라. 그래야 이 몸이 그걸 심은 보람이 있지 않겠느냐?"

불자들은 감히 그 말을 거역하지 못하고 일제히 법회 자리를 떠나 서쪽 정원으로 갔다. 과연 그곳에는 과일나무가 가득 서 있고,

나의 찰나에 900번의 생멸이 일어난다.[一彈指六十刹那, 一刹那九百生滅]"고 했다. 다만 찰나는 아주 짧은 시간을 가리키는 것은 분명하지만, 그 구체적인 시간의 길이는 불경에 따라 조금씩 다르다.

나무마다 열매가 가득 달려 있었다. 그들은 순서대로 한 사람이 하나씩 따서 먹었다. 개중에는 단 것도 있고 신 것, 쓴 것, 텁텁한 것도 있어서 맛이 각기 달랐지만 다들 똑같이 제대로 된 열매[正果]였다. 그들이 꿰인 생선처럼 줄을 이어 법회 자리로 돌아가면서, 하나의 법회는 마무리 지어졌어도 영원히 끝나거나 쉬는 일은 없다고 생각했다. 하지만 뜻밖에도 벽봉장로는 이미 제자인 비환을 데리고 다른 복된 땅을 찾아 떠나 버린 뒤였다.

한참 길을 가는 도중에 비환이 말했다.

"사부님, 저번의 그 시에 대해 좀 더 잘 생각해 보십시오. 그래야 엉뚱한 곳에 헛걸음하지 않을 테니까요."

"그게 바로 어떤 산을 가리킨다는 걸 모르겠느냐? 그 산에는 서른여섯 개의 봉우리가 있는데, 앞쪽에 깎아지른 듯이 서 있는 것이 대왕봉(大王峰) 또는 천주봉(天柱峰)이라고도 부르는 것이다. 예전에 위왕자건(魏王子騫)[53]과 장담(張湛) 등 열세 명이 모두 이 봉우리 아래에서 득도하고 이 봉우리 안의 골짝에 살았지. 그곳은 그냥 석실(石室)이긴 하지만 하나의 별천지여서, 그 안에 해와 달과 별들 및 산천과 강물들이 있었지. 봉우리 위에는 측백나무와 잣나무 대

53 《무이산지(武夷山志)》에 따르면 그는 위(魏)나라 왕으로서 이름이 자건(子騫)이라는 설도 있고, 위나라 때의 연진(延津) 사람인 왕자건(王子騫)이라는 설도 있으며, 또 그가 태어난 곳이 어디인지 모른다는 설도 있다고 했다. 그리고 무이산 남쪽 10리쯤 되는 곳에 위왕성(魏王城)이 있는데, 바로 그가 지은 것이라고 했다.

나무가 우거졌고, 신선 세계의 귤나무와 살구나무가 자라고, 영원히 죽지 않는 영지(靈芝)를 비롯한 기화이초들이 자라고 있었지. 그래서 그 아이의 시에 '동굴 속 신령하고 괴이한 신선이 열셋[洞中靈怪十三子]'이라고 했던 게야."

"그 구절이 그런 뜻이군요. 그런데 '세상에서 가장 기이하고 아름다운 산[天下瑰奇第一山]'이라는 건 무슨 뜻입니까?"

"그 구절도 합쳐서 얘기한 것이지."

"좀 자세히 설명해 주십시오."

"그러니까 이 산에는 신선이나 귀신이 깎은 듯한 벼랑과 푸른 물이 흐르고 있으니 용이나 호랑이가 살고, 말이 모여들고 무지개가 깃드는 천하제일의 산이라는 얘기지."

"그럼 '자욱한 구름 밖에서 뱃노래 호탕하게 부르는[棹曲浩歌蒼靄外]' 풍경은 어디 있나요?"

"이 산 아래 아홉 굽이 계곡이 그윽하게 감싸도 도니, 멋진 배를 띄우고 오가면서 휘파람 불고 호탕하게 노래하면 산과 골짜기가 진동하지. 그러니 그 표현이 딱 맞지 않느냐?"

"그럼 '자줏빛 노을 속에서 만정(幔亭)에 모여 고상한 잔치 벌인다[幔亭高宴紫霞間]'고 한 것은 무엇 때문인지요?"

"대왕봉에서 북쪽으로 돌아가면 만정봉(幔亭峰)이 있는데, 진시황 때 옥황상제께서 태모위진인(太姥魏眞人) 무이군(武夷君)[54]을 위

54 무이산의 신선으로서 《사기》 〈봉선서(封禪書)〉에는 옛날 천자가 봄에 그에게 건어(乾魚)를 놓고 제사를 지냈다는 기록이 있다.

해 허공에 무지개다리를 놓고 그 위에 만정(幔亭)을 세웠는데, 오색 찬란한 건물 중간에는 홍운인(紅雲裀)과 자하욕(紫霞褥)[55]을 깔았지. 그리고 그곳에 살던 이들을 초청해서 '증손주(曾孫酒)'라는 술을 마시며 잔치를 벌였지. 그 자리에서 선녀들은 〈빈운곡(賓雲曲)〉을 부르고 〈익운요(搦雲腰)〉라는 춤을 추었지. 나중에 이들 남녀가 다리 위에서 술을 마셨는데, 모두 이삼백 년을 살았거든. 그래서 그런 시 구절을 쓴 게야."

"사부님, 이 산에 대해 잘 아시는 모양인데, 이 산에 다른 이름도 있습니까?"

"옛날에 무이군이라고 자처하는 신선이 이 산에 살았기 때문에 무이산이라고 부르지."

"그럼 그 시 속의 산이 무이산인 건 알겠는데, 그 아이는 대체 그 산의 어디에 있을까요?"

"이제 내려가 보면 찾을 방법이 있을 게다."

벽봉장로는 법력이 대단해서 공중에 올라가고 싶으면 올라가고, 내려가고 싶으면 내려갈 수 있었다. 그가 막 금빛 광채를 거두고 나자, 마침 계곡의 여섯 굽이 계곡물 왼쪽에 있는 자그마한 봉우리에 도착했다. 그 봉우리 위의 돌들은 모두 신선의 손바닥처럼 생겼는데, 붉게 빛나면서 자줏빛 안개를 꽃처럼 피워내고 있었다.

'신선이 남긴 이 손바닥은 열 손가락이 모두 봄날 파처럼 곱고 반

55 각기 붉은 구름으로 된 요와 자줏빛 노을로 된 이불이라는 뜻이다.

야의 지혜가 담겨 있구나!'

이런 생각을 하며 그가 비환을 불렀다.

"얘야, 이것 좀 봐라."

비환은 사부의 부름에 황급히 다가가 공손히 절을 했다. 그런데 벽봉장로가 고개를 들고 보니, 두 명의 비환이 앞에 서 있는 것이 아닌가!

'또 어떤 귀신이 장난을 치는 게로군.'

속으로야 그런 눈치를 챘지만, 벽봉장로는 자비를 근본으로 삼고 상대에 맞춰 깨달음을 주는 것을 중시했기 때문에 전혀 노여워하는 표정을 짓지 않고 인자하게 입을 열었다.

"비환아!"

그러자 두 명의 비환이 일제히 대답했다.

"예!"

"누가 진짜 비환이냐?"

두 명의 비환이 동시에 대답했다.

"제가 진짜입니다!"

"진짜 비환이 왼쪽으로 서도록 해라."

그러자 두 명의 비환이 일제히 왼쪽으로 갔다.

"진짜는 오른쪽으로 서도록 해라."

다시 두 명의 비환이 일제히 오른쪽으로 갔다.

"진짜가 가서 저기 신선의 손바닥[仙人掌]을 짊어지고 와라."

이 신선의 손바닥은 별것이 아니었지만 수많은 요괴가 나서서 짊어졌다. 이게 어찌 된 일일까? 알고 보니 이 여섯 개의 신선의 손바닥은 모두 돌덩이였는데, 그 생김새가 신선의 손바닥 같았고 그 위에 지문까지 찍혀 있었다. 돌덩이 하나의 무게는 대략 천백 근쯤 되었다.

"진짜 비환은 저 신선의 손바닥을 가져오너라."

그러자 여섯 명의 비환이 나타나 여섯 개의 돌을 하나씩 짊어지고 왔다. 조금 전보다 네 명이 더 늘어난 것이었다. 벽봉장로가 봉우리에 앉아 지혜의 눈을 뜨고 살펴보니, 이 여섯 가운데 둘은 사람이고 넷은 귀신이었다.

'물이 흐리면 연어와 잉어를 구별할 수 없고, 물이 맑아야 둘의 실체가 드러나는 법[渾濁不分鰱共鯉, 水清方見兩般魚]이지. 정문일침(頂門一鍼)을 날려줘야겠구나.'

그가 다시 분부를 내렸다.

"그걸 이리로 가져오너라!"

여섯 명의 비환이 각자 신선의 손바닥을 짊어지고 재빨리 그의 앞으로 다가왔다. 벽봉장로가 구환석장을 들고 그들을 향해 휘두르자, 산과 골짜기가 울리면서 학이 울고 원숭이가 울부짖었다. 그러자 두 명의 비환만 남고 나머지 넷은 모두 거꾸로 심은 파처럼 폭포 속으로 처박혀버렸다. 그걸 보자 벽봉장로는 사정을 환히 알게 되었다.

"비환아!"

두 명의 비환이 또 일제히 대답했다. 벽봉장로가 살며시 입을 벌리고 입김을 훅 불자 맑은 바람이 두 비환의 얼굴을 쓸면서 죄업의 꽃과 열매를 모조리 없애 버렸다. 그리고 마침내 생김새가 다른 두 사람이 나타났는데, 하나는 비환이었고 하나는 다른 사람이었다. 하지만 두 사람 모두 말을 하지 못했다. 벽봉장로는 요사한 기운이 너무 무거워서 그렇다는 것을 알고 다시 그들에게 입김을 훅 불었다. 다시 맑은 바람이 그들의 얼굴을 쓸었다. 비환은 그제야 옆에 있는 이가 자신의 제자라는 사실을 깨달았다. 그는 화도 나고 너무 기쁘기도 했다.

"왜 이런 장난을 하는 게냐?"

그러자 운곡이 대답했다.

"제가 일부러 그런 것이 아니라, 깊은 사정이 있습니다."

"그런 사정 따위는 말할 필요 없어. 사조님께서 위에서 지켜보고 계시거든."

운곡은 '사조'라는 말에 움찔 놀라더니 황급히 머리를 조아리고 절을 올렸다. 사조와 사부에게 절을 올리고 나자 비로소 불문의 제자다운 모습이 나타났다. 이 운곡은 벽봉장로의 사손(師孫)로서, 훗날 '무진부선사(無盡溥禪師)'라고 불리게 된다. 비환이 안탕산에서 시를 본 일과 무이산으로 찾아 나선 연유를 자세히 들려주자, 운곡은 그저 연신 "아미타불, 아미타불!"을 읊조릴 뿐이었다. 이어서 벽봉장로가 물었다.

"그래, 조금 전에 말한 사정이란 게 무엇이냐?"

운곡이 대답했다.

"사부님과 작별한 후 저는 인간 세계를 두루 돌아보며 산수와 숲, 바위들과 바람에 흔들리는 대나무 숲을 구경하고 싶었는데, 뜻밖에도 좋은 일이 이루어지기 위해서는 많은 어려움이 따르더군요."

"훌륭한 결과란 많은 고생 끝에 나오는 법이지. 그래, 무슨 일이 있었더냐?"

"이 산에는 예로부터 한 가지 글이 새겨져 있습니다."

"무슨 내용이더냐?"

"바로 이런 내용입니다."

溪曲三三綠	굽이굽이 아홉 계곡 녹음이 울창하고
峰環六六靑	둘러싼 서른여섯 봉우리도 푸르구나.
三三都見鬼	아홉 굽이에는 모두 귀신이 나타나고
六六盡埋精	서른여섯 봉우리엔 모두 정령(精靈)이 묻혀 있네.

"허허, 요괴와 귀신이 그리 많더란 말이냐?"

"많기도 할뿐더러 아주 대단한 놈이 하나 숨어 있습니다."

"조금 전에 신선의 손바닥을 짊어지고 왔던 그놈이더냐?"

"그놈은 손자뻘밖에 되지 않습니다."

"그럼 그 큰 놈은 산속에 있느냐 물속에 있느냐?"

"바로 이 아홉 굽이 계곡 속에 있습니다."

"어떻게 생겼느냐?"

"언제나 배 모양으로 변해서 물 위에 나타나 있다가, 사람들이 멋모르고 타면 잡아가 버립니다. 그놈이 나타날 때면 맑던 하늘에 갑자기 먹구름이 끼면서 음산한 바람이 불거나, 내리던 비가 갑자기 그치면서 구름이 걷혀버립니다. 신통력이 아주 크고 변화무쌍합니다. 저도 그놈의 성질을 건드렸다가 몇 년 동안 붙잡혀 있었습니다."

"그놈은 물속에 산다는데, 너한테 어떻게 수작을 부린 게냐?"

"물속에서는 손을 쓰지 못하니까 변신술을 써서 벼랑 위로 찾아왔습니다."

"조금 전에 네가 사부에게 손을 쓴 것은 무엇 때문이냐?"

"사부님께 손을 쓰려고 한 게 아닙니다. 그 괴물이 늘 졸개들을 거느리고 나타나 사조님이나 사부님의 모습으로 나타나곤 합니다. 제가 여러 차례 그놈하고 힘을 쓰거나 꾀를 써서 싸우고, 보물로 겨루고, 신통력을 써보기도 했습니다. 그런데 뜻밖에 오늘은 진짜 사조님과 사부님께서 찾아오신 겁니다."

"오늘은 왜 나타나지 않은 거냐?"

"그놈은 칠칠 사십구 일 동안 와 있다가 또 칠칠 사십구 일 동안 떠나 있습니다. 오늘 이 졸개 요괴들이 사부님께 방해를 받았으니, 분명히 그놈한테 보고하러 갔을 겁니다. 하지만 그놈은 사십구 일 뒤에나 나타날 것입니다."

"그놈의 출신 내력은 알아보았느냐?"

"도무지 모르겠습니다."

벽봉장로는 비환을 왼쪽에, 운곡을 오른쪽에 세우고 몇 마디 주문을 외었다. 그러자 순식간에 알록달록 옷을 차려입은 문인과 무사, 늙은이와 젊은이, 키 큰 이와 작은 이들이 나타났는데, 사람인지 신선인지 귀신인지 알 수 없었다. 비환이 물었다.

"누구십니까?"

그들은 온몸에 눈부신 금빛을 두르고 봉우리 위에 앉아 있는 벽봉장로와 자줏빛 구름을 타고 공중에 떠 있는 제자를 발견하고 다들 깜짝 놀라서 허둥지둥 앞으로 다가왔다. 비환이 다시 물었다.

"당신들은 누구요? 각자 성함을 말씀해 보시오."

그러자 사람들이 일제히 무릎을 꿇더니, 하나씩 이름을 밝혔다.

"동방게체(東方揭諦)[56]가 인사 올립니다."

"서방게체(西方揭諦)가 인사 올립니다."

"남방게체(南方揭諦)가 인사 올립니다."

"북방게체(北方揭諦)가 인사 올립니다."

"중방게체(中方揭諦)가 인사 올립니다."

"일유신(日遊神)[57]이 인사 올립니다."

---

56 게체(揭諦)는 중국 불교의 호법신(護法神) 가운데 하나로서 오방게체(五方揭諦), 금광게체(金光揭諦), 바라게체(波羅揭諦), 마하게체(摩訶揭諦) 등으로도 불린다.

57 일유신(日遊神)은 일유순(日遊巡)이라고도 하며, 중국 민간신앙에서 낮 동안 사방을 순찰하며 인간 세계의 선악에 대해 살피는 신이라고 여겨진다.

"야유신(夜遊神)[58]이 인사 올립니다."

"순산라후(巡山邏候)[59]가 인사 올립니다."

마지막에 있던 늙고 키도 작은 데다가 다리까지 저는 이가 절뚝거리며 다가와 절을 올렸다.

"이 지역 토지신이 인사 올립니다."

벽봉장로가 말했다.

"토지신은 앞으로 나오라."

토지신이 절뚝거리며 앞으로 나오자 벽봉장로가 물었다.

"이 산에는 무슨 요괴들이 있느냐?"

"자잘한 정령이나 요괴는 몇 수레나 될 정도로 많고, 제법 그럴싸한 정령이나 요괴는 바구니나 상자 몇 개를 채울 정도로 많지만, 대단한 요괴는 하나밖에 없는데 아주 염라대왕 같습니다."

"얼마나 사나운데 그러느냐?"

"그놈만 사나울 뿐 아니라, 온 집안의 형제들이 전부 병사들입니다."

그 요괴의 형제들이 어떤 놈들인지, 나중에 벽봉장로가 그놈들을 어떻게 항복시키는지는 다음 회를 보시라.

---

58 야유신(夜遊神)은 남방의 황야에 사는 16명의 신령으로서 모두 얼굴이 작고 길쭉하며 어깨가 붉은색이다. 이들은 낮이면 몸을 숨기고 있다가 밤이 되면 나타나서 서로 손을 잡고 일체가 되어 황제(黃帝)의 밤을 지켜준다고 한다. 《산해경》 〈해외남경(海外南經)〉에 언급된 '이팔신(二八神)'이 바로 야유신을 가리킨다.

59 순산라후(巡山邏候)는 산을 돌아다니며 정찰하는 하급 신을 가리킨다.

제7회

구환석장으로 위세를 펼치니 사방의 요괴와 정령들이 모두 없어지다

九環錫杖施威能　四路妖精皆掃盡

巖下飄然一老僧	바위 아래 표연히 나타난 노승[1]
曾求佛法禮南能	불법을 구하려고 혜능(惠能)[2]을 모셨도다.
論持自許窺三昧	강론할 때는 삼매(三昧, samādhi)를 엿본다고 자처했으나
入聖無梯出小乘	성현이 되는 길 없어 소승(小乘)을 나왔지.
高閣松風傳夜磬	높은 누각엔 솔숲의 바람에 밤중의 풍경소리 전해지고[3]

1 인용된 시는 송나라 때 왕안석(王安石: 1021~1086, 자는 개보[介甫], 호는 반산[半山], 시호는 문[文]으로서 형국공[荊國公]에 봉해짐)의 〈산승(山僧)〉이다. 본문은 '표연(飄然)'을 원작에서는 '소연(蕭然)'이라고 했다.

2 혜능(惠能: 638~713)은 당나라 때 영남(嶺南) 신주(新州, 지금의 광둥성[廣東省] 신싱현[新興縣]) 사람으로서 선종(禪宗)의 5대(代) 조사(祖師)인 홍인(弘忍)에게 의발을 전수 받아 동산법문(東山法門)을 계승함으로써 선종의 6대 조사가 되었다. 시호(諡號)는 대감선사(大鑑禪師)이다.

3 본문의 '전야경(傳夜磬)'을 원작에서는 '표야경(飄夜磬)'이라고 했다.

石牀花雨落寒燈	돌 침상에 꽃비 내려 차가운 등불 위로 떨어진다.
全憑錫仗連環響	오로지 석장의 고리만 울려서[4]
掃蕩妖氛誦法楞	요괴를 소탕하고 불경을 암송하지.

그러니까 그 요괴가 얼마나 사납냐는 벽봉장로의 질문에 토지신이 이렇게 대답했다.

"그놈만 사나울 뿐 아니라, 온 집안의 형제들이 전부 무사들입니다."

"그 형제라는 놈들은 어떤 놈들이냐?"

"그놈 집안에는 네 개의 지파(支派)가 있는데 모두 요괴들입니다. 그런데 제일 큰집이 제법 위세가 있어서, 늙은 놈 밑에 서른두 명의 아들이 있습니다. 그놈들도 모두 신통력이 광대하고 무궁한 변신술을 익히고 있습지요. 나머지 세 집은 모두 자식이 하나뿐입니다."

"성이 무엇이더냐?"

"그건 저도 모릅니다."

"이름은 있겠지?"

"그것도 모릅니다."

4 마지막 두 구절을 원작에서는 "밤 깊어 달이 떠서 절의 창이 환해지니, 양치질하고 향 피우고《법화경》과《능엄경》을 외네.[更深月出山牕曙, 漱齒焚香誦法楞.]"라고 했다.

"성도 이름도 없다면 그놈을 뭐라고 부르느냐?"

"큰집은 인원이 많아서 천강정(天罡精)이라 하고, 둘째 집은 압단정(鴨蛋精), 셋째 집은 호로정(葫蘆精), 넷째 집은 사선정(蛇船精)이라고 합니다."

"이 산에 있는 놈들은 어느 지파이냐?"

"넷째인 사선정인데, 아홉 굽이 계곡 상류에 살고 있습니다."

"나머지 세 지파는 모두 어디에 있느냐?"

"셋째는 나부산(羅浮山)에, 둘째는 아미산(峨眉山)에, 첫째는 오대산(五臺山)에 살고 있습니다."

벽봉장로는 그 요괴의 근본에 대해 알아본 후 신들을 본래 자리로 돌려보냈다.

그리고 벽봉장로와 두 사제(師弟)는 새벽에 길을 떠나 저녁이면 노숙을 하면서 봉우리와 동굴, 절과 사당을 거치면서 승려를 만나면 불경에 대해 강론하고, 중생을 만나면 몇 마디 게송(偈頌)을 읊어주고, 포악한 이를 만나면 불문으로 인도하고, 자비로운 이를 만나면 극락에 오르게 해 주고, 용을 만나면 길들여 순하게 만들고, 호랑이를 만나면 어질게 인도하고, 학을 만나면 마음껏 춤추게 하고, 새들을 만나면 마음껏 물을 마시고 모이를 쪼게 해 주었다. 그러는 사이에 어느덧 시간이 흘렀다.

하루는 제운곡(齊雲谷)의 제운정(齊雲亭)에 앉아 있는데, 정자 바깥에 칠언절구(七言絶句)가 새겨진 비석이 하나 서 있었다.

"저 비석의 시는 누가 지은 것이냐?"

비환이 가서 보고 대답했다.

"주문공(朱文公)[5]이 쓴 것입니다."

"그 시를 소리 내서 읽어봐라."

비환이 황급히 비석 앞으로 다가가 읽었다.[6]

九曲將窮眼豁然	아홉 굽이 계곡 끝나니 눈앞이 훤해지고
桑麻雨露見平川	비와 이슬에 젖은 뽕밭 삼밭 너머로 평천(平川)이 보이네.
漁郎更覓桃源路	어부가 다시 도화원(桃花源) 가는 길 찾는다면
除是人間別有天	인간 세계 밖에 별천지가 있다는 말인가?

그런데 비환이 마지막 '천(天)' 자를 읽었을 때 갑자기 허공에 불빛이 번쩍이더니 "쌩!" 하는 소리가 울렸다.[7]

---

5 주희(朱熹: 1130~1200)를 가리킨다. 주희는 자가 원회(元晦) 또는 중회(仲晦)이고 호는 회암(晦庵), 호옹(晦翁), 고정선생(考亭先生), 운곡선생(雲谷先生), 창주병수(滄洲病叟), 역옹(逆翁) 등을 썼으며, 시호(諡號)가 문(文)이다.

6 인용된 시는 주희는 〈구곡도가(九曲棹歌)〉 제10수이다.

7 인용된 부(賦)는 풍몽룡(馮夢龍)의 《경세통언(警世通言)》 권40 〈정양궁철수진요(旌陽宮鐵樹鎭妖)〉에 들어 있는 것에다 몇 구절을 더하거나 몇 글자를 고쳐서 쓰고 있다. 이 가운데 "穴在宜都……平白地見鞠陵於三門"과 "雖不終朝……怕的鳥雀之移巢" 부분은 새로 지어서 넣은 것이다. 또한 "青青紅紅, 皀皀白白"은 "青青白白, 紅紅黃黃"을 고쳐 쓴 것이며, "摧也古木"은 "不也古木"을 고쳐 쓴 것이다.

모습은 보이지 않고

소리만 들리는구나.

아! 대지가 노했는가?

온갖 구멍 울부짖는 소리 들린다.

구멍은 의도(宜都)[8]에 있는데

순식간에 만 리 천하에 세찬 신통력 부린다.

짐승이 감옥을 맡아

무고하게 삼문(三門)[9]에 가둬버렸다.

쿵쾅 펑펑

사납기 그지없이

하늘 관문을 흔들고

지축을 뒤흔들어

신선들도 시름겹게 하고

울긋불긋

희뜩 번뜩

대해를 뒤집고

장강을 뒤흔들어

사해 용왕도 함께 목을 움츠리게 한다.

우르릉 쾅쾅

번쩍번쩍

8 지명. 후베이성[湖北省] 이두현[宜都縣]을 가리킨다.

9 원래 '삼문(三門)'은 천자의 도성(都城)이나 제후의 궁전, 불교 사원의 대문 등을 가리키지만, 여기서는 그냥 일반적인 의미의 대문을 의미한다.

모래 날리고
돌이 굴러
결국 눈에 가득 먼지 덮여 봄에도 일찍 일어나고
어둑한 구름 덮이고
안개가 뭉게뭉게 피어나
높은 숲을 꺾고
오래된 나무 부러뜨리니
앞마을 등불에 밤에 늦잠을 자는 일 어디 있으랴?
휭휭 쌩쌩 앞뒤에서 소리 지르고
좌충우돌하니
구중궁궐의 용봉각에
수많은 기와 일제히 날아올라
도읍 안에 온통 이리저리 부딪치며
어지러이 구르고 비스듬히 끌리니
천 길 호랑이 굴처럼
터럭 하나 건드리지 못한단 말인가?
하루 내내 불지는 않지만
큰 날개 펼치니
대숭(戴嵩)[10]은 소를 잃어 울부짖고
한간(韓干)[11]은 말에서 떨어져 비명을 지른다.

---

10 대숭(戴嵩: ?~?)은 당나라 때의 화가이다. 한황(韓滉)의 제자인 그는 농촌과 들의 풍경을 잘 그렸고, 특히 소 그림에 뛰어났다고 한다.

11 한간(韓幹: ?~?)은 당나라 때의 화가이다. 그는 어렸을 때 술집 점원으로

호랑이 포효 소리 들리고
다시 솔개 울음소리 들리니
시름겨운 닭과 돼지들 우리로 들어가고
놀란 새들은 둥지를 옮기네.
종생(宗生)[12]처럼 큰 뜻을 가졌다 하더라도
감히 그걸 타고 천 겹 파도를 깨칠 생각 못 하고
열자(列子)[13]처럼 경묘(輕妙)하다 해도
그걸 타고 보름 만에 돌아오지 못하리라!

視之無影, 聽之有聲.
噫! 大塊之怒號, 傳萬竅之跳叫.
穴在宜都, 頃刻間弄威靈於萬里, 獸行法獄, 平白地見鞠陵於三門.
一任他乒乓乒乓, 栗栗烈烈, 撼天關, 搖地軸, 九仙天子也愁眉.
那管他青青紅紅, 皂皂白白, 翻大海, 攪長江, 四海龍王同縮頸.
雷轟轟, 電閃閃, 飛的是沙, 走的是石.
直恁的滿眼塵埋春起早, 雲慘慘, 霧騰騰, 折也喬林, 摧也古木.

일한 적이 있는 하층 출신인데 초상화와 인물화, 귀신 등을 잘 그렸고 특히 말 그림에 뛰어났다고 한다.

12 남조 송(宋)나라의 종각(宗慤, 자는 원간[元干])은 원대한 뜻을 품고 무술을 연마하여 "바람을 타고 만 리 파도를 깨뜨릴[乘長風破萬里浪]" 재간을 갖추었으며, 훗날 혁혁한 공을 세운 장군이 되었다고 한다.

13 열자(列子)는 전국시대에 황로사상(黃老思想)을 계승하여 청정무위(淸靜無爲)를 주장한 사상가이다. 《장자(莊子)》〈제물론(齊物論)〉에는 "열자는 바람을 타고 다니는데 경묘한 것이 좋아서 보름 뒤에 돌아왔다.[列子御風而行, 泠然善也, 旬有五日而後反.]"라는 구절이 들어 있다.

說甚麽前村燈火夜眠遲, 忽喇喇前呼後叫, 左奔右突,

就是九重龍鳳閣, 也教他萬瓦齊飛, 吉都都横衝直撞.

亂卷斜拖, 卽如千丈虎狼穴, 難道是一毛不拔, 雖不終朝, 却負大翼.

吆的戴嵩之失牛, 喝的韓干之墮馬, 才聞虎嘯, 復訝鳶鳴, 愁的鷄豚之罔栅, 怕的鳥雀之移巢.

縱宗生之大志, 不敢謂其乘之而浪破千層, 雖列子之泠然, 吾未見其御之而旬有五日.

이처럼 못된 신통력을 부리는 놈이 유우씨(有虞氏)의 '노여움을 풀어주는 노래'[14]나 세상의 먼지를 날려 보내는 세찬 바람에 대한 황제(黃帝)의 꿈[15]을 어찌 들으려 했겠는가? 다른 선한 보살이라야

---

14 유우(有虞)는 고대 중국의 전설적인 오제(五帝) 가운데 하나인 순(舜: 기원전 2128?~기원전 2086?)이 다스리던 부족 명칭이자, 순이 세운 나라의 이름이기도 하다. 이 부족은 죽은 동물의 고기만 먹는다는 추우(騶虞)를 토템으로 삼았다. 순은 이름이 중화(重華)이고 호는 유우씨(有虞氏)이며, 시호(諡號)가 순(舜)이다. '노여움을 풀어주는 노래'는 순이 지었다는 〈남풍가(南風歌)〉를 가리키는데, 그 가사는 다음과 같다. "남풍이 온화하니, 우리 백성의 노여움 풀어줄 수 있겠네. 남풍이 때맞춰 부니, 우리 백성의 재물 부유하게 해 주겠네.[南風之熏兮, 可以解吾民之慍兮. 南風之時兮, 可以阜吾民之財兮.]"

15 《사기》〈오제본기(五帝本紀)〉에 대한 장수절(張守節)의 《정의(正義)》에 인용된 《제왕세기(帝王世紀)》에는 황제(黃帝) 꿈에서 거센 바람이 일어 온 세상의 먼지를 모두 쓸어 가 버리는 것을 보았다는 기록이 있다. 그는 바람은 호령하니 집정자(執政者)를 의미하고, 먼지를 나타내는 '구(垢)'에서 흙토(土)를 빼면 '후(后)'가 된다고 풀이하면서 풍후(風后)라는 인물을 찾으려

한나라 고조(高祖)처럼 풍패(豊沛)의 즐거움[16]을 즐기고 후한(後漢) 광무제(光武帝)[17]가 분양(汾陽)[18]에서 시를 쓴 것 같은 일을 할 수 있을 것이다.

그야말로 이런 격이었다.

萬里塵沙陰晦暝	만 리에 퍼진 모래 먼지에 사방이 어두한데
幾家門戶響敲推	몇몇 집에 대문 두드리는 소리 들린다.
多情折盡章臺柳	정 많은 그 사람은 장대(章臺)의 버들가지 다 꺾었거늘[19]

했고, 마침내 바닷가 구석진 곳에서 그를 만나 재상으로 등용했다고 한다. 이 때문에 '먼지를 쓸어 없앤다.[吹塵]'는 말은 훌륭한 재상을 얻는다는 뜻으로 쓰이곤 한다.

16 《삼보고사(三輔故事)》의 기록에 따르면, 한나라 고조는 궁중에서 지내면서 고향 생각이 간절해서, 고향인 풍패(豊沛)의 푸줏간 주인과 술장수, 떡장수, 상인들을 경사(京師) 근처로 이주시켜 신풍현(新豊縣)을 만들었다고 한다. 또 《서경잡기(西京雜記)》에 따르면 신풍현의 거리와 건물 등의 풍경은 고향의 그것과 똑같이 만들었다고 했다.

17 후한(後漢) 광무제(光武帝) 유수(劉秀: 기원전 5~서기 57)는 왕망(王莽)의 신(新) 왕조를 무너뜨리고 동한 왕조를 연 황제로서 흔히 '중흥의 군주[中興之主]'로 일컬어진다. 그는 유학을 부흥시켜 꽃피게 한 것으로도 유명하다.

18 지명. 지금의 산시성[山西省]에 속한 곳이다.

19 당나라 때의 한굉(韓翃: ?~?)이 사랑하는 첩 유씨(柳氏)와 헤어지면서 지어 준 노래[詞] 〈장대류(章臺柳)〉를 연상하며 쓴 구절이다. ('장대'는 한나라 때 장안[長安]에 있던 거리 이름인데, 후세에는 종종 기생집이 있는 골목을 가리키는 뜻으로 쓰였다.) 한굉의 작품은 다음과 같다. "장대의 버들이여, 장대의 버들이여! 지난날 하늘거리던 모습 지금도 그대로인가? 긴 가

底事掀開杜屋茅　　어이해 두보의 초가집[20] 흔쾌히 열었나?

정말 대단하면서도 괴이한 바람이었다. 그걸 보자 비환은 목을 움츠렸고, 운곡은 혀를 내두를 뿐이었지만, 제운정에 앉은 벽봉장로는 그저 귓가를 스치는 산들바람 정도로 여기고 있었다. 이윽고 바람이 그치자 온 땅에 사발을 뒤집어 덮듯이 컴컴한 어둠이 내려왔다.[21]

무성한 구름 일어나더니
주룩주룩 비가 내린다.
큰 산비탈에 들어가도 길 잃지 않고
우리 공전(公田)에서 사전(私田)[22]까지 미친다.
오정(五政)[23]은 틀림이 없어

지는 예전처럼 드리우고 있을지라도, 이미 다른 사람의 손에 꺾였겠지![章臺柳, 章臺柳. 往日依依今在否, 縱使長條似舊垂, 也應攀折他人手.]"

20 이 구절은 두보(杜甫)의 시 〈가을바람에 초가집 부서지다[茅屋爲秋風所破歌)〉를 염두에 두고 묘사한 것이다.

21 인용된 부(賦)는 송나라 때 오숙(吳淑: 947~1002, 자는 정의[正儀])의 《사류부(事類賦)》 권3 〈천부(天部)〉 〈우(雨)〉이다. 본 번역에서는 작자가 의도적으로 고쳐 쓴 것으로 보이지 않는 부분은 원작에 따라 고쳐서 썼다.

22 고대 정전제도(井田制度)에서는 토지를 우물 '정(井)'자 모양으로 아홉 구역으로 나누고, 한가운데는 공동으로 경작하여 그 수확물을 관청에 바치고, 그 외의 구역은 '사전(私田)'으로서 각자가 경작하여 살림을 꾸려가게 했다.

23 《관자(管子)》에 따르면 봄에 다섯 가지 정책을 펴는데 첫째는 고아와 어

열흘 단위로 비가 내리니[24]
농지(農地)를 무너뜨리지는 못하고
겨우 가지만 적실 정도지.[25]
가늘기는 풀숲에 내린 이슬 같고
빽빽하기는 공중에 흩어진 거미줄 같지.
술을 마시려다 비로소 어숙(御叔)의 눈에 띄었고[26]
우산 빌리는 일 어찌 공자의 귀에 들어갔겠는가?[27]
달이 필수(畢宿) 곁을 지나면[28]

린아이의 죄를 사해주는 것이고, 둘째는 지위와 봉록을 내리는 것, 셋째는 논밭의 물길을 수리하고 죽은 이의 부역(賦役)을 면제해주는 것, 넷째는 봉토의 경계를 정비하고 밭 사이의 길을 바로잡는 것, 다섯째는 어린 사슴과 새알을 건드리지 않고 과일나무의 꽃을 꺾지 않는 것인데, 이런 다섯 가지 정책이 때맞춰 행해져야 봄비가 내린다고 했다.

24 《논형(論衡)》〈시응(是應)〉에서는 태평성대에는 닷새에 한 번 바람이 불고, 열흘에 한 번 비가 내린다고 했다.

25 음력 5월과 6월 사이에 내리는 큰비를 '탁지우(濯枝雨)'라고 한다.

26 《좌전(左傳)》〈양공(襄公) 22년·봄[春]〉에는 장무중(臧武仲)이 진(晉)나라에 사신으로 가는 도중 비가 와서 노(魯)나라 어읍(御邑)의 대부(大夫)인 어숙(御叔)을 찾아갔는데, 마침 어숙은 그곳에서 술을 마시려 하다가 그 얘기를 듣고, 빗속에 길을 가는 장무중이 현명하지 못하다고 비판했다는 이야기가 실려 있다.

27 《공자가어(孔子家語)》〈치사(致思)〉에는 공자가 길을 가려 할 때 비가 내리는데 우산이 없었다. 이에 제자들이 자하(子夏)에게 빌리라고 하자, 공자는 자하가 재물에 인색한 사람이라서 빌리지 않겠다고 했다. 다른 사람과 사귈 때는 그 장점을 추켜세우고 단점은 저촉하지 않도록 해야만 그 사귐의 관계가 오래 지속된다는 이유였다.

28 옛날에는 달이 필수(畢宿) 근처를 지나면 비가 내릴 징조라고 여겼다(《시

구름이 산에서 피어나기 시작하지.
관단(灌壇)을 둘러 간 여신의 행차[29]
고당(高唐)에 나타났던 아리따운 자태[30]
촉촉한 비는 아침이 지나기 전에 내리겠지만
폭우가 종일토록 이어지긴 어려우리라.
병예(屛翳)[31]을 수레에 매고

경》〈소아(小雅)〉〈점점지석(漸漸之石)〉에 대한 《모전(毛傳)》의 설명 참조.)

29 진(晉)나라 때 장화(張華)가 편찬한 《박물지(博物志)》 권7에는 다음과 같은 이야기가 실려 있다. 즉 강태공(姜太公)이 관단(灌壇)의 현령(縣令)으로 있을 때 주(周)나라 무왕(武王)이 꿈속에서 밤중에 길을 막고 울고 있는 어느 부인을 만났다. 사연을 물어보자 그녀는 자신이 동해(東海)의 신녀(神女)인데 서해의 신동(神童)에게 시집가려 하지만, 관단의 현령이 길을 막아버렸다는 것이었다. 그리고 자신이 지나면 반드시 큰비가 내리는데, 강태공은 덕이 많은 사람이라 감히 폭풍우를 뿌리며 지나갈 수 없다는 것이었다. 이에 무왕이 이튿날 강태공을 불러들여 사흘 동안 지내게 했는데, 과연 그 사이에 거센 폭풍우가 관단의 외곽을 쓸고 지나갔다는 것이다. 이후 '관단'은 덕행을 많이 쌓은 지방관(地方官)을 비유하는 말로 쓰이게 되었다.

30 송옥(宋玉)의 〈고당부(高唐賦)〉에서는 초(楚)나라 양왕(襄王)과 고당(高唐)의 신녀(神女) 사이에 있었던 로맨스를 묘사했다.

31 병예(屛翳)에 대해서는 여러 가지 설이 있다. 《초사(楚辭)》〈구가(九歌)〉〈운중군(雲中君)〉에 대한 왕일(王逸)의 주석에서는 구름의 신[雲神]이라고 했고, 《산해경》〈해외동경(海外東經)〉에 대한 곽박(郭璞)의 주석에서는 비의 신[雨師]이라고 했으며, 《사기》〈사마상여열전(司馬相如列傳)〉에 대한 장수절(張守節)의 《정의(正義)》에서는 위소(韋昭)의 말을 인용하면서 우레의 신[雷師]이라고 설명했고, 《문선(文選)》에 수록된 조식(曹植)의 〈낙신부(洛神賦)〉에 대한 여상(呂向)의 주석에서는 바람의 신[風師]이라고 했다. 여기서는 비의 신이라는 뜻으로 쓰였다.

현명(玄冥)[32]을 치달리니
방 안의 그리움에 젖은 아낙을 한숨짓게 하고[33]
물가의 초명(焦明)[34]이 모여들게 하네.
촉(蜀)으로 가는 길엔 주룩주룩 비가 내렸고[35]
주(周)나라 교외에서 무기를 씻었지.[36]

---

32 현명(玄冥)에 대해서는 여러 가지 설이 있다. 《좌전》〈소공(召公) 18년〉에 대한 두예(杜預)의 주석에서는 물의 신[水神]이라고 했고, 《초사》에 수록된 유향(劉向)의 〈구탄원유(九嘆遠遊)〉에 대한 왕일(王逸)의 주석에서는 태양의 신이라고 했으며, 《한서》〈양웅전상(揚雄傳上)〉에 대한 안사고(顏師古)의 주석에서는 살육을 주관하는 북방(北方)의 신이라고 했고, 《예기(禮記)》〈월령(月令)〉에서는 겨울의 신이라고 했다. 그러나 《풍속통(風俗通)》에서는 현명을 비의 신[雨師]이라고 했으니, 여기서는 이 뜻으로 쓰였다.

33 《시경》〈빈풍(豳風)〉〈동산(東山)〉에 "내가 동쪽에서 오는데, 비는 부슬부슬. 황새는 개밋둑에서 울고, 아낙은 방 안에서 한숨짓네.[我來自東, 零雨其濛, 鸛鳴於垤, 婦嘆於室]"라는 구절이 있다.

34 《사기》〈사마상여열전〉의 "捷鵞鷁, 掩焦明."에 대한 배인(裴駰)의 《집해(集解)》에서는 '초명'이 봉황을 닮은 새라고 했고, 장수절의 《정의》에서는 그것이 부리가 길고 날개가 성기며 꼬리가 동그란데, 조용하고 한적한 곳에만 모이고 진귀한 것만 먹는다고 했다. 한편 《한서(漢書)》〈사마상여전〉에서는 이것을 '초붕(焦朋)'으로 썼다. 그런데 명나라 때 손각(孫瑴: 1585~1643, 자는 자쌍[子雙] 또는 쌍보[雙甫], 호는 분거사[賁居士])이 편찬한 《악동성의(樂動聲儀)》에서는 '초명'이 나타나면 비를 대비해야 한다고 하면서 그것을 물새라고 했다.

35 당나라 현종(玄宗)이 피난길에 빗속에서 방울 소리가 울리는 것을 듣고 양귀비(楊貴妃)를 애도하며 〈우림령(雨淋鈴)〉을 짓게 했다고 한다.

36 《육도(六韜)》의 기록에 따르면 문왕(文王)이 주(紂)를 정벌하기 위해 산의생(散宜生)에게 점을 치게 했는데 불길하다고 했다. 그리고 출정을 앞두고 비가 내려서 짐수레를 적셨고, 행군하는 도중에 깃발이 세 번이나 부러졌다. 산의생은 이를 근거로 출정을 만류했으나, 강태공(姜太公)은 오히려

진(秦)나라 궁전에서 호위를 그만두게 하고[37]

유성(劉城)에서는 풍악을 연주했지.[38]

중국에 성인이 있음을 점치기도 했고[39]

무도(無道)한 형(邢)나라를 치게 하기도 했지.[40]

마당에서 배를 타고[41]

당상(堂上)의 옷에 물이 나오지.

기쁘게도 먹구름은 이미 감천(甘泉)으로 날아오니

저 곡식들은 이를 우러르지.

비가 짐수레를 적셔서 무기를 씻어준 것이니 좋은 징조라고 했다고 한다.

37 《사기》〈골계열전(滑稽列傳)〉에는 진시황 때의 배우인 우전(優旃)이 빗속에서 호위를 서고 있는 이들을 위해 재치를 부려서 쉬게 해 주었다는 이야기가 실려 있다.

38 남조 임방(任昉: 460~508)의 《술이기(述異記)》에 따르면 여산(廬山) 강왕곡(康王谷)의 북쪽 봉우리에 유성(劉城)이 있는데, 비가 내릴 조짐이 보이면 그곳에서 풍악 소리가 울렸다고 한다.

39 《상서대전(尙書大傳)》에 따르면 주(周)나라 성왕(成王) 때 월상씨(越裳氏)가 천자를 알현하러 왔다가 세찬 바람이 불지 않고 많은 비가 내리지 않은 것이 오래되었으니, 이는 중국에 성인이 있다는 뜻이 아니냐고 물었다는 이야기가 실려 있다.

40 《좌전》〈희공(僖公) 19년〉 "가을[秋]"에 따르면 위(衛)나라에 큰 가뭄이 들자 녕장자(甯莊子)가 "옛날 주(周)나라에 기근이 들어서 은(殷)나라를 공격했더니 풍년이 들었는데, 이제 형(邢)나라가 무도(無道)하니 하늘이 우리 위나라에게 형나라를 정벌하라는 뜻이 아니겠습니까?"라고 설명했다. 이제 군사를 일으키자 비가 내렸다고 한다.

41 위(魏)나라 때 성공수(成公綏: 231~273)의 〈음림부(陰霖賦)〉에는 "부엌이 잠겨 개구리가 태어나고, 마당에서 배를 타네.[沉竈生鼃, 中庭運舟]"라는 구절이 들어 있다.

또한 동굴 속 바위에 채찍질을 하기도 하고[42]
안장 위에 구름이 날기도 했지.[43]
하백(河伯)의 사자(使者)를 수고롭게 하고[44]
무위군(無爲君)의 힘을 빌리기도 했지.[45]
양보(諒輔)는 마른 풀을 모았고[46]

---

42 남조 때 성홍지(盛弘之: ?~?)의 《형주기(荊州記)》에 따르면 한산현(佷山縣)에 높고 가파른 산이 하나 있는데 그 서북쪽에 바위동굴이 있다고 했다. 그 안에서 불을 밝히고 100보쯤 걸어 들어가면 서로 한 길쯤 떨어져 있는 두 개의 큰 바위가 나타나는데 그곳 사람들은 개중의 하나를 양석(陽石), 다른 하나를 음석(陰石)이라고 부른다고 했다. 그런데 가뭄이 들 때 음석에 채찍질하면 비가 내리고, 양석에 채찍질하면 날이 갠다고 했다.

43 남조 송(宋)나라 때 유징지(劉澄之)가 편찬한 《영초산천기(永初山川記)》에 따르면 파양(鄱陽) 장수산(長壽山)은 그 생김새가 말과 비슷한데, 그 안장에서 흰 구름이 나오면 얼마 후에 비가 내린다고 했다.

44 동방삭(東方朔)의 《신이경(神異經)》에 따르면 서해(西海)에 어떤 이가 붉은 갈기가 난 백마를 타고 하얀 옷에 검은 모자를 쓴 채 12명의 동자(童子)를 거느리고 바다 위를 나는 듯이 달리는데, 그가 바로 하백의 사자라고 했다. 아울러 그가 이르는 곳에는 많은 비가 내린다고 했다.

45 한나라 때의 위서(緯書)인 《둔갑개산도(遁甲開山圖)》에 따르면 정(鄭)나라에 불모산(不毛山)이 있는데 그 위에 사는 무위군(無爲君)이 온 천하에 구름과 비를 나누어 뿌려준다고 했다.

46 《후한서(後漢書)》 권81 〈독행열전(獨行列傳)〉에 따르면 양보(諒輔)는 자가 한유(漢儒)이고 광한(廣漢) 신도(新都) 사람이다. 그가 신도군의 태수를 보좌하는 서리(胥吏)인 오관연(五官掾)으로 있을 때 큰 가뭄이 들어서, 태수가 직접 산천에 기도했지만 효험이 없었다. 이에 양보가 마당에서 옷을 벗고 하늘에 비를 내려달라고 기원하면서, 그날 중으로 비가 오지 않으면 자신의 몸을 바치겠다고 하면서 자기 주위에 땔감과 마른 풀을 쌓아 놓고 불을 댕기려고 했다. 하지만 정오가 되기 전에 풍성한 비가 내렸다고 한다.

대봉(戴封)은 땔나무를 쌓았지.[47]

고봉(高鳳)은 보리를 떠내려 보내 유명했고[48]

주매신(朱買臣)은 조를 떠내려 보내 유명하지.[49]

백리숭(百里嵩)의 수레를 따라다니고[50]

---

47 대봉(戴封: ?~100?, 자는 평중[平仲])은 제북강(濟北剛, 지금의 산둥성[山東省]에 속함) 사람이다. 그는 효렴(孝廉)으로 천거되어 뛰어난 대책(對策)으로 재능을 인정받아 의랑(議郎), 서화령(西華令), 중산상(中山相), 태상(太常) 등의 벼슬을 지냈다. 《후한서》 권81 〈독행열전〉에 따르면 그가 서화령으로 있을 때 큰 가뭄이 들어서 하늘에 기도했으나 효험이 없자, 땔나무를 쌓아 놓고 그 위에 앉아 스스로 불을 붙였다. 그런데 불길이 일어나자마자 큰비가 내렸다고 한다.

48 동한 때 남양(南陽) 사람 고봉(高鳳)은 자가 문통(文通)인데 농사꾼 집안에서 공부를 열심히 했다. 어느 날 그의 아내가 밭에 나가면서 그에게 마당에 널어놓은 보리를 닭들이 먹지 못하게 지키라고 했는데, 그날 마침 폭우가 내렸다. 하지만 그는 닭을 쫓을 막대기를 든 채 책을 읽는 데에 몰두해 있어서 빗물에 보리가 떠내려가는 것조차 몰랐다고 한다.

49 주매신(朱買臣: 기원전 174?~기원전 115, 자는 옹자[翁子])은 회계(會稽) 오(吳, 지금의 저장성 자싱[嘉興]) 사람이다. 그는 나무를 해다 팔면서도 공부에 몰두했고, 책을 읽느라 빗물에 조가 쓸려가는 것도 모를 정도여서, 견디다 못한 그의 아내가 그를 버리고 다른 곳으로 개가해 버렸다. 하지만 훗날 그가 중대부(中大夫)의 신분으로 회계태수(會稽太守)로 부임하자 그의 옛 아내가 부끄러워 스스로 목을 맸다고 한다. 이후 그는 승상장사(丞相長史)까지 승진했으나 당시 승상의 업무를 관장하던 장탕(張湯)과 갈등을 일으켜서 결국 장탕은 자살하고, 주매신도 처형당했다.

50 삼국시대 오(吳)나라 사승(謝承: ?~?, 자는 위평[偉平])이 편찬한 《후한서(後漢書)》 권5 〈순리전(循吏傳)〉에 따르면, 동한 말엽의 백리숭(百里嵩)은 자가 경산(景山)이고 진류(陳留) 사람인데, 서주자사(徐州刺史)를 지내면서 청렴하고 자상하여 많은 치적을 쌓았다. 어느 해 그곳에 큰 가뭄이 들자 그가 몸소 각 지역을 돌아다니며 백성들의 정황을 살폈는데, 그가 가는

곽태(郭泰)의 각건(角巾)을 접게 했지.[51]

또한 위문후(魏文侯)는 사냥꾼과의 약속을 지켰고[52]

사안(謝安)이 행차할 때 진노하게 만들었지.[53]

근심하고 마음 아파하며 구하기도 했고[54]

오랜 장맛비가 계속되어 괴로워하기도 했지.

곳마다 단비가 내렸다. 당시 가뭄 피해가 컸던 동해(東海)의 산간벽지에서 찾아와주기를 간청하는지라 그가 그곳을 찾아가니 즉시 비가 내렸다고 한다.

51 곽태(郭泰: 128~169, 자는 임종[林宗])는 동한 태원군(太原郡) 개휴(介休, 지금의 산시성[山西省]에 속함) 사람이다. 그는 어려서 부친을 여의고 홀어머니와 궁핍하게 살았으나 학업에 정진하여 결국 크게 명성을 날렸다. 그는 동한 말엽 사인(士人)집단과 환관 사이의 갈등이 심화될 때 사인집단을 이끌면서 조정의 부름에도 벼슬길에 나아가지 않았다. 《후한서》 권68 〈곽부허열전(郭符許列傳)〉에 따르면 그가 진(陳)·양(梁) 사이를 가다가 비를 만나 두건의 한 귀퉁이가 내려앉았는데, 당시 사람들이 일부러 두건 귀퉁이를 접어서 그 흉내를 냈다고 한다.

52 《전국책(戰國策)》 〈위책(魏策)〉에 따르면 위(魏)나라 문후(文侯)가 산림 관리인[虞人]과 사냥을 하기로 했는데 그날 마침 비가 내리자 좌우의 신하들이 만류했다. 하지만 그는 약속을 지켜야 한다면서 피곤함을 무릅쓰고 약속을 지켰다. 이후로 위나라가 강성해지기 시작했다고 한다.

53 《세설신어(世說新語)》 〈우회(尤悔)〉에 따르면 태부(太傅) 사안(謝安: 320~385, 자는 안석[安石])은 평소 화를 내거나 함부로 웃지 않았는데, 어느 날 형인 사혁(謝奕)의 영구(靈柩)를 전송하고 돌아가던 차에 마침 날이 저물고 비까지 내리는데, 마부들이 모두 취하여 어쩔 줄 몰라 하자 사안이 수레 안에서 기둥을 집어 들고 매우 엄한 표정으로 마부들을 때렸다고 한다.

54 《곡량전(穀梁傳)》 〈희공(僖公) 2년〉에는 10월 겨울에 비가 오지 않아 희공이 근심했다[勤雨]는 기록이 있고, 〈희공(僖公) 3년〉에는 4월 여름에 비가 오지 않아 마음 아파했다[閔雨]는 기록이 있다.

나부산의 신령한 거북을 화나게 하거나[55]

무창(武昌)의 돌 북이 울렸는가?[56]

또 상양(商羊)이 나타나 날개를 펴고 뛰었고[57]

돌 제비가 날고[58]

옥녀(玉女)가 옷을 입고[59]

우레의 신이 채비하고 나서니[60]

---

55 《태평어람(太平御覽)》 권10 〈천부(天部)·10〉 "우상(雨上)"에 인용된 《나부산기(羅浮山記)》에 따르면 이 산에 귀연(龜淵)이 있는데, 여기에 신령한 거북이 산다고 했다. 이 거북은 코에 구리로 된 고리를 끼고 있는데, 사람이 이 연못을 더럽히면 비가 내린다고 했다.

56 《태평어람》 권10 〈천부(天部)·10〉 "우상(雨上)"에 인용된 《무창기(武昌記)》에 따르면 성 서쪽에 있는 석고산(石鼓山) 위에는 세 개의 돌 북[石鼓]이 있는데, 이것이 울리면 반드시 비가 온다고 했다.

57 《공자가어(孔子家語)》 〈변정(辨政)〉에는 제나라 궁전 앞에 다리 하나 달린 새가 날아와 날개를 펴고 뛰어서 공자에게 물어보니 그 새는 상양(商羊)이라는 전설적인 새로서, 상양이 춤을 추면 큰비가 내릴 징조라고 했다는 기록이 있다.

58 《태평어람》 권10 〈천부(天部)·10〉 "우상(雨上)"에 인용된 《상주기(湘州記)》에 따르면 영릉산(零陵山)에 돌 제비[石燕]가 있는데, 비바람이 치면 날아올랐다가 돌아와 멈추면 다시 돌이 된다고 했다.

59 당나라 때 우세남(虞世南: 558~638, 자는 백시[伯施])이 편찬한 《북당서초(北堂書鈔) 권157 〈지부(地部)·1〉 "강편사(崗篇四)"에 인용된 남조 때 왕부(王孚: ?~445)의 《안성기(安成記)》에는 평향(萍鄕)에서 남쪽으로 5리 떨어진 곳에 옥녀강(玉女岡)이라는 산이 있는데, 비가 올 무렵이면 그곳에서 오색 기운이 피어나서 그곳 백성들이 그 현상을 일컬어 옥녀(玉女)가 옷을 입는다고 했다는 기록이 있다.

60 한나라 때 초연수(焦延壽: ?~?, 자는 공[贛])가 편찬한 《역림(易林)》 〈변점(變占)〉에 따르면 우레의 신[雷君]이 채비를 하고[出裝] 우르릉 소리를 내며 서쪽으로 가면 장맛비가 계속되어 물길이 강을 이룬다고 했다.

은하수에 멧돼지가 목욕하는지 알아보고[61]

묘일(卯日)에 양떼구름 있는지 살펴본다.[62]

만물을 이롭게 하니 신(神)으로 여겼고[63]

비구름에는 향기가 서렸지.[64]

쏟아지는 모습은 공자가 노나라의 재상일 때를 비유하고[65]

---

61 당나라 때 황자발(黃子發: ?~?)이 편찬한 《상우서(相雨書)》 〈후우법(候雨法)〉에는 사방 북두(北斗)에 구름이 없고 오직 은하수에만 구름이 있는데, 세 개가 연이어 있어서 마치 멧돼지가 목욕하고 있는 것 같은 모습이라면 사흘 뒤에 큰비가 온다고 기록되어 있다.

62 《태평어람》 권10 〈천부(天部)·10〉 "우상(雨上)"에 인용된 한나라 때의 천문점술서인 《사광점(師曠占)》에 따르면 정묘(丁卯), 기묘(己卯), 신묘(辛卯), 계묘(癸卯), 을묘(乙卯)의 다섯 가지 묘일(卯日)에 서북쪽 하늘에 양떼구름이 보이면 비가 올 징조라고 했다. 《사광점》은 원본은 이미 없어졌고, 청나라 때 홍이훤(洪頤煊: 1765~?, 자는 정현[旌賢], 호는 균헌[筠軒] 또는 권방노인[倦舫老人])이 모아 편찬한 것이 남아 있다.

63 《시자(尸子)》 〈일문(佚文)〉에 따르면 신농씨(神農氏)가 천하를 다스릴 때는 마음 먹은 대로 비를 내리게 할 수 있었는데, 닷새 만에 내리는 비를 행우(行雨), 열흘 만에 내리는 비를 곡우(穀雨), 보름 만에 내리는 비를 시우(時雨)라고 했다. 또 사계절의 제도를 바로잡고 만물을 모두 이롭게 해 주었기 때문에 그를 신(神)이라고 했다고 한다.

64 왕가(王嘉: ?~390, 자는 자년[子年])의 《습유기(拾遺記)》에 따르면, 난석(爛石)은 색깔이 붉고 생김새가 허파[肺] 모양인데, 그것을 태우면 향기가 수 백 리까지 퍼지고, 그 연기가 하늘로 올라가면 향운(香雲)이 되는데, 향운이 많아지면 향기로운 비가 내린다고 했다.

65 한나라 때 환관(桓寬: ?~?, 자는 차공[次公])의 《염철론(鹽鐵論)》에는 "공자는 위대한 성인이다. 낮은 지위에 있다가 석 달 동안 노나라의 재상으로 일했는데, 백성들이 따로 명령하지 않아도 행하고 금지하지 않아도 죄를 범하지 않아서 그 덕이 때맞춰 내리는 비처럼 쏟아져 만물이 홍성하지 않은 게 없었다. [孔子大聖也. 嘗居小位, 相魯三月, 不令而行, 不禁而止, 霈

오래도록 내림은 부열(傅說)이 상(商)나라 재상이 되었기 때문이지.[66]

또 난파(欒巴)가 술을 내뿜었고[67]

번영(樊英)은 물을 내밸었지.[68]

붉은 자라가 파도 위에 뜨고[69]

若時雨之灌, 萬物莫不興起也.]"라는 내용이 들어 있다.

66 부열(傅說: 기원전 1335?~기원전 1246?)은 상(商)나라 고종(高宗) 무정(武丁) 때의 재상으로서 뛰어난 치적을 남긴 인물이다. 《상서(尙書)》〈열명상(說命上)〉에는 "큰 가뭄이 들면 그대를 써서 오래도록 비가 내리게 하리라.[若歲大旱, 用汝作霖雨]"라는 구절이 들어 있다.

67 갈홍(葛洪: 284~363?, 자는 치천[稚川], 호는 포박자[抱樸子])의 《신선전(神仙傳)》에 따르면 난파(欒巴)는 촉(蜀) 사람인데, 상서랑(尙書郞)이 되어 조정에 들어갔다가 술을 받자 마시지 않고 서남쪽을 향해 내뿜었다. 황제가 이유를 묻자 그는 자신의 고향에 큰불이 나서 술로 비를 만들어서 그 불을 껐다고 대답했다. 황제가 사람을 보내 알아보니, 그 지역 사람들이 모두 북쪽에서부터 비가 왔는데 술 냄새가 풍기더라고 대답했다고 했다.

68 번영(樊英: ?~?, 자는 계제[季齊])은 서한(西漢) 때 남양(南陽) 노양(魯陽, 지금의 핑딩산[平頂山] 루산현[魯山縣]) 사람으로서 박학다식한 학자였다. 한편 《후한서》〈번영전〉에 따르면 그가 호산(壺山)에 은거해 있을 때 서남쪽에서 폭풍이 일어나자 그가 제자들에게 성도(成都)의 저자에 큰불이 났다고 하면서 물을 머금고 서쪽을 향해 밸었다. 그리고 제자들에게 그날의 날짜와 시간을 적어두게 했다. 나중에 촉(蜀) 땅에서 온 사람이 얘기하길, 그날 큰불이 났는데 동쪽에서 구름이 다가와 삽시간에 큰비를 내려서 불이 꺼졌다고 했다.

69 원나라 때 도종의(陶宗儀: 1329~1412?, 자는 구성[九成], 호는 남촌[南村])가 편찬한 《설부(說郛)》 권61·상(上)에 인용된 진(晉)나라 때 고미(顧微)의 《광주기(廣州記)》에 따르면 주별(朱鼈)은 바다에 사는데 생김새는 허파[肺] 모양이고 눈이 4개에 다리가 6개이며, 입에서 진주를 토해낸다고 했다. 또 《고금도서집성(古今圖書集成)》〈박물휘편(博物彙編)〉〈금충전(禽蟲典)〉

검은 뱀[黑蜧]이 강바닥에서 뛰네.[70]
음양의 기운 합쳐지면 바람이 세지고[71]
해와 달이 가려지면 구름이 작아지지.[72]
객사(客死)한 이들의 해골을 수습해주자 내리기도 하고[73]
억울한 일 보살펴주어서 내리기도 했지.[74]

〈어부(魚部)〉 "어부휘고(魚部彙考)"에 인용된 《북호록(北戶錄)》에 따르면 풍수(灃水)에 사는 물고기의 이름이 '주별'인데 다리가 6개이고 진주를 물고 있다고 했다. 《사고전서(四庫全書)》에 수록된 《사류부(事類賦)》 권3 〈천부(天部)〉 〈우(雨)〉의 주석에는 "주별이 파도 위에 떠 있으면 틀림없이 큰 비가 내린다[朱鼈浮於波上, 必大雨]"라는 《회남자(淮南子)》의 내용이 인용되어 있는데, 현존하는 판본에서는 확인할 수 없다.

70 《회남자(淮南子)》 〈제속훈(齊俗訓)〉의 "犧牛騂毛, 宜於廟牲. 其於致雨, 不若黑蜧."라는 구절에 대한 고유(高誘)의 주석에서 따르면, 흑려(黑蜧)는 뱀인데, 신령한 샘[神泉]에 숨어 살고 구름과 비를 불러올 수 있다고 했다.

71 《서경잡기(西京雜記)》에 인용된 동중서(董仲舒: 기원전 179~기원전 104)의 말에 따르면, 음양의 기운은 바람이 세지면 빨리 합쳐지기 때문에 비가 많이 내리고, 바람이 약하면 느리게 합쳐지기 때문에 비가 가늘지만 조밀하게 내린다고 했다.

72 《태평어람》 권8 〈천부(天部)·8〉 "운(雲)"에 인용된 《경방역(京房易)》 〈비후(飛候)〉에 따르면 구름이 베틀 북[杼軸]만큼 작아져서 해와 달을 가리면 닷새 뒤에 반드시 비가 내린다고 했다.

73 《태평어람》 권35 〈시서부(時序部)·12〉 "한(旱)"에 인용된 《수신기(搜神記)》에 따르면 동한 때의 주창(周暢) 하남윤(河南尹)으로 있을 때 큰 가뭄이 들자 길가에 객사한 이들의 유골을 수습해서 무덤을 만들어주었는데, 그에 맞추어 비가 내렸다고 한다.

74 《동관한기(東觀漢記)》 권6 〈전(傳)·1〉 "화희등황후(和熹鄧皇后)"에 따르면, 동한 안제(安帝) 영초(永初) 2년(108) 3월에 경사에 가뭄이 들어 5월 초하루까지 계속되자 황후가 낙양사(雒陽寺)로 가서 백성들이 갇힌 옥을 살펴

《주역》을 살펴보면

서쪽 교외에 비가 오지 않아 슬퍼한 적이 있고[75]

저《춘추(春秋)》를 뒤져보면

북쪽 언덕을 보며 비바람을 피한 일 있지.[76]

渰然凄凄, 霈焉祁祁, 納於大麓而弗迷, 自我公田而及私.

五政無差, 十日爲期, 未能破塊, 纔堪濯枝.

微若草間委露, 密似空中散絲.

飮酒方觀於御叔, 假蓋寧聞於仲尼.

若夫月方離畢, 雲初觸石.

紆灌壇之神馭, 儼高唐之麗質.

雖潤不崇朝, 而暴難終日.

爾其驂屛翳, 駕玄冥, 歎室中之思婦, 集水上之焦明.

蜀道淋鈴, 周郊洗兵, 罷陛楯於秦殿, 奏簫鼓於劉城.

或以占中國之聖, 或以伐無道之邢.

及夫舟運庭中, 衣生堂上.

喜甘泉之已飛, 伊百穀而是仰.

보고 억울하게 갇힌 이들을 풀어준 일이 있는데, 그런 뒤에 궁으로 돌아가기도 전에 큰비가 내렸다고 한다.

75 《주역》〈소축괘(小畜卦)〉의 괘사(卦辭)에 "하늘에 먹구름 가득한데 비는 내리지 않나니, 이 일이 우리 서쪽 교외에서 시작된다네.[密雲不雨, 自我西郊]"라는 구절이 있다.

76 《좌전》〈희공 32년〉에 따르면 효(殽) 땅에 두 개의 언덕이 있는데, 그 가운데 남쪽 언덕은 하(夏)나라 군주 고(皐)의 무덤이고, 북쪽 언덕은 문왕이 비바람을 피했던 곳이라고 했다.

亦有洞中鞭石, 鞍上飛雲.

煩河伯之使, 藉無爲之君.

則有諒輔聚艾, 戴封積薪.

漂麥已稱於高鳳, 流粟仍傳於買臣.

隨景山之行車, 折林宗之角巾.

亦聞文侯期獵而守信, 謝傅出行而致怒.

或勤閔而求, 或霖淫爲苦.

忤羅浮之神龜, 鳴武昌之石鼓.

復見商羊奮躍, 石燕飛翔, 玉女披衣, 雷君出裝, 認天河之浴豨, 觀卯日之群羊.

利物爲神, 零雲有香.

霈則喩宣尼之相魯, 霖則爲傅說之輔商.

又云欒巴噀酒, 樊英嗽水.

浮朱鼈於波上, 躍黑蜧於水底.

陰陽貂合而風多, 日月蔽虧而雲細.

或因掩骼而降, 或爲省寃而致.

考於犧易, 悵西郊之未零, 翫彼麟經, 睠北陵而可避.

그야말로 이런 격이었다.[77]

茅屋人家烟火冷　　　초가집엔 밥 짓는 연기도 싸늘하고

77 인용된 시는 풍몽룡의 《경세통언》 권40 〈정양궁철수진요〉에 들어 있는 것이다.

梨花庭院夢魂驚	배꽃 핀 뜰에서 꿈속의 혼 놀라 깬다.
渠添濁水通魚入	도랑에 흙탕물 불어 물고기가 들어오고
地秀蒼苔滯鶴行	땅바닥의 고운 이끼는 길 떠나는 학을 붙들지.

어쨌거나 대단한 폭우였다. 비환이 손을 내밀어 손가락을 짚으며 헤아리자, 운곡이 말했다.

"무슨 계산을 하는 겁니까?"

"헤아려 보니 오늘이 막 칠칠 사십구 일이 되는 날이로구나."

"이 못된 놈이 정말 비바람을 부를 줄 아는군요."

"말 좀 조심해라."

그때 벽봉장로는 정자에서 눈을 감고 정신을 차분히 가라앉힌 채, 마치 그 비를 보지 못한 것처럼 앉아 있었다. 잠시 후 비가 그치고 구름이 흩어지며 환한 해가 나타났다. 그리고 "척!" 하는 소리와 함께 고양이 같은 머리에 멧돼지 같은 주둥이를 가진 사납게 생긴 사내 하나가 벽봉장로 앞에 서서 이를 갈고 있었다.

'이제야 그 못된 짐승이 온 모양이로군.'

벽봉장로가 눈을 뜨고 나직이 물었다.

"그대는 누구인가?"

"나를 알아보지 못하다니! 내가 바로 이 동네에서 유명한 사선대왕이니라."

"여긴 뭐하러 왔는가?"

"네가 까닭 없이 내 산봉우리를 점거하고 있으니, 너와 겨루려고 왔다."

"가소로운 녀석! 키도 조그마한 네까짓 게 무얼 갖고 겨룬다는 게냐?"

그 사내는 키가 작다는 말을 듣자 즉시 허리를 웅크리며 손을 내밀어 마치 구층 불탑처럼 키가 몇십 길이나 늘어났다. 그러자 벽봉장로가 말했다.

"키만 이렇게 멀대같이 크니 당최 쓸모가 없구먼."

그 사내는 말랐다는 소리를 듣자 다시 몸을 몇 번 흔들며 손을 내저었다. 그러자 즉시 세 칸짜리 상점처럼 몸 둘레가 열 길이 넘게 변했다. 벽봉장로가 키 좀 커지라고 하자 그는 아래쪽이 보이지 않을 만큼 커졌고, 살 좀 찌라고 하자 허리조차 마음대로 굽히고 펴기 어렵게 되었다.

'이러면 계책으로 제압하기 좋게 되었구나.'

벽봉장로는 두 손으로 구환석장을 단단히 잡고 그놈의 허리와 엉덩이 사이에 튀어나온 뼈를 냅다 후려갈겼다. 그러자 그놈은 눈앞에 별이 빙빙 돌고 혼비백산하여, 이를 악물고 아픔을 참으며 남쪽 오솔길로 도망쳤다. 벽봉장로는 구환석장을 끌고 제자와 사손(師孫)을 거느린 채 금빛 광채를 일으키며 순식간에 그놈을 따라잡았다. 다급해진 그놈이 셋째 형의 거처로 도망치니, 벽봉장로 일행도 바짝 좇아갔다.

그놈은 어느 높은 산에 이르자 재빨리 산봉우리로 달아나 순식간에 사라져 버렸다. 벽봉장로가 고개를 들어 살펴보니 이 산은 높이가 오륙천 길쯤 되고 넓이가 삼사백 리쯤 되어 보이는데, 신령한 광채가 피어나는 열다섯 개의 고개와 상서로운 기운이 자욱한 서른두 개의 봉우리가 있었다. 그런데 다시 살펴보니 원래 이것은 두 개의 산이 하나로 합쳐진 것이었다. 벽봉장로가 사정을 환히 알게 되어 고개를 몇 번 주억거리자, 비환이 물었다.

"사부님, 여긴 무슨 산입니까?"

"도가의 책에서 말하는 십대동천(十大洞天) 가운데 하나이지."

운곡이 물었다.

"아까 그 토지신이 얘기했던 나부산인 모양이지요?"

비환이 덧붙였다.

"나부산이라면 그놈의 셋째 형이 사는 곳이 아닌가요?"

벽봉장로가 말했다.

"셋째든 넷째든 간에 그냥 이렇게 뭉개버리면 되지!"

그 말을 끝내기 무섭게 벽봉장로는 금빛을 번쩍이더니 어느새 산봉우리에 올라 사방을 둘러보았다. 하지만 아무런 낌새가 없었다.

"비환아, 저 봉우리 위아래를 샅샅이 살펴보고 오너라."

운곡이 말했다.

"저도 찾아보겠습니다."

"그렇게 해라. 한 사람은 동쪽으로 내려갔다가 서쪽에서 올라오고, 한 사람은 서쪽으로 내려갔다가 동쪽으로 올라오도록 해라."

그들 스승과 제자는 명을 받들고 동시에 산 아래로 내려가 찾기 시작했다. 그들은 서로 먼저 요괴를 붙잡아 사형에게 상을 받고, 마귀를 처단하여 사부 앞에서 공을 자랑할 생각이었다. 하지만 동쪽으로 내려갔다가 서쪽으로 올라온 비환도 빈손이었고, 서쪽으로 내려갔다가 동쪽으로 올라온 운곡도 허탕이었다. 두 스승과 제자는 모두 벽봉장로 앞에 나아가 보고했다.

"못 찾았습니다."

"없던데요?"

이에 벽봉장로가 지혜의 눈을 뜨고 살펴보니, 봉우리 움푹한 곳에 약간의 요사한 기운이 보였다.

"너희 둘이 함께 가서 저기 움푹한 곳을 살펴보고, 뭔가 발견되거든 속히 돌아와서 얘기하도록 해라."

하지만 그들 스승과 제자가 그곳으로 내려가 살펴보아도 아무것도 발견할 수 없어서 돌아갈 수밖에 없었다. 그런데 걸음이 조금 빠른 비환이 무언가에 발이 걸려 땅바닥에 꽈당 넘어져 버렸다. 운곡이 다가가 살펴보니 아주 커다란 호로의 덩굴에 발이 걸린 것이었다. 비환이 약간 미심쩍어하고 있을 때, 운곡도 속으로 뭔가를 생각하고 있었다. 둘은 아무 말도 없이 곧장 그 덩굴을 따라 달려갔다. 그렇게 사오백 걸음쯤 달려갔을 때, 어느 바위 안쪽에 커다란 터럭에 덮인 호로가 보였다. 비환이 말했다.

"이게 바로 그건가?"

운곡이 말했다.

"별거 아니네요."

둘은 곧 봉우리로 돌아가서 벽봉장로에게 보고했다. 벽봉장로는 즉시 금빛을 번쩍이며 그 바위 앞으로 갔다. 그러더니 구환석장을 들어 그 호로를 "쾅!" 내리치자, 호로가 바위 위쪽으로 주르륵 미끄러지듯 도망쳤다. 알고 보니 그것은 호로가 아니라 머리부터 얼굴까지 털이 덥수룩한 늙은 요괴였는데, 그 고양이 머리에 돼지주둥이를 한 놈을 손으로 끌고 가고 있었다. 벽봉장로가 다시 석장을 내리치자 두 요괴는 도저히 견뎌낼 수 없었다. 그놈들이 옥아봉(玉鵝峰)으로 도망치자 벽봉장로가 석장을 휘두르며 쫓아갔고 이어서 마고봉(麻姑峰), 선녀봉(仙女峰), 회진봉(會眞峰), 회선봉(會仙峰), 금수봉(錦繡峰), 대모봉(玳瑁峰), 금사동(金沙洞), 석구동(石臼洞), 주명동(朱明洞), 황룡동(黃龍洞), 주릉동(朱陵洞), 황원동(黃猿洞), 수렴동(水簾洞), 호접동(蝴蝶洞), 대석루(大石樓), 소석루(小石樓), 철교(鐵橋), 철주(鐵柱)를 거치며 쫓고 쫓기는 활극이 펼쳐졌다. 두 요괴는 더욱 당황해서 도어석(跳魚石)으로 도망쳤다. 하지만 벽봉장로가 쫓아오자 다시 복호석(伏虎石)으로 도망쳤지만 이번에도 따라잡히고 말았다. 두 요괴는 어쩔 수 없이 나란히 아욕지(阿耨池) 안으로 뛰어들었지만, 벽봉장로가 거기까지 쫓아가자 다시 야락지(夜樂池)를 거쳐서 탁석천(卓錫泉)으로 뛰어들었다. 벽봉장로는 구환석장을 들어 땅을 슬쩍 두드렸다. 그러자 그 두 요괴와 샘물이 동시에 위로 치솟았다. 그 틈에 꾀를 짜낸 두 요괴는 재빨리 어화원(御花園) 안의 감나무 위로 올라가 몸을 흔들어 감으로 변해서 그 틈에 숨었다. 하지만 이미 간파한 벽봉장로가 멀찍

이서 석장을 휘둘러 오자 두 요괴는 다시 몸을 흔들어 어화원 안 대밭으로 숨어들었다. 하지만 다시 벽봉장로가 석장을 휘둘러 오니 그곳에도 숨어 있을 수 없었다. 그때 마침 산 위에 오색 참새들이 떼 지어 날고 있는 것이 보였다. 두 요괴는 다시 몸을 흔들어 오색 참새로 변해 그 틈에 섞여 들어가 함께 날며 춤을 추었다. 하지만 벽봉장로가 구환석장을 들어 참새들을 가리키자 진짜 참새들은 일제히 아래로 떨어져 내리고, 둘만 남은 가짜 참새들은 이 틈에 재빨리 날아 도망쳤다.

벽봉장로는 구환석장을 끌며 제자와 사손을 이끌고 바짝 뒤쫓았다. 두 요괴가 서북쪽으로 날아 도망치자 벽봉장로도 그쪽으로 쫓아갔다. 한참 쫓는 도중에 비환이 물었다.

"두 요괴가 서북쪽으로 도망치는 걸 보니 혹시 구원병을 청하러 아미산으로 가고 있는 건 아닐까요?"

"나도 알고 있다."

운곡이 말했다.

"사조님께 이 석장이 있는데, 백만 마리 요괴가 있다 한들 무서울 게 뭐가 있겠습니까!"

그렇게 한담을 나누는 사이에 어느새 아미산에 도착했다. 두 요괴는 비록 변신술은 제법 뛰어났지만 날아갈 때는 구름과 안개를 탈 수밖에 없었다. 벽봉장로는 연등고불이 인간의 몸을 빌려 태어났기 때문에 구름이나 안개를 타지 않고도 금빛이 번쩍하는 순간 나는 것보다 빨리 움직일 수 있었다. 그러니 두 요괴가 도저히 벗어날 길이 없었다. 이에 두 요괴는 아미산 위에 도착하자마자 소리를 질렀다.

"둘째 형님!"

그러자 어디선가 둘째 요괴가 나타나서 셋이 한패가 되었다. 운곡이 말했다.

"저 요괴도 머리며 얼굴이 온통 퍼렇군요."

비환이 말했다.

"저놈이 바로 토지신이 말한 압단정이로군요."

벽봉장로는 아무 말도 없이 다짜고짜 앞으로 달려가 구환석장을 휘둘렀다. 이번에도 세 요괴는 도망칠 길이 없어서 대아미산(大峨眉山)에서 중아미산(中峨眉山), 소아미산(小峨眉山)을 거쳐 다시 대아미산으로 내쫓겼다. 또 산꼭대기에서 여든네 개 마반만(磨盤灣)을 향해 마치 은빛 병이 우물로 떨어지듯 산발치로 내쫓겼고, 다시 산발치에서 산꼭대기로 이어지는 육십 리 남짓한 어둑한 길을 천리마가 바람을 가르며 치달리듯 내쫓겼다. 백열두 개 석감(石龕)이 달을 쫓는 유성(流星)처럼 스쳐 지나고, 백스물네 개 돌 침상이 시위를 떠난 화살처럼 곁을 지나갔다. 마흔 개 남짓한 크고 작은 동굴마다 윙윙 휙휙 구환석장 휘두르는 소리가 울렸고, 동굴 속에 있는 서른여섯 쌍쯤 되는 돌구멍마다 탁탁 툭툭 구환석장 두드리는 소리가 들렸다. 이러니 광상선사(光相禪師)[78]라 할지라도 만 칸짜리

78 광상(光相)은 '광명상(光明相)'의 준말로서 본래 부처나 보살의 몸에서 지혜의 광명이 피어나는 모습을 가리킨다. 다만 여기서는 어느 저명한 선사

큰 건물을 지을 수 없고, 보현보살이 있다 할지라도 서천으로 가는 길의 주인 노릇을 할 수 없을 지경이었다.

세 요괴는 더 이상 부릴 꾀도 없고 힘도 다 빠져서 상의했다.

"무슨 놈의 중이 이리 무시무시해! 안 되겠다. 오대산으로 가서 천강정과 합세해서 대책을 마련해 보자."

그 말이 채 끝나기도 전에 벽봉장로가 뒤쫓아 왔다. 그들은 어쩔 수 없이 북쪽을 향해 죽어라 내달렸다. 벽봉장로도 구환석장을 끌며 제자와 사손을 이끌고 쫓아갔다. 거의 다 쫓아갔을 때 운곡이 말했다.

"사조님, 앞에 있는 게 무슨 산이지요?"

"오대산이다."

"왜 그런 이름이 붙었답니까?"

"이 산은 북악인 항산의 머리이자 태항산(太行山)의 꼬리에 해당하는데, 길이가 장장 오륙백 리나 되고 동서남북의 방위에 따라 금, 목, 수, 화, 토 오행의 기운이 서린 다섯 개의 산맥이 솟아 있지. 그 봉우리들은 숫자가 다섯이고 꼭대기가 평탄해서 마치 대(臺)처럼 생겼기 때문에 오대산이라고 부르게 된 것이지."

그러자 비환이 끼어들었다.

(禪師)를 가리키는 듯한데, 정확히 누구를 가리키는지는 알 수 없다. 참고로 《경덕전등록(景德傳燈錄)》 권12에는 담주(潭州) 위산(潙山)의 영우선사(靈佑禪師)의 법통을 계승한 43명 가운데 하나로 월주(越州) 광상선사(光相禪師)라는 법호가 기록되어 있으나, 해당 인물의 자세한 행적에 대해서는 좀 더 연구가 필요하다.

"사부님, 그 세 요괴가 이미 봉우리에 도착했으니, 얼른 석장을 준비하셔요."

"이번엔 석장을 휘두를 필요 없겠다."

그 세 요괴는 허둥지둥 알아들을 수 없는 소리를 떠들어 대며 여기저기 산봉우리들을 뛰어다녔다. 벽봉장로는 석장을 치켜들지도 않고 그들을 쫓아가지도 않은 채 중간 봉우리에 앉아 몇 마디 진언과 주문을 외더니, 석장을 끌며 제자와 사손을 이끈 채 선하기 그지없는 불법의 세계로 빠져들었다.

한편 그 세 요괴는 천강정을 소리쳐 부르며 여기저기를 뛰어다녔다. 그렇게 이삼일 동안 부르며 뛰어다녔는데, 부르는 곳마다 천강정이 뛰어나왔다. 보라. 그 세 요정은 서른세 개의 천강정을 얻게 되자 마치 호랑이에 날개를 단 것처럼 매일 이 봉우리들 위에서 뛰고, 소리치고, 날고, 달리고, 울부짖고, 혀를 내밀고, 욕을 퍼붓고, 긴 수염과 머리카락을 휘날리며 난리를 피웠다. 또 매일 선정(禪定)에 든 벽봉장로 앞을 찾아와 비바람을 부르고, 안개와 구름을 삼키고 뱉으며, 이리저리 산을 옮기고 무너뜨리고, 강과 바다를 휘저어 뒤집고, 창을 던지고, 봉을 휘두르며, 기와며 벽돌을 갖다 던지고, 연기와 불길을 피워내며 소란을 피웠다. 이 시끄러운 소리에 운곡이 밖으로 나가 보니 고양이 머리에 돼지주둥이를 한 사선정과 머리카락이며 수염이 덥수룩한 호로정, 머리며 얼굴이 시퍼런 압단정까지 세 마리 요괴와 죄다 대머리에 얼굴이 기름기가 줄줄 흐르는 데다가 희멀겋게 분을 처바른 제비족 같은 서른세 마리 천강정이 모여 있었다. 운곡도 조금 겁이 나서 소리를 질렀다.

"사부님, 여기 좀 보셔요!"

비환도 그 소리를 듣고 나가 보니 요괴들의 신통력이 대단하고 여러 가지 변신술을 펼치는지라 속으로 조금 겁이 났다. 그들 두 스승과 제자가 겁에 질려 그 모습을 살피며 속으로 이런저런 생각을 하고 있을 때, 갑자기 안쪽에서 벽봉장로의 호통 소리가 들려왔다. 두 사제는 깜짝 놀라 몸을 비틀거리더니 황급히 안으로 들어가 보고했다.

"사부님, 무슨 일로 부르셨는지요?"

"내가 선정에 든 지 며칠이나 되었느냐?"

"벌써 칠칠 사십구 일이 되었습니다."

"밖에 있는 요괴들은 어떠하더냐?"

운곡이 대답했다.

"굉장히 흉험합니다!"

"너희들이 직접 보았느냐?"

"조금 전에 사부님과 함께 직접 보았습니다."

"어디, 내가 좀 봐야겠구나."

벽봉장로는 조용히 선정에서 나와서 깨끗한 물로 씻고 밥을 먹은 다음, 한 손으로는 수염을 쓰다듬고 다른 한 손으로는 구환석장을 끌며 제자와 사손을 거느린 채 성큼성큼 대문 밖으로 나갔다.

그때 밖에 망을 보고 있던 졸개 요괴가 입으로 귀신들만 알아볼 수 있는 신호 소리를 냈다. 벽봉장로가 막 산꼭대기에 자리를 잡고 앉았을 때, 전후좌우 사면팔방에 쫙 깔려 있던 요괴들이 모두 그의 앞으로 달려왔다. 하지만 막상 금빛 광채를 피우고 있는 벽봉장로의 모습을 보자 적지 않은 요괴들이 발을 멈칫했다. 벽봉장로가 말했다.

"너희는 누구냐?"

그러자 머리와 얼굴이 온통 시퍼런 녀석이 말했다.

"감히 나 압단대왕을 몰라본단 말이냐?"

이어서 대머리에 얼굴이 기름기가 줄줄 흐르는 데다가 희멀겋게 분을 처바른 제비족 같은 녀석들이 펄쩍펄쩍 날뛰며 시끌벅적 떠들어댔다.

"우리 형제는 천강대왕인데, 네까짓 게 알아볼 리 없지!"

"여긴 뭐하러 왔느냐?"

그러자 사선정이 나섰다.

"사람을 쫓더라도 백 걸음 넘게 쫓지 않는 법인데, 너는 왜 여기까지 쫓아왔느냐?"

호로정이 말했다.

"자기가 저지른 일은 스스로 책임을 져야지. 설령 내 동생이 잘못을 저질렀다 하더라도 왜 나까지 쫓아온단 말이냐?"

압단정도 거들었다.

"우리 가족이 모두 죄를 저지른 것도 아닌데 왜 우리 삼형제를 싸잡아 멸시하는 거냐?"

천강정들도 일제히 한목소리로 말했다.

"이렇게 남의 집을 찾아와 멸시해서는 안 되지요!"

이에 벽봉장로가 말했다.

"그렇게 말하는 걸 보니 너희들도 제법 재간이 있는 모양이구나?"

그러자 요괴들이 일제히 말했다.

"우습게 보지 마! 우리는 신통력도 있고 변신술도 부릴 줄 알아!"

"말로만 하지 말고 직접 보여다오."

"그래, 뭘 보여주면 되겠느냐?"

"신통력이 있다고 했으니 그걸 보여다오."

"잘 봐라!"

그러면서 요괴들이 일제히 "바람!" 하고 외치며 술수를 부리자 과연 '휭휭 분노에 찬 외침이 울리며, 나무와 숲을 쓰러뜨려 새들이 둥지를 잃게 만들[飄飄一氣怒呼號, 伐木摧林鳥失巢]' 지경이었다. 하지만 그 바람이 거세긴 했지만 벽봉장로가 구환석장으로 한 번 가리키자 금방 사라져 버리고 말았다.

"그렇다면 비를 보여주지!"

요괴들이 일제히 "비!" 하고 외치자 과연 '나그네 발밑에서 우렛소리 들리더니, 대야를 엎을 듯한 빗줄기 쏟아지는[遊人脚底一聲雷,[79]

79 이것은 송나라 때 소식(蘇軾)이 쓴 〈유미당폭우(有美堂暴雨)〉의 첫 구절이다. 원작은 다음과 같다. "나그네 발밑에서 우렛소리 울리더니, 가득 덮인 먹구름 걷어내지 못하겠다. 하늘 바깥에서 검은 바람 불어 바다를 일으켜 세우더니, 절동(浙東) 땅의 나는 비가 장강을 건너왔다. 넘실거리는 물결 술잔 위로 넘칠 듯 볼록하고, 천 길 멀리 종을 치는 듯 갈고(羯鼓) 소리 촉

倒鉢傾盆瀉下來]' 장관이 연출되었다. 하지만 그 대단한 비도 벽봉장로가 구환석장으로 한 번 가리키자 금방 사라져 버리고 말았다.

"그렇다면 안개를 보여주지!"

요괴들이 일제히 "안개!" 하고 외치자 과연 '산빛은 온통 어둑해지고 물빛도 흐려지며, 커다란 언덕에 멋진 안개가 자욱한[山光全暝水光浮,[80] 佳氣氤氳滿太丘]' 장면이 연출되었다. 하지만 그 대단한 안개도 벽봉장로가 구환석장으로 한 번 가리키자 금방 사라져 버리고 말았다.

"그렇다면 구름을 보여주지!"

요괴들이 일제히 "구름!" 하고 외치자 과연 '봉우리인 듯 불꽃인 듯 더욱 솜뭉치인 듯한 구름이 비가 되기 전에 하늘을 온통 가려버리는[如峰如火更如綿, 雨未成時漫障天]' 장면이 연출되었다. 하지

박하다. 쫓겨난 신선 이백(李白)을 불러 샘물에 얼굴 씻게 하고, 인어의 궁전 뒤집은 듯 주옥같은 글 뿌리게 하는구나.[遊人脚底一聲雷, 滿座頑雲撥不開. 天外黑風吹海立, 浙東飛雨過江來. 十分潋灩金樽凸, 千杖敲鏗羯鼓催. 喚起謫仙泉灑面, 倒傾鮫室瀉瓊瑰.]"

80 이것은 송나라 때 조변(趙抃)이 쓴 〈아침 안개[早霧]〉의 첫 구절이다. 원작은 다음과 같다. "산빛은 온통 어둑해지고 물빛 흐린데, 몇 리에 자욱한 안개 새벽에도 걷히지 않는다. 오색 이슬 금방 맺혀 한나라 궁궐 모습 찾을 수 없고, 햇빛도 들어오지 못해 진나라 누대 가려버렸다. 얼룩무늬 표범 어찌 숨어 있을 수 있으랴? 분명히 신령한 뱀이 나들이를 나섰으리니. 태평성대라 요사한 기운 이미 다 없어졌으니, 아름다운 공기 되어 남방에 가득하구나.[山光全暝水光浮, 數里霏霏曉未收. 露彩乍凝迷漢殿, 日華不透掩秦樓. 豈饒文豹遲留隱, 應有靈蛇取次遊. 聖世妖氛已銷盡, 結成佳氣滿南州.]"

만 그 대단한 구름도 벽봉장로가 구환석장으로 한 번 가리키자 금방 사라져 버리고 말았다.

"그렇다면 산을 보여주지!"

요괴들이 일제히 "산!" 하고 외치자 과연 '고운 부용 깎아 만든 듯 만 길 봉우리 우뚝하니, 하늘이 만든 기둥 하나 동방의 축이 되는[秀削芙蓉萬仞雄, 天然一柱幹維東[81]]' 장면이 연출되었다. 하지만 그 높은 산도 벽봉장로가 구환석장으로 한 번 가리키자 금방 사라져 버리고 말았다.

"그렇다면 바다를 보여주지!"

요괴들이 일제히 "바다!" 하고 외치자 과연 '거대한 바다 맑은 물결 저절로 평온한데, 뭇 개천 돌아가는 곳에 조수가 일어나는[巨海澄瀾勢自平,[82] 百川歸處看潮生]' 장면이 연출되었다. 하지만 그 높은 산도 벽봉장로가 구환석장으로 한 번 가리키자 금방 사라져 버리고 말았다.

---

81 이 구절은 송나라 때 주희(朱熹)가 무이산(武夷山)의 대왕봉(大王峰)을 노래한 시를 변형한 것이다. 원작은 다음과 같다. "하늘 높이 우뚝한 기둥 하나, 굳게 자리 잡아 동방의 축이 되었다. 천지가 크다고들 하지만, 뉘라서 알랴, 입극(立極)의 공적을![屹然天一柱, 雄鎭幹維東. 祇說乾坤大, 誰知立極功.]"

82 이것은 송나라 때 조변(趙抃)이 쓴 〈바다를 보며[觀海]〉의 첫 구절이다. 원작은 다음과 같다. "거대한 바다 맑은 물결 저절로 평온하니, 수레 멈춘 채 넋을 잃고 조수 일어나는 모습 구경한다. 어찌 8월 오강(吳江)에 물길 모이는 것과 같으랴? 파도 끝에서 울리는 수많은 북소리에 함께 놀란다.[巨海澄瀾勢自平, 停車冉冉看潮生. 豈同八月吳江會, 共駭潮頭萬鼓鳴.]"

"그렇다면 창을 보여주지!"

요괴들이 일제히 "창!" 하고 외치자 과연 '점점이 나는 벽돌 어지러운 빗방울 같고, 조각조각 내달리는 기와 유성과 같은[點點磚飛如雨亂, 磷磷瓦走似星流]' 장면이 연출되었다. 하지만 그 긴 창도 벽봉장로가 구환석장으로 한 번 가리키자 금방 사라져 버리고 말았다.

"그렇다면 기와하고 벽돌을 보여주지!"

요괴들이 일제히 "기와! 벽돌!" 하고 외치자 과연 '장팔사모의 기세도 의젓하여 수많은 무리 속에서 앞을 다투는[丈八蛇矛勢儼然, 萬人叢裏獨爭先]' 장면이 연출되었다. 하지만 그 많은 벽돌들과 기와들도 벽봉장로가 구환석장으로 한 번 가리키자 금방 사라져 버리고 말았다.

"그렇다면 연기와 불을 보여주지!"

요괴들이 일제히 "연기! 불!" 하고 외치자 과연 '검은 불꽃 뭉게뭉게 하늘 궁전을 위협하고, 커다란 짚더미의 불길 연기 뒤에서 타오르는[黑焰蒙蒙逼紫霄, 一團茅火隔烟燒]' 장면이 연출되었다. 하지만 그 연기와 불도 벽봉장로가 구환석장으로 한 번 가리키자 금방 사라져 버리고 말았다.

왼쪽에 서 있던 비환이 요괴들의 이런 수작을 보고 말했다.

"사부님, 이놈들이 전혀 쓸모가 없다고 하시더니, 그래도 제법 눈 가리고 아웅 하는 속임수를 쓸 줄 아는군요."

그러자 오른쪽에 서 있던 운곡이 말했다.

"'멍청이는 오지 않고, 온 사람은 멍청이가 아니다.'라는 말도 못 들어보셨어요?"

벽봉장로가 말했다.

"쓸데없는 소리 그만하고, 내가 이놈들을 처리하는 거나 구경해라."

그리고 요괴들에게 말했다.

"너희들의 신통력은 구경 잘했다. 그런데 변신술도 부릴 줄 안다고 했으니, 그것도 좀 보여다오."

"몸 안에서 변신하는 것 말이냐, 아니면 밖에서 변신하는 것 말이냐?"

"먼저 몸 밖에서 변신하는 것부터 보자."

알고 보니 그 요괴들도 본래 제법 통달한 놈들이었다. 그놈들은 일자로 늘어서 저마다 입속으로 중얼중얼 주문을 외더니 금방 한 그루 소나무로 변신했다. 벽봉장로가 그걸 보고 말했다.

"그래도 그건 세밑 추위를 견디는 고고함이 있지."

또 잠시 후 요괴들이 한 떨기 대나무로 변신했다.

"그래도 그건 군자(君子)의 상징이라고 할 수 있지."

또 잠시 후 요괴들이 한 떨기 매화 가지로 변신했다.

"그래도 그건 봄꽃 가운데 최고라고 할 수 있지."

또 잠시 후 요괴들이 복숭아로 변신했다.

"그래도 그건 홍해아(紅孩兒)가 좋아하겠구나."

또 잠시 후 요괴들이 쟁반에 담긴 은행으로 변신했다.

"그래도 그건 단맛과 쓴맛이 적당히 어울려 있지."

또 잠시 후 요괴들이 버들가지로 변신했다.

"그래도 그건 청명절의 상징이라고 할 수 있지."

그때 갑자기 한 요괴가 소리쳤다.

"첫 번째 변신술을 다 끝났으니까, 두 번째 변신술을 보여주마!"

"그래, 해 봐라. 좀 보자."

그러자 요괴들이 저마다 주절주절 주문을 외더니 한 마리 용으로 변신했다.

"그래도 그놈은 머리에 뿔까지 갖췄구나."

또 잠시 후 요괴들이 한 쌍의 봉황으로 변신했다.

"그래도 그놈들은 제법 오색의 무늬를 갖췄구나."

또 잠시 후 요괴들이 한 쌍의 기린으로 변신했다.

"그래도 그놈은 성인의 뜻에 호응하는 상서로운 동물이라 할 수 있지."

또 잠시 후 요괴들이 하얀 팔찌[鐲]로 변신했다.

"그래도 그건 티 없이 고운 옥이로구나."

또 잠시 후 요괴들이 한 쌍의 사자로 변신했다.

"그래도 그놈들은 문수보살(文殊菩薩)[83]을 알아보지."

---

83 문수보살(文殊菩薩, Mañjuśrī)은 문수사리(文殊師利) 또는 만주실리(曼殊室利)라고도 하며, 불교의 4대 보살 가운데 하나로서 석가모니의 좌협시보살(左脇侍菩薩)이며, 총명과 지혜를 대표한다. 그는 덕과 재능이 뛰어나서 보살들 가운데 우두머리의 자리에 있기 때문에 법왕자(法王子)라고도 불린다. 도교에서는 그를 광법천존(廣法天尊)이라고 부르며 모시고 있다.

또 잠시 후 요괴들이 한 마리 하얀 코끼리로 변신했다.

"그래도 그놈은 안녹산(安祿山)[84]에게 절을 하지 않았지."

또 잠시 후 요괴들이 한 마리 호랑이로 변신했다.

"그래도 그놈은 산속의 제왕으로 명성이 높지."

또 잠시 후 요괴들이 한 마리 표범으로 변신했다.

"그래도 그놈은 남산의 안갯속에 숨어 있기도 하지."

또 잠시 후 요괴들이 한 마리 금사견(金絲犬)[85]으로 변신했다.

"그래도 그놈은 털에서 금빛이 나는 것 같구나."

또 잠시 후 요괴들이 한 마리 대모 고양이[玳瑁猫][86]로 변신했다.

"그래도 그놈은 모피가 제법 훌륭하지."

그때 또 요괴 한 놈이 소리쳤다.

---

84 안녹산(安祿山: 703~757)은 영주(營州, 지금의 랴오닝[遼寧] 차오양[朝陽]) 사람으로서, 북방 이민족의 후예이며, 어릴 적 이름은 알락산(軋犖山)이었다. 어려서 부친을 여의고 개가한 모친을 따라 돌궐족(突厥族)과 생활하였으며, 돌궐족 부락이 해체되자 그곳을 빠져나와 안사순(安思順) 등과 의형제를 맺고 성과 이름을 안녹산으로 바꾸었다. 이후 강력한 힘을 키워 741년에는 마흔 살의 나이로 평로군절도사(平盧軍節度使)가 된 이래 줄곧 현종(玄宗)의 두터운 신임을 받았다. 그러다가 755년에는 황제 측근의 간신들을 척결한다는 명분으로 반란을 일으켜 대연(大燕) 왕조를 건립하고 스스로 황제가 되었으나, 2년 후 자신의 큰아들 안경서(安慶緖)의 음모로 측근의 환관(宦官)에게 피살당했다.

85 금사견은 송나라 때는 나홍견(羅紅犬) 또는 나강견(羅江犬)으로 불렸고, 원나라 때는 금사견으로 불렸다. 명·청 때는 모란견(牡丹犬)이라고 부르기도 했는데, 바로 오늘날의 북경견(北京犬)을 가리킨다.

86 모피가 바다에 사는 대모(玳瑁)와 비슷하게 생긴 고양이를 일컫는다.

"두 번째 변신술이 끝났으니 세 번째 변신술을 보여주마!"

"그래, 해 봐라. 좀 보자."

그러자 요괴들이 저마다 치키치키 주문을 외더니 한 덩이 마제금(馬蹄金)[87]으로 변신했다.

"그건 그냥 노랗기만 하구나."

또 잠시 후 요괴들이 한 덩이 둥근 은으로 변신했다.

"그건 그냥 허옇기만 하구나."

또 잠시 후 요괴들이 경양종(景陽鐘)[88]으로 변신했다.

"그건 그냥 구리하고 쇠를 섞어 주조한 종이로구나."

또 잠시 후 요괴들이 어양고(漁陽鼓)로 변신했다.

"그건 그냥 잡다한 가죽으로 대충 만든 북이로구나."

또 잠시 후 요괴들이 요사등(料絲燈)[89]으로 변신했다.

"그건 그냥 남들이 길 가는 데에 비추는 것일 뿐이지."

또 잠시 후 요괴들이 풀로 엮은 방석으로 변신했다.

"그건 그냥 남들이 앉는 데에나 쓰일 뿐이지."

또 잠시 후 요괴들이 낡은 구리거울로 변신했다.

---

87 말발굽 모양의 금덩어리를 가리킨다.

88 남조 제(齊)나라 무제(武帝)는 궁궐 깊숙한 곳에서는 시간을 알리는 북소리를 듣지 못한다는 것 때문에 경양루(景陽樓)에 종을 설치해서 아침 조회(朝會) 시간을 알렸다고 한다.

89 마노(瑪瑙)나 석영(石英) 등을 여러 약물과 섞어서 빻은 다음 머리카락처럼 가늘게 만들고, 그것으로 천 모양의 판을 짜서 둘레를 두른 등롱(燈籠)이다.

"그건 그냥 혼자 마음속을 비춰보는 것일 뿐이지."

또 잠시 후 요괴들이 금물로 장식된 부채로 변신했다.

"그건 그냥 저 혼자 시원하라고 부치는 것일 뿐이지."

또 잠시 후 요괴들이 한 주전자의 차로 변신했다.

"그건 원래 노동(盧仝)[90]의 물건이지."

또 잠시 후 요괴들이 한 병의 술로 변신했다.

"그건 원래 두강(杜康)[91]이 만든 것이지."

그때 갑자기 요괴 하나가 또 소리쳤다.

"차와 술까지 다 보여주었으니, 또 다른 변신술을 보여줄 필요는 없겠지!"

"이건 다 몸 바깥의 변신술이 아니었더냐? 이제 몸 안의 변신술을 보여다오."

---

90 노동(盧仝: 795?~835)은 당나라 때 범양(範陽, 지금의 허베이성[河北省] 줘현[涿縣]) 사람으로 '초당사걸(初唐四傑)' 가운데 하나인 노조린(盧照隣)의 후손이다. 그는 하남(河南) 제원(濟源)에서 태어나 젊은 시절 소실산(少室山)에 은거해 지내면서 스스로 옥천자(玉川子)라고 불렀다. 박학다식하고 시문(詩文) 창작에 뛰어났지만 벼슬살이를 원하지 않았던 그는 특히 차를 좋아하고 낭만적이면서도 난해한 시를 즐겨 썼다고 한다. 이 때문에 '차선(茶仙)'으로도 불렸던 그는 《차보(茶譜)》를 저술했고, 또 그의 〈칠완차가(七碗茶歌)〉는 한국과 일본에까지 널리 전해졌다.

91 두강(杜康)은 중국 전설에서 술의 발명자로서 훗날 술의 신으로 섬겨지는 인물이다. 그의 생애에 대해서는 여러 가지 설이 있는데, 대표적으로 하(夏)나라 때의 군주였다는 설과 황제(黃帝)의 신하였다는 설, 섬서(陝西) 백수(白水) 지역에서 양을 치던 목동이었다는 설, 한나라 때 주천(酒泉)의 태수(太守)였다는 설 등이 있다.

벽봉장로가 말하는 몸 안의 변신술이란 것에 어떤 수많은 변화가 담겨 있는지, 또 그 요괴들의 변신술에 또 어떤 신묘한 재간이 있는지는 다음 회를 보시라.

제8회

명나라의 태평을 이룬 천자에게 해외의 사신들 멀리서 찾아오다

大明國太平天子　薄海外遐邇率賓

縹渺祥雲擁紫宸	상서로운 구름 아득하게 궁궐을 감싸고
齊明箕斗瑞星辰	명민(明敏)한 기수(箕宿)와 두수(斗宿) 별자리도 상서롭네.
三千虎拜趨丹陛	삼천의 대신들 황제 앞에 달려가 배알하는데
九五飛龍兆聖人	구오(九五)[1]의 용이 나니 성인이 강림하실 징조일세.
白玉階前紅日曉	백옥 계단 앞에 붉은 해 밝아오고
黃金殿下碧桃春	황금 궁전 아래에는 벽도(碧桃)가 꽃을 피우네.

1 구오(九五)는 건괘(乾卦)의 다섯 번째 양효(陽爻)를 가리키는데, 그 효사(爻辭)에 따르면 "하늘에 용이 나니 위대한 성인을 만나기에 이롭다[飛龍在天, 利見大人]."고 했다. 이는 대개 덕 있는 이가 군주의 지위에 있어서 천하가 잘 다스려진다는 의미로 쓰인다.

草萊臣庶無他慶　　초야의 신하와 백성들 별다른 경사 없어
億萬斯年頌舜仁　　길이길이 순 임금 같은 어진 성군 칭송하네.

그러니까 벽봉장로는 그 요괴들에게 몸 안의 변신술을 보여 달라고 했다. 원래 그 요괴들은 자기들의 재주가 뛰어나고 솜씨가 교묘하다는 것을 보여주려고 안달이었기 때문에, 벽봉장로가 그 말을 하기만을 고대하고 있었다. 그러다가 벽봉장로가 몸 안의 변신술을 보여 달라고 하자 요괴들이 일제히 큰 소리로 대답했다.

"보여주지!"

그 말을 끝내기가 무섭게 그들은 다시 일자로 늘어섰다.

"무슨 변신술을 보여줄까?"

"먼저 늘어나는 것을 보여주고 나서, 줄이는 걸 해 봐라."

"잘 봐라!"

요괴들이 한 무리로 모였는데, 과연 늘어나 있었다. 그걸 어떻게 아느냐고? 원래 요괴는 셋뿐이었고, 새로 합세한 요괴도 서른세 마리뿐이었다. 그런데 순식간에 요괴 하나가 열 마리로 늘어나고, 열 마리가 백 마리로, 백 마리가 천 마리로, 천 마리가 만 마리로 늘어났던 것이다. 하나의 산봉우리에 이렇게 많은 요괴가 들어차니 눈에 보이는 거라곤 온통 요괴들뿐이었다. 비환이 깜짝 놀라 말했다.

"사부님, 대체 어디서 또 이런 요괴 떼가 온 걸까요?"

비환보다 학문이 조금 모자란 운곡은 그보다 더 놀랐다.

"저기서 요괴 소굴을 파낸 모양이군요!"

하지만 벽봉장로는 만 마리 요괴가 늘어난 걸 보고도 놀라지 않았다.

"몸에서 더 늘어나게 해 봐라."

요괴들이 중얼중얼 주문을 외자 손 하나가 열 개로 늘어나고, 열 개가 백 개로, 백 개가 천 개로 늘어났다. 요괴 한 마리에 손이 천 개이니, 만 마리면 대체 그게 몇 개인가! 이야말로 '삼십 년 수절한 과부처럼 능숙하기 그지없는[三十年的寡婦, 好守]'[2] 경우가 아닌가! 그러자 벽봉장로가 말했다.

"또 해 봐라."

이에 요괴들이 치키차카 주문을 외자 두 개의 눈이 네 개로, 네 개가 다시 여덟 개로 변했다.

"눈을 더 늘어나게 해 봐라."

"눈이 삐었어? 얼굴 크기가 이것밖에 안 되는데, 어디에다가 눈을 더 만들라는 거야?"

"그럼 다른 것을 늘려봐라!"

요괴들이 도롱도롱 주문을 외자 한 치쯤 되던 코가 한 자로, 한 자에서 한 길로, 한 길에서 열 길로 늘어났다. 요괴 하나가 열 길 길이의 코를 달고 있으니 그야말로 꼴불견이었다.

"그만하면 됐다. 도무지 코 같지가 않아!"

---

2 잘 지킨다는 것을 의미하는 '호수(好守, hǎoshǒu)'의 발음이 솜씨 좋음을 의미하는 '호수(好手, hǎoshǒu)'와 비슷하다는 점을 이용한 헐후어(歇後語)이다.

"그게 아니라면 어떻게 이렇게 길어질 수 있겠어?"

"그럼, 다른 걸 더 늘어나게 해 봐라."

그러자 요괴들이 지지배배 주문을 외더니 잠시 후 입이 하나에서 둘로, 둘에서 셋으로, 셋에서 넷으로, 넷에서 다섯으로, 다섯에서 여섯으로, 여섯에서 일곱으로, 일곱에서 여덟으로, 여덟에서 아홉으로, 아홉에서 열로 늘어났다.

"무슨 입을 더한 거냐?"

"전부 장의(張儀)와 소진(蘇秦)[3]의 입을 더했지."

"왜 그 사람들의 입을 더한 거지?"

"그 사람들의 입이 아니라면 이렇게 많을 수 있겠어?"

"다른 걸 더해 봐라."

요괴들이 츳츳찟찟 주문을 외니 잠시 후 귀가 하나에서 둘로, 둘에서 셋으로, 셋에서 넷으로, 넷에서 다섯으로, 다섯에서 여섯으로, 여섯에서 일곱으로, 일곱에서 여덟으로, 여덟에서 아홉으로, 아홉에서 열로 늘어났다.

"더 붙일 수 있느냐?"

"줄이라고 해도 시키는 대로 하지 않을 거야!"

"붙여 늘릴 줄만 알지 줄일 줄은 모르는 모양이구나."

"다 할 수 있어! 붙일 줄을 아는데 줄이는 걸 못할 줄 알아?"

"그럼 어디 줄여봐라."

---

3 장의(張儀: ?~기원전 310)와 소진(蘇秦: ?~기원전 284)은 모두 전국(戰國) 시대 종횡가(縱橫家)를 대표하는 인물들로서, 언변(言辯)이 뛰어났다.

요괴들은 일제히 주문을 외더니 원래 모습으로 돌아왔다. 원래 있던 세 마리 요괴와 새로 더해진 서른세 마리 요괴들이었다. 요괴들은 각각 한 쌍의 손과 한 쌍의 눈, 하나의 코, 하나의 입, 한 쌍의 귀를 갖고 있었다.

"더 줄여봐라."

요괴들이 또 주문을 외었다. 그러자 잠시 후 두 손이 없어져 버렸다.

"손이 없으니 북 두드릴 일 없겠구먼."

잠시 후 두 눈이 없어져 버렸다.

"좋구나! 아예 보이지 않으니 깔끔하겠어."

잠시 후 코가 없어져 버렸다.

"좋구나! 코가 없으니 더러운 냄새를 맡지 않아도 되겠구나."

잠시 후 입이 없어져 버렸다.

"좋아! 잔소리하지 않고 조용히 지내겠구나."

잠시 후 두 귀가 없어져 버렸다.

"좋구나! 들리지 않으니 번민에 빠질 일도 없겠구나."

잠시 후 머리가 없어져 버렸다.

"좋아! 열나고 머리 아플 일 없겠구나."

잠시 후 두 다리가 없어져 버렸다.

"좋구나! 정신없이 아무 데나 다닐 일이 없어졌구나."

잠시 후 요괴들은 원래 모습으로 돌아오려 했지만 그럴 수가 없게 되었다.

"이런! 내 손이 어디 있지?"

"이런! 내 다리!"

"이런! 내 머리!"

"이런! 내 눈!"

"이런! 내 코가 어디 있지?"

"이런! 내 입!"

"이런! 내 귀"

이렇게 이놈 저놈, 동서남북, 좌우에서 떠들어 대고 있을 때, 벽봉장로는 아무 설명도 하지 않고 손가락을 비비며 주문을 외었다. 알고 보니 그의 말은 모두 요괴들을 유인하여 머리를 없애고 손발을 잃게 만드는 것이었다. 요괴들은 평상시 마음대로 오갈 수 있었지만, 뜻밖에도 벽봉장로가 금제의 주문을 외자 영원히 본래 모습으로 돌아오지 못하게 되어 버린 것이었다.

요괴들이 머리가 없어져서 사람 꼴이 아닌 것은 그렇다 치고, 손이 없으니 뭘 두드릴 수도 없고, 발이 없으니 서 있을 수도 없어서 바람에 날리는 버들 솜처럼 이리저리 굴러다닐 수밖에 없었다. 벽봉장로가 주문을 더 세게 읊조리면 요괴들은 더욱 크게 비명을 질렀고, 손을 더 세게 비비면 요괴들은 더욱 심하게 굴렀다. 갈수록 비명 소리도 커지고 심하게 구르는 그들의 모습을 보자 벽봉장로는 이제 마무리를 지어야겠다고 생각했다. 그가 구환석장을 들어 요괴들의 머리를 툭툭 치자 요괴들은 모두 본래 모습으로 돌아와 그에게 복종했다. 그러자 벽봉장로가 소리쳤다.

"비환아!"

"예!"

"운곡아!"

"예!"

"둘이 가서 보고 오너라. 저 요괴들이 본래 무슨 물건이었더냐?"

비환과 운곡이 다가가 살펴보자 벽봉장로가 물었다.

"그래 본래 모습을 보았느냐?"

"예!"

"숫자도 제대로 세어보았느냐?"

"예!"

"그래 무슨 물건이더냐?"

비환이 말했다.

"하나는 승려의 신[禪鞋] 한 짝이었습니다."

운곡이 말했다.

"하나는 야자였습니다."

비환이 또 말했다.

"하나는 푸른 유리였습니다."

운곡이 말했다.

"나머지는 모두 반짝반짝 빛나는 진주였습니다."

"이리 가져와 봐라."

비환이 승려의 신을 가져와서 물었다.

"이게 바로 사선정일까요?"

"맞다."

"이건 무슨 신이기에 이렇게 넓고 큰 신통력을 갖게 된 겁니까?"

"그건 보통 신이 아니다."

"무슨 말씀이신지요?"

"허허, 잊어버렸나 보구나. 보타산에서 북해용왕이 준 게 무엇이더냐?"

"아하! 알고 보니 무등등선리(無等等禪履)였군요!"

"맞다."

운곡이 야자를 들고 와서 물었다.

"이게 바로 호로정입니까?"

"맞다."

"이건 무슨 야자이기에 이렇게 넓고 큰 신통력을 갖게 된 겁니까?"

"그건 보통 야자가 아니다."

"무슨 말씀이신지요?"

"허허, 잊어버렸나 보구나. 보타산에서 남해용왕이 준 게 무엇이더냐?"

"아하! 알고 보니 바라허유가(波羅許由迦)였군요!"

"맞다."

비환이 또 그 푸른 유리를 들고 와서 물었다.

"이게 바로 압단정입니까?"

"맞다."

"이건 무슨 유리이기에 이렇게 넓고 큰 신통력을 갖게 된 겁니까?"

"그건 보통 유리가 아니다."

"무슨 말씀이신지요?"

"허허, 잊어버렸나 보구나. 보타산에서 서해용왕이 준 게 무엇이더냐?"

"아하! 알고 보니 금시폐유리(金翅吠琉璃)였군요!"

"맞다."

운곡이 또 그 진주들을 갖고 와서 물었다.

"이것들이 바로 천강정입니까?"

"맞다."

"이건 무슨 진주이기에 이렇게 넓고 큰 신통력을 갖게 된 겁니까?"

"그건 보통 진주가 아니다."

"무슨 말씀이신지요?"

"허허, 잊어버렸나 보구나. 보타산에서 동해용왕이 준 게 무엇이더냐?"

"아하! 알고 보니 서른세 개 동정옥(東井玉)을 꿰어서 만든 팔찌였군요!"

"맞다."

결국 네 곳에 살던 요괴들은 모두 사해의 용왕들이 바친 네 가지 보물이었던 것이다. 원래 벽봉장로가 그들에게 남선부주에서 명을 기다리라고 해 놓았기 때문에 오늘 만나서 각자 본래 모습으로 돌아간 것이었다. 나중에 무등등선혜는 한 켤레로 삼아 신었고, 야자는 쪼개서 바리때를 만들었으니 벽봉장로의 자금 바리때가 바로 그것이다. 푸른 유리는 몸에 지니고 다니는 재물이 되었고, 서른세 개의 진주는 하나로 꿰어서 손목에 찼다.

한편 오대산 부근의 백성들은 이런 사정을 모른 채, 머리는 깎고 수염은 기른 벽봉장로의 모습이 조금 이상해서 다들 마귀를 굴복시키는 훌륭한 스님이 이렇게 이상하게 생겼다며 쑤군거렸다. 그 소문은 한 사람에게서 열 명에게, 열 명에게서 백 명에게로, 백 명에게서 천 명에게로, 천 명에게서 만 명으로 퍼졌고, 이웃에서 온 마을로, 마을에서 더 큰 고을로, 거기서 다시 온 나라로, 나아가 온 천하에 퍼졌다. 그러자 동서남북 사방팔방에서 수많은 이들이 제자가 되어 강설을 듣기 위해 찾아왔다. 벽봉장로는 사계절을 가리지 않고 아침 일찍 일어나 저녁 늦게 잠자리에 들면서 한시도 쉬지 않고 설법하고 불경을 강설했다. 이때는 마침 영락제(永樂帝)가 등극하여 천하를 다스리던 때라, 성인이 나타나니 만물이 우러르는 시절이었다. 〈성인이 나오셨네[聖人出]〉라는 노래가 이를 증명한다.

聖人出	성인이 나오셔서
格玄穹	하늘을 감동시켰네.
祥雲護	상서로운 구름이 보호하고
甘露濃	짙은 감로가 내렸다네.
海無波	바다에는 파도가 일지 않고

山不重	산도 무겁지 않았다네.
人文茂	인문이 무성히 피어나고
年穀豊	곡식도 풍년이 들었네.
聲教洽	가르침의 말씀 널리 퍼져
車書同	문물과 제도가 통일되었지.
雙雙日月照重瞳	해와 달이 쌍쌍이 겹눈[重瞳][4]을 비추네.
但見聖人無爲	그저 성인이 무위의 다스림을 펼치고
時乘六龍	때맞춰 육룡을 타고 다니며
唐虞盛際比屋封	요순의 태평성대처럼 많은 백성 등용하니
臣願從君兮佐下風	이 몸은 군왕을 따라 아래에서 보좌하고 싶나이다!

이 황제는 등극하고 나자 현명한 이들을 두루 찾아 등용하고 백성들을 자식처럼 아끼면서, 아침 일찍 조정에 나아가 저녁 늦게 잠자리에 들면서 정치에 힘썼다. 매일 새벽닭이 울면 대전에 오르니, 수많은 문무백관이 공손하게 각자의 자리에서 대기했다. 〈아침 조회[早朝]〉라는 시가 이를 증명한다.

鷄鳴閶闔曉雲開	경사에 닭이 우니 새벽 구름 걷히고

4 겹눈[重瞳]은 순(舜) 임금을 가리킨다. 《사기》〈항우본기(項羽本紀)〉에 대한 배인(裴駰)의 《집해(集解)》에 인용된 《시자(尸子)》에 따르면 순 임금은 양쪽 눈에 눈동자가 두 개씩 있었다고 한다. 여기서는 순 임금처럼 성스럽고 현명한 제왕을 가리킨다.

遙聽宮中響若雷	멀리 궁중에도 우렛소리처럼 울리네.
玉鼎浮香和霧散	옥 향로엔 향기 피어나고 따스한 안개 흩어지니
翠華飛杖自天來	황제의 수레 장식 하늘에서 내려오지.
仰叨薄祿知何補	미천한 벼슬이나마 받았으니 어찌 보좌할까?
欲答賡歌愧不才	화시(和詩)로 답하고 싶어도 못난 재주 부끄럽기만 하네.
却憶行宮春合處	돌이켜보니 봄날 행궁에서
蓬山仙子許追陪	봉래산 신선이 자리 함께하도록 허락해 주셨지.

영락제가 구중궁궐 대전에 앉아 있을 때 정편(淨鞭)[5]이 세 번 울리면서 문무백관이 양쪽으로 나뉘어 가지런히 섰다.

왼쪽에 서 있는 이들은 모두 문연각(文淵閣)[6]과 동각(東閣),[7] 중극

---

5 정편(淨鞭)은 고대 제왕의 의장(儀仗) 가운데 하나로서, 제왕의 행차가 이를 때 그것을 울려서 정숙을 유지하도록 알리는 데에 썼으며, 정편(靜鞭)이라고도 한다. 이것은 노란색 실을 엮어 만들며, 채찍 끝에 밀랍을 발라서 땅바닥을 치면 소리가 울리도록 되어 있다.

6 문연각(文淵閣)은 청나라 건륭(乾隆) 41년(1776)에 문화전(文華殿) 뒤쪽에 세운 장서루(藏書樓)로서 《사고전서(四庫全書)》을 보관하던 곳이다. 이 소설은 명나라를 배경으로 하고 있으니, 여기서 문연각을 언급한 것은 판각(板刻) 과정에 생긴 오류가 아닐까 생각된다.

7 동각(東閣)은 명·청 시대 대학사(大學士)들이 업무를 보던 전각 가운데 하나로서 홍무(洪武) 15년(1382)에 설립되었고, 청나라 때도 기본적으로 같은 기능을 유지했다.

전(中極殿),[8] 건극전(建極殿),[9] 문화전(文華殿),[10] 무영전(武英殿)[11] 등의 내각(內閣)에 소속된 소사(少師)와 소보(少保), 소부(少傅) 등의 재상들과 첨사부(詹事府),[12] 한림원(翰林院)[13] 등의 춘방(春坊)[14]과 유덕

---

8 중극전(中極殿)의 본래 명칭은 화개전(華蓋殿)으로서 영락(永樂) 18년(1420)에 건설되었는데, 명나라 말엽 가정제(嘉靖帝) 때에 중극전으로 명칭이 바뀌었다. 이곳은 황제가 태화전(太和殿)에 가서 정식 업무를 보기 전에 먼저 들러서 잠시 쉬면서 내각과 예부, 시위집사(侍衛執事)들로부터 인사를 받고 각종 상소문을 읽던 장소이다. 중극전대학사는 정오품(正五品)의 직함으로서 황제에게 간언하고, 각종 상소문을 점검하고, 황제의 칙령을 다듬는 등의 비서 역할을 수행했다.

9 건극전(建極殿)은 자금성(紫禁城)의 건축들 가운데 유일하게 남아 있는 명나라 때의 건축으로서 만력(萬曆) 43년(1615)에 중수(重修)한 것이다. 이것은 원래 근신전(謹身殿)으로 불리다가 가정제가 건극전으로 명칭을 바꾸었으며, 청나라 때는 보화전(保和殿)으로 불렸다. 명나라 때의 근신전대학사는 인종(仁宗) 홍희제(洪熙帝: 1425 재위) 때 처음 설치되었으며, 이후 명나라가 끝날 때까지 조정에서 가장 막강한 권력을 가진 직함이 되었다.

10 문화전(文華殿)은 명나라 초기에 건립되었으며, 그 위치는 자금성 동쪽에 해당한다. 원래 이곳은 태자가 업무를 보던 곳인데, 문화전대학사는 태자를 보필하면서 학문을 지도하던 직함이었다. 다만 청나라 때는 황제의 정무(政務)를 보필하는 것으로 그 기능이 확대되면서 조정의 모든 대신을 관할하는 막강한 권력을 가진 정일품(正一品)의 직함이 되었다.

11 무영전(武英殿)은 자금성 희화문(熙和門) 서쪽에 있는 건축물로서 명나라 초기부터 있던 건물이지만 여러 차례 중수(重修)되었다. 명나라 초기에 이곳은 황제의 서재로서 대신들을 접견하는 장소로 쓰이기도 했지만, 이후 그 기능은 문화전(文華殿)으로 옮겨갔다. 무영전대학사는 홍무 15년(1382)에 설치는 정오품의 직함으로서 영락제 이후 내각(內閣)의 권한이 점차 강화되면서 그곳의 핵심적인 성원이 되었다.

12 첨사(詹事)는 진(秦)나라 때 태자에게 소속된 관료였는데, 당나라 때 첨사부(詹事府)를 처음 설치하여 역대 왕조에 계속 이어졌다. 명나라 때의 첨

(論德),[15] 세마(洗馬), 시강(侍講), 시독(侍讀) 등의 학사(學士)들이었다. 또 이부(吏部)와 호부(戶部), 예부(禮部), 병부(兵部), 형부(刑部), 공부(工部)까지 육부의 상서(尙書)들이 각 부에 소속된 부서의 담당자들을 이끌고 서 있었고, 도찰원(都察院)과 통정사(通政司), 대리시(大理寺)[16]의 지위 높은 대구경(大九卿)들이 있었다. 그리고 태상시

사부는 대개 한림원(翰林院) 출신의 관리들로 충원되면서 점차 그 기능도 한림원과 통합되는 경향이 있었다. 청나라 때는 기관의 실질적인 권한은 없어졌으나, 거기에 소속된 첨사(詹事)와 소첨사(少詹事)는 조정 회의에 참석할 수 있는 상당히 높은 지위였다.

13 한림원(翰林院)은 당나라 때 처음 설치되었는데, 각종 기예(技藝)와 능력을 갖춘 선비들이 모여서 맡은 바 임무를 수행하는 곳이다. 특히 문장과 시사(詩詞)에 뛰어난 이들은 황제의 조서(詔書)에 초안(草案)을 쓰는 등의 중요한 임무를 수행했다. 명나라 때 이곳은 역대 최고의 지위를 누리면서 제고(制誥)와 역사 편찬, 과거시험, 문서 작성 및 수정, 황제의 정책 자문 등등을 수행했다. 청나라 때는 이전보다는 그 지위와 역할이 조금 달라지긴 했지만 여전히 중요한 곳으로 간주되었다.

14 위(魏)·진(晉) 이래 태자궁(太子宮)을 춘방(春坊)이라고 불렀으며, 거기에 소속된 첨사부에서는 좌우 춘방(春坊)이 여러 하부 부서들을 감독했다. 명·청 시기에는 태자를 보필하는 기능은 없어지고 한림원 편수나 검토 등이 승진을 위해 거쳐 가는 직함으로 변했다.

15 유덕(論德)은 당나라 용삭(龍朔) 2년(662)에 태자를 보필하기 위해 설치한 정사품하(正四品下)의 관직으로 좌우 2명이 있었으며, 이들은 각기 좌우 춘방(春坊)의 관할을 받았다. '유덕'은 태자에게 도덕적 가르침을 주면서 어떤 일이 생길 때마다 수시로 풍간(諷諫)하는 임무를 맡았다. 그러나 명·청 시대에는 첨사부의 기능이 약화되면서 유덕의 직함 역시 실권이 없는 명예직으로 바뀌었고, 청나라 건륭제 때는 아예 폐지되었다.

16 대리시(大理寺)는 오늘날 대법원에 해당하는 관서로서 형사사건의 심리(審理)를 담당했다. 대리시라는 명칭은 북제(北齊) 때 처음 나타났고, 역대 왕

(太常寺),[17] 광록시(光祿寺),[18] 국자감(國子監), 응천부(應天府),[19] 태복시(太僕寺),[20] 홍려시(鴻臚寺),[21] 행인사(行人司),[22] 흠천감(欽天監),[23]

조에서 모두 계승하다가 청나라 말엽에는 대리원(大理院)으로 바뀌었다. 당나라 때는 중대한 사건일 경우 대리시경(大理寺卿)과 형부상서(刑部尙書) 또는 형부시랑(刑部侍郎), 어사중승(御史中丞)이 모여 심의했는데, 이를 '삼사리(三司使)'라고 불렀다. 명·청 시대에는 대리시와 형부, 도찰원(都察院)이 모여 심의했고, 이를 '삼법사(三法司)'라고 불렀다.

17 태상시(太常寺)는 대리시(大理寺), 광록시(光祿寺), 태복시(太僕寺), 홍려시(鴻臚寺)와 더불어 '오시(五寺)' 가운데 하나로서, 종묘(宗廟)의 의례(儀禮)를 담당하는 기관이다. 진(秦)나라 때는 봉상(奉常)이라는 기관이 이 일을 담당했는데, 한나라 때는 그 명칭이 태상(太常)으로 바뀌었고, 다시 북제(北齊) 때 태상시로 바뀌어 역대 왕조에서 계승되다가 청나라 말엽에 폐지되었다. 일반적으로 태상시경은 정삼품의 직함으로서 조정회의에 참석할 수 있었다.

18 광록시(光祿寺)는 '오시(五寺)' 가운데 하나로서, 궁중의 음식을 담당하는 기관이다. 원래 진(秦)나라 때는 낭중령(郎中令)이 설치되어 궁정에서 저녁에 호위와 시종(侍從) 임무를 담당했는데, 한나라 무제(武帝) 때 광록훈(光祿勳)으로 명칭이 바뀌었고, 북제 때 광록시로 바뀌면서 궁중의 각종 음식을 전담하는 기관이 되었다. 광록시경은 종사품에 해당하는 직함이었다.

19 '응천(應天)'이란 은(殷)나라를 세운 탕(湯)과 주(周)나라를 세운 무왕(武王)이 "하늘의 명에 따르고 백성의 뜻에 응했다.[順乎天而應乎人]"라고 한 《주역(周易)》 〈혁괘(革卦)〉의 구절에서 취한 말로서, 대개 왕조를 일으킨 창업 군주가 처음으로 기의(起義)한 곳을 가리킨다. 이 때문에 송나라 때는 지금의 허난[河南] 상치우[商丘]에 응천부를 설치했고, 명나라 때는 지금의 난징시에 응천부를 설치했다. 명나라가 수도를 북경으로 옮기고 나서, 1441년에는 응천부를 남경으로 고쳐 불렀다.

20 태복시(太僕寺)는 춘추시대부터 시작되었으며, 황제의 수레와 말을 전담 관리하는 관서이다. 진나라와 한나라 때까지 그곳의 책임자는 '구경(九卿)' 가운데 하나였으나, 이후로는 대개 종삼품(從三品)에 해당하는 직함이었다.

태의원(太醫院)의 소구경(小九卿)들과 십삼도(十三道)의 어사(御史)들, 육과(六科)의 급사중(給事中),[24] 그리고 상강양현(上江兩縣)[25]의 잡다한 업무를 관할하는 관청의 책임자들이 있었다. 이렇게 고상하고 대단한 재능과 품위를 가진 모든 신하가 무척 기꺼운 모습으로 서 있었으니, 내각의 원로대신[閣老] 이(李) 아무개의 시가 이를 증명한다.

---

21 홍려시(鴻臚寺)는 '오시(五寺)' 가운데 하나로서, 원래 외부에서 온 손님 접대를 전담하는 기관이었으나 나중에는 조회의 의례와 절차를 담당하는 기관이 되었다. 이 기관은 진(秦)나라 때는 전객(典客)이라고 불렀으며, 한나라 때 대행령(大行令), 대홍려(大鴻臚)로 바뀌었는데, '홍려'란 큰소리로 명을 전달하고 의례와 행사를 인도하여 진행한다는 의미이다.

22 행인사(行人司)는 홍무 13년(1380)에 설치된 관서로서 황제의 명을 전달하고 책봉(冊封)하는 등의 임무를 담당했는데, 정구품(正九品)의 행인(行人)이 모든 업무를 관장했다. 이후 부서 업무를 총괄하는 이의 직함이 사정(司正)으로 바뀌고 품계도 높아졌으며, 그 아래 좌우 사부(司副)와 345명의 행인을 두었다.

23 흠천감(欽天監)은 명·청 시대에 천문을 관측하고, 역수(曆數)를 정하고, 길흉을 점치며, 금기를 판별하는 등의 일을 맡아 하던 관청이다. 1630년에 아담 샬(Johann Adam Schall von Bell: 1592~1666, 중국 이름은 湯若望)이 서광계(徐光啓)의 조수로 역국(曆局)에 일하게 된 이후 청나라 말엽까지 흠천감의 업무는 모두 서양 선교사들이 맡아 처리했다.

24 급사중(給事中)이라는 관직은 진(秦)나라 때부터 있었으며, 황제의 시종관(侍從官)이다. 명나라 때는 황제의 시종과 간언, 관리의 보궐(補闕), 탄핵 심의, 각종 상소문에 대한 심의와 회답, 어사(御史)의 선발 등등 황제의 업무 전반에 깊이 관여하며 지위는 낮지만 권한은 막강한 벼슬이었다. 명나라 초기에 급사중은 정오품이었으나 이후 정칠품, 정팔품, 종칠품 등으로 품계가 바뀌었다.

25 상원현(上元縣)과 강녕현(江寧縣)을 합쳐 부르는 호칭이다. 이곳은 지금의 장쑤성[江蘇省] 난징시[南京市] 장닝구[江寧區]에 속한다.

手扶日轂志經綸	천자의 수레 보필하며 천하 경륜의 뜻을 품으니
天下安危繫此身	천하의 안위가 이 몸에게 달렸음이라.
再見伊周新事業	이윤(伊尹)과 주공(周公)[26]이 다시 나타나 새로운 사업 펼치니
却卑管晏舊君臣	관중(管仲)과 안영(晏嬰)[27] 때의 옛 군주와 신하들 오히려 우습다네.
巍巍黃閣群公表	장엄한 황각(黃閣)[28]의 대신들 상소를 올리고
皞皞蒼生萬戶春	드넓은 천하 백성들 집집마다 생기 넘치네,
自是皇風底清穆	이로부터 황제의 교화가 미쳐 천하가 맑고 따스해지니
免令憂國鬢如銀	나라 걱정으로 귀밑머리 은처럼 하얗게 셀 일 없다네.

26 상(商)나라의 이윤(伊尹: 기원전 1630?~기원전 1550?)과 서주(西周)의 주공(周公) 희단(姬旦: 기원전 1100년 전후)은 모두 천자를 대신해 섭정(攝政)하여 위대한 치적을 남겼는데, 이후 이들을 병칭하여 '이주(伊周)'라고 하면 대개 조정의 정권을 좌우하는 대신을 가리키게 되었다.

27 관중(管仲: 기원전 723?~기원전 645)과 안영(晏嬰: 기원전 578~기원전 500)은 모두 춘추시대 제(齊)나라의 재상으로 뛰어난 치적을 남겼다.

28 한나라 때의 승상(丞相)과 태위(太尉), 이후의 삼공(三公)의 관서(官署)에는 천자의 위엄과 구별하기 위해 대문에 붉은색이 아닌 노란색을 칠했다. 당나라 때는 문하성(門下省)을 '황각(黃閣)'이라고 부르기도 했으며, 이후로 종종 재상을 비유하는 뜻으로 쓰이기도 했다.

오른쪽 반열에는 모두 공후(公候)와 부마(駙馬), 백(伯), 오군대도독(五軍大都督), 경영융정(京營戎政),[29] 금병홍회(禁兵紅盔)[30]와 지휘(指揮), 천호(千戶)와 백호(百戶) 등이 서 있었다. 이들은 모두 위풍당당하고 살벌한 기세를 풍겼으니, 향시(鄕試)의 일등인 회원(會元)으로 급제하여 추밀사(樞密使)를 지낸 당(唐) 아무개의 시가 이를 증명한다.

職任西樞着武功	서추(西樞)[31]에 직책을 맡아 무공을 세우니
龍韜豹略熟胸中	용과 표범의 책략 마음속에 환히 알고 있지.

29 정식 명칭은 총독경영융정(總督京營戎政)으로서 경영(京營)의 군사 조련을 총괄하는 벼슬이다. 명나라 영락 22년(1424)에 경사에 오군영(五軍營)과 신기영(神機營), 삼천영(三千營)을 설치했으며, 경태(景泰) 1년(1450)에는 이 '삼영(三營)' 가운데 정예를 선발하여 10개의 단영(團營)을 설치했다. 이어서 가정(嘉靖) 20년(1541)에는 병부상서가 군정을 전담하게 했다가, 가정 29년(1550)에는 단영을 폐지하고 삼천영의 명칭을 신추영(神樞營)으로 고쳐서 '삼영' 체제를 유지했다. 당시는 제독총관(提督總管)이 '삼영'의 업무를 총괄했는데, 나중에 제독을 총독(總督)으로 바꾸면서 총독경영융정이라고 불렀다. 또 병부시랑 가운데 한 사람에게 업무를 협조하게 했으나 따로 공문서에 찍는 인장[關防]은 주지 않았다.

30 홍회장군(紅盔將軍)은 영락제 때에 설립한 병사의 부류로서, 대전과 조정을 호위하는 임무를 맡았다. 이들은 명칭으로는 '장군'으로 불렸지만 실제로 품계가 있는 관직은 아니었다.

31 송나라 희녕(熙寧: 1068~1077) 연간에 경사의 동서에 두 개의 부(府)를 세웠을 때 추밀사(樞密使)가 병권을 장악하고 서부(西府)에 거처했기 때문에 이곳을 '서추(西樞)'라고 불렀다.

身趨九陛忠心壯	황궁에 나아갈 땐 충심이 굳세었고
威肅三軍號令雄	위엄으로 삼군을 다스릴 땐 호령 소리 웅장했지.
刁斗夜鳴關塞月	밤중에 조두(刁斗)[32] 울릴 때 변방의 달은 차가웠고
牙旗秋拂海天風	가을바람에 깃발[33] 나부낄 때 바다에는 바람이 몰아쳤지.
聖朝眷顧恩非小	성스러운 왕조에서 보살펴주신 은혜 작지 않으니
千古山河誓始終	천고 강산과 더불어 평생을 함께하길 맹세하노라!

황제가 명을 전해 물었다.

"문무 관원들이 모두 모였는가?"

그러자 문무 반원을 인솔하는 압반관(押班官)[34]이 나아가 아뢰었다.

"문관도 빠진 사람이 없고 무장도 마찬가지인데, 이미 서열에 따

32 조두(刁斗)는 옛날 군대에서 사용하던 기구로서, 북두칠성 모양에 손잡이가 달린 것이다. 대개 구리로 만든 이것은 낮에는 취사(炊事)도구로 사용하고 밤에는 순찰병들이 시간을 알릴 때 쳐서 소리를 내는 데에 사용했다.

33 본문의 아기(牙旗)는 깃대 끝에 상아를 장식한 큰 깃발을 가리키는데, 이것은 대개 군대 총사령관의 막사 앞에 세우며, 종종 의장(儀仗)으로 쓰이기도 한다.

34 당나라 때 조회를 할 때는 두 명의 감찰어사(監察御史)가 문반과 무반을 이끌었고, 송나라 때는 참지정사(參知政事)와 재상이 문무 반원을 이끌었다.

라 정렬해 있사옵니다."

"상주할 일이 있으면 상주하고, 아무 일 없으면 그대로 퇴정하라."

그 말이 끝나기도 전에 오문(午門)[35] 안쪽에 무릎을 꿇고 있는 노인들의 모습이 보였다. 위아래가 이어진 장삼인 심의(深衣)를 입고 머리에 폭건(幅巾)을 두른 그들은 긴 눈썹에 허연 머리를 하고 자죽(紫竹) 지팡이를 든 채 황니혜(黃泥鞋)를 신고 있었다. 홍려시경이 큰 소리로 아뢰었다.

"외성(外省)과 외부(外府), 외현(外縣)의 원로들이 알현하러 왔사옵니다."

"무슨 일인가? 상소문을 올릴 일이 있는가?"

그러자 원로들이 대답했다.

"각자 상소문을 준비했사옵니다."

"무슨 내용인가?"

"모두 상서로운 일에 대해 보고하는 상소문이옵니다."

"무슨 상서로운 일인가?"

"황상께서 등극하실 때 때맞춰 비가 내렸고 오곡이 풍작을 이루어 백성들이 편안했기 때문에, 감로(甘露)가 내리고 예천(醴泉)[36]이

35 오문(午門)은 자금성(紫禁城)의 정문인데, 정확히 태양을 바라보기 때문에 그 위치가 자오(子午)에 해당하기 때문에 이런 이름이 붙었다고 한다. 이 문은 정면에서 보면 세 개의 문만 있는 것 같지만, 좌우 양쪽에 두 개의 쪽문이 나 있으며, 속칭 오봉루(五鳳樓)라고도 한다.

36 달고 맛있는 샘물 또는 때맞춰 내리는 비를 가리킨다.

나왔으며 자줏빛 지초(芝草)가 피고 가화(嘉禾)[37]의 이삭이 나타났사옵니다. 소인들이 바치는 것은 바로 감로와 예천, 자줏빛 지초, 가화의 상서로운 징조에 대한 것들이옵니다."

"어떤 것이 감로에 대한 상소문인가?"

그러자 무리 가운데 한 원로가 말했다.

"소인은 노주부(潞州府)[38]의 원로인데, 감로에 대한 상소문을 올렸사옵니다."

"올리도록 하라.

노주의 원로는 두 손으로 상소문을 올리고 나서 감로를 바쳤다. 명을 전하는 이가 황제에게 전하자 문무백관이 만세삼창을 하며 머리를 조아리고 경하했다. 이를 증명하는 시가 있다.

良霄靈液降天衢	아름다운 밤 신령한 물 하늘에서 내려오니
和氣融融溢二儀	온화한 기운 넘실넘실 천지간에 가득 차네.
瑞應昌期濃似酒	번창한 세월 상서롭게 응하니 술처럼 진하고
香涵仁澤美如飴	향기 속에 어진 은택 담고 엿처럼 달콤하다네.

37 기이한 모양의 벼 이삭으로서 옛날에는 이것이 나타나면 상서로운 징조로 여겼다.

38 노주(潞州)는 옛날에 '여(黎)'라고 부르던 곳으로서 수나라 때 노주라고 불렀으며, 명나라 때는 노안부(潞安府)로 고쳐 불렀다. 이곳은 오늘날 산시성[山西省] 창즈시[長治市]에 속한다.

零瀼寒透金莖柱	이슬 속에 굴러 차가운 기운 구리 기둥에 스미나니
錯落光疑玉樹枝	반짝이는 빛은 옥수의 가지인가 의심스럽네.
朝野儒臣多贊詠	조야의 신하들 저마다 칭송하며
萬年書賀拜丹墀	영원토록 축하의 글 적어 황제께 바치지.

"예천에 관한 상소문은 어떤 것인가?"

그러자 무리 가운데 한 원로가 말했다.

"소인은 예천현(醴泉縣)[39]의 원로인데, 예천에 대한 상소문을 올렸사옵니다."

"올리도록 하라.

노주의 원로는 두 손으로 상소문을 올리고 나서 예천의 샘물을 바쳤다. 명을 전하는 이가 황제에게 전하자 문무백관이 만세삼창을 하며 머리를 조아리고 경하했다. 이를 증명하는 시가 있다.

太平嘉瑞溢坤元	태평성대의 상서로움 대지에 넘치나니
甘醴流來豈偶然	달콤한 예천의 물 나온 것이 어찌 우연이랴?
麯糵香浮金井水	술 향기는 금정(金井)[40]의 물에 떠다니고

39 예천현(醴泉縣)은 수나라 때 처음 설치되었으며, 오늘날 산시성[陝西省] 셴양시[咸陽市]에 속한다.

40 금정(金井)은 난간에 장식을 한 우물로서, 대개 궁정 뜰 안의 우물을 가리킨다.

葡萄色映玉壺天	포도 같은 색깔 신선 세계를 비추지.
瓢嘗解駐顏齡遠	표주박으로 떠서 먹으면 늙지 않게 해 주고
杯飮能教痼疾痊	잔에 따라 마시면 고질병도 고쳐준다네.
枯朽從今盡榮茂	시든 것들도 이제부턴 모두 무성해지리니
皇圖帝業萬斯年	황제의 기업 영원히 태평성대를 누리리라!

"자줏빛 지초에 관한 상소문은 어떤 것인가?"

그러자 무리 가운데 한 원로가 말했다.

"소인은 향산현(香山縣)[41]의 원로인데, 자줏빛 지초에 대한 상소문을 올렸사옵니다."

"올리도록 하라.

노주의 원로는 두 손으로 상소문을 올리고 나서 자줏빛 지초를 바쳤다. 명을 전하는 이가 황제에게 전하자 문무백관이 만세삼창을 하며 머리를 조아리고 경하했다. 이를 증명하는 시가 있다.

氣禀中和世道亨	타고난 기품 온화하고 세상살이 형통하니
人間一旦紫芝生	인간 세상에 어느 날 아침 자줏빛 지초 피어났네.
謝庭昔見呈三秀	사안(謝安)의 집에 빼어난 모습 드러낸 적 있고[42]

41 향산현(香山縣)은 오늘날 광둥성[廣東省] 중산시[中山市]의 옛날 명칭이다.

42 《진서(晉書)》〈사안전(謝安傳)〉에 따르면, 사안이 뜰에서 놀고 있던 자질(子姪)들에게 장래에 어떤 사람이 되겠느냐고 묻자 아무도 제대로 대답

漢殿曾聞串九莖　한나라 궁전에도 아홉 줄기가 피어났다지.[43]
翠羽層層從地產　푸른 깃털처럼 층층이 땅에서 피어나고
朱柯燁燁自天成　자줏빛 줄기 아름답게 하늘에서 생겨나지.[44]
療饑却憶龐眉叟　배고픔 달래니 눈썹 희끄무레한 늙은이 떠오르는데
深隱商山避姓名　상산(商山) 깊숙이 은거하여 이름조차 알려지지 않았다네.[45]

"가화 이삭에 관한 상소문은 어떤 것인가?"

그러자 무리 가운데 한 원로가 말했다.

하지 못했는데, 그의 조카 사현(謝玄: 343~388, 자는 유도[幼度])이 화려한 집 계단에 자라는 '지란옥수(芝蘭玉樹)'처럼 훌륭한 인물이 되겠다고 대답했으며, 훗날 실제로 비수(淝水)의 전투에서 큰 공을 세워 천하에 두루 명성을 날렸다고 한다.

43 반고(班固)의 《한무제내전(漢武帝內傳)》에 따르면 감천궁(甘泉宮)에 줄기가 아홉 개인 지초(芝草)가 피어난 적이 있어서 〈지방(芝房)〉이라는 노래를 짓게 했다고 한다.

44 《문선》에 수록된 장형(張衡: 78~139, 자는 평자[平子])의 〈서경부(西京賦)〉에 대한 설종(薛綜: 176?~243, 자는 경문[敬文])의 주석에 따르면 지초(芝草)는 줄기가 붉은색[赤色]이라고 했다.

45 진(秦)나라 말엽 상산(商山)에 은거한 동원공(東園公)과 기리계(綺里季), 하황공(夏黃公), 녹리선생(甪里先生)의 '상산사호(商山四皓)'가 〈자지곡(紫芝曲)〉(〈채지조(採芝操)〉라고도 함)을 지었다고 하는데, 그 내용은 다음과 같다: "막막한 상현(商縣)과 낙현(洛縣), 깊은 골짝은 크고도 장엄하네. 아름다운 자줏빛 지초는, 배고픔 달랠 수 있지. 신농(神農)의 태평성대는 아

"소인은 가화현(嘉禾縣)[46]의 원로인데, 가화 이삭에 대한 상소문을 올렸사옵니다."

"올리도록 하라.

노주의 원로는 두 손으로 상소문을 올리고 나서 가화의 이삭을 바쳤다. 명을 전하는 이가 황제에게 전하자 문무백관이 만세삼창을 하며 머리를 조아리고 경하했다. 내각의 원로대신 구(丘) 아무개의 시가 이를 증명한다.

靈稼生來豈偶然	신령한 벼 이삭 피어남이 어찌 우연이랴?
嘉禾有驗吐芳姸	아름다운 벼 이삭 영험하여 고운 자태 뿜어내네.
仁風毓秀青連野	어진 교화로 길러내니 들판에 푸름이 가득하고
甘露涵香綠滿田	향기 머금은 감로 온 논을 초록으로 물들였네.
九穗連莖鐘瑞氣	아홉 이삭 줄기마다 이어져 상서로운 기운 모이고
三苗合穎兆豊年	세 싹에 이삭 함께 나니 풍년의 징조일세.

득히 머니, 내 장차 어디로 귀의할까? 화려한 수레에 탄 고관대작도, 근심 걱정 너무 크다네. 부귀하면서 남을 두려워하느니, 차라리 가난하더라도 세상 우습게 보며 살아야지.[漠漠商洛, 深谷威夷. 燁燁紫芝, 可以療饑. 皇農邈遠, 余將安歸. 駟馬高蓋, 其憂甚大. 富貴而畏人, 不若貧賤而輕世.]"

46 가화현(嘉禾縣)은 오늘날 후난성[湖南省] 천저우시[郴州市]의 서남쪽에 해당하는 곳이다.

文人墨客形歌詠	시인과 글쟁이들 노래로 형용하고
寫入堯天擊壤篇	요순시대 〈격양가(擊攘歌)〉[47] 시집에 적어 넣네.

이 네 가지 상서로운 물건이 차례로 바쳐지자 황제는 무척 기뻐하며 즉시 원로들에게 상을 내리고 고향으로 돌아갈 여비를 주라고 분부했다.

그때 또 오문 안쪽에 특이한 모습을 한 이들이 무릎을 꿇고 있었다. 그들은 누구인가? 알고 보니 그들은 고상한 중국 사람들이 아니라 대충 사람의 형상을 한 이들일 뿐이었다. 그들은 하얀 털모자를 쓰고, 옷깃을 왼쪽으로 여민 옷을 입고, 들소 가죽으로 만든 장화를 신은 채 뭔가 알아들을 수 없는 이상한 말을 지껄이고 있었다. 홍려시경이 보고했다.

"외국에서 서양인들이 조공을 바치러 왔사옵니다."

"그들도 바칠 문서를 갖고 왔는가?"

그러자 각 나라의 통역사들이 말했다.

"각자 문서를 준비했사옵니다."

"왜 조공을 바치러 왔는가?"

---

47 《제왕세기(帝王世紀)》에 따르면 요 임금 때 천하가 태평하여 백성들이 무사하니 팔구십 살쯤 된 노인이 땅바닥을 두드리며 이 노래를 불렀다고 한다. 전해지는 가사는 다음과 같다: "해 뜨면 일어나고, 해 지면 잔다네. 우물 파서 물 마시고, 밭 갈아 밥을 먹지. 제왕의 힘이 어디 내게 미치랴?[日出而作, 日入而息. 鑿井而飮, 耕田而食. 帝力於我何有哉.]"

"하늘이 세우신 이 왕조의 황제께서 등극하실 때 하늘엔 거센 바람과 비가 그치고 바다엔 파도가 일지 않자, 여러 작은 나라들이 중국 땅에 성인이 나타나 다스리신다는 것을 알았다고 하옵니다. 그래서 각기 토산물을 가져와 삼가 경하하며 바치고자 한다 하옵니다."

"무슨 물건을 가져왔는가?"

"푸른 사자와 하얀 코끼리, 훌륭한 말, 산양[羱羊], 앵무새, 공작을 가져왔는데, 모두 대전 계단 앞에 놓아두었사옵니다."

"한 나라씩 순서대로 바치도록 하라."

그러자 맨 첫 번째에 있던 서남쪽 하시무스[哈失謨斯] 왕국[48]에서 파견된 관리가 문서를 올리고, 한 쌍의 푸른 사자를 바쳤다. 그 푸른 사자의 모습은 이러했다.

金毛玉爪日懸星	금빛 터럭 옥 같은 발톱 해와 별처럼 빛나니
群獸聞知盡駭驚	뭇 짐승들 소문 듣고 모두 놀라네.
怒向熊羆威凜凜	큰 곰 향해 노호하면 위세도 오싹하고

48 호루무즈[忽魯謨斯, Hormuz]를 잘못 쓴 것으로 보인다. 《명사(明史)》 권326 〈열전(列傳)〉 제214에 따르면 이 나라는 서양의 대국(大國)으로서 고리(古里)에서 서북쪽으로 25일 동안 가면 도착할 수 있는 곳이라고 했다. 영락 10년(1412)에 서양의 가까운 나라들이 뱃길을 통해 와서 조공을 바치자 황제가 정화(鄭和: 1371~1433)에게 옥새와 문서를 지니고 각 나라를 찾아가 그 왕에게 각종 비단을 주고, 왕비와 대신들에게도 선물을 주게 하자, 그 왕이 금으로 만든 시계와 말, 토산품 등을 바쳤다는 기록이 있다. 정화는 2년 후에 이것들을 지니고 북경으로 돌아왔다고 한다.

雄驅虎豹氣英英	호랑이 표범 쫓는 기상도 빼어나구나.
已知西國常馴養	서역에서 길들여 기른다는 건 알고 있었지만
今獻中華賀太平	이제 중국에 바치며 태평성대 축하하네.
却羡文殊能爾服	문수보살께서 너를 굴복시켜
穩騎駕馭下天京	의젓하게 타고 하늘나라에서 내려왔다지.[49]

다음은 남쪽의 캄보디아[眞臘, Cambodia] 왕국에서 파견된 관리가 나아가 문서를 올리고, 네 마리의 하얀 코끼리를 바쳤다. 그 코끼리의 모습은 이러했다.

慣從調習性還馴	익숙하게 조련되어 성품도 온순하지만
長鼻高形出獸倫	긴 코에 커다란 키는 짐승들 가운데 으뜸이라네.
交趾獻來爲異物	교지국(交趾國)에서 바쳐서 신기한 동물로 여겨졌고
歷山耕破總爲春	역산(歷山)의 밭을 다 갈고도[50] 늘 힘이 넘쳤지.

49 문수보살이 푸른 사자를 탄다는 이야기는 대개 남송(南宋) 이후 민간에 널리 퍼지기 시작한 것으로 알려져 있다. 또한 오행(五行) 등 중국 토종 사상과 결합된 중국 불교에서 문수보살은 《화엄경(華嚴經)》에서도 설명하듯이 동쪽에 거처하는 것으로 설정되어 있는데, 동쪽을 상징하는 색깔이 푸른색이기 때문에 그가 탄 사자의 털을 푸른색으로 묘사하게 되었다고 한다.

50 《사기》〈오제본기(五帝本紀)〉에 따르면 순(舜) 임금이 젊었을 때 역산(歷

踏青出野蹄如鐵	풀밭 밟고 들로 나서니 발굽은 무쇠 같고
脫白埋沙齒似銀	죽어서 모래에 묻히면 상아가 은처럼 하얗지.
怒目祿山終不拜	성난 눈으로 안녹산 노려보며 끝내 절하지 않았으니
誰知守義似仁人	뉘라서 알랴, 인의를 지킴이 어진 사람 같음을!

세 번째로 서북쪽 사마르칸트(撒馬兒罕, Samarqand) 왕국에서 파견된 관리가 나아가 문서를 올리고, 열네 필의 자류마(紫騮馬)를 바쳤다. 그 자류마의 모습은 이러했다.[51]

俠客重周遊	협객은 떠돌아다니기 좋아해서
金鞭控紫騮	황금 채찍으로 자류마를 모네.
蛇弓白羽箭	뱀처럼 굽은 활과 하얀 깃털 달린 화살
鶴轡赤茸鞦	하얀 고삐에 붉은 안장
發蹟來南海	뜻을 이루고 출세하여 남해로 와서
長鳴向北州	북쪽 땅 향해 길게 울어 대네.
匈奴今未滅	흉노가 지금 아직 없어지지 않았으니
畫地取封侯	공 세워 제후로 봉해질 날 손꼽아 기다리네.

山)에서 농사를 지었다고 한다. 여기서는 영락제(永樂帝)가 순 임금처럼 성군(聖君)임을 비유하고 있다.

51 인용된 시는 당나라 때 양형(楊炯: 650~695?)이 쓴 〈자류마(紫騮馬)〉이다.

네 번째로 북방의 타타르[韃靼, Tatar] 왕국에서 파견된 관리가 나아가 문서를 올리고, 스무 마리의 산양을 바쳤다. 그 산양은 생김새가 남방의 물소[吳牛] 같았는데, 뿔이 여섯 자 다섯 치나 되었고 입 주위에 수염이 덥수룩했다. 그야말로 이런 모습이었다.[52]

長髯主簿有佳名	수염 긴 주부(主簿)[53]는 명성도 높은데
羵首柔毛似雪明	괴물 같은 머리에 부드러운 꼬리는 눈처럼 환하구나.
牽引駕車如衛玠	수레를 끄는 힘은 위개(衛玠)[54] 같은데
叱教起石羡初平	돌을 보고 소리쳐 일어나게 하니 황초평(黃初平)이 부럽구나.[55]

52 인용된 시는 남송 문천상(文天祥: 1236~1283, 원명은 운손[雲孫], 자는 송서[宋瑞] 또는 이선[履善], 호는 문산[文山])의 〈양을 노래함[詠羊]〉이다.

53 본문의 '장염주부(長髯主簿)'는 《초학기(初學記)》 권29에 인용된 진(晉)나라 때 최표(崔豹)의 《고금주(古今注)》에 따르면, 양의 별칭이다. 오늘날 남아 있는 《고금주》 〈조수(鳥獸)〉에는 '염수주부(髯鬚主簿)'라고 했다.

54 위개(衛玠: 286~312)는 자가 숙보(叔寶)로서 진(晉)나라 때의 유명한 현학가(玄學家)이나, 병약한 미남으로 더 많이 알려져 있다. 태자세마(太子洗馬)까지 지냈던 그는 전란이 일어나자 모친을 모시고 남쪽으로 피난 가는 도중에 추위와 허기 때문에 남창(南昌)에서 죽었다고 한다.

55 《태평광기》 권7에 인용된 《신선전(神仙傳)에 따르면 황초평(黃初平 또는 皇初平)이 15살 때 양을 치는데, 그의 성실한 모습을 보고 어느 도사가 데려가서 금화산(金華山)의 돌집에서 수련하게 했다. 그런데 마흔 살이 되도록 집에 돌아갈 생각을 하지 않자 그의 형이 찾아와 "양은 어디 있어?" 하고 물었다. 이에 그가 산 동쪽에 있다고 했는데, 형이 찾아가 보니 하얀

出都不失成君義	도읍을 나가서도 군주에 대한 의리 다하려는 마음 잃지 않고
跪乳能知報母情	무릎 꿇고 젖을 먹으니 어미의 정을 알았지.[56]
千載匈奴多牧養	천 년 동안 흉노족이 많이 길렀지만
堅持苦節漢蘇卿	힘겹게 절개 지킨 한나라 때의 소무(蘇武)[57]도 있었다네!

다섯 번째로 동남쪽 유구[琉球, Ryukyu] 왕국에서 파견된 관리가 나아가 문서를 올리고 하얀 앵무새 한 쌍을 바쳤다. 그 앵무새의 모습은 이러했다.[58]

돌만 있었다. 이에 그가 형과 함께 돌을 향해 "일어나라!" 하고 소리치자, 수만 개의 돌이 모두 양으로 변해 일어났다고 한다.

56 《춘추공양전(春秋公羊傳)》 〈장공(莊公) 24년〉에 대한 하휴(何休)의 주석에 따르면 어린 양은 붙잡아도 울지 않고 젖을 먹이면 반드시 무릎을 꿇고 받아먹으니, 죽음으로 의리를 지키고 예의를 아는 사람과 비슷하다고 했다.

57 소무(蘇武: 기원전 140~기원전 60)는 자가 자경(子卿)이고 두릉(杜陵, 지금의 산시성[陝西省] 시안시[西安市] 동남쪽) 사람이다. 그는 한나라 무제 때 중랑장(中郎將)의 신분으로 흉노족에게 사신으로 나갔다가 억류되어 북해(北海, 지금의 바이칼 호수[Baykalskoye Ozerol]) 근처에서 19년 동안 양치기로 지내면서도 굴복을 거부하고 한나라에 대한 지조를 지키다가, 기원전 81년에야 고국으로 돌아갈 수 있었다고 한다.

58 인용된 시는 두보의 〈앵무새[鸚鵡]〉(〈전우(翦羽)〉라고도 함)을 변형한 것이다. 원작은 다음과 같다. "앵무새는 근심을 품은 채, 총명하게도 이별을 기억하지. 푸른 깃털 모두 짧게 잘리고도, 붉은 부리는 쓸데없이 아는 게 많지. 조롱 열릴 날은 없고, 부질없이 깃들어 살던 옛 가지만 남아 있구나. 세상 사람들은 예뻐하다가도 해치니, 진귀한 깃털 가진들 무슨 소용

對對含幽思	쌍쌍이 그리움 품은 채
聰明憶別離	총명하게도 이별을 기억하지.
素衿渾短盡	하얀 옷깃 죄다 짧게 잘리고도
紅嘴漫多知	붉은 부리는 쓸데없이 아는 게 많지.
喜有開籠日	기쁘게도 조롱 열리는 날이 되면
寧慙宿舊枝	옛 가지에 깃들기를 어찌 부끄러워하랴?
自應憐白雪	하얀 눈이야 당연히 사랑스럽지만
更復羽毛奇	거기에 아름다운 깃털까지 가지고 있구나!

여섯 번째로 북쪽 노아한도사(奴兒罕都司)[59]에서 파견된 관리가 나아가 문서를 올리고 한 쌍의 공작을 바쳤다. 그 공작의 모습은 이러했다.

翠羽紅冠錦作衣	푸른 깃털 붉은 볏에 비단옷 입고

이라![鸚鵡含愁思, 聰明憶別離. 翠衿渾短盡, 紅觜漫多知. 未有開籠日, 空殘舊宿枝. 世人憐復損, 何用羽毛奇.]"

59 노아한도사(奴兒罕都司)는 노아간도사(奴兒干都司) 또는 노아한도사(努兒罕都司)를 가리키는 듯하다. 이것은 명나라 영락 7년(1409)에 흑룡강(黑龍江), 우수리강(烏蘇里江), 송화강(松花江), 그리고 눈강(嫩江) 유역에 설치한 지방 군사기구로서, 정식 명칭은 노아간도지휘사사(奴兒干都指揮使司)이다. 이 지역에는 몽고, 여진(女眞), 니프키(Nivkhi), 아이누(Ainu), 다우르[達斡爾] 등의 소수민족이 살고 있었다. 해당 국가기구는 선덕(宣德) 9년(1434)에 폐지되었다. 이 가운데 일부는 1860년 제2차 아편전쟁이 끝난 뒤에 러시아 제국에게 넘어갔는데, 지금의 러시아 연방에 속한 도시인 카바로프스크(Khabarovsk) 등이 거기에 속한다.

托身玄圃與瑤池	현포(玄圃)와 요지(瑤池)[60]에 몸을 맡겼지.
越南產出毰毸美	월남 땅에서는 아름답게 펼친 날개 지니고 태어나
隴右飛來黼黻奇	농우(隴右)[61]로 날아오니 보불(黼黻)[62]이 신기하네.
豆蔻圖前頻起舞	두구(荳蔻) 그림 앞에서 종종 춤을 추었고
牡丹花下久棲遲	모란꽃 아래에 오래 머물곤 했지.
金屏一箭曾穿處	황금 병풍에 깃털 꽂으면
贏得婚聯喜溢眉	혼인을 하게 되어 얼굴에 기쁨이 넘치지.

어쨌든 조공을 바친 이들은 모두 성명이 있는 번진(藩鎭)의 왕들이었고, 그 외에 성명조차 없는 무리가 금이며 진주, 보배, 암라(庵蘿), 바라(波羅), 훈살(熏薩), 유리, 가몽교포(加蒙絞布), 독봉복록(獨蜂

---

60 현포(玄圃)는 곤륜산(崑崙山) 위에 있다는 신선의 거처이다. 북위(北魏) 역도원(酈道元: ?~527)의 《수경주(水經注)》〈하수(河水)·1〉에 따르면 곤륜산은 게 층이 있는데 맨 아래가 번동(樊桐) 또는 판송(板松)이라고 불리는 곳이고, 다음이 현포 또는 낭풍(閬風), 세 번째가 층성(層城) 또는 천정(天庭)인데, 이곳에 하늘의 태제(太帝)가 살고 있다고 했다. 요지(瑤池)는 곤륜산에 있다는 연못으로서 서왕모(西王母)가 사는 곳이라고 했다. 《사기》〈대완열전(大宛列傳)〉에 다르면 곤륜산은 높이가 2,500리 남짓 되며 해와 달이 숨는 곳인데, 그 위에 예천(醴泉)과 요지가 있다고 했다.

61 농우(隴右)는 농산(隴山) 서쪽, 대략 감숙(甘肅)의 육반산(六盤山) 서쪽부터 황하 동쪽에 이르는 지역을 일컫는데, 일반적으로 감숙의 별칭으로 쓰였다. 여기서는 장안(長安)을 가리키는데, 사실상 명나라의 수도 북경을 비유한 말이다.

62 옛날 예복(禮服)에 수놓아진 아름다운 무늬를 가리킨다.

福祿), 긴정두라(緊鞓兜羅),[63] 호박(琥珀), 산호, 차거(車渠),[64] 마노, 새란(賽蘭), 비취, 들쥐[砂鼠], 귀통(龜筒),[65] 그리고 키가 세 자밖에 되지 않는 상등의 과하마(果下馬)[66]와 꼬리가 여덟 개 달린 팔초어(八梢魚),[67] 여덟 개의 다리를 가진 부호어(浮胡魚),[68] 코는 코끼리 코처럼 생겼고 네 개의 다리가 달린 건동어(建同魚),[69] 꼬리 길이가 무려 한 길이나 되는 장미계(長尾鷄), 개미 알을 쪄서 만든 의자염(蟻子

---

63 암라(庵羅)와 바라(波羅), 훈살(熏薩), 가몽교포(加蒙絞布), 독봉복록(獨蜂福祿)에 대해서는 알 수 없으며, 긴정두라(緊鞓兜羅)는 일종의 질긴 가죽끈이 달린 맬 것인 듯하다.

64 인도양과 태평양에서 자라는 대형 바다조개로서 '차거(硨磲)'라고도 쓴다.

65 귀통(龜筒)은 바다거북의 껍질로서 아름다운 무늬가 있고, 대모(玳瑁)와 유사하지만 그보다 얇아서 벽이나 가구 등에 붙여서 장식할 수 있는 것이다. 송나라 때 주욱(朱彧, 자는 무혹[無惑])이 편찬한 《평주가담(萍洲可談)》 권2에 따르면 그 거북은 몸길이가 2, 3자 정도이고 껍질이 두꺼우면서도 흰데, 대모를 이용하여 그릇을 만드는 이들이 보조 재료로 사용한다고 했다. 일설에는 그 껍질이 투명한 황색이라고도 한다.

66 과하마(果下馬)는 말의 일종으로서, 체구는 작지만 힘이 세서 짐을 싣고 과일나무 아래를 지나갈 수 있다고 해서 그런 이름이 붙여졌다고 한다. 《나정지(羅定志)》의 기록에 따르면 이것은 덕경(德慶)의 농수(瀧水) 지역에서 난다고 했다.

67 문어를 가리키는 듯하다.

68 《수서(隋書)》 권82 〈열전(列傳)〉 제47의 "진랍(眞臘)" 조목에 따르면 부호어(浮胡魚)는 생김새가 뱀장어[鮔]처럼 생겼는데 주둥이는 앵무새를 닮았고, 여덟 개의 다리가 달렸다고 한다. 이 물고기는 대개 상반신을 물 위에 내놓고 있는데, 멀리서 바라보면 산처럼 보인다고 했다.

69 《수서》 권82 〈열전〉 제47의 "진랍(眞臘)" 조목에 따르면 건동어(建同魚)는 네 개의 다리가 달렸고 코는 코끼리 코를 닮았으며, 물을 빨아들여 위로 내뿜으면 물줄기가 5, 60자 높이까지 올라간다고 했다.

鹽),[70] 불상 모양으로 생긴 보살석(菩薩石),[71] 물속에서도 세차게 타는 맹화유(猛火油),[72] 오래된 것은 수령(樹齡)이 천년이 넘는 만세조(萬歲棗),[73] 서른세 곳 하늘까지 높이 올라가는 독누향(篤耨香),[74] 그 빛이 칠십이 층 땅속까지 비치는 커다란 노을빛 화주(火珠),[75] 나무

---

70 명나라 때 장섭(張燮)이 편찬한 《동서양고(東西洋考)》 권1 〈서양열국고(西洋列國考)〉 〈교지(交址)〉 "물산(物產)"에 인용된 《영표록이(嶺表錄異)》에 따르면, 계동(溪洞)의 추장(酋長)들이 대개 개미 알을 많이 모아서 소금에 절여 장(醬)을 만드는데, 관리나 친한 벗이 아니면 먹을 수 없다고 하면서, 《주례(周禮)》 〈천관(天官)〉 〈해인(醢人)〉에 언급된 제사음식 가운데 '지[蚳]'가 바로 이 개미의 알로 담근 젓갈이라고 했다.

71 송나라 때 두관(杜綰: ?~?, 자는 계양[季陽], 호는 운림거사[雲林居士])이 편찬한 《운림석보(雲林石譜)》에 따르면 보살석(菩薩石)은 아미산(峨嵋山)과 오대산(五臺山) 일대에서 나는데, 햇빛에 비춰보면 오색의 둥근 빛이 나며 (그 안쪽에 부처나 보살 모양의 무늬가 있음) 크기는 대추나 밤만 하다고 했다.

72 맹화유(猛火油)는 옛날 중국에서 석유를 가리키는 호칭이었으며, 주로 전쟁에서 무기로 쓸 때 이렇게 불렀다. 고대 중국에서는 이미 한나라 때부터 석유를 발견하여 썼다는 기록이 《한서》 〈지리지(地理志)〉나 《후한서》 〈군국지(郡國志)〉 등에 있으며, 오대(五代) 시기부터 원나라 때까지 전쟁에서 석유를 무기로 화공(火攻)을 하는 일이 많았다.

73 만세조(萬歲棗)는 상록교목인 소철(蘇鐵)을 가리킨다.

74 캄보디아에서 자라는 독록(篤祿)이라고도 부르는 향나무의 수액(樹液)을 원료로 만든 향이다. 《동서양고》 권3 〈서양열국고〉 〈간포채(柬埔寨)〉 "물산(物產)"에 인용된 《본초강목(本草綱目)》의 설명에 따르면, 이 나무는 소나무와 비슷하게 생겼으며, 그 향기는 수령이 많을수록 진하고, 여름에는 녹지만 겨울에는 엉겨 붙는 성질이 있다고 한다.

75 청나라 때 오의락(吳儀洛: 1704?~1766, 자는 준정[遵程])이 편찬한 《본초총신(本草叢新)》 권15 〈화토부(火土部)〉 "애화(艾火)"에는 '화주(火珠)'에 대해 명나라 때 이시진(李時珍: 1518~1593, 자는 동벽[東壁])의 설명을 인용했다.

에서 방울방울 떨어지는 수액이 바로 꿀인 가필타(歌畢佗) 나무,[76] 나무에서 만들어지고 향기가 뿜어져 사람의 몸에도 그대로 스며드는 임리금안향(淋灕金顏香)[77] 등이 있었다. 이런 진상품들에 대해서는 더 이상 언급하지 않겠다.

다만 문무백관은 만세삼창을 하고 머리를 조아려 축하하며 모두 칭송했다.

"원근(遠近)의 나라들이 일체가 되어 다들 우리 황제께 귀의하는구먼!"

황제는 그걸 보고 무척 기뻐하며 즉시 어명을 내려 네 군데 양

이에 따르면 화주를 《설문해자(說文解字)》에서는 화제주(火齊珠), 《한서》에서는 매괴(玫瑰)라고 불렀으며, 《당서(唐書)》에서는 화제주가 동남쪽 바다에 있는 나랄국(羅剌國)에서 나는데 큰 것은 크기가 달걀만 하고 수정처럼 둥글면서 둥글고 투명하며 그 빛이 몇 자나 뻗는다고 했다. 또 햇빛을 받아 쑥에 비치면 불을 붙일 수 있으며, 그것을 이용해 쑥뜸을 뜨면 화상을 입지 않는다고 했다. 아울러 점성국(占城國, Champa)에 그것이 있는데, 이름을 '조하대화주(朝霞大火珠)'라고 한다고 했다.

76 《수서》 권82 〈열전〉 제47의 "진랍(眞臘)" 조목에 따르면 가필타 나무[歌畢佗樹]는 꽃이 능금[林檎]과 비슷하고, 잎은 느릅나무 잎과 비슷하지만 그보다 두텁고 크며, 열매는 자두[李]와 비슷한데 큰 것은 됫박[升]만 하다고 했다.

77 《동서양고》 권3 〈서양열국고〉 〈간포채(柬埔寨)〉 "물산(物產)"에 인용된 《일통지(一統志)》에 따르면 금안향(金顏香)은 수액이 뭉쳐서 이루어진 것인데, 쪼갰을 때 안쪽이 눈처럼 하얀 것이 상등품이고, 모래가 섞인 것은 하품이라고 했다. 그것은 여러 향기를 모으는 성질이 있으며, 변방 소수민족은 그것으로 향을 개서 몸에 바른다고 했다. 《방여승략(方輿勝略)》에 따르면 그것은 캄보디아 등지에서 생산된다고 했다.

관(洋館)[78]에서 서양인들을 대접하게 하고, 광록시에서 대대적으로 연회를 마련해 신하들을 대접하게 했다. 그리고 연회가 끝나자 관리들의 지위에 따라 다양한 상을 내렸다. 이야말로 이런 격이었다.

宴罷蓬萊酒一卮	잔치 끝나 신선의 술 한 잔 마시는데
御爐香透侍臣衣	황궁의 향 연기 신하들의 옷에 스미네.
歸時不辨來時路	돌아갈 때는 왔던 길 찾지 못하고
一任顚東復倒西	그저 이리 엎어지고 저리 자빠질 뿐이지.

어쨌든 이튿날 황제가 일찍 일어나 궁궐 대전에 오르자 문무백관이 황은(皇恩)에 감사했다. 감사 인사가 끝나자 황제가 관리를 통해 명을 전했다.

"문무백관 가운데 보고할 일이 있는 이는 나와서 보고하라. 별일 없다면 이만 조회를 파하겠노라!"

그러자 홍려시경이 크게 외쳤다.

"문무백관은 자리에서 일어나시오. 조회를 파합니다!"

이에 문무백관이 일제히 "만세! 만세! 만만세!" 하고 외치고 물러났다. 그런데 개중에 조복을 단정하게 차려입고 상아로 만든 홀(笏)을 든 늙은 신하가 "만세!"를 외치면서 혼자 계단 앞에 무릎을 꿇은

---

78 양관(洋館)은 외국 상인들이 교류하고 숙소로 이용하던 곳이다.

채 떠나려 하지 않고 있었다.

이 늙은 신하의 성명이며 관적(貫籍)은 무엇이며, 계단 앞에 꿇어 앉아 무슨 생각을 하며 무슨 말을 하는지는 다음 회를 보시라.

제9회

장 천사가 궁궐에서 황제를 뵙고
모 진군은 옥새를 조정에 바치다

張天師金階面主　茅眞君玉璽進朝

孤雲無定鶴辭巢	뜬구름 정처 없어 학도 둥지를 떠나는데[1]
自負焦桐不說勞	홀로 탄 오동나무 짊어지고 힘들다고 하지 않네.
服藥幾年期碧落	몇 년 동안 단약을 먹어야 신선 세계 갈 수 있을까?
驗符何處呪丹毫	영험한 부적 어디 있어 주문을 외랴?
子陵山曉紅雲密	자릉탄(子陵灘)[2]에 새벽 오니 붉은 구름 자욱하고

1 인용된 시는 당나라 말엽 담용지(譚用之: ?~?, 자는 장용[藏用])가 지은 〈남중으로 돌아가는 정 도사를 전송하며[送丁道士歸南中]〉이다. 인용문 가운데 원작과 다른 몇 글자는 원작에 따라 고쳐놓았다.

2 동한 때의 은사 엄광(嚴光: ?~?, 자는 자릉[子陵])이 벼슬살이를 피해 부춘산(富春山, 지금의 저장성[浙江省] 통루현[桐廬縣] 남쪽에 있음)에 은거해 지내면서 칠리탄(七里灘)에서 낚시했다는 전설이 있는데, 본문의 '자릉(子陵)'은 그곳을 가리킨다.

青草湖平雪浪高	푸른 풀밭 같은 호수에 눈 더미 같은 파도 높구나.
從此人稀見踪迹	이로부터 그의 종적 본 사람 드물었으니
還因選地種仙桃	좋은 땅 골라 신선의 복숭아를 심었기 때문이지.

그러니까 문무백관이 황은에 감사하고 물러나 각자의 자리로 돌아갔는데, 유독 늙은 신하 한 명만이 "만세!"를 외치며 계단 앞에 무릎을 꿇고 있었다. 이에 황제가 물었다.

"거기 무릎 꿇고 있는 이는 누구인가?"

"저는 용호산(龍虎山) 정일사교도합무위천조광범진인(正一嗣教道合無爲闡祖光範眞人)으로서 도교의 일을 영도하고 있는 장(張) 아무개[3]이옵니다."

"알고 보니 장 천사셨구려. 그런데 무슨 일로 그러고 있는 거요?"

"제가 하늘보다 높고 땅보다 두터운 성은을 입었사오니, 일이 생겨서 아뢸 수밖에 없사옵니다."

---

3 명나라 때 정일파(正一派) 도교의 천사(天師)인 장우초(張宇初: 1359~1410)를 모델로 한 주인공이다. 장우초는 자가 자선(子旋)이고 호는 기산(耆山)이다. 그는 42대 천사 장정상(張正常)의 큰아들로서 홍무 10년(1377)에 천사의 지위를 계승했다. 이후 홍무 13년에는 '정일사교도합무위천조광범대진인(正一嗣教道合無爲闡祖光範大眞人)'에 임명되어 천하 도교의 일을 관장했다. 그해 2월에는 조정에 들어가 황제로부터 격려를 받고 그의 모친 포(包)씨가 청허충소묘선현군(淸虛衝素妙善玄君)에 봉해져서 남경 자금산(紫金山)과 신락관(神樂觀)에서 초제(醮祭)를 지내라는 명을 받기도 했다.

"무슨 일인지 말씀해 보시구려."

"어제 여러 이웃 나라에서 보물을 진상했사온데, 사실 그것들은 모두 별거 아니옵니다."

"아니 어디 대단한 것이 또 있다는 말씀이오?"

"예."

"짐은 천지를 부모로 삼고 천하 백성이 모두 자식으로 삼고 있으니 천하의 재물이며 보물이 모두 내 것인 셈인데, 어찌 그보다 더 대단한 보물이 있을 수 있겠소?"

"이 보물은 천하의 보물이 아니라 제왕의 가문에서 쓰는 보물이옵니다."

"생애의 부귀를 추구하려면 제왕의 가문 외에 어디서 구하겠소? 짐이 부왕의 기업을 이어받아 서화문(西華門)[4]에 진상 받은 날짐승과 생선이 머리를 왼쪽으로 한 채 놓여 있고,[5] 지금 광혜고(廣惠庫)와 광적고(廣積庫), 승운고(承運庫), 갑자고(甲字庫), 을자고(乙字庫), 병자고(丙字庫), 무자고(戊字庫), 그리고 두 개의 정자고(丁字庫)까지 아홉 개의 창고가 있소. 또 내전에 별도로 장보고(寶藏庫)가 있어서 진주며 호박, 차거, 마노, 산호, 대모, 아청(鴉青), 대록(大綠), 묘정(猫睛),[6] 조모(祖母)[7] 등등 훌륭한 것들이 아주 많은데 어떻게 또 제

4 서화문(西華門)은 자금성의 서쪽 대문으로서, 그곳을 나서면 바로 황실의 서쪽 정원[西苑]으로 이어진다.

5 《예기》〈사상례(士喪禮)〉에 따르면 고대에는 날짐승이나 생선을 진상할 때 그 머리를 왼쪽으로 놓아서 존경의 뜻을 나타냈다고 한다.

6 환광성(幻光性)을 가진 금록보석(金綠寶石)과 유사한 광석으로서, 표면에

왕의 가문에서 쓸 만한 대단한 보물이 있을 수 있단 말이오?"

"폐하, 황공하오나 소인의 불경을 용서해 주신다면 감히 말씀드리겠사옵니다."

"괜찮으니 말씀해 보시구려."

"폐하의 조정에 있는 보물들이 몇 수레나 되더라도, 심지어 산처럼 쌓여 있다 하더라도 이 보물 하나와 대적할 수 없사옵니다."

"여룡(驪龍)[8]의 목에 걸린 야명주(夜明珠)라도 되는 것이오?"

"야명주 따위는 더욱 얘기할 만한 게 아니옵니다."

"그 희귀한 보물에도 이름은 있겠지요?"

"예, 있사옵니다."

"무엇이오?"

"바로 '전국보(傳國寶)'라고 하옵니다."

"혹시 그에 대한 기록이 있소?"

"예, 바로 《자치통감(資治通鑑)》에 기록되어 있사옵니다."

"짐이 유가와 불가, 도가 삼교(三敎)와 구류(九流), 성현의 경전, 제자백가(諸子百家)의 책 가운데 보지 않은 게 없거늘, 어찌 그 '전국보'라는 것을 보지 못했을꼬?"

고양이 눈동자에 보이는 것과 같은 수직의 밝은 띠가 있다.

7 에메랄드[emerald, 祖母綠]를 가리키는 듯하다. 《남촌철경록(南村輟耕錄)》 권7 〈회회석두(回回石頭)〉 조목에서는 조목랄(助木剌), 《서양번국지(西洋番國志)》에서는 조목록(祖母綠)으로 썼다. 이것은 아랍어 zmurud(또는 zummlud), 페르시아어 zumrrud를 음역한 것으로 녹보석(綠寶石)이라고도 부른다.

8 여룡(驪龍)은 흑룡을 가리킨다, 《시자(尸子)》 권하(卷下)에 따르면 옥연(玉淵) 속에 여룡이 똬리를 틀고 있는데 턱 아래에 여의주가 있다고 했다.

"제왕의 학문은 평민의 그것과 다르기 때문일 것이옵니다."

"아니 왜 다르다는 말씀이오? 설명 좀 해 보시구려."

"제왕의 학문은 수신(修身), 제가(齊家), 치국(治國), 평천하(平天下)라는 위대한 도리와 고금의 역사에 나라가 잘 다스려지고 흥성하거나 어지럽고 쇠퇴한 이유만을 탐구하옵니다. 이에 비해 평민의 학문은 뜻도 모른 채 그저 문장 구절만 암기하고, 자잘한 구절과 글자 하나하나만 추구하여 화려한 묘사나 박식함을 자랑하는 데에 치우쳐 있사옵니다. 그러니 폐하께서는 이 '전국보'에 대한 기록을 발견하시지 못한 것이옵니다."

"그럼 그대가 좀 설명해 주시구려."

"옛날 삼황오제(三皇五帝)가 천하를 다스릴 때 요·순을 거쳐 하(夏), 상(商), 주(周) 삼대(三代)로, 다시 주나라 말엽으로 이어졌사옵니다. 이때 진(秦), 초(楚), 연(燕), 위(魏), 조(趙), 한(韓), 제(齊)의 열국(列國)이 분열하여 서로 다투었사옵니다.

그런데 초나라 여왕(厲王)[9] 때 그 백성 가운데 변화(卞和)라는 이가 형산(荊山) 아래에 나들이 갔다가 어느 바위 위에 앉아 있는 봉황 한 쌍을 발견했사옵니다. 그는 돌 속에 있는 박옥(璞玉)도 있으니까 이 돌에도 분명히 보배로운 옥이 들어 있으리라 생각하고, 그걸 가져와서 여왕에게 바쳤사옵니다. 그래서 여왕이 옥을 감정하

9 원문에는 무왕(武王)이라고 되어 있으나 바로잡아 고친다. 이어지는 이야기는 유명한 '화씨지벽(和氏之璧)'으로서 《한비자(韓非子)》 〈화씨(和氏)〉에 수록되어 있다.

는 이에게 살펴보라고 했는데, 그냥 돌이라고 했사옵니다. 여왕은 변화가 군주를 속였다고 여기고 그 오른발 뒤꿈치를 자르는 월형(刖刑)을 내렸사옵니다. 여왕의 뒤를 이어 무왕(武王)[10]이 즉위하자 변화는 다시 그것을 바쳤사옵니다. 무왕도 옥을 감정하는 이에게 살펴보라고 했는데, 또 평범한 돌이라고 했사옵니다. 이에 무왕도 그가 군주를 속였다고 여기고 그 왼발에 월형을 내렸사옵니다. 변화는 이 돌을 끌어안고 밤낮으로 통곡했는데, 눈물이 말라 피가 흘러내리는지라 그 소리를 듣는 이들조차 가슴이 아팠다고 하옵니다. 나중에 그 뒤를 이은 문왕(文王)[11]이 그의 사정을 듣고 그 돌을 쪼개 보니, 과연 그 안에 티끌 하나 없이 아름답기 그지없는 옥이 하나 들어 있었다고 하옵니다.

훗날 진시황이 나머지 여섯 나라를 병탄했을 때 이 옥을 얻었고, 그로부터 이십육 년 뒤에 천하에서 가장 뛰어난 솜씨를 가진 장인을 뽑아 이 옥을 셋으로 쪼개게 했사옵니다. 그 가운데 부분을 갈아서 천자가 나라를 물려주는 데에 쓰는 전국옥새[傳國璽]를 만들었는데, 폭은 네 치쯤 되고 손잡이 꼭대기에 다섯 마리 용이 뒤얽혀 있는 모습을 조각했으며, 도장이 찍히는 면에는 이사(李斯)[12]가 여

10 원문에는 문왕(文王)이라고 되어 있으나 바로잡는다.

11 원문에는 무왕(武王)이라고 되어 있으나 바로잡는다.

12 이사(李斯: 기원전 284?~기원전 208)는 자가 통고(通古)이고 전국시대 말엽 초(楚)나라 상채(上蔡, 지금의 허난성[河南省]에 속함) 사람이다. 한비(韓非)와 함께 순자(荀子)에게 학문을 익힌 그는 훗날 통일제국 진(秦)나라의 승상(丞相)으로서 법가(法家) 사상을 기반으로 행정과 법률, 학문을 포함한

덟 글자의 소전체(小篆體) 글자를 새겼사온데, 바로 '하늘로부터 명을 받았으니 부귀와 장수를 누리며 영원히 번창하리라[受命於天, 富壽永昌].'라는 글이옵니다. 또 왼쪽 부분도 갈아서 도장 모양을 만들었는데, 반듯하게 곧추선 도장 끈 위에는 사람의 눈동자처럼 형형하게 빛나는 두 개의 점이 장식되어 있었사옵니다. 그리고 오른쪽 부분도 갈아서 도장 모양으로 만들었는데, 가로로 빗겨 채운 그 도장 끈에서는 찬란한 노을빛이 피어났다 하옵니다. 이 두 개의 도장에는 글자를 새기지 않았사옵니다. 그러다가 두 해 뒤에 진시황이 동쪽으로 사냥을 나갔다가 동정호(洞庭湖)에서 큰 풍랑을 만나 배가 뒤집히려 하니, 진시황이 두려워서 끈이 가로로 빗겨 채워진 도장을 물에 던지라고 명령했고, 그 도장을 던지자 풍랑이 조금 누그러졌다 하옵니다. 이에 다시 끈이 반듯하게 곧추선 도장을 물에 던지게 하니, 풍랑이 더욱 누그러졌다 하옵니다. 결국 전국옥새까지 물에 던지고 나서야 풍랑이 완전히 가라앉아서 배가 무사히 지나갈 수 있었다고 하옵니다.

마지막으로 진시황이 천하를 통일한 지 삼십육 년째 되던 해에 사냥을 나갔다가 화음(華陰) 땅에 이르렀는데, 어떤 사람이 손에 무언가를 들고 길을 막았다 하옵니다. 호위병들이 누구냐고 물으니

제도와 문화 전반을 개혁하여 강력한 중앙집권적 통치 구조를 구축하는 데에 기여했다. 이 가운데는 그의 주도 아래 진행된 문자 통일의 결과로서, 고대의 문자를 좀 더 간략하게 체계화시킨 소전체(小篆體)를 발명한 일도 포함된다.

까 그 사람이 '이걸 조룡(祖龍, 진시황의 별명)께 돌려드리러 왔습니다.' 하더랍니다. 진시황이 시종에게서 그걸 건네받아 살펴보니 바로 전국옥새인지라, 황급히 '이거 말고도 두 개의 옥도장이 더 있는데 함께 가져 왔더냐?' 하고 물었는데, 시종이 그 말을 전하러 가서 보니 그 사람은 벌써 종적이 사라져 버린 뒤였다 하옵니다. 그래서 결국 전국옥새만 진시황에게 돌아간 것인데, 진시황이 붕어하고 나자 자영(子嬰)[13]이 그것을 한나라 고조(高祖)께 바쳤사옵니다.

그런데 왕망(王莽)[14]이 황위를 찬탈하자 원우황태후(元佑皇太后)[15]께서 전국옥새로 왕심(王尋)[16]과 소헌(蘇獻)[17]을 때리시는 바람에 한

---

13 통일제국 진나라의 제3대 황제 영영(嬴嬰: ?~기원전 206)을 가리킨다. 그는 이름이 자영(子嬰)이라고도 하며, 겨우 46일 동안 황제 자리에 있었다.

14 왕망(王莽: 기원전 45~서기 23)은 자가 거군(巨君)이고 위군(魏郡) 원성(元城, 지금의 허베이[河北] 따밍현[大名縣] 동쪽에 위치함) 사람이다. 그는 당시 권세 높은 황실 외척(外戚)으로서 원제(元帝) 효원황후(孝元皇后)의 조카이자, 자신의 딸 또한 평제(平帝)의 황후가 되었다. 겸손하고 인재를 아끼는 품성으로 인해 당시 조야(朝野)에 두루 명망이 높았던 그는 당시의 어지러운 정국을 바로잡으라는 하늘의 명을 받았다는 명목으로 서기 9년에 신(新) 왕조를 건립하여 정치 개혁을 추진했다. 그러나 변방의 소수민족에 대한 강압정책과 강제적인 이주(移住) 정책으로 인해 전란이 끊이지 않았고, 국내적으로도 가뭄과 전염병, 황하의 홍수 등등 각종 재난이 일어나 국고(國庫)가 바닥나고 민생이 어지러워졌다. 이 때문에 적미(赤眉)와 녹림(綠林)의 반란과 같은 대규모 기의(起義)가 일어났고, 결국 서기 23년에 그는 장안(長安)을 점령한 반란군에 의해 피살되었다.

15 효원황태후(孝元皇太后)를 잘못 쓴 것이다. 효원황태후 왕정군(王政君: 기원전 71~기원전 13)은 왕금(王禁)의 딸이며, 한나라 원제(元帝)의 황후이자 성제(成帝)의 생모이다.

16 왕심(王尋: ?~23)은 왕망(王莽)의 동생으로서 왕망의 찬탈을 도운 공으로

쪽 귀퉁이가 깨져서, 그 자리에 황금을 박아 수리했다고 하옵니다. 동한의 광무제(光武帝)께서는 의양(宜陽) 땅에서 이 옥새를 얻었고, 손책(孫策)[18]은 새로 지은 궁전 남쪽의 우물에서 발견된 어느 아낙의 시신이 목에 걸고 있는 것을 얻었으며, 조조(曹操)는 허창(許昌)에서, 당나라 고조(高祖)[19]는 진양(晉陽)에서, 송나라 태조(太祖)는 '진교(陳橋)의 병변(兵變)'[20] 때, 원나라 때의 어떤 사람은 어느 산벼랑 아래에서 이 옥새를 얻었다고 하옵니다."

"그래, 지금은 어디에 있소?"

대사도(大司徒) 장신공(章新公)에 봉해지기도 했으나, 곤양(崑陽)에서 벌어진 녹림(綠林) 기의군(起義軍)과의 전투에서 패배하여 피살당했다.

17 소헌(蘇獻: ?~?)은 왕망(王莽)의 신하인데, 생애에 대해서는 자세히 알려진 바가 없다.

18 손책(孫策: 175~200)은 자가 백부(伯符)이고 손견(孫堅)의 큰아들이자 손권(孫權)의 형이다. 그는 동한 말엽의 군벌(軍閥) 가운데 하나로서 삼국시기 동오(東吳)의 기초를 다진 인물로서 소설 《삼국지연의(三國志演義)》에서는 '소패왕(小霸王)'이라는 별명으로 불렸다. 그러나 사냥 도중 자객의 습격을 받아 26살의 젊은 나이에 죽었다. 훗날 동오의 황제가 된 손권은 그를 장사항왕(長沙桓王)으로 추봉(追封)했다.

19 당나라 고조(高祖) 이연(李淵: 566~635)은 618년에 당나라를 건립하고 황제가 되어 천하를 통일했으나, 626년에 이른바 '현무문(玄武門)의 정변(政變)'으로 인해 태종(太宗) 이세민(李世民: 627~649 재위)에게 제위를 물려주고 태상황제로 지냈다.

20 송나라 태조(太祖) 조광윤(趙匡胤: 927~976)은 후주(後周) 세종(世宗) 때 전전도점검(殿前都點檢)의 신분으로 있다가, 960년에 거란[契丹]의 침공을 토벌한다는 명목으로 군사를 출정시켰다가 진교역(陳橋驛, 지금의 카이펑시[開封市] 동북쪽에 있음)에서 정변을 일으켜 스스로 황제가 되어 송나라를 건립했다.

"원나라 순제(順帝)[21]가 관리하고 있었사옵니다. 이에 우리 태조께서 서국공(徐國公)과 상국공(常國公)[22]에게 순제를 추격하여 붙잡게 하셨사옵니다. 순제는 계속 패하며 쫓기다가 서쪽 끝의 홍라산(紅羅山)[23]에 이르렀는데, 그 앞은 망망한 서양의 큰 바다였사옵니다. 순제에게는 겨우 일흔일곱 명의 기병(騎兵)만 남아 있었기 때문에 서국공과 상국공은 이번 기회에 삭초제근(削草除根)을 해야겠다고 생각하셨고, 순제 또한 배수진을 치고 최후의 일전을 벌일 각오를 하고 있었사옵니다. 하지만 뜻밖에도 하늘은 또 다른 안배를 해 놓고 있었사옵니다. 갑자기 서양의 바다 위에 벌건 구리로 된 다리가 나타나서, 순제는 황급히 하얀 코끼리를 타고 전국옥새를 실은 채 다리를 건너 서쪽의 외국으로 떠나 버렸사옵니다. 두 분 개국공신이 쫓아가 보니 그 다리는 벌써 없어져 버린 뒤였습니다. 두 분이 홍라산으로 돌아오자 하늘에서 각단(角端)[24]이 내려와 사람의

21 원나라 혜종(惠宗: 1335~1368 재위)을 가리킨다.

22 명나라 개국공신인 서달(徐達: 1332~1385)과 상우춘(常遇春: 1330~1369)을 가리킨다. 서달은 자가 천덕(天德)으로 여러 차례 전투에서 많은 공을 세워서 명나라 초기에 중서우승상(中書右丞相)을 지내고 위국공(魏國公)에 봉해졌으며, 죽은 후에는 중산왕(中山王)에 추봉(追封)되었다. 상우춘은 자가 백인(伯仁), 호가 연형(燕衡)이며 많은 전공(戰功)을 세워 중서평장군국중사(中書平章軍國重事)를 지내고 악국공(鄂國公)에 봉해졌으나 군중에서 병으로 죽었다. 이후 개평왕(開平王)에 추봉되었다.

23 홍라산(紅羅山)은 금(金)나라 말엽의 명칭으로서, 대개 명나라 중엽에는 홍라산(紅螺山), 홍라산(虹螺山), 홍라산(弘螺山) 등으로 불렸다. 이곳은 중국 동북지역의 금주(錦州) 서쪽 지역의 주요한 군사 주둔지였다.

24 뿔 달린 오소리[角貒]를 가리킨다. 《송서(宋書)》 〈부서지하(符瑞志下)〉에

말을 했다고 하옵니다. 두 분은 그제야 군사를 물려 돌아왔사옵니다. 그래서 대대로 전해오던 그 전국옥새는 서쪽의 외국으로 가 버렸던 것입니다. 어제 여러 외국 사신들이 바친 보물들 가운데는 그것이 들어 있지 않았으니, 죄다 별로 대단하지 않다고 말씀드린 것이옵니다."

"두 번째 옥도장은 지금 어디 있소?"

"지금 삼모산(三茅山)[25] 원부궁(元符宮) 화양동(華陽洞)의 정령관(正靈官)이 보관하고 있사옵니다."

"그건 어떻게 해서 삼모산에 있게 되었소이까?"

"구용현(句容縣) 동남쪽에 '구(句)'자 모양으로 생긴 산이 하나 있으니 바로 구곡산(句曲山)이옵니다. 도교 서적에서는 이곳이 '제팔동천(第八洞天) 제일복지(第一福地)'라고 되어 있사옵니다. 한나라 때 모(茅)씨 삼형제가 있었는데, 이들은 모몽(茅蒙)[26] 진인(眞人)의 현손(玄孫)이었사옵니다. 개중에 맏이 모영(茅盈)[27]은 마음을 고

따르면 각단은 하루에 1만 8천 리를 가며 사방 이민족의 말을 알아듣는데, 현명한 군주가 재위할 때는 먼 외국의 일에 대해 알려주기 위해 문서를 받들고 찾아온다고 했다.

25 지금의 장쑤성[江蘇省] 쥐룽시[句容市]와 진탄시[金壇市]의 경계에 있는 모산(茅山)을 가리킨다. 이 산은 해발 372m밖에 되지 않지만 중국 도교의 성지 가운데 하나로서 '제팔동천(第八洞天)'으로 불린다.

26 갈홍(葛洪)의 《동선전(洞仙传)》에 따르면, 모몽(茅蒙)은 자가 초성(初成)으로서 북곽(北郭)의 귀곡선생(鬼谷先生)에게 신선술을 배우고, 나중에 화산(華山)에서 수련하여 신선이 되어 승천했다고 한다.

27 모영(茅盈: 기원전 145~?)은 자가 숙신(叔申)으로서 젊었을 때 항산(恒山)에

요히 하고 천하의 명산들을 두루 돌아다니다가 왕(王) 진군(眞君)을 만나 가르침을 받고 도록(道籙)과 부수(符水)[28]를 전수받았사옵니다. 그 후 한나라 원제(元帝) 초원(初元: 기원전 48~기원전 44) 연간에 구곡산에 들러 높은 곳에 올라가 사방을 둘러보고, 그 산의 특이한 형상과 풍경이 마음에 들어서 곧 그곳 화양동에서 연단술(煉丹術)을 수련했사옵니다. 그리하여 신선의 경지에 이르렀는데, 어느 백발노인이 찾아와 전해줄 물건이 있다고 해서 받아보니 비단으로 만든 주머니였다고 하옵니다. 그런데 안에 무엇이 들어 있느냐고 물어보려 하는데, 이미 그 노인의 모습은 사라져 버린 뒤였사옵니다. 이에 주머니를 열어보니 붉은색의 자그마한 상자가 들어 있었사옵니다. 황금 자물쇠를 열고 보니 그 안에 옥도장이 하나 들어 있는데, 넓이는 네 치이고 도장 끈이 반듯하게 곧추서 있고, 그 위에 사람의 눈동자처럼 빛나는 두 개의 점이 박혀 있었다 하옵니

서 수련한 후 구곡산(句曲山) 즉 모산(茅山)에 은거하여 의술로 사람들의 병을 고쳐주었고 한다. 나중에는 동생 모고(茅固)와 모충(茅衷)도 그와 함께 수련해서, 세상 사람들은 그들을 아울러 '삼모진군(三茅眞君)'이라고 불렀다고 한다. 모영은 증위사명진군동악상경(證位司命眞君東嶽上卿)으로서 모산 상청파(上淸派)의 조사(祖師)로 받들어지고 있다. 모산파는 《상청경(上淸經)》을 위주로 수련하면서 《삼황문(三皇文)》과 《영보경(靈寶經)》을 함께 수련하여 부록(符籙) 주문으로 귀신을 부르고 벽곡(辟穀)과 연단술(煉丹術)을 익히는데, 당나라 때 성행하여 도교의 3대 부록파(符籙派) 가운데 하나가 되었다.

28 '부수(符水)'는 무당이나 도사가 부적을 물속에 태우거나 물에다 직접 부적을 그리거나 주문을 외는 행위를 가리키는데, 옛날 미신에서는 이렇게 해서 사악한 기운을 물리치고 병을 치료할 수 있다고 생각했다.

다. 도장에는 글자가 새겨져 있지 않았고요. 그래서 그는 산신령이 자신에게 인장을 주었나 보다 생각했다고 하옵니다. 나중에 솜씨 좋은 장인을 불러 거기에 '구로선도지인(九老仙都之印)'이라고 새기고, 곧 구곡산에서 제일 높은 봉우리에 거처를 마련해 지내면서 도호(道號)를 태원진군(太元眞君)이라 하였사옵니다. 그분이 모씨였기 때문에 구곡산의 이름 역시 모산으로 바뀌게 되었사옵니다."

"그런데 왜 '삼모산'이라고도 부르는 것이오?"

"모영에게는 두 명의 아우가 있었는데 둘째는 무위태수(武威太守)로 있던 모고(茅固)이고, 셋째는 상군태수(上郡太守)로 있던 모충(茅衷)이었사옵니다. 이들은 모영이 도를 깨달아 신선이 되었다는 소식을 듣자, 벼슬을 버리고 모산으로 찾아가 형과 함께 밤낮으로 수련하여 모두 지선(地仙)[29]이 되었사옵니다. 모고는 도호를 정록진군(定籙眞君)이라 하고 둘째 봉우리에 거처를 마련했고, 모충은 도호를 보명선군(保命仙君)이라 하고 셋째 봉우리에 거처를 마련했사옵니다. 그 이야기가 지금까지 전해지면서 '삼모산'이라는 명칭이 생겨난 것이옵니다."

"그 도장은 나중에 누가 관리했소?"

"삼모진군이 인간 세상에 모습을 드러낸 뒤로 천하의 도사들을

29 지선(地仙)은 인간 세계에 살고 있는 신선을 가리킨다. 갈홍(葛洪)의 《포박자(抱樸子)》〈논선(論仙)〉에 인용된 《선경(仙經)》에 따르면, 육신을 버리고 하늘로 올라간 뛰어난 이를 천선(天仙)이라 하고, 명산에서 노니는 중간의 신선을 지선(地仙)이라 하며, 죽은 뒤에야 육신에서 벗어나는 이를 시해선(尸解仙)이라고 한다고 했다.

두루 초빙하여 사당을 세우고 제를 모셨는데, 도관을 위아래 둘로 나누었사옵니다. 이곳은 역대로 황궁에서 하사하신 전답이 만여 마지기나 되는데 모두 아래 도관에서 관리하고 있고, 위쪽 도관도 대대로 물려받고 있사옵니다. 그 도량 역시 대대로 직위를 물려받은 이가 관리하고 있사옵니다."

"세 번째 옥도장은 지금 어디에 있소?"

"제 도관에 있사옵니다."

"그건 어떻게 해서 그대의 도관에 들어오게 되었소?"

"제 고향인 귀계현(貴溪縣)에서 서남쪽으로 팔십 리쯤 떨어진 곳에 높다란 용이 하늘을 우러르고 호랑이가 쪼그려 앉은 듯한 두 개의 봉우리가 대치하고 있어서 용호산(龍虎山)[30]이라고 부르는데, 도교 서적에 따르면 서른두 번째 복지라고 하옵니다. 제 조상은 장도릉(張道陵)[31]이라는 분이온데, 바로 한나라 때 유후(留侯)에 봉해진

30 지금의 장시성[江西省] 잉탄시[鷹潭市]에서 서남쪽으로 20km 떨어진 구이시시[貴溪市] 안에 위치한 산으로서 도교 정일파(正一派)의 조산(祖山)이다. 전설에 따르면 정일파 도교의 창시자인 장도릉(張道陵)이 동한 때 여기서 수련했으며, 이후 그의 후예들이 이곳에서 도관을 마련해서 1,900년이 넘도록 63대를 이어서 거처하고 있다.

31 장도릉(張道陵: 34~156)은 본명이 장릉(張陵)이고 자가 보한(輔漢)이며 한나라 개국공신 장량(張良)의 8세 후손이다. 모친이 꿈에서 괴성(魁星)이라고 자칭하는 신선이 하강하여 기이한 꽃을 준 것을 보고 임신하여 낳았다고 하는 그는 훗날 제자인 왕장(王長)과 함께 삼년 동안 용호단(龍虎丹)을 수련하여 진인(眞人)이 되어 의술로 백성들의 역병을 치료해주는 등 이적을 남겼고, 훗날 사천(四川) 적성(赤城)의 거정산(渠亭山)에서 옥황상제의 사자로부터 정일진인(正一眞人)에 봉해졌다는 문서를 받고 제자인 왕장과

장량(張良)의 팔대 후손이옵니다. 그분은 절강의 천목산(天目山) 근처에서 태어나 자라셨는데, 어린 시절 장생술(長生術)을 익히시고 천하의 명산을 두루 돌아보시다가 동쪽으로 안흥(安興) 운금계(雲錦溪) 선암동(仙巖洞)에 이르셔서 삼 년 동안 연단술을 수련하시니, 청룡과 백호가 그 위를 둘러싸고 보호해 주었다고 하옵니다. 그리고 수련을 완성하여 진인(眞人)이 되셨을 때는 연세가 예순이셨는데도 용모가 갈수록 젊어지셨다고 하옵니다. 또 신선의 비결이 담긴 책을 얻으셔서 신통력과 변신술을 익히시고 요괴와 귀신을 쫓아 없애셨사옵니다. 또 촉(蜀) 땅의 운대봉(雲臺峰)에서 귀신 우두머리를 하나 잡았는데, 그놈이 목숨을 구걸하면서 물건을 하나 바쳤사옵니다. 제 조상께서 받아서 보니 옥으로 만든 도장이었는데, 옆으로 비스듬히 매어진 끈에서 자주색 노을빛이 찬란하게 빛났다고 하옵니다. 제 조상께서 이 도장을 얻은 후로 거기에 글자를 새기지는 않았지만 술법이 더욱 고명해지셔서, 한나라 효장황제(孝章皇帝)[32]께서 천사(天師)에 봉해 주셨사옵니다. 이에 그 옥도장을 씻

조승(趙升)을 데리고 함께 승천했다고 한다. 중국 최초의 도교 종교조직인 오두미도(五斗米道)의 창시자로 알려진 그를 원나라 때 쿠빌라이[忽必烈]는 제1대 천사(天師)에 책봉했고, 이어서 명나라 태조는 '천사'라는 직위를 '진인(眞人)'으로 고쳤다.

32 동한 장제(章帝: 76~88 재위) 유달(劉炟)을 가리킨다. 그는 재위 초기에 부세(賦稅)를 줄이고 유학을 장려하고, 역법(曆法)을 개혁하는 등 훌륭한 치적을 남겼지만, 만년에는 점차 무능하고 부패해져서 동한의 멸망을 부추겼다고 평가되고 있다.

고 '한천사장진인지인(漢天師張眞人之印)'이라는 글자를 새겼사옵니다. 그분께서는 훗날 용호산에서 신선 세계로 승천하셨는데, 지금도 비승대(飛升臺) 유적이 남아 있사옵니다. 그분께서 남기신 경전과 부록(符籙), 부장(符章), 도장과 검(劍)은 자손에게 전해지고 있사옵니다. 용호산 아래에는 그분께서 도에 관해 설명하셨던 연법관(演法觀)이 있사온데, 그곳으로 가는 길 양쪽에는 오래된 소나무들이 무성하옵니다. 나중에 이곳에 천사부(天師府)를 세웠사온데, 저희 집안에서 천사의 직위를 세습하며 이곳에 살고 있사옵니다. 송나라 때 강만리(江萬里)[33]라는 분이 이를 증명하는 시를 지었사옵니다."

鑿開風月長生地	경치 좋고 장생할 땅을 개간하여
占却烟霞不老身	신선으로 늙지 않는 몸이 되었다네.
虛靜當年仙去後	허정한 경지에 이르러 신선 세계로 떠난 뒤에

33 강만리(江萬里: 1198~1275)는 자가 자원(子遠)이고 호는 고심(古心)이다. 벼슬아치 집안에서 태어난 그는 1226년 진사에 급제하여 저작좌랑(著作佐郞) 등을 역임했고, 길주(吉州)에서 노주서원(鷺州書院)을 세워 정주이학(程朱理學)을 가르치기도 했다. 1265년에는 동지추밀원사(同知樞密院事) 겸 참지정사(參知政事)로서 가사도(賈似道: 1213~1275, 자는 사헌[師憲], 호는 열생[悅生] 또는 추학[秋壑])와 함께 조정의 정무를 주관했으나, 권력을 농단하는 가사도와 자주 반목하기도 했다. 사후에는 익국공(益國公)에 봉해지고 문충(文忠)이라는 시호를 받았다. 인용된 시는 강만리의 〈용호산(龍虎山)〉이다.

不知丹訣付何人　　수련의 비결은 누구에게 주었을까?

"그 도장이 그대의 도관에 있다는 거요?"

"예, 그렇사옵니다."

"그런데 왜 짐에게 바치지 않고 있는 것이오?"

"도장이 저희 도관에 있사오나, 저희는 그저 그것을 쓸 수만 있을 뿐 관리할 수는 없사옵니다."

"아니, 왜 그런 것이오?"

"이 도장은 하늘나라에 계신 장도릉 천사의 거처에 소장되어 있기 때문이옵니다."

"그분은 하늘나라 어디에 계시오?"

"도솔천(兜率天) 청허부(淸虛府)에 계시옵니다."

"그렇다면 그 도장은 어떻게 쓰는 것이오?"

"저희 도관이 있는 산 아래에 작은 오솔길이 하나 있는데, 그대로 비승대로 통하게 되어 있사옵니다. 이전의 진인들께서는 모두 그곳에서 하늘로 날아 올라가 도장을 가져와서 썼사옵니다."

"지금은 어떻소?"

"오랜 시간이 지나면서 일이 틀어졌사옵니다. 당나라 말엽에 어느 풍수지리가의 조언에 따라 그 길을 중간에서 끊어 버렸기 때문에, 지금은 하늘나라로 올라갈 수 없게 되었사옵니다."

"그렇다면 그 도장을 어떻게 쓴단 말씀이오?"

"저희 조상께서 손톱을 하나 남겨놓으셨는데, 저희가 급히 도장을 쓸 때 소난향(燒難香)이라는 향을 사르고 그 손톱에 향 연기를 쬐옵니다. 그러면 저희 조상께서 즉시 허공중에 모습을 드러내시고, 아무리 많은 소원이 담긴 문서라 할지라도 단번에 도장을 찍어서 처리해 주시옵니다. 지금 저희는 이런 식으로 그 도장을 쓰고 있사옵니다."

"짐이 그 전국옥새를 쓰고 있어야 하는 건데 말이오."

"그건 이미 서쪽으로 가 버렸는데 어떻게 구할 수 있겠사옵니까?"

"서양인이 간 길을 우리 중국인이 가지 못할 까닭이 있겠소? 즉시 남북의 인마(人馬)를 동원하고 오부(五府)의 후백(侯伯)과 마흔여덟 곳 지휘(指揮), 천호장과 백호장에게 서양으로 정벌을 나가게 하면 되지 않겠소?"

"그것은 길이 너무 멀고 험준해서 남방의 인마는 한 걸음도 나아가기 어렵사옵니다."

"오가는 사람에게 물어서 산 아래의 길을 찾으면 되지 않소? 천사, 아무래도 잘못 생각하시는 것 같구려. 그대도 서양에 다녀온 적이 없는데 어떻게 길을 가기가 그리 어렵다는 걸 아시는 거요?"

"저는 천문과 지리를 살펴 아는 것이온데, 폐하께서 하문하시니 길이 어렵다고 아뢸 수밖에 없었옵니다."

"대체 얼마나 가기 어려운지 좀 들어보십시다."

"그야 아뢰옵기 어렵지 않지만, 폐하께서 들으시고 놀라실까 염려스럽사옵니다."

"허허, 짐이 북평(北平)에 주둔하고 있을 때는 만리장성 너머로 나가 오랑캐를 무찔러 시산혈해를 이루었지만, 기껏 병아리 몇 마리 쓸어 버린 것쯤으로 치부했소. 백만 대군의 적군들 속에서 대장의 목을 베는 일도 주머니 속의 물건을 꺼내듯이 태연하게 해치웠소. 설령 하늘 문을 뒤흔들고 지옥을 무너뜨리는 일도 애들 놀이쯤으로 여기는데, 놀랄 일이 어디 있겠소?"

"그렇다면 제 죄를 논하지 않으신다는 분부를 내려 주시옵소서."

"너무 겸손하지 마시고, 어서 말씀해 보시구려."

"부(府)와 주(州), 현(縣), 도(道), 마을, 나루터 같은 것들은 모두 자세히 아뢰지 않겠사오니 용서해 주시옵소서."

"조금 간단하게 하려는 게로구려. 그저 험한 관문이나 나루터, 협곡 등에 대해서만 말씀해 보시구려."

"하늘과 땅이 생겨나고 해와 달이 운행하게 되면서 천하에는 네 개의 큰 대륙이 생겨났으니 동승신주와 서우하주, 남선부주, 북구로주가 그것이옵니다. 폐하께서 다스리고 계신 산하는 바로 남선부주에 속한 것이옵니다. 폐하께서 병사를 출정시키시려면 뱃길로 가셔야 하는데, 우선 장강을 따라 나가서 맹하(孟河)[34] 입구에 이른 다음 일본 부상(扶桑)과 유구(琉球), 교지를 거치게 되는데, 그 앞쪽에 오백 리에 이르는 흡철령(吸鐵嶺)이 있사옵니다. 흡철령을 지나면 앞쪽에 또 천 리에 이르는 홍강(紅江) 어귀가 나타납니다. 그곳

34 무진(武進, 지금의 장쑤성[江蘇省] 창저우시[常州市] 신베이구[新北區])에 속한 장강을 낀 작은 마을이다.

을 지나면 삼백 리에 이르는 백룡강(白龍江)이 나타납니다.[35] 하지만 그곳을 지나면 한 걸음도 더 나갈 수 없사옵니다. 한 걸음도 더 나아가지 못한다는 말씀이옵니다!"

"아니, 왜요?"

"그 앞은 바로 팔백 리에 이르는 연양탄(軟洋灘)이온데 어떻게 지날 수 있겠사옵니까?"

"왜 그런 이름이 붙은 것이오?"

"모든 강물이며 호수, 사해의 바다에 있는 물은 모두 단단하여 배가 안전하게 떠서 순풍에 돛을 달고 갈 수 있사옵니다. 하지만 이 팔백 리의 물은 연약하여 거위 깃털도 그대로 바닥에 가라앉아 버리고 부평초 하나도 뜰 수 없사온데 어떻게 지나갈 수 있겠사옵니까?"

"어쨌든 거길 지나면 뭐가 나타나오?"

"그 바다의 이쪽이 남선부주이고, 거길 지나면 서우하주가 나타나옵니다."

"거긴 어떤 곳이오?"

"거기 도착하면 말할 수 없이 곤혹스러운 일들과 헤아릴 수 없이 괴상망측한 상황에 처하게 되옵니다."

---

35 뒤쪽의 서술에 따르면 중국에서 출발할 때 홍강 어귀와 백룡강을 지나야 흡철령이 나타난다고 했으니, 이 부분에는 저자의 착오가 있거나, 장 천사가 잘못된 지식을 갖고 있음을 드러내려고 일부러 틀리게 서술한 것인 듯하다.

"몇 가지만 예를 들어보시구려."

"가령 금련보상국(金蓮寶象國)과 자바 왕국[爪哇國],[36] 서양여인국[西洋女兒國], 수마트라 왕국[蘇門答剌國],[37] 살발국(撒髮國),[38] 유산국(溜山國),[39] 대갈란 왕국(大葛蘭國),[40] 가지 왕국(柯枝國),[41] 소갈

36 자바 왕국(爪哇國, Yavadvipa)은 지금의 인도네시아 자바 섬 일대에 있던 옛 왕조로서, 고대 중국의 문헌에서는 섭조(葉調), 가릉(訶陵), 도파(闍婆), 가라단(呵羅單), 야파제(耶婆提) 등으로 쓰기도 했다. 이곳은 당나라 때까지만 해도 통일된 불교국가였으나 송나라 때 셋으로 분열되었다가 결국 삼보자(Samboja 또는 Sri Vijaya) 왕국에 멸망했고, 이어서 싱가사리(Singhasāri 또는 Tumapel) 왕국을 거쳐서 이슬람교를 신봉하는 마드자파히트(Madjapahit) 왕조가 들어섰다. 원나라 때는 이곳을 정벌하려고 대군을 파견했다가 패배한 적도 있지만, 명나라 때는 여러 차례 사신을 파견하여 조공을 바쳤다. 이후 네덜란드가 점령했다가, 제2차 세계대전이 끝난 후 독립하여 인도네시아에 편입되었다.

37 지금의 인도네시아 수마트라(Sumatera) 섬의 파르세이(Parsei) 강어귀에 있던 옛 왕조 이름으로서, 원나라 때는 수문달나국(須文達那國)이라고 불렀다. 홍무(洪武) 16년(1383)에 이 나라에서 사신을 보내서 말 두 필과 각종 천 등의 공물을 바쳤다는 기록이 있다.

38 정확히 알 수 없으나, 작자가 허구로 만들어 낸 왕조인 듯하다. 참고로 《청사고(淸史稿)》 권159에는 살반(撒般) 즉 지금의 인도네시아 수마트라 섬 서북쪽 해상의 웨이(Weh) 섬에 있는 사방(Sa Bang, 沙璜)이라는 지명이 언급되어 있는데, 명나라 때의 인물인 나무등이 이 지명을 알고 있었을 것 같지는 않다.

39 15세기에 몰디브(Maldive) 군도와 라카디브(Laccadive) 군도에 있던 왕조로서, 이슬람 왕국이었다고 한다. 《명사》에 따르면 영락(永樂) 10년(1412)에 정화(鄭和)가 이곳에 사신으로 나간 적이 있고, 1416년 이후 이 나라의 사신들이 네 차례 조공을 바치러 찾아온 적이 있다고 했다. 이후 선덕(宣德) 5년(1430)에 정화가 다시 이곳에 사신으로 나가면서 마환(馬歡, 자는 종도[宗道], 호는 회계산초[會稽山樵])과 동행했는데, 이를 계기로 마환이

란 왕국(小葛蘭國),[42] 고리 왕국[古俚國],[43] 금안국(金眼國),[44] 시그라

편찬한《영애승람(瀛涯勝覽)》에〈유산국〉항목이 따로 마련되어 설명되어 있다. 비신(費信)의《성사승람(星槎勝覽)》에서는 유양국(溜洋國)으로 표기했다. 참고로 본서에 서술된 각종 외국 왕조의 풍물에 대한 묘사는 대개《영애승람》의 기록을 토대로 윤색한 것이다.

40 대갈란(大葛蘭) 왕국은 고림(高臨, Kulam) 왕국이라고도 부르며, 오늘날 인도 서남쪽 해안의 케랄라(Kerala) 남부에 자리 잡고 있으며 아라비아해(Arabian Sea)에 붙어 있는 항구도시인 콜람(奎隆, Kollam) 일대에 자리 잡고 있었다. 동서를 왕래하는 항로의 요충지에 자리 잡고 불교를 신봉하였던 이 나라는 영락 5년(1407)에 고리국(古俚國), 소문답랄국(蘇門答剌國)과 함께 사신을 파견하여 비단 등을 조공으로 바친 적이 있다, 중국의 문헌에서는 고림(故臨) 외에도 가란(柯蘭), 구란(俱蘭), 소구구남(小口具喃), 소갈란(小葛蘭) 등으로 표기하기도 했다. 그러나 현대의 고증에 따르면 대갈란(大葛蘭)과 소갈란(小葛蘭)처럼 대소를 구분하는 것은 무의미하며, 사실은 한 지역을 가리킨다고 한다. 다만 명나라 때의 문헌에는 이를 둘로 오인하여 기록한 경우가 많았고, 이 때문에 이 소설에서도 그것을 따르고 있다.

41 가지국(柯枝國)은 지금의 인도 서남쪽 코친(Cochin) 일대에 있던 옛 왕조로서, 동서 교통의 중요한 매개체가 된 항구를 끼고 있다. 이곳은 15세기 초에 중국과 우호 관계를 유지했고, 정화도 사신으로 방문한 적이 있다. 고대 중국의 문헌에서는 고정(固貞)으로 표기하기도 했다.

42 대갈란(大葛蘭)에 대한 본 회의 각주 39)를 참조할 것.

43 인도 서남쪽 해안의 칼리커트(Calicut, 또는 Cock Fort)에 있던 옛 왕조로서,《영애승람》에서는 고리(古里)라고 표기했다.

44 금안국(金眼國)은 작자가 허구적으로 지어낸 나라 이름인 듯하다. 참고로《대당서역기(大唐西域記)》권10에는 금이국(金耳國)이라는 인도의 옛 왕국 이름이 등장하는데, 인도의 서부 벵갈(West Bengal) 무르시다바드(Murshidabad)의 라호바디당가(Rajbadidanga)에 있었던 이 나라의 원래 명칭은 카르나수바르누아(Karnasuvarnua, 羯羅拏蘇伐剌那)이다.

왕국[吸葛剌國],[45] 모가디슈 왕국[木骨都國],[46] 호르무즈 왕국[忽魯謨斯國],[47] 은안국(銀眼國), 아덴 왕국[阿丹國],[48] 천방국(天方國),[49] 풍도귀국(酆都鬼國)이 있사옵니다. 이 열여덟 나라에는 각기 모사(謀士)와 군사(軍師), 일만 명의 장부도 이겨내지 못할 용력(勇力)을

---

45 《영애승람》에 방갈랄(榜葛剌)이라고 기록된 곳으로서, 지금의 방글라데시(Bangladesh, 孟加拉)를 가리킨다. 한나라 때는 이곳을 신독국(身毒國)이라고 불렀고, 동한 때는 이곳을 포함한 다섯 왕국을 아울러 천축(天竺)이라고 했다. 이 나라는 영락 6년(1308)에 기린을 조공으로 바친 적이 있다고 한다.

46 아프리카 동부의 소말리아(Somalia)의 수도인 모가디슈(Mogadishu) 일대에 있던 옛 왕조이다. 《명사》〈외국열전(外國列傳)〉에 따르면 정화가 이곳에 두 차례 다녀온 적이 있다고 한다.

47 이란 동남부 미나브(Minab) 근처에 있는 호르무즈(Hormuz) 해협 근처에 있던 옛 왕조이다. 《명사》〈외국열전〉에 따르면 정화가 앞서 세 차례 항해하여 서양의 가까운 나라들이 뱃길로 중국에 사신을 보내 조공을 바쳤지만 멀리 있는 나라는 그러지 않고 있어서 영락제가 정화에게 옥새가 찍힌 문서를 들고 그 나라들을 찾아가 보도록 했는데, 여기서 말하는 먼 나라가 바로 이 왕국을 가리킨다.

48 지금의 아덴(Aden) 만(灣) 서북쪽 연안에 있던 옛 왕조이다. 이곳은 홍해와 인도양의 출입구로서 교통의 요충지인데, 옛날에는 보석과 진주의 집산지로 유명했다. 영락 14년(1416)에 이곳에서 사신을 파견해 조공을 바쳤고, 이후에 정화가 사신으로 방문하여 답례했다는 기록이 있다.

49 천방(天方)은 원래 메카(Mekka)를 가리키는데, 여기서는 지금의 아랍에 있던 옛 왕조를 가리킨다. 그러나 마환의 《영애승람》에 언급된 묵가국(默伽國)이나 여기 언급된 천방국은 모두 당시 메카의 이슬람 부족을 이끌던 메카 샤리프(The Sharif of Mecca)를 가리킨다고 보는 편이 옳을 듯하다. 참고로 《명사(明史)》〈서역전(西域傳)〉 4 〈천방(天方)〉에서는 천방이 천당(天堂) 또는 묵가(默伽)라고도 불린다고 했다.

지닌 장군과 하늘을 가리고 해를 덮을 만한 능력을 지닌 병사들이 있사옵니다. 그리고 병사를 부리고 계책을 세울 능력을 지닌 뛰어난 부녀자와 창과 봉을 휘두르며 춤을 출 수 있는 뛰어난 하녀, 하인도 있사옵니다. 또 아주 뛰어난 초선(草仙)과 귀선(鬼仙), 인선(人仙), 신선(神仙), 지선(地仙), 조사(祖師), 진군(眞君), 중품(中品), 천존(天尊)이 있는데, 이들은 모두 번개와 우레를 부리는 능력이 있사옵니다. 또한 호승(胡僧)과 성승(聖僧), 선승(禪僧), 행각승, 라마승, 고불승(靠佛僧) 같은 뛰어난 승려들이 있는데, 다들 귀신을 부리고 강과 바다를 뒤엎고 천지를 진동시킬 만한 능력을 지니고 있사옵니다. 이야말로 힘센 용도 땅 위의 뱀하고는 싸우지 않는 격이오니, 우리 남조(南朝)의 인마가 어찌 거기에 갈 수 있겠사옵니까?"

"전쟁 얘기는 그만합시다. 다만 이 돌덩이 때문에 멀리 군대를 파견하는 것은 안 되겠구려."

"전국옥새는 결국 돌아오지 못할 것이옵니다."

"전국옥새도 구할 수 없고, 그대의 도관에 있는 옥도장도 도솔천 청허부에 있다고 하는데, 그러면 모산에 있는 도장을 짐이 쓸 수는 없겠소?"

"무릇 수련하여 신선의 지위까지 오르려면 세 왕조에 걸쳐 천자가 누리는 복과 일곱 세대에 걸쳐 장원급제할 수 있는 재능이 필요합니다. 천자와 신선은 하나이면서 둘이고 둘이면서 하나이니, 삼모조사의 도장을 폐하께서 쓰지 못하실 이유가 있겠사옵니까?"

"어명을 내리겠소. 금패를 하나 발부하여 삼모산으로 유능한 관리를 한 명 파견해서 그 도장을 짐에게 가져오도록 하시오."

그러면서 연신 세 번이나 물었다.

"누가 다녀올 수 있겠는가?"

하지만 계단 아래에서는 누구도 선뜻 대답하지 않았다. 그때 용상의 왼쪽에 시립해 있던 요(姚) 태사(太師)가 아뢰었다.

"시비는 그걸 제기한 사람이 해결해야 하는 법이오니, 얘기를 꺼낸 장 진인을 보내시옵소서."

황제는 그게 좋겠다고 어명을 내리고 대전을 나갔다. 장 천사는 어명을 받자 금패를 수령하고 나서 교위(校尉)들을 거느린 채 즉시 밤길을 달려 출발하여, 통제문(通濟門)을 나와 고교문(高橋門)을 지나서 구용현까지 구십 리 길을 달려갔다.

'요 태사는 분명 출가한 승려라서 이런 수작을 부린 게야. 오늘 우리 유가와 불가, 도가가 본래 여러 세대 동안 서로 왕래하며 친하게 지내는 걸 알았는데, 그자는 아무 이유 없이 나한테 이 일을 시켜 모함하려 하는군!'

이런저런 생각을 하는 사이에 어느새 구용현에 도착하니, 그곳 관리가 마중을 나왔다. 장 천사가 말했다.

"성지를 받들고 왔으니, 인사를 나눌 겨를이 없소."

그리하여 곧장 삼모산으로 갔다.

한편 삼모산 정령관(正靈官)도 종팔품(從八品)의 벼슬아치였고, 부령관(副靈官)은 종구품의 벼슬아치였다. 이날은 바로 대전을 청소하는 3월 18일이어서, 두 영관은 당직하는 도사들을 이끌고 대전을 청소하고 문에 자물쇠를 잠근 다음, 각자 하산하여 거처로 돌아가 쉬고 있었다. 그런데 한밤중에 갑자기 바깥에서 사람들이 웅성대는 소리가 들렸다.

"산꼭대기에 불이 났어!"

이에 모든 도사와 영관이 자리에서 일어나 황급히 산꼭대기로 달려갔지만, 그곳에는 불빛이 보이지 않았다. 이에 다시 거처로 돌아오니 다시 산꼭대기에 불꽃이 넘실거리는 게 보였다. 그러자 도사들이 웅성거렸다.

"이런! 분명 무슨 재앙이 닥칠 징조인 게야!"

이에 영관이 말했다.

"불꽃이 피어났다는 건 혹시 아주 지체 높은 귀인(貴人)이 오신다는 징조가 아닐까?"

그 말이 채 끝나기도 전에 닭 울음소리가 들리면서 희미하게 여명이 밝아오는 가운데, 전령의 목소리가 들려왔다.

"어명이오! 어서 탁자에 향을 피우고 명을 받으시오!"

그 말에 놀란 도사들은 다들 법의(法衣)를 찾으러 술집으로 달려갔고, 영관들도 허둥지둥 제자들의 침상으로 달려가 더듬더듬 모자를 찾았다. 장 천사는 성지를 받들고 금패를 받든 교위와 함께 산꼭대기 대전으로 들어가 성지를 펼쳐 읽었다. 그런 다음 삼모조사에게 참배하고 황금 향로에서 향을 하나 집어 들었다. 장 천사는 조사에게 참배할 때 무릎을 꿇어 절하지 않고 그저 두 손을 모아 세 번 들어 올리고, 이를 세 번 "딱! 딱! 딱!" 부딪치고 나서 바로 대전을 나와 앞채에 자리를 잡고 앉았다. 영관이 옥도장을 받들고 나와 용이 똬리를 튼 문양이 새겨진 상자에 담아서 장 천사에게 건넸다. 장 천사는 조급한 마음에 곧장 그곳을 나와 남경(南京)으로 향했다. 그야말로 이런 격이었다.

急遞思鄕馬	고향 그리며 황급히 말을 갈아타며 달리고
張帆下水船	돛을 펼치고 물길 따라 배를 모네.
流星不落地	유성처럼 땅에 떨어지지도 않고
弩箭乍離弦	쇠뇌의 화살처럼 순식간에 시위를 떠나네.

장 천사는 이 상자를 받들고 서둘러 통진문을 들어가 회동관(會同館)[50]에서 묵었다. 그리고 황제가 대전에 오르는 새벽인 오경 무렵에 문무백관과 함께 조정으로 들어갔다. 그야말로 이런 모습이었다.[51]

臨軒啓扇似雲收	황제께서 대전에 이르시니 구름 걷히듯

50 회동관(會同館)은 조정에서 손님을 접대하는 기구로서, 명·청 시대에는 홍려시소경(鴻臚寺少卿) 이곳을 담당했다.

51 인용된 시는 당나라 때 양거원(楊巨源: 755~?, 자는 경산[景山], 훗날 이름을 거제[巨濟]로 바꿈)이 지은 〈원일함원전하립장단봉루문하선사상상공칭하(元日含元殿下立仗丹鳳樓門下宣赦上相公稱賀)〉 2수 가운데 제2수이다. 인용된 시는 원작과 일부 글자가 다른데, 본 번역에서는 원작에 따라 고쳐 썼다.

	부채가 펼쳐지고
率土朝天劇水流	천하의 신하들 세찬 물길처럼 조정으로 향한다.
瑞色含春當正殿	봄빛 머금은 상서로운 새벽빛 대전을 비추나니
香烟捧日在高樓	향 연기 속에 해를 받들고 높은 누대에 오르는구나.
三朝氣早迎恩澤	삼조(三朝)[52]의 이른 아침 은택을 맞이하나니
萬歲聲長繞冕旒	만세 소리 길게 이어져 면류관을 감싼다.
請問漢家功第一	물어보세, 한나라 왕실의 일등공신은 누구인가?
麒麟閣上識酇侯	기린각에 오르면 찬후(酇侯) 소하(蕭何)[53]를 보리라.

황제가 대전에 오르자 문무백관이 조정에 들어갔다. 이어서 어명을 전하는 이가 소리쳤다.

"문무 관원이 모두 모였는가?"

---

52 《한서》〈공광전(孔光傳)〉의 주서에 따르면 한 해[歲]의 아침과 한 달[月]의 아침, 하루[日]의 아침을 아울러 '삼조(三朝)'라고 한다고 했다.

53 소하(蕭何: 기원전 257?~기원전 193)는 한나라의 개국공신으로 율령(律令) 제도를 정비하여 《구장률(九章律)》을 제정하고, 이후 한신(韓信) 등의 제후를 제거하여 중앙집권을 강화하는 데에도 공을 세웠다. 이후 한 고조 유방은 그의 공을 제일로 평가하고 찬후(酇侯)에 봉했으며, 죽은 후 혜제(惠帝)로부터 문종후(文終侯)라는 시호(諡號)를 받았다.

그러자 문무 반원을 인솔하는 압반관이 나아가 아뢰었다.

“문관도 빠진 사람이 없고 무장도 마찬가지인데, 이미 서열에 따라 정렬해 있사옵니다.”

“보고할 일이 있는 관리는 나와 보고하고, 별일 없으면 물러가도록 하라.”

그 말이 채 끝나기도 전에 황문관(黃門官)[54]이 아뢰었다.

“장 천사가 문밖에서 대기하고 있사옵니다.”

“들라 하라!”

이윽고 장 천사가 황궁에 들어와 다섯 번 절을 올리고 세 차례 머리를 조아린 후 만세삼창을 했다.

“그래 도장은 어디 있소?”

“함부로 들여오지 못하고 지금 오문에 놓아두었사옵니다.”

“옥새를 안으로 들여오도록 하시오.”

장 천사는 황급히 오문으로 가서 용이 똬리를 튼 모습을 장식한 상자를 들어 예부상서에게 전하니, 예부상서가 다시 조정 일을 관장하는 원로대신에게 전했다. 원로대신이 이를 받아 사례감(司禮監)의 태감(太監)에게 전하니, 태감이 그것을 황제 앞의 탁자에 올려놓았다. 황제가 살펴보니 과연 그 옥새에서는 노을빛 서기가 환하게 피어나고 있었다. 황제는 무척 기뻐했으나, 거기에 새겨진 글

54 황문시랑(黃門侍郎) 또는 급사황문시랑(給事黃門侍郎)을 가리킨다. 이 벼슬아치는 황제의 측근으로서 황제의 음식과 일상생활의 시중을 들고, 어명을 전달하는 등의 임무를 맡았다.

자는 조정에서 쓰기에 적당하지 않았다.

거기에 무슨 글자가 새겨져 있기에 조정에서 쓰기 부적합했는지, 나중에 어떻게 글자를 바꿔 새겨서 조정에서 쓸 수 있게 되었는지는 다음 회를 보시라.

제10회

장 천사가 도교를 부흥시키고 불교를 탄압하니 벽봉장로가 남쪽으로 와서 고난을 구제하다

張天師興道滅僧　金碧峰南來救難朝

璠璵琢就質堅剛	아름다운 옥 쪼아 만드니 재질도 단단하고
布命朝廷法制良	조정에서 명을 반포하니 법제도 훌륭하구나.
寶盒深藏金縷鈿	보배로운 상자에 깊이 담아 금실을 박아 장식했고
朱砂新染玉文香	주사(朱砂)를 새로 묻히니 옥 무늬 향기롭구나.
宮中示信流千古	궁중에서 신임 보여 천고에 전해지고
闕下頒榮遍四方	대궐 아래 영화가 사방에 두루 퍼지네.
却憶卞和三獻後	돌이켜보니 변화(卞和)가 세 번 바친 뒤
到今如斗鎮家邦	지금까지 북두칠성처럼 나라를 지키고 있네.

그러니까 황제는 그 옥새를 보고 무척 기뻐했는데, 다만 그 도장

에는 '구로선도지인(九老仙都之印)'이라는 글자가 새겨져 있었다.

"이 옥새가 훌륭하긴 하지만, 짐이 쓸 수 있는 것인지는 모르겠구려."

장 천사가 대답했다.

"쓰실 수 있사옵니다."

"짐은 사해 안의 부(富)를 모두 갖고 있고 천자의 몸인데, '구로선도지인'이라는 글자가 새겨진 도장을 쓴다면 짐이 도사가 돼버리는 셈이 아니오?"

비록 황제의 반박이긴 했지만 그다지 심각한 말은 아니었다. 하지만 장 천사는 속으로 다른 생각을 했다.

'그렇다면 오히려 폐하를 모독하는 셈이 되지 않은가!'

그는 혼비백산 놀라서 황망히 다섯 번 절하고 세 번 머리를 조아린 다음, 이렇게 아뢰었다.

"폐하, 이 옥도장은 조정에서 쓰실 수 있사옵니다. 하지만 옥새만 쓸 수 있다는 말씀이지 '구로선도'라는 글자를 쓸 수 있다는 뜻은 아니옵니다."

"그 글자가 쓸모없는 것이라면 어떻게 해야겠소?"

장 천사가 미처 대답하기도 전에 용상 왼쪽에 시립해 있던 요 태사가 아뢰었다.

"시비는 그걸 제기한 사람이 해결해야 하는 법이오니, 이 문제 역시 얘기를 꺼낸 장 진인에게 맡기시옵소서."

"그렇구먼. 이 문제도 장 천사께서 해결하셔야겠소."

이에 장 천사가 대답했다.

“폐하, 제게 한 가지 계책이 있사온데, 부디 윤허해 주시옵소서.”

“어디 말씀해 보시구려.”

“이 도장의 글자는 그저 예전에 새겨진 것에 지나지 않사옵니다. 그러니 이제 폐하께옵서 솜씨 좋은 장인을 선발하여 폐하의 자호(字號)를 새기게 하여 조정에서 쓰시면 되지 않겠사옵니까?”

“일리 있는 말씀이구려.”

황제는 즉시 어명을 내려 상보시(尙寶寺)[1]의 책임자[正堂]인 전(錢) 아무개에게 하루 내내 지키게 했다. 그리고 다시 공부상서(工部尙書) 마(馬) 아무개의 감독 아래 도장에 글자를 다시 새기게 했다. 또 문화전(華殿掌)의 중서사인(中書舍人) 유(劉) 아무개에게 ‘봉천승운지보(奉天承運之寶)’라는 글자를 전서(篆書)로 쓰게 했다.

어명이 내려왔으니 누가 감히 어길 수 있겠는가? 상보시경(尙寶寺卿)은 이 옥새를 받든 채 밤낮으로 그 곁을 떠나지 않았고, 공부상서는 즉시 수많은 문서와 패표(牌票)를 발부하여 다섯 개의 성과 두 개의 현(縣)에서 옥을 다듬는 장인을 선발하여, 다시 여럿이서 함께 시험을 치러서 최상의 솜씨를 가진 이를 뽑았다. 다섯 개의 성에서 각기 다섯 명을 뽑으니 오오는 이십오 즉 스물다

1 명나라 때 옥새와 각종 부패(符牌), 인장(印章) 등을 관리하는 부서인 상보사(尙寶司)를 가리킨다. 여기에는 정오품 경(卿) 1명과 종오품 소경(少卿) 1명, 정육품 사승(司丞) 3명이 배치되었는데, 나중에는 일정한 정원이 없이 음사(蔭仕)로 벼슬을 내리곤 했다.

섯 명이요, 두 개의 현에서 각기 다섯 명을 뽑으니 이오는 십 즉 열 명이었다. 그들은 즉시 공부로 들어와 대기하라는 명이 내려졌다. 얼마 후 이들 지역에서 장인들을 이끌고 찾아오자 공부상서가 말했다.

“관리들은 문서를 부서에 제출하고 각자 본래 직무로 돌아가라. 장인들은 명단을 기록하여 제출하라. 이들을 한 명씩 시험하여 공이 있는 자에겐 상을 내리고, 죄를 지은 자에게는 벌을 내리게 될 것이다. 명단을 기록하고 나면 궁궐 밖에 나가 대기하도록 하라.”

원래 이 옥새는 함부로 깎거나 손댈 수 없는 것이었다. 이에 담당 관리가 공부의 대청에 두 개의 탁자를 마련하고 그 위에 부용꽃을 수놓은 비단을 깔았다. 또 흠천감(欽天監)에게 길한 날짜와 좋은 시간을 정하게 하고, 마 상서는 조복과 모자를 차려입고 향을 사르며 천지신명에게 절을 올렸다. 그런 다음 다시 옥새를 향해 절을 올리고, 몸소 상보시로 가서 옥새를 받아와서 공부의 대청에 마련된 탁자 위에 놓았다. 장인들도 각자 천지신명께 절을 올리고 지전을 태우고 향을 사르고 나서야 탁자로 다가가 보니, 옥새에서는 아름다운 노을빛이 눈부시게 빛나고 있었다. 거기에 손을 대지 않자니 어명을 어기는 것이고, 손을 대자니 너무 무서웠다. 그때 당상(堂上)에서 운판(雲板)[2]이 울리더니 공부상서의 목소리가 들렸다.

---

2 운판(雲版)이라고도 쓴다. 이것은 양쪽 끝을 구름 모양으로 장식한 쇠(또는 나무)로 만든 기구로서, 옛날 관청이나 부귀한 집안, 사원(寺院) 등에서 무

"시간이 되었으니 장인들은 작업을 시작하라!"

장인들은 어쩔 수 없이 손을 움직이기 시작했다. 원래 이 장인들은 함부로 손을 대지 않고 먼저 상, 중, 하의 세 반으로 나누었다. 아홉 명이 한 반이 되어 모두 삼구 이십칠 즉 스물일곱 명이 되었으며, 나머지 여덟 명 가운데 두 명은 모래를 보충하고, 두 명은 물을 교환했고, 두 명은 빈자리를 보충했으며, 두 명은 문제 있는 부분을 지적해 주었다. 각 반이 돌아가며 작업하고, 한 바퀴를 돌면 다시 처음부터 순서대로 작업을 진행했다. 그렇다고 매일 시도 때도 없이 작업을 계속한 것은 아니었다. 인시(寅時: 새벽 3~5시)에 장인들이 공부 관아로 들어가서 묘시(卯時: 아침 5~7시)까지는 작업을 시작하지 않고 있다가, 진시(辰時: 오전 7~9시)에 작업을 시작하고, 사시(巳時: 오전 9~11시)에 또 시작하고, 오시(午時: 오전 11시~오후 1시)에는 옥을 갈고 씻는 작업을 하고, 미시(未時: 오후 1~3시)에 다시 가는 작업을 하고. 신시(申時: 오후 3~5시)에는 깎는 작업을 쉬었다. 하루 동안에 왜 이리 여러 단위로 나누어 일했을까? 원래 인시와 묘시는 해가 막 떠서 햇빛이 아직 비스듬히 비치고 진시와 사시, 미시에는 해가 머리 위에 있다가, 신시 무렵에는 해가 서쪽으로 기운다. 그러므로 하루에도 작업해야 할 시간이 있고 해서는 안 되는 시간이 있는 것이다.

마 상서는 이렇게 생각했다.

슨 일을 알리거나 시간을 알릴 때, 또는 사람들을 모이게 할 때 신호로서 그것을 울렸다.

'이 옥새를 잘 갈면 금의환향할 수 있겠지만, 그렇게 되지 않으면 어쩌지?'

장인들은 이렇게 생각했다.

'이 옥새를 갈아 공을 세우면 호의호식할 수 있겠지만, 실수를 저지르는 날에는 말도 못 할 재앙을 당할 거야.'

그들은 모두 머리통을 손에 들고 있는 듯, 심장과 쓸개를 칼날 위에 올려놓고 있는 듯한 심정이었다. 어느덧 시간이 쏜살같이 흐르고 계절이 바뀌면서 삼십 일이 지났다. 한 달이 지나서야 작업이 모두 끝난 것이었다. 상보시경은 눈을 휘둥그레 뜨고 옥새에 새겨진 '봉천승운지보'라는 글자를 살펴보았다. 마 상서도 그걸 보고 둘이 함께 기뻐하며 파총(把總)[3]을 불러 옥새에 임시로 황금으로 만든 꽃 한 쌍을 장식하고 붉은 주단을 걸쳐놓았다. 또 장인들을 불러 임시로 몇 가지 상을 내리고, 어명이 내려오면 별로도 후한 상을 내리기로 했다.

상보시경은 다시 이 옥새를 받쳐 들었고, 마 상서는 곧장 조정 대문 밖에서 어명을 기다렸다. 오경 삼점(五更三點, 오전 6시 12분 무렵)에 황제가 대전에 오르고 문무백관이 조정으로 들어갔다. 이어서 어명을 전하는 이가 소리쳤다.

---

3 파총(把總)은 명·청 시대 육군의 하급 장교로서, 백총(百總)이라고도 부른다. 명나라 때는 경영(京營)과 변방 군대에 모두 이 직급이 있었으며 관등은 정칠품에 해당했다. 파총은 천 명 전후의 군인을 통솔하는 수비(守備) 즉 천총(千總) 바로 아래의 계급으로서 대략 440명의 군인을 통솔했다.

"문무 관원들이 모두 모였는가?"

그러자 문무 반원을 인솔하는 압반관이 나아가 아뢰었다.

"문관도 빠진 사람이 없고 무장도 마찬가지인데, 이미 서열에 따라 정렬해 있사옵니다."

"보고할 일이 있는 관리는 나와 보고하고, 별일 없으면 물러가도록 하라."

그 말이 채 끝나기도 전에 황문관이 아뢰었다.

"공부의 마 상서가 어명을 기다리고 있사옵니다."

"들라 하라."

어명이 전해지자 마 상서가 대전으로 들어와 다섯 번 절을 올리고 세 번 머리를 조아린 다음 만세삼창을 했다.

"수고가 많았소. 작업은 어찌 되었소?"

"하늘 같으신 폐하의 홍복으로 옥새를 다듬는 작업이 모두 끝났사옵니다."

"지금 어디 있는가?"

"오문에 있사옵니다. 괜찮은지 살펴보시옵소서."

"옥새를 들여오도록 하라."

상보시경이 두 손에 옥새를 받쳐 들고 예부상서에게 건네자, 다시 조정의 원로대신과 사례감 태감에게로 전해졌고, 태감이 황제에게 바쳤다. 황제가 살펴보니 과연 '봉천승운지보'라는 글자가 전서로 새겨져 있었다.

"사례감은 종이 위에 옥새를 찍어보도록 하라."

붓을 들고 있던 태감이 황급히 옥새에 주사를 바르고, 종이를 담당하는 태감이 하얀 종이를 펼치자 그 위에 연달아 두세 개의 도장을 찍었다. 그런데 황제가 펼쳐 보니 '구로선도지인'이라는 전서가 아직 남아 있는 것이었다. 황제는 기분이 조금 상해서 상보시의 관리를 부르지도 않고 그냥 공부상서에게 다시 작업하라고 분부했다.

마 상서는 옥새를 받아 관아로 돌아가면서 너무 슬퍼 눈물을 줄줄 흘렸다.

'십 년 동안 애써 공부한 게 도로아미타불이 되었구나. 정이품의 벼슬이 오늘 이놈의 옥새 때문에 날아가게 되었어!'

그는 어쩔 수 없이 담당 관리를 불러 비표를 작성하게 하고 공문을 보내 원래의 장인들을 다시 소집했다. 장인들은 이 소식을 듣고 다들 통곡하며 형벌을 받게 되지 않을까 두려워했다. 하지만 관아에서 부르니 가지 않을 수도 없는 노릇이어서, 다시 예전과 같이 반을 나누고 예전처럼 임무를 나누어 맡았다. 그리고 예전처럼 인시에 공부 관아로 들어가 묘시까지는 쉬고 있다가 진시에 작업을 시작하고, 사시에 또 작업하고, 오시에 옥새를 갈고, 미시에도 갈고, 신시에 작업을 마쳤다. 이번에는 지난번보다 더욱 박차를 가했기 때문에 한 달이 되기 전에 작업을 마쳤다. 마 상서가 자세히 살펴보니 분명히 '봉천승운지보'라고 새겨져 있는지라, 다시 조정으로 들어가 어명을 기다렸다.

그때 황제는 근신전(謹身殿)에서 정사를 논의하고 있었는데, 마음이 급해진 마 상서가 근신전으로 달려갔다. 이에 황문관이 보고했다.

"공부상서가 대전 밖에서 어명을 기다리고 있사옵니다."

"들라 하라."

어명이 전해지기도 전에 마 상서가 황급히 들어왔다.

"무슨 일이기에 이리 성급한가?"

"옥새 작업이 끝나서 보고하러 왔사옵니다."

"옥새는 어디 있는가?"

"대전 문밖에 있사옵니다."

"들여오도록 하라."

즉시 명이 전해져서 옥새가 근신전으로 들여졌다. 황제가 살펴보니 분명히 '봉천승운지보'라고 새겨져 있어서 얼른 주사를 바르고 종이에 찍어보게 하니, 또 '구로선도지인'이라고 찍히는 것이었다. 황제는 전보다 더욱 불쾌해져서 공부상서에게 다시 들고 나가 작업하라고 분부했다.

마 상서는 다시 장인들을 소집해서 작업을 시작했는데, 이 작업에 상서는 정이품 벼슬이 걸려 있고 장인들은 목숨이 걸려 있는 상황이었다. 마 상서가 말했다.

"이번에는 옛날 글자를 말끔히 지우고 새 글자를 또렷하게 새기도록 해라."

"알겠습니다."

그런데 '말끔히' 지우라는 바람에 옥새를 절반 가까이 갈아버렸고, '또렷하게' 새기라고 했으니 '봉천승운지보'라는 글자가 명명백백하게 새겨질 수밖에 없었다. 어느덧 작업이 끝나서 이튿날 조회가 열리자 마 상서는 다시 옥새를 바쳤다. 하지만 종이 위에 찍어 보니 다시 '구로선도지인'이라고 찍히는 게 아닌가! 황제는 산악을 무너뜨릴 듯 대로하여 옥새를 들어 궁전 섬돌 아래로 내던졌다.

"재간이 있다 한들 기껏해야 초선(草仙)에 지나지 않거늘, 어찌 감히 황제를 희롱한단 말인가!"

황제는 즉시 금의위 책임자를 불러 옥새를 오문 밖으로 가져가 곤장 마흔 대를 후려쳐서 영원히 쓰지 못하게 만들어 버리라고 어명을 내렸다. 금의위 도지휘(都指揮)는 교위(校尉)에게 다섯 개의 곤장을 새것으로 바꾸게 하여 마흔 대를 준비하게 하고, 여덟 명의 교위를 바꾸어가며 옥새의 운명이 저승으로 돌아가 다시는 쓸 수 없도록 내리치게 했다. 그런데 어떻게 옥새의 운명이 저승으로 돌아가 다시는 쓸 수 없게 만든단 말인가? 원래 이 옥새는 살아 있어서 밤에는 네 냥(兩)의 주사를 먹고, 한 번에 천 장의 종이에 도장을 찍을 수 있었다. 그런데 마흔 대의 곤장을 맞고 나서는 주사를 먹지 않고 한 번에 한 장의 종이에만 도장을 찍을 수 있게 되었으니, 그 운명이 저승으로 돌아가 다시는 쓸 수 없게 된 셈이 아닌가? 지금도 이 도장은 모산의 영관이 관리하고 있다.

한편 황제가 자리에서 떠나자 문무백관도 조회를 파했다. 그야말로 이런 격이었다.

青天白日	청천백일에
撞着一個顯歹子	아주 못된 놈 하나 만났으니
莫道無神也有神	신이 없느니 있느니 말하지 말라!

한밤중이 되어 갈 때 삼모조사는 자신의 옥새가 곤장 마흔 대를 맞았다는 소식을 듣고, 삼형제가 분노하여 각자 주먹을 내지르고 발길질을 하여 화양동을 무너뜨려 버렸다. 원래 이 화양동 안에는 백여 명이 들어갈 수 있으며 연단(煉丹)을 할 수 있는 아궁이와 솥, 돌침대와 돌 의자 등등 기이한 물건들이 헤아릴 수 없이 많았다. 그런데 세 조사가 무너뜨려 버리니 이제는 동굴 입구만 남아 있게 되었다. 세 조사는 화양동을 무너뜨린 것은 그렇다 치고, 즉시 상서로운 구름을 타고 눈부신 노을빛을 빛내며 금릉(金陵) 건강부(建康府, 지금의 난징시[南京市])로 달려갔다. 사실 그들은 못된 마음을 품고 있었다.

당시 황제는 건청궁(乾淸宮) 침실에서 깊은 잠에 빠져 있었는데, 정수리 위쪽에 진신(眞身)이 나타나 있었다. 삼모조사는 그제야 그 황제가 바로 옥허사상현천대제(玉虛師相玄天大帝)[4]께서 인간의 몸

4 정식 명칭은 북극진천진무현천상제옥허사상금궐화신탕마영진종겁제고천존(北極鎭天眞武玄天上帝玉虛師相金闕化身湯魔永鎭終劫濟苦天尊)으로서 일반적으로 북극현천상제(北極玄天上帝)라고 부르며, 줄여서 북제(北帝), 진무대제(眞武大帝), 현천상제(玄天上帝) 등으로 부른다. 그는 북극성과 북방의 현무(玄武)를 상징하는데, 북방은 오행 가운데 '수(水)'에 해당하기 때문에 해신(海神)을 겸하고 있으며, 또 북방을 대표하는 색이 검은색이기 때문에 흑

을 빌려 태어난 존재임을 알았다. 원래 현천상제는 삼모조사보다 훨씬 급이 높은 존재인지라 감해 대적할 수 없는 상대였다. 삼모조사는 자기 주제를 알고 조용히 물러날 수밖에 없었다.

어느새 닭이 울면서 새벽이 밝아 황제가 대전에 오르자 문무백관도 조정에 들어왔다. 이야말로 이런 격이었다.[5]

鐘聲紫禁纔應徹	황궁에 종소리 비로소 퍼지니
漏報仙衛儼已開	시각 알리자 궁궐 대문 벌써 열려 있네.
雙闕薄烟籠菡萏	대궐의 희미한 안개 피어나는 연꽃을 덮고
九成初日照蓬萊	높은 누대에 떠오른 햇빛 봉래전(蓬萊殿)[6]을 비추네.
朝時但向丹墀拜	조회할 때는 그저 붉은 섬돌 향해 절을 올리고
仗下方從碧殿廻	의장(儀仗)이 아래에서 황제 따라 찬란한 궁전으로 돌아가네.
聖道逍遙更何事	성인의 길 유유자적하니 또 무슨 일이 있으랴?

제(黑帝)라고도 불린다. 현천상제는 명나라 때 호국신(護國神)이자 항요복마신(降妖伏魔神), 전신(戰神)으로 받들어졌다.

5 인용된 시는 당나라 때 양거원(楊巨源)이 지은 〈조회(早朝)〉인데, 본 번역에서는 원작과 다른 몇 글자를 원작에 따라 고쳐 썼다.

6 봉래전(蓬萊殿)은 원래 당나라 대명궁(大明宮)의 자신전(紫宸殿) 북쪽에 있는 건물 이름인데, 여기서는 황궁의 건물을 가리키는 일반적인 의미로 쓰였다.

願將巴曲贊康哉　　바라건대 파곡(巴曲)[7] 불러 태평성대 칭송하리라!

황제가 대전에 오르자 문무백관이 조정에 들어왔고, 정편(淨鞭)이 세 번 울리자 문무 양반으로 나뉘어 정연하게 늘어섰다. 황제는 어명을 내려 용호산 정일사교도합무위천조광범 장 진인을 불러오라고 했다. 장 천사는 어명을 받고 황급히 조정으로 들어와 다섯 번 절하고 세 번 머리를 조아린 다음 만세삼창을 했다. 이에 황제가 말했다.

"저번에 삼모산에서 가져온 도장은 곤장 마흔 대를 쳐서 쓸모가 없어져 버렸고, 그대 도관의 도장은 또 도솔천 청허부에 있어서 쓸 수가 없소. 그러니 이제 짐은 어느 옥새를 쓴단 말이오?"

"폐하께서 쓰실 수 있는 전국옥새가 있지 아니하옵니까?"

"전국새는 먼 곳으로 가 버렸다고 하지 않았소!"

"서쪽 외국으로 가는 길은 멀고 험난하여 금방 다녀올 수는 없사옵니다."

"어쨌든 유능한 관리 하나를 선발해 한 번 다녀오도록 해야겠소."

장 천사가 미처 대답하기도 전에 용상 왼쪽에 시립해 있던 요 태사가 아뢰었다.

7 파곡(巴曲)은 파촉(巴蜀) 지방의 민간가요로서, 첫 부분이 '하리파인(下里巴人)'으로 시작된다고 한다.

“시비는 그걸 제기한 사람이 해결해야 하는 법이오니, 이 문제는 얘기를 꺼낸 장 진인이 책임을 져야 할 것이옵니다.”

이에 황제가 말했다.

“장 진인, 아무래도 이 옥새는 그대가 가져다줘야겠소.”

장 천사는 속으로 생각했다.

‘이 요 태사는 나하고 원수진 일도 전혀 없는데 한사코 나를 함정에 빠뜨리려고 애쓰는군. 어떻게든 계책을 마련해서 갚아줘야겠어. 그런데 어떻게 한다? 옳지! 요 태사는 본래 승려이니, 이제 옥새를 가져오는 일을 핑계로 불교를 없애서 쑥대밭으로 만들어 버려야겠다. 나중에 모진 꼴을 당하고 나서 후회해 봐야 소용없게 만들어주마.’

이에 그는 황제에게 아뢰었다.

“폐하, 전국옥새를 가져오는 것은 주머니 속의 물건을 꺼내는 것처럼 쉬운 일이옵니다.”

“어떤 계책이 있는지 말씀해 보시오.”

“저의 한 가지 소원을 들어주시면 그 계책을 아뢰겠사옵니다.”

“무엇이든 말씀해 보시구려.”

“옥새를 가져오시려면 우선 남경과 북경, 열세 개 성(省)의 암자와 절에 있는 승려들을 모두 없애 주시옵소서. 그러면 제가 계획을 세워 서양으로 가서 그 옥새를 구해 오겠나이다.”

황제는 오로지 그 옥새를 얻고 싶은 마음뿐이었는지라 그 청을 들어주기로 하고, 즉시 불교를 멸하라는 어명을 내렸다. 예부에서는 그 명을 받자 곧 남경과 북경, 열세 개 성에 공문을 보내서 지역이 멀고 가까운 것에 상관없이 공문을 접수한 날로부터 이레 안에 천하의 모든 승려를 산에서 내려보내 환속시키라고 지시했다. 이레 안에 하산하지 않는 자는 만리장성 바깥의 구외(口外)[8]로 강제로 이주시켜 평민으로 살게 하고, 이레가 지난 뒤에도 하산하지 않는 자는 어명을 거긴 죄로 본인과 속가(俗家)의 가족을 모두 참수형에 처하라고 했다. 또 주위에 승려가 있는데도 고발하지 않는 자는 변방의 군대로 보내 복역하게 했다.

예로부터 '불 가까이 있는 사람이 먼저 데인다.'라고 했듯이, 이곳 금릉 건강부는 바로 황궁 근처인지라 예부에서 고시를 내리자마자 오성병마사(五城兵馬司)에서 승려들을 쫓아내기 시작했다. 천하의 명산은 대부분 승려들이 차지하고 있어서, 남조 이래 세워진 사백팔십 개의 사원에 있던 수많은 승려는 지위와 인품을 막론하고 모조리 내쫓겨 하산해야 했다. 하물며 엄중한 어명이 내려졌으니 어찌 인정을 베풀 수 있었겠는가? 승려들은 누구도 감히 거역하지 못하고 짐을 싸서 둘러메고 통곡하며 떠나야 했다. 제자 앞에서 통곡하는 사부와 사부 앞에서 통곡하는 제자, 사손(師孫) 앞에서 통곡하는 사조(師祖)와 사조 앞에서 통곡하는 사손, 다른 이의 제자와

8 '구외(口外)'는 고북구(古北口), 희봉구(喜峰口) 등 만리장성의 관문 바깥을 의미한다. 이곳은 이른바 동북삼성(東北三省)을 제외한 내몽고와 허베이[河北] 북부의 장자커우[張家口]와 청더[承德]에서부터 신장[新疆] 일대를 포괄하는 변방 지역이다.

사손 앞에서 통곡하는 사부와 사조, 다른 이의 사부와 사조 앞에서 통곡하는 제자와 사손, 이 승려의 모자를 저 승려가 쓰고 가고, 저 승려의 나귀를 이 승려가 타고 가기도 했다. 또 기생집에 가서 한없는 이별의 회포를 푸는 이도 있고, 비구니들의 암자에 찾아가서 젊은 비구니를 끌어안고 애석해하는 이도 있었다. 그야말로 "삭발하고 또 법을 어기고, 집을 떠났다가 다시 돌아오는[削髮又犯法, 離家又到家]" 상황에 이런 모습이 겹친 격이었다.[9]

袖拂白雲歸洞口	흰 구름 소매에 스치며 동굴 입구로 돌아가서
杖挑明月浪天涯	지팡이에 밝은 달 짊어지고 하늘 끝을 떠도네.
可憐樹頂新巢鶴	가련하다, 나무 꼭대기에 새로 둥지 튼 학이여!

9 인용된 시는 명나라 숭정(崇禎) 17년(1645)에 장헌충(張獻忠)의 부대가 청성 후산(靑城後山)으로 도망치면서 약탈을 자행할 때, 이 산의 백운만불동(白雲萬佛洞)에 있는 사원의 승려들이 아래쪽 태안고사(泰安古寺)에서 불길이 치솟는 것을 보고 피신하기 전에 동굴 벽에 적어 놓았다는 시의 일부이다. 이 시는 여러 가지 판본이 있어서 몇몇 구절이 다른데, 이 가운데 하나는 다음과 같다. "낡은 가사 황망히 챙겨, 행낭을 살펴보니 아무것도 없네. 흰 구름 소매에 스치며 동굴 입구로 돌아가서, 밝은 달빛 등에 지고 하늘 끝으로 떠나네. 가련하다, 소나무 꼭대기에 새로 둥지 튼 학이여! 울타리 옆에 심어둔 꽃도 외로이 남겨둘 수밖에. 개와 고양이는 따라오라 시켰으니, 떠돌다가 속인의 집에 떨어지지 않게 하기 위함일세.[慌忙收拾舊袈裟, 點檢行囊沒一些. 袖拂白雲歸洞口, 擔挑明月到天涯. 可憐松頂新巢鶴, 孤負籬邊舊種花. 吩咐犬猫隨我去, 莫教流落俗人家.]"

辜負籬邊舊種花　　울타리 옆에 심어둔 꽃도 외로이 남겨둘 수밖에.

어쨌든 이 승려들은 어쩔 수 없이 하산하게 되었으니 누군들 원망하지 않았겠는가? 사람 수가 많으면 원망도 그만큼 많아지는 법이니, 이 일은 오대산(五臺山) 청량사(淸凉寺)에서 불경을 강설하고 있던 저 벽봉장로를 깜짝 놀라게 했다. 그는 자리에 올라앉아 현묘한 설법을 하고 있다가 이 소문을 듣자 곧 속사정을 알아챘다.

'마하승기가 과연 이런 액운을 몰고 왔으니, 내가 가지 않는다면 불교는 영원히 일어설 수 없게 되겠구나. 내가 원래 속세에 내려온 이유가 바로 이 때문이 아니던가?'

그는 즉시 경전을 덮고 강당을 담당하는 승려를 불렀다.

"승려들에게 도량을 잘 간수하라고 당부해 놓아라. 나는 남경에 한 번 다녀와야겠다."

그러자 좌선세(左善世)와 우선세(右善世), 좌천교(左闡教), 우천교(右闡教), 좌강경(左講經), 우강경(右講經), 좌각의(左覺義), 우각의(右覺義), 정제과(正提科), 부제과(副提科), 정주지(正住持), 부주지(副住持), 정승회(正僧會), 부승회(副僧會), 정승과(正僧科), 부승과(副僧科), 정승강(正僧綱), 부승강(副僧綱), 정승기(正僧紀), 부승기(副僧紀) 등등이 모두 간청했다.

"스님, 한참 현묘한 부분을 강설하고 계셔서 저희가 진정으로 고해에서 벗어나 영원히 지옥문에 떨어지지 않기를 바라고 있었사온데, 어이해 갑자기 떠나려 하십니까?"

그리고 모든 비구승과 비구니, 우바새, 우바이 사중(四衆)들이 저마다 간청했다.

"스님, 한참 현묘한 부분을 강설하고 계셔서 저희가 진정으로 고해에서 벗어나 영원히 지옥문에 떨어지지 않기를 바라고 있었사온데, 어이해 갑자기 떠나려 하십니까?"

또 제자 비환과 사손 운곡도 만류했다.

"여러 집을 돌아다니느니 한 집에 계속 머무는 게 나은 법인데, 무슨 일로 또 남경에 가시려는 것입니까?"

"걱정하지 마라. 금방 다녀오마."

그러자 모든 이들이 물었다.

"언제쯤 돌아오시렵니까?"

"이삼일이면 될 게다."

오대산에서 남경을 다녀오는데 어떻게 이삼일밖에 걸리지 않는단 말인가? 원래 벽봉장로는 인간의 몸을 빌려 태어난 연등고불인지라, 금광이 번쩍 일면 어디든지 가고 그 빛을 누르면 멈출 수 있었기 때문에 보통 사람과는 달랐다.

"스님, 저희에게는 하루가 일 년 같아서 이삼일도 기다리기 어렵사옵니다."

하지만 벽봉장로는 꼭 가야겠다는 생각이었기 때문에 더 이상 대꾸하지 않았다. 보라. 그는 둥근 모자를 쓰고 색을 물들인 도포에 노란색의 가는 허리띠를 매고, 여름 양말에 승려의 신발을 신고 어깨에 구환석장을 멘 채 금빛을 번쩍 일으키니, 어느새 오대산을 떠나 순식간에 남경의 상청하(上淸河)에 이르렀다. 고개를 들어 살펴보니 남경은 정말 용이 똬리를 틀고 호랑이가 쪼그려 앉은 제왕의 도읍이었다. 이를 증명하는 〈제경첨망(帝京瞻望)〉이라는 노래[詞]가 있다.

漢室金陵吳建業	한나라 때의 금릉 오나라 때의 건업
盤囷百里帝王國	구불구불 백 리를 둘러싼 제왕의 도읍일세.
三山二水壯皇圖	세 산과 두 강물 황도(皇圖)[10]에 장엄하니
虎踞龍蟠旺地脈	호랑이 웅크려 앉은 듯 용이 똬리 튼 듯 지맥도 왕성하구나.
鐘陵佳氣鬱葱葱	종산(鐘山)의 아름다운 공기 속에 녹음이 울창하고
萬歲嵩呼遺劍弓	우렁찬 만세삼창 뒤에 칼과 활이 남겨졌구나.
紫霧寒浮山月曉	자줏빛 안개 차갑게 떠 있을 때 산 위 달은 새벽을 맞고
紅雲晴挾大明東	붉은 구름 황궁 동쪽에 맑게 걸렸구나.
巍峨闕殿隱靈谷	드높은 궁궐 대전 신령한 골짝에 숨어 있고
星列辰分環輦轂	늘어선 별자리들 도읍을 둘러쌌네.
天上淸虛廣寒宮	하늘에는 청허광한궁이 있고
人間玉藻瓊枝屋	인간 세상에는 옥으로 장식한 집이 있지.

10 황도(皇圖)는 여기서 봉건왕조의 판도(版圖)를 가리킨다.

閱江樓下撫紅泉	열강루(閱江樓)[11] 아래에서 홍천(紅泉)[12]의 물을 뜨고
鸛鳥臺上眺青天	관조대(鸛鳥臺)에서 푸른 하늘 바라보았네.
分服不殊周鎬洛	백성들이 따름은 주(周)나라의 호락(鎬洛)[13]과 다르지 않고
授時猶守舜璣璇	벼슬 내릴 때는 순 임금의 선정(善政)을 따랐다네.
主家戚里連朱戶	황궁과 외척 거주지에 귀족들 저택 늘어서고
執戟三千食帝祿	삼천 개의 창을 세우고 황제의 녹봉 받아 살았다네.
長楊校獵疾飛雲	장양궁(長楊宮)에서 사냥할 때는 나는 구름처럼 빨랐고

11 남경(南京) 옛 성의 서북쪽 귀퉁이, 장강 강변에 있는 누각이다. 기록에 따르면 홍무(洪武) 7년(1374) 봄에 태조가 남경 사자산(獅子山)에 누각을 세우기로 하고 직접 열강루라는 이름을 짓고 또 〈열강루기(閱江樓記)〉를 지었으며, 신하들에게도 쓰게 했다. 개중에 대학사 송렴(宋濂)이 쓴 글이 가장 훌륭해서 훗날 《고문관지(古文觀止)》에도 수록되었다. 그러나 정작 누각은 기초공사만 끝난 상태에서 중단되었고, 2001년에야 실제 누각이 지어졌다.

12 한나라 때 곽헌(郭憲)이 편찬한 《동명기(洞冥記)》에 따르면 동방삭(東方朔)이 어릴 때 우물을 파다가 지하로 떨어졌는데, 누군가 그를 신선의 약초가 있는 곳으로 안내해주었다. 하지만 붉은 샘이 있어서 건너지 못하자 그 사람이 나막신을 하나 주어서 그걸 타고 건너가 약초를 캐 먹었다고 한다. 이후로 홍천(紅泉)은 신선 세계를 상징하는 말이 되었다.

13 서주(西周) 도읍 호경(鎬京)과 동주(東周)의 도읍 낙양(洛陽)을 아울러 부르는 명칭이다.

熊館驅馳如破竹	사웅관(射熊館)[14]에서 말 달릴 때는 파죽지세였지.
鐘鼓堂皇肅未央	웅장한 음악 소리 미앙궁(未央宮)에 엄숙히 울렸고
嚴更蹕道儼周行	엄격한 시간 맞춰 황제는 의젓하게 돌아갔지.
帶礪共盟千古石	황실의 은총 몸 바쳐 갚으리라는 맹세는 천고의 돌처럼 굳었고
金甌永稱萬年觴	황금 주발 같은 강토 영원하리라 술잔 들어 칭송했지.
此時天子尊文教	이때 천자는 문교(文教)를 존중하여
求賢直下金門詔	현명한 인재 구하는 어명을 내리셨지.
草茅願策治安書	초야의 인재는 편히 다스릴 대책을 썼고
葵曝敢揮清平調	백성들은 감히 태평성대의 노래를 불렀지.
石渠天祿宛蓬瀛	하늘의 복을 받은 석거각(石渠閣)은 삼신산처럼 아름다웠고
經筵御日對承明	경연(經筵)이 열리는 날 승명전(承明殿)[15] 앞에 나아갔지.
作賦未能遭拘監	시를 짓지 못하면 구금을 당해야 했고
注書甘自老虞卿	책을 해설할 때는 기꺼이 우경(虞卿)[16]을

14 사웅관(射熊館)은 한나라 장양궁(長楊宮)에 있던 곳으로서, 맹수를 길러서 황제의 사냥감으로 제공하는 곳이었다.

15 옛날 천자의 좌우 정전(正殿)을 '승명(承明)'이라고 불렀는데, 한나라 때 미앙궁 안에 승명전이 있었다.

16 우경(虞卿)은 전국시대의 명사로서 전략과 계책을 세우는 데에 뛰어난 인

	자처했지.
吁嗟! 世人嗜竽不嗜瑟	아! 세상 사람들은 피리만 좋아할 뿐 거문고는 싫어하니
眞贋繽紛誰鑒別	어지러이 얽힌 참과 거짓을 뉘라서 감별할까?
安貧獨有子雲賢	안빈낙도의 즐거움은 오직 양웅(揚雄)만이 누려서
寂寞玄成聊自適	고요하게 성인의 뒤를 이으며 유유자적했지.
世事湛浮似轉丸	세상사의 부침(浮沈)은 구르는 구슬 같은 지라
由來先達笑彈冠	먼저 깨달은 이들은 벼슬살이를 비웃었지.
咫尺君門遠萬里	지척의 황궁 문이 만 리처럼 멀리 느껴지니
令人惆悵五雲端	오색구름[17] 끝에서 실의에 젖게 하는구나.

또 〈사자산(獅子山)〉과 〈청량사(淸凉寺)〉라는 두 편의 율시가 있다.

萬仞巓崖俯大江	만 길 벼랑 장강을 굽어보나니
天開此險世無雙	하늘이 만든 이 험지 세상에 짝이 없네.
符堅小見堪遺笑	부견(符堅)[18]은 속이 좁아 후세의 비웃음 살만했고

물로서 조(趙)나라 효성왕(孝成王)에게 발탁되어 상경(上卿)에 봉해졌다.

17 오색구름[五雲]은 황제가 있는 곳을 가리키기도 한다.

18 부견(符堅: 338~385)은 자가 영고(永固) 또는 문옥(文玉)이며 16국 시대 전

魏武雄心入挫降	위나라 무제[19]의 호방한 마음도 좌절당했지.
一統輿圖新氣象	강토를 통일하여 기상을 새롭게 했으니
六朝形勝舊名邦	육조 때의 형세는 옛날 유명한 나라보다 뛰어났지.
題詩未覺登臨晩	시를 짓노라니 어느새 누각 주위에 날이 저물어
笑折黃花滿酒缸	웃으며 국화 꺾어 술 항아리에 가득 채우네.

不用芒鞋竹杖扳	짚신 신고 대지팡이 짚을 필요 없이
肩輿直到翠微間	가마 타고 곧장 녹음 깊은 산속으로 들어가네.
生逢王氣千年地	왕기 어린 천년의 땅 살아서 만나보니
秀拔金蓮一座山	황금 연꽃 같은 빼어난 산 하나 솟아 있구나.
佛殿倚空臨上界	허공으로 치솟은 불당은 하늘에 닿고
僧房習靜隔塵寰	고요한 승방은 속세와 떨어져 있네.
傳杯暫借伊周手	술잔 돌릴 때면 잠시 이윤과 주공의 손을 빌리고

진(前秦)의 황제(357~385)이다. 그는 황제로 있을 동안 중국 북방을 거의 통일했으나 진(晉)나라를 정벌하러 나섰다가 '비수(淝水)'의 전투에서 대패한 뒤로 세력이 줄어들어 결국 강족(羌族) 출신으로 훗날 후진(後秦)의 태조가 되는 요장(姚萇: 330~393)에게 피살되었다.

19 조조(曹操: 155~220)를 가리킨다. 그는 자가 맹덕(孟德)이며 동한의 승상(丞相)이자 위왕(魏王)에 봉해짐으로써 삼국시대 위나라의 기틀을 닦았지만, 적벽대전(赤壁大戰)에서 참패를 당했다.

且放經綸半日閑　　국가 대사는 잠시 접어두고 한나절을 쉰다네.

어쨌든 벽봉장로는 남경 상청하에 이르러 금광을 내리고 쌍묘(雙廟)로 들어갔으니, 이때는 벌써 한밤중이 되어 가고 있었다. 그야말로 이런 격이었다.[20]

靜夜有淸光　　고요한 밤에 맑은 빛 비치나니
閑堂仍獨息　　조용한 방에서 홀로 쉬노라.
念身幸無恨　　몸도 마음도 다행히 한이 없어
志氣方自得　　뜻도 기분도 비로소 편안하노라.
樂哉何所憂　　즐거워라, 무슨 걱정 있으랴?
所憂非我力　　근심하는 일이야 내 힘으로 어쩌지 못하는 것을!

어쨌든 이 사당 안에는 몇 명의 신이 있었으나, 금광을 번쩍이는 벽봉장로를 보자 자신들이 잘난 체 나설 수 없다는 것을 알고 모두 떠나 버렸다. 벽봉장로가 사당으로 들어가 제사상 앞에 앉았을 때 갑자기 한 줄기 바람이 불어왔다.

無踪無影透人懷　　흔적도 그림자도 없이 품을 파고들어

20 인용된 시는 당나라 때 한유(韓愈: 768~824, 자는 퇴지[退之])가 지은 〈야가(夜歌)〉이다.

四季能吹萬物開	사계절 모두 만물을 불어 열 수 있다네.
就地撮將黃葉去	땅에서는 낙엽을 쓸어 가고
入山推出白雲來	산에 들어가면 흰 구름 쫓아낸다네.[21]

바람이 지나자 어느 신이 들어왔다. 그의 차림새를 보면 두건을 쓰고 초록빛 비단옷을 입고 옥으로 만든 허리띠를 둘렀는데, 거기에는 청룡도가 살벌하게 걸려 있었다. 벽봉장로가 물었다.

"그대는 어떤 성현이시오?"

"저는 불법을 수호하는 열여덟 명의 가람(伽藍) 가운데 하나이옵니다."

"알고 보니 옥천산(玉泉山)에서 영험을 드러내신 관(關) 장군[22]이셨구려."

"그렇습니다."

"본래 자리로 돌아가시구려. 폐를 끼칠 수 없소이다."

그 신이 떠나고 나자 또 한 줄기 바람이 불었다.

有聲無影遍天涯	소리는 있으되 그림자도 없이 하늘 끝까지 두루 다니고
庭院朱簾日自斜	뜰 안 붉은 주렴에 햇빛은 절로 기우네.

21 마지막 두 구절은 송나라 때 혜통청단(慧通清旦) 선사(禪師)가 스승인 대위불성법태(大潙佛性法泰) 선사와 나눈 선문답이다.

22 삼국시대 촉한(蜀漢)의 명장 관우(關羽)를 가리킨다. 그는 죽은 후에 민간 신앙에서 신으로 받들어졌다.

夜月江城傳戍鼓	달밤 강가 성에서는 전투의 북소리 들려오고
夕陽關塞遞胡笳	석양 무렵 변방에는 오랑캐 피리 소리 들려오네.

바람이 지나가자 또 여러 신이 들어왔다.

"어떤 신들인지 성명을 밝히시오."

알고 보니 이들은 일유신(日遊神)과 야유신(夜遊神), 증복신(增福神), 약복신(掠福神), 규찰신(糾察神), 허공과왕신(虛空過往神), 그리고 오방게체신(五方揭諦神)들이었다.

"다들 본래 자리로 돌아가시오. 여러분의 도움은 필요 없소."

그 신들이 떠나고 나자 또 한 줄기 바람이 불었다.

無影無踪一氣回	그림자도 종적도 없이 단숨에 돌아
花心柳眼亂吹開	꽃도 버들 싹도 어지러이 불어 피게 하네.
分明昨晚西樓上	분명히 어젯밤엔 서쪽 누대에서
斜拽笙歌入耳來	피리 소리 끌고 와서 내 귀에 들리게 했지.

바람이 지나고 나자 또 한 명의 신이 나타났는데 그 차림새는 이러했다. 검은 두건에 붉은 장삼에 황금 허리띠를 매고, 손에는 칼 대신에 상아로 만든 홀판(笏板)을 들고 있었다. 또 눈썹과 눈동자가 아주 수려하고 하얀 이에 붉은 입술, 분을 바른 듯이 하얀 얼굴에 콧수염과 구레나룻을 조금 기르고 있었다. 그는 벽봉장로를 보더

니 둘레를 세 바퀴 돌며 이를 딱딱 부딪쳐서 경건한 마음을 표시했다. 벽봉장로가 물었다.

"그대는 어떤 신성인가?"

"저는 남경성에서 요괴를 처단하고 진명황제(眞命皇帝)의 어가(御駕)를 호위하고 있사옵니다."

"어느 진명황제를 말하는가?"

"무릇 진명황제가 인간 세상에 내려오시면 여러 신이 호위하옵니다. 저는 홍무제(洪武帝)의 어가를 호위하고 있사옵니다."

"지금 일하고 있는 곳은 어디인가?"

"저는 지금 경사 안쪽 열세 대문과 바깥의 열여덟 대문 가운데 하나인 강동문(江東門)을 지키고 있사옵니다."

"지금까지 어떤 요괴를 처단하고 어떤 사이한 것을 붙잡았는가?"

"오랑캐 원나라가 중원에 들어와 주인 노릇을 하면서부터 하늘과 땅이 뒤바뀌어 요괴와 사이한 것들이 아주 많아졌고, 정령이나 도깨비는 헤아릴 수 없이 많아졌사옵니다. 그러던 차에 홍무제께서 인간 세상에 내려오셔서 제가 요괴와 사이한 것들을 처단하고 붙잡고 해서 그놈들이 먼 곳으로 도망쳐 버렸기 때문에, 지금 이곳은 간신히 평안해졌사옵니다."

"그 말에 증거가 있는가?"

"삼산가(三山街)에서 약을 파는 하(賀) 도사가 증인이옵니다."

"자세히 얘기해 보시게."

"하씨 집안은 한나라 말엽 삼국시대부터 남경성 안에 살고 있사옵니다. 약을 파는 그 도사도 제법 영험한 성품이 있어서, 낮에는 사람을 치료해주고 밤에는 귀신을 치료해주었습니다. 어느 정령이 늘 그 집에 찾아가 약을 얻어가곤 하는데, 그게 벌써 삼사십 년이나 되었답니다. 그런데 어느 날 오경 삼점에 그놈이 울면서 찾아와 하 도사에게 작별인사를 하더랍니다.

'선생님, 이제 더 이상 약을 가지러 오지 못하게 되었습니다.'

그래서 '아니 왜 그런 말씀을 하시오?' 하고 물었더니, 이러더랍니다.

'이제 홍무제께서 세상을 다스리게 되셔서 하늘나라 누금천성(婁金天星)[23]께서 옥황상제의 명을 받아 각 지역의 성황신(城隍神)들에게 해당 지역의 대문을 지키게 하셨습니다. 우리는 사악한 존재라서 정의로운 존재를 이기지 못하니, 어떻게 다시 대문 안으로 들어갈 수 있겠습니까?'

그리고 '휙!' 하는 소리와 함께 그 정령이 사라져 버렸다 하옵니다. 그러니 이게 제가 임무를 수행한 증거가 아니겠사옵니까?"

---

23 중국에서는 전통적인 이십팔수(二十八宿)와 칠정(七政)의 개념을 혼합하여 이십팔수의 순서를 허일(虛日), 위월(危月), 실화(室火), 벽수(壁水), 규목(奎木), 누금(婁金), 위토(胃土), 묘일(昴日), 필월(畢月), 자화(觜火), 삼수(參水), 정목(井木), 귀금(鬼金), 유토(柳土), 성일(星日), 장월(張月), 이화(翼火), 진수(軫水), 각목(角木), 항금(亢金), 저토(氐土), 방일(房日), 심월(心月), 미화(尾火), 기수(箕水), 두목(斗木), 우금(牛金), 여토(女土)와 같이 정했다. 즉 누수(婁宿)는 오행의 금(金)과 결합하여 '누금'이라고 불리게 된 것이다.

"알고 보니 그대는 성황보살(城隍菩薩)이셨구먼!"

"예, 그렇사옵니다."

"그럼 성명이 어찌 되는가?"

"저는 기신(紀信)[24]이라 하옵니다."

"천하에 그 이름을 가진 이가 그대밖에 없는가?"

"이 강동문뿐만 아니라 중국의 모든 성황신은 성이 기씨이옵니다. 중국뿐만 아니라 해외 동서남북의 오랑캐와 모든 나라, 온 세상의 사당에 있는 성황신은 모두 성이 기씨여야 하옵니다."

이 얘기를 마치기도 전에 또 한 명의 신이 나타났는데, 그 역시 검은 두건에 붉은 장삼을 입고, 황금 허리띠를 매고, 손에는 칼 대신에 상아로 만든 홀판을 들고 있었다. 그는 나타나자마자 큰소리로 외쳤다.

"말조심하시오!"

그러자 기신이 물었다.

"아니 그게 무슨 말씀이오?"

"중국뿐만 아니라 해외의 모든 성황신의 성이 기씨라고 하지 않았소!"

"아니 그게 아니라는 말씀이오?"

---

24 기신(紀信: ?~기원전 204)은 자가 성(成)이고, 진나라 말엽 유방(劉邦)의 부장(部將)이었다. 나중에 형양성(滎陽城)에서 유방의 군대가 포위당했을 때 그는 유방의 모습으로 분장하여 포로가 됨으로써 유방의 탈출을 도왔으나, 그 자신은 항우(項羽)에게 처형되었다.

"중국이니 해외는 말할 것도 없고, 바로 지척에 기씨가 아닌 성황신이 하나 있단 말이오!"

기신이 화를 버럭 내며 소리쳤다.

"너는 누구인데 감히 내 흉내를 내며 찾아와 내 말을 끊는 것이냐? 좋다. 그건 그렇다 치고, 그래 바로 지척에 정말 기씨가 아닌 성황신이 있다면 모를까, 그게 아니라면 네놈에게 내 상아 홀판의 맛을 보여주마!"

"성미도 급하군! 목소리 크다고 말이 맞는 건 아니라는 속담도 있고, 또 여기 계신 부처님께서 공덕을 증명해주실 거요."

이에 벽봉장로가 말했다.

"서로 기분 상하게 하지 말고 각자 자기 얘기를 해 보면 자연히 공평한 결론이 나지 않겠는가?"

그러자 기신이 새로 나타난 이에게 말했다.

"그럼 여러 말 할 것 없이, 지척에 있다는 그 기씨가 아닌 성황신이 누구인지 얘기해 봐라."

"한 가지 물어봅시다. 응천부(應天府)가 관할하는 현(縣)이 몇 개인지 아시오?"

"일곱 개지."

"그 가운데 율수현(溧水縣)이 있지요?"

"그렇지."

"그곳 성황신의 성이 뭐죠?"

"전부 기씨야."

"아니네요."

"기씨라니까!"

"아니거든요!"

둘이 모두 지려 하지 않자 벽봉장로가 말했다.

"둘의 얘기는 모두 신빙성이 없구먼. 기씨라고 주장하는 쪽은 그 유래를 얘기해 보고, 반대편도 유래를 얘기해 보시게."

율수현의 성황신이 정말 기씨인지 아닌지, 그리고 기신은 왜 성황신의 성이 모두 기씨라고 하고, 반대편이 반대하는 이유가 무엇인지는 다음 회를 보시라.

제11회

백 성황은 율수현을 관장하고 장 천사는 벽봉장로에게 분노하다

白城隍執掌溧水　張天師怒發碧峰

萬峰秋盡百泉清	봉우리마다 가을 깊어 샘들도 맑은데[1]
舊鎖禪扉在赤城	적성산(赤城山)[2]의 절은 오래전에 대문 걸어 잠갔네.
楓浦客來烟未散	풍포(楓浦)[3]의 나그네 찾아오니 안개가 아직 걷히지 않았고
竹窗僧去月猶明	승려들 떠난 대나무 창에는 아직 달빛이 밝구나.

1 인용된 시는 당나라 때 허혼(許渾: 788?~858?, 자는 용회[用晦] 또는 중회[仲晦])이 지은 〈달빛 따라 노를 저어 대력사 영총상인을 전송하려다가 미치지 못함[乘月棹舟送大歷寺靈聰上人不及]〉이다.

2 지금의 저장성[浙江省] 톈타이현[天台縣] 북쪽에 있는 천태산(天台山)의 남문(南門)에 해당하는 산이다. 이 산은 흙이 붉고 산마루의 생김새가 성가퀴[城堞]을 닮았다고 해서 적성산이라고 불린다.

3 풍포(楓浦)는 쌍풍포(雙楓浦)라고도 하며, 지금의 후난성[湖南省] 류양현[瀏陽縣] 남쪽에 있다.

杯浮野渡魚龍遠	산하를 떠도니 물고기와 용도 멀리 달아나고
錫響空山虎豹驚	석장의 고리 빈산에 울리니 호랑이와 표범도 놀라는구나.
一字不留何足訝	글 한 자 남기지 않음이 어찌 이상할까?
白雲無路水無情	흰 구름은 정처 없고 강물은 무정하거늘!

이것은 불교만을 읊은 시이다.

어쨌거나 성황신 기신이 천하의 성황신은 모두 기씨라고 하자, 다른 신이 나타나 율수현의 성황신은 기씨가 아니라고 했다. 이에 벽봉장로는 둘의 얘기는 모두 신빙성이 없으니, 양쪽 모두 유래를 얘기해 보라고 했다. 그러자 기신이 먼저 나섰다.

"제가 한나라 고조 황제를 모시고 있을 때 위급한 상황이 닥쳐서 죽음으로 신하의 도리를 다했기 때문에 저를 '천하도성황(天下都城隍)'[4]에 봉해 주셨는데, 그 후로 지금까지 얼마나 많은 세월을 거쳐서 얼마나 많은 왕조를 겪었습니까? 그런데 이렇게 큰 천하 외에 어찌 또 다른 천하가 있을 수 있겠으며, '도성황' 외에 또 다른 성황이 있겠습니까? 그러니까 천하의 성황은 모두 기씨라는 것이옵니다."

"그렇다면 율수현의 성황이 기씨가 아니라는 것은 어떻게 설명

4 여기서 '도(都)'는 도읍, 도시라는 뜻 외에 부사로 쓰일 때는 '모두'라는 뜻으로 쓰인다.

할 것인가?"

그러자 다른 신이 말했다.

"이 얘기를 하자면 아주 깁니다!"

"어쨌든 얘기해 보시게."

"옛날에 중팔동(中八洞) 신선[5]이 서왕모의 연회에 가는데, 다른 일곱 분은 조금 빨리 갔지만 여동빈 신선은 구름과 안개를 타고 자유자재로 노니시며 이리저리 길을 돌아 천천히 가셨습니다. 그런데 한창 가는 도중에 갑자기 아래 세상에서 노랫소리가 가득 울리는지라, 구름을 열고 내려다보니 중국의 성안 백화항(百花巷)에 있는 어느 꽃밭에 규방 처녀 하나가 하녀 몇 명을 거느리고 서로 노래를 주고받으며 걷고 있었사옵니다. 원래 그 처녀는 하녀들과 함께 나왔다가 온갖 풀들이 싹을 틔우고 잡다한 꽃들이 피어 있는 것을 보자, 자기도 모르게 이런 옛날 노래를 불렀던 것이옵니다.

二九佳人進花園	열여덟 살 미녀가 꽃밭에 들어가
手扯花枝淚漣漣	꽃가지 꺾어 들고 눈물이 글썽글썽
花開花謝年年有	꽃이야 해마다 피고 지지만
人老何曾再少年	사람이 늙으면 어찌 다시 젊어지랴?

5 흔히 '팔동신선(八洞神仙)'이라고 부르는 장과로(張果老), 철괴리(鐵拐李), 한종리(漢鍾離), 여동빈(呂洞賓), 한상자(韓湘子), 하선고(何仙姑), 남채(藍采), 조국구(曹國舅)를 가리킨다.

그러자 운치를 아는 하녀 하나가 바로 받아서 이런 노래를 불렀사옵니다.

可歎一寸光陰一寸金	시간은 돈이라니 안타깝구나!
寸金難買寸光陰	돈으로 시간을 살 수는 없고
寸金使盡金還在	돈이야 다 쓰면 다시 돌아오기 마련이지만
過去光陰哪裏尋	지나간 시간은 어디서 찾을까?

그런데 세상사란 운치를 아는 사람이 있으면 눈치 없는 이가 있게 마련이어서, 다른 하녀 하나가 이런 노래를 불렀사옵니다.

十三十四正當時	열서너 살이면 시집갈 나이인데
只我十八十九還婚姻遲	나는 열여덟 살이 넘도록 아직 결혼하지 못하고 있네.
二十三十容顔退	스물 서른이면 얼굴도 늙을 텐데
衾寒枕冷哪個知	싸늘한 잠자리를 뉘라서 알아줄까?

여동빈 신선께서는 이 노래들을 듣고 이런 생각을 하셨다 하옵니다.

'어린 것들이 봄바람이 났구나! 잠깐 내려갔다 와야겠군.'

그리고 곧 구름을 내려 꽃밭으로 갔사옵니다. 그분은 원래부터 잘생긴 데다가 변신술로 더욱 단정하게 꾸미니까 정말 반안(潘安)의 얼굴에 조식(曹植)의 재능을 겸비한 멋진 청년의 모습이 되었사옵니다. 그러니 아무리 마음이 철석같은 사람이라도 끌릴 수밖에요. 자, 그분은 자미절각건(紫薇折角巾)을 쓰고, 부처님 머리카락처럼 푸르고 주름진 비단으로 만든 도포를 입고, 여름 양말 위에 세 가닥 줄무늬를 새겨 넣은 신을 신고 그 처녀의 앞쪽에서 걸어가셨사옵니다. 수줍음 많은 그 처녀는 얼굴이 새빨갛게 변해서 얼른 돌아서서 자리를 피하려 했사옵니다. 그러자 여동빈 신선이 일부러 미안한 표정을 지으며 따라가서 '실례했습니다.' 하며 인사를 하니, 그 처녀도 어쩔 수 없이 답례하는 수밖에요. 그러자 여동빈 신선이 사과했습지요.

'소저, 실례를 용서하십시오.'

그러자 그 처녀가 화난 목소리로 따졌사옵니다.

'선비님, 유학을 공부하신 분이 주공(周公)의 예법도 모르십니까? 왜 함부로 남의 집에 들어오신 건가요?'

여동빈 신선은 일부러 다시 사과했습지요.

'저는 과분하게 수재(秀才) 학위를 갖고 있는데, 조금 전에 몇몇 벗들에게 끌려서 구란(勾欄)[6]에 놀러 나왔습니다. 하지만 스승님께서 기생을 끼고 술 마시며 행실을 망치는 이가 없는지 살피러 나오셨는지라, 거기 들어가기 곤란해서 피신하다가 저도 모르게 귀댁

6 구란(勾欄)은 송(宋)·원(元) 시대에 와사(瓦舍)에 마련된, 잡극(雜劇)과 각종 기예(技藝)를 공연하던 장소로서 그 안에는 연극을 상연하는 무대[戲臺]와 희방(戲房), 신루(神樓), 그리고 관객들의 자리인 요붕(腰棚) 등이 설치되어 있었다.

에 함부로 들어오게 되었습니다. 부디 무례를 용서해 주십시오.'

그러자 그 처녀가 '그렇게 되었군요.' 하더니 하녀를 불러 이렇게 분부했사옵니다.

'선비님이 잠시 몸을 피하실 수 있도록 서재로 모셔라.'

그리고 처녀는 먼저 규방으로 돌아갔사옵니다. 그런데 뜻밖에도 그 수재의 꼬임을 들은 하녀가 그를 서재가 아닌 침실로 데려갔사옵니다. 이 하녀는 일찍이 아버지를 여의고 응석받이로 자라기도 했고, 그날따라 어머니가 왕(王) 이모의 집에 가서 집에 없었으니, 그 수재의 온유하고 따스한 모습에 끌리는 마음을 억누르지 못했던 것이옵니다. 게다가 다른 하녀들의 도움까지 얻은 덕분에 여동빈 신선을 손에 넣게 된 것이옵니다. 이후로 여동빈 신선은 낮이면 떠났다가 밤이면 찾아가고, 어두워지면 왔다가 날이 밝으면 떠나면서 상당히 친밀해졌사옵니다.

한편 이모 집에서 돌아온 그 하녀의 어머니는 그런 사정을 전혀 몰랐사옵니다. 다만 딸의 얼굴이 나날이 수척해지고 말수도 점점 적어지면서 안색도 점점 누렇게 변해가니, 어미로서 차마 보기가 안타까울 수밖에 없었사옵니다. 그런데 마침 이튿날이 칠월 초하루였사옵니다.

'애야, 오늘은 조금 일찍 자려무나. 내일이 초하루니까 나하고 함께 남문 밖 매묘(梅廟)[7]에 치성을 올리러 가자꾸나. 돌아오는 길에

---

7 매묘(梅廟)는 매고묘(梅姑廟), 낭낭묘(娘娘廟)라고도 하는 민간신앙의 신을 모시는 사당이다.

함께 장간사(長干寺)[8]에 들러 설법을 듣자꾸나. 그러면 네 울적한 심사도 조금 풀릴 게 아니냐?'

이렇게 해서 다음날 가마를 타고 성문을 나가 사당에서 향을 사르고, 돌아오는 길에 장간사에 들렀사옵니다. 이윽고 절 안에 북이 울리고 주지가 자리에 올라 경전을 강설했사옵니다. 잠시 후 향이 다 타고 시간이 되어서 주지가 설법을 마치고 자리에서 내려오다가 백(白)씨의 딸을 발견하고 물었사옵니다.

'시주께서는 어느 댁에서 오셨는지요?'

그러자 그녀의 어머니가 나아가 절을 올리고 대답했사옵니다.

'저는 백가의 아낙이고, 여기는 제 딸입니다. 이름은 백모란(白牡丹)입니다.'

'따님 얼굴에 사이한 기운이 서려 있구려.'

'그게 해로운 것입니까?'

'따님은 길어봐야 한 달밖에 살지 못하겠습니다.'

'부디 자비를 베풀어 딸아이 목숨을 구해 주십시오.'

'따님에게 밤에 무슨 일이 있는지 물어보시고 제게 말씀해 주십시오. 그러면 제가 방법을 마련해 보겠습니다.'

이에 백씨 아낙은 집에 돌아가자 딸에게 자세히 따져 물었사옵

---

8 장간사(長干寺)는 동진(東晉) 때 처음 세워졌으며, 송나라 때는 진종(眞宗: 998~1023 재위) 만년에 천희사(天禧寺)라는 이름을 하사받았다. 이후 원나라를 거치면서 그 절은 쇠락한 것으로 보이며, 명나라 때는 그 자리에 대보은사(大報恩寺)가 들어섰다.

니다. 그 딸도 목숨이 걸린 일인지라 전후 사정을 자세히 얘기할 수밖에 없었습지요. 이튿날 백씨 아낙이 장간사 주지를 찾아가서 그에 대해 자세히 들려주었사옵니다. 그러자 주지가 이렇게 얘기해 주었사옵니다.

'보살님, 그렇다면 제가 방법을 하나 알려드릴 테니, 이리저리하십시오.'

백씨 아낙은 집에 돌아오자 딸에게 이렇게 말했사옵니다.

'네 목숨을 구하려거든 이리저리하도록 해라.'

하녀는 그 말을 가슴에 새겨두었사옵니다. 그리고 이경 무렵이 되자 예전처럼 그 수재가 찾아와서 예전과 같은 일을 벌였사옵니다. 하녀가 어머니가 일러준 방법대로 이리저리했더니 여동빈 신선이 깜짝 놀라 도망쳐 버렸사옵니다.

원래 여동빈 신선에 대해서 다들 술과 여자, 재물을 좋아하고 화를 잘 낸다고 하지만 사실은 전혀 그렇지 않사옵니다. 그 일이 어찌 여자를 탐해서 그랬겠사옵니까? 그저 채음보양술(採陰補陽術)을 펼친 것일 뿐이지요. 그런데 뜻밖에 그 주지가 비밀을 알아채고 하녀에게 성교하다가 절정에 오르면 손가락 끝으로 상대의 왼쪽 갈비뼈 아래를 찍어서, 오히려 그의 단전에 모여 있던 지극한 보물이 여자의 안으로 새나가게 했던 것이옵니다. 그러니 여동빈에게는 이게 무익할 뿐만 아니라 해롭기까지 한 일이 아니겠사옵니까? 이에 여동빈은 깜짝 놀라 도망치면서 칼을 날려 그 하녀의 목을 치려고 하자, 하녀가 깜짝 놀라 무릎을 꿇고 살려달라고 애원하며, 이게

다 장간사의 주지가 시킨 일이라고 얘기했사옵니다. 그러자 여동빈은 칼을 날려 장간사 주지를 죽이려 했사옵니다. 하지만 그 주지는 예사로운 분이 아니라 바로 황룡선사(黃龍禪師)[9]이셨사옵니다. 여동빈이 날린 칼이 황룡선사의 몸에 닿으려는 순간, 선사께서 호통을 치셨사옵니다.

'못된 놈! 무례하구나!'

그리고 손가락 하나를 이용해 그 칼을 땅에 꽂아버렸사옵니다. 여동빈은 수컷 칼이 돌아오지 않자 황급히 다시 암컷 칼을 날렸지만, 그 역시 선사의 손가락에 걸려서 수컷 칼의 오른쪽에 꽂히고 말았사옵니다. 그걸 보자 당황한 여동빈이 구름을 타고 도망치려 하자, 황룡선사께서 손가락 하나로 단번에 그를 끌어내렸사옵니다. 이에 여동빈이 돌아서서 황룡선사께 절을 올리며 용서를 구했사옵니다.

'부디 자비를 베푸셔서 죄를 용서해 주시옵소서!'

---

9 초혜선사(超彗禪師)를 가리킨다. 그는 속세의 성이 장(張)씨이고 자는 회기(誨機), 법호는 진희(眞熹)이며, 청하(淸河, 지금의 장쑤성[江蘇省] 화이인현[淮陰縣]) 사람이다. 그는 진사 출신으로서 봉상태수(鳳翔太守)를 지내고 복건절도사(福建節度使)에 발탁되었으나 사양한 후, 집을 떠나 천하를 유랑하다가 청원(青原)의 현천언선사(玄泉彥禪師)와 황룡산(黃龍山) 영안사(永安寺)의 마화상(馬和尙)에게 불법을 전수받았으며, 당나라 건녕(乾寧) 2년(895)에 황룡사(黃龍寺)를 창건했다. 특히 그는 여동빈(呂洞賓)과 법력(法力)의 대결에서 승리하여 그를 호법제자(護法弟子)로 삼은 일로 유명하며, 당나라 황실로부터 '황룡대덕조사(黃龍大德祖師)', '황룡조사(黃龍祖師)'라는 법호를 하사받았다.

'나도 그러고 싶지만, 너는 다른 사람에게 자비를 베풀려 하지 않지 않느냐!'

'이제부터는 자비를 베풀어야 한다는 것을 깨달았사옵니다.'

'지금 입고 있는 게 무엇이냐?'

'승복이옵니다.'

'그건 안다. 그런데 그걸 입고도 규방 여자처럼 행동하고 병든 사내처럼 앉아 있구나. 사이한 색을 보지 않고 음란한 소리를 듣지 않아야 승복을 입었다고 할 수 있거늘, 어찌 이리 색욕(色慾)을 탐한단 말이냐!'

'이건 분명 제가 잘못한 것이옵니다. 이후부터는 회개하겠사오니 제발 제 칼들을 돌려주시옵소서!'

'칼을 돌려주면 또 사람을 해칠 게 아니냐!'

'앞으로는 그러지 않겠사옵니다.'

'이 두 자루 칼 가운데 수컷은 내 산문(山門)에 두어서 불법을 수호하게 하고, 암컷은 돌려주도록 하마.'

이에 여동빈이 앞으로 나아가 암컷 칼을 뽑아 손에 들자, 황룡법사께서 이렇게 말씀하셨사옵니다.

'검은 돌려주었지만, 그렇게 차면 안 된다.'

'그럼 어떻게 차야 합니까?'

'네가 못된 짓을 하고 다닐 때는 허리에 좌우로 나누어 차고 다녔지. 하지만 이제 그 검은 등에 메고 다니도록 해라. 이제부터 남을 베려고 칼집에서 빼면 먼저 네 목을 긋고 지나갈 것이요, 요괴를 베

려 하면 네 마음대로 쓸 수 있을 것이다. 사람을 해치려 하면 네가 먼저 다치게 될 것이야!'

'분부대로 따르겠사옵니다.'

이렇게 해서 여동빈은 등에 칼을 메고 다닌다는 말이 생기게 된 것이옵니다. 칼을 얻고 나자 여동빈이 또 간청했사옵니다.

'제 단전의 보물이 없어져 버려서 서왕모의 반도회(蟠桃會)에 갈 수 없게 되었사오니, 부디 가르침을 내려 주시옵소서.'

'내가 용강관(龍江關)으로 데려가 배를 태워주마. 거기서 뱃길로 백이십 리를 가면 의진현(儀眞縣)인데, 다시 거기서 뱃길로 칠십 리를 가면 양주부(揚州府)에 이르지. 또 거기서 뱃길로 백이십 리를 가면 고우주(高郵州)에 이르게 된다. 거기서는 더 이상 가지 말고 양기를 보양할 만한 곳을 찾아라. 거기서 아홉 해 동안 수련하여 목적이 이루어지면 다시 신선 세계로 떠나도록 해라.'

여동빈은 칼과 수련할 장소를 구하게 되자 황룡선사께 절을 올리고 떠났사옵니다. 그래서 지금 고우주에는 여동빈이 수련했던 양양관(養陽觀)의 옛 유적이 남아 있사옵니다.

한편 백모란은 여동빈의 지극한 보물을 얻게 되자 월경이 끊기고 임신을 하게 되어 꼬박 스물넉 달 만에 아이를 낳았사옵니다. 그런데 아이를 낳긴 했는데 정수리가 평평하고 이마는 넓고, 양 눈썹 사이는 불룩하고 아래턱은 각이 져 있어서, 갓 태어날 때부터 두세 살쯤 먹은 모양이었사옵니다. 하지만 어쩔 수 없이 기르는 수밖에 없었지요. 그리고 아이가 대여섯 살쯤 되었을 때 선생을 모셔다

가르쳤는데, 일고여덟 살쯤 되자 사서오경(四書五經)을 모르는 게 없이 통달했다 하옵니다. 열 살 무렵에는 제자백가까지 공부했고, 열한두 살 때는 유가, 불가, 도가와 여러 학파를 모두 공부하여 세상의 거의 모든 학문을 두루 섭렵하게 되었다 하옵니다. 이어서 열세 살 때 수재(秀才)가 되어 이듬해 거인(擧人)이 되고, 열다섯 살에 진사에 급제하여 처음으로 구용현(句容縣)의 현령으로 부임했습니다. 여기서 육 년의 기한을 채우고 다시 시험을 치러서 경사에 들어가 광동도(廣東道) 감찰어사(監察御史)가 되었사옵니다. 그러다가 어사가 탄핵을 당하자 그에게 재능을 펼칠 기회가 와서, 이런저런 관직을 두루 거치다가 병부시랑(兵部侍郎)까지 오르게 되었습니다. 그 후에 조상의 묘에 성묘하러 남쪽으로 가서 그대로 율수현에 거처를 정했사옵니다.

이 백 시랑은 청렴하기 그지없어서 백성의 재물을 탐하지도 않고 법을 어긴 일도 전혀 없었는데, 다만 좋아하는 것이 하나 있었으니, 그게 뭐냐 하면 바로 달걀이었다고 하옵니다. 매일 아침 일찍 일어나 달걀로 국을 끓여 속을 풀었다지요. 이 때문에 부(府)와 주(州), 현(縣)의 행상 우두머리와 가게 주인들은 매일 그걸 사다가 관아에 바치면서 백 시랑과 가까운 문지기들과 친분을 쌓았습니다.

하루는 어느 가게 주인이 달걀을 바치러 갔는데, 문지기가 그걸 받아 옷장 안에 넣어두었습니다. 한밤중이 되었을 때 제자들은 모두 잠들었지만, 백 시랑은 눈이 말똥말똥한 채 잠을 이루지 못하고 있었답니다. 그때 쥐 떼가 나타나 그 달걀들을 모조리 옮겨 가 버렸습니다. 어떻게 그럴 수가 있었냐고요? 알고 보니 쥐가 두 마리씩 함께 와서 한 놈이 옷장 바닥에 누워 달걀을 배 위에 얹어 네 발로 단단히 끌어안으면, 다른 한 놈이 그놈의 꼬리를 물고 천천히 끌고 갔던 것이옵니다. 그런 식으로 전부 가져가 버린 것이지요. 백 시랑은 그걸 보고 '세상에 어찌 억울한 일이 없으랴?' 하고 생각했다 하옵니다. 이튿날 일어나 보자 달걀이 보이지 않는지라 문지기는 주방에 그걸 줄 수 없었고, 주방에서는 또 달걀탕을 끓일 수 없게 되었지요. 백 시랑은 모르는 체 당상에 앉아 일부러 네 곳의 문지기들을 불러 심문을 했습니다. 곤장을 치고, 주리를 틀고, 형구(刑具)를 조이며 고문하자 훔쳐 먹었다고 자백하는 놈, 훔쳐서 밖으로 내갔다고 자백하는 놈도 있었답니다. 아무도 쥐의 재앙을 피하지 못했던 것입지요. 백 시랑은 그 모습을 보고 이런 생각이 들었답니다.

'세상에 억울한 일이 얼마나 많은가? 나도 수십 년 동안 벼슬살이하면서 잘못된 판단으로 얼마나 많은 억울한 일을 만들었을까? 기왕 벼슬살이하면서 녹을 받고 있으니 나라와 백성을 위해 일했어야 하는데, 오히려 이렇게 괜한 죄만 지어서 몸을 망쳤구나!'

이에 그는 이를 악물고 "쾅!" 하는 소리와 함께 청사의 기둥에 머리를 들이박아 버렸사옵니다. 이 때문에 뇌수가 화살처럼 쏟아지고 입에서 피를 쏟으며 목숨은 황천으로, 몸은 저승으로 가 버렸사옵니다. 당연히 신들이 옥황상제께 상소문을 올렸지요.

'인간 세상에 이렇게 청렴한 관리가 있었구나. 백성에게 억울한

일을 저지르기 전에 차라리 자기가 먼저 목숨을 버리다니!'

옥황상제께서는 허(許) 진군(眞君)을 보내 어명을 내리셔서 백 시랑을 도솔궁으로 불러들였고, 마침내 영소보전(靈霄寶殿)에서 몸소 잔치를 베풀어 주셨사옵니다. 그리고 그가 율수현에서 죽었기 때문에 그곳 성황으로 봉하고, 칙령을 내려 그곳에 부임해 일을 보게 하셨사옵니다. 그러니까 율수현의 성황은 성이 백씨인 것입니다.

자, 그런데 그대는 왜 천하의 성황신들 가운데 다른 성씨가 없다고 하는 것이오?"

이제 벽봉장로 말했다.

"내가 그대들을 화해시켜주겠네. 천하의 성황은 기씨이고, 율수현의 성황은 백씨일세."

그러자 다른 신이 동의했다.

"그러면 조금 낫겠군요!"

벽봉장로가 물었다.

"혹시 그대가 백 성황인가?"

"아닙니다."

"그렇다면 왜 그리 장황한 이야기를 한 것인가?"

"불공평하고 법에 어긋난 일이 있으면 누구나 숨김없이 바른말을 할 수 있는 법이지요."

"그대는 어떤 신인가?"

"저는 천하의 토지신을 관장하고 있사옵니다."

"그런데 왜 성황신하고 같은 차림을 했는가?"

"저는 본래 성황과 비슷한 직위인지라, 저기 아래쪽에 서 있는 지위 낮은 토지신들만 성황신의 명령을 받습니다."

벽봉장로가 고개를 들어 보니 아래쪽에 몇 명의 키 작은 노인들이 서 있었다. 그들은 모두 똑같이 검은 동파건(東坡巾)을 쓰고, 네 개의 줄이 박힌 도포를 입고, 노란 끈으로 허리띠를 매고, 선비들이 신는 신을 신고, 머리가 불룩한 지팡이를 짚고 있었다.

"그대들은 어떤 신들인가?"

"저희는 모두 이 지역 토지신이옵니다."

"여긴 무엇 하러 왔는가?"

"스님을 영접하러 왔사옵니다."

"도토지를 비롯해서 모두 돌아가시구려."

벽봉장로가 토지신들을 돌려보내고 나니 시간이 벌써 사경(새벽 1~3시)이 되어 있었다. 그가 구환석장을 끌고 쌍묘를 나오자 거리에는 사람들이 시끌시끌 북적거리고 있었다.

'그래도 남선부주에 왔으니 중생을 제도해서 정과를 이루도록 해 줘야겠구나. 그게 부처의 도리이지.'

보라. 벽봉장로의 몸이 갑자기 여덟 자 다섯 치로 늘어나면서 무척 위엄 있는 모습으로 변했다. 사각형의 커다란 얼굴에 커다란 귀, 박박 깎은 머리에 수염은 기르고 있으나 구석구석 단정히 다듬어져 있었다. 그는 한 손으로 구환석장을 끌고, 다른 한 손에 자금 바리때를 받쳐 들고 크게 소리쳤다.

"여러분, 시주 좀 해 주시오!"

이렇게 수십 집의 대문을 찾아갔지만, 시주의 자비를 베푸는 이가 아무도 없었다. 다시 앞으로 가니 열세 칸짜리 대문이 나타났다.

'이렇게 큰 집에는 분명히 시주해줄 선한 보살이 계실 게야.'

그런데 그가 대문 앞에 가서 "여러분, 시주 좀 해 주시오!" 하고 소리치자, 대문 안에서 갑자기 버릇없고 못돼먹은, 머리에 부스럼이 난 녀석이 뛰쳐나왔다. 그놈은 비록 머리에는 부스럼이 나 있었지만 주둥이는 매처럼 사나웠다.

"스님, 옆집으로 가보쇼!"

하지만 벽봉장로가 꿈쩍 않고 서 있자 그는 벽봉장로의 소매를 잡아끌고 옆집으로 갔다. 그런데 옆집 대문 안에서 또 생김새도 비딱하고 사리 분별도 못 하는 대책 없이 지저분한 녀석이 나오더니 머리에 부스럼 난 녀석에게 쏘아붙였다.

"이런 싸가지 같으니! 너희 집에 찾아온 중을 왜 우리 집으로 내밀어?"

그러자 성격이 불같은 그 머리에 부스럼 난 녀석이 지저분한 녀석의 멱살을 쥐고 머리카락을 잡아 뜯고, 눈을 쥐어박아서 둘 사이에 우격다짐이 벌어졌다. 잠시 후 거리에 사람들이 웅성웅성 나오더니 싸움은 말리지 않고 게다가 엉뚱한 곳으로 화살을 돌렸다.

"이 중은 무슨 동냥을 하고 난리야?"

사람들은 벽봉장로를 거리 이곳저곳으로 떠밀고 다녔다.

이 사람들이 왜 그랬을까? 알고 보니 지금 황제인 영락제가 도교를 일으키고 승려를 없애라고 했기 때문이었다. 벽봉장로는 그저 헛웃음이 나올 따름이었다.

'불경에 나무[南無][10]라는 말이 많이 나오더니, 남선부주에는 정말 자비를 베풀어 제도할 방도가 없구나.'

이때는 이미 날이 밝아오고 있어서 황제가 대전에 올라 문부백관들이 조정으로 들어가려던 참이었다. 벽봉장로는 발걸음을 옮겨 상청하를 떠나 강동문으로 들어가, 다시 삼산문(三山門)을 거쳐서 두문교(陡門橋)와 행구(行口), 삼산가(三山街), 회청교(淮清橋), 대중교(大中橋), 숭례가(崇禮街), 오조가(五條街)를 거쳐서 마침내 정양문(正陽門) 앞에 이르렀다. 그런데 그가 한창 걸어가고 있을 때 어느 황문관과 마주쳤다. 길을 열라는 아전의 외침 속에서 "시주 좀 해 주시오!"라는 벽봉장로의 외침이 뒤섞였다. 아전이 고개를 들어 살펴보니 까까머리에 비로모를 쓰고 염색한 승복을 입은 채 한 손에는 바리때를, 한 손에는 석장을 짚은 모습이 영락없는 승려였다. 그 아전도 엄한 이여서 승려를 보자마자 소매에서 가시가 달린 채찍을 꺼내어 다리를 후려치려 했다. 그런데 뜻밖에 그 중이 아프다고 비명을 지르는 게 아니라, 오히려 자기 무릎만 아픈 게 아닌가! 이 바람에 그는 화가 치밀어 더욱 중을 미워하게 되었다.

그때 황문관이 어느새 앞에 다가와서 물었다.

"누가 소란을 피우는가?"

이것은 치안과 관련된 문제인지라 그 아전이 대답했다.

---

10 여기서는 '남쪽에는 없다.'라는 뜻으로 쓰였다.

"승려를 없애고 도교를 일으키라는 어명이 내려와 다섯 성(城)과 두 현(縣)에서 중들을 잡아들이고 있으며, 길거리에서 머리카락이 조금 듬성한 사람만 보여도 잡아 가두려 하기 때문에, 머리에 부스럼이 난 사람이나 대머리들은 집 안에 숨어 감히 대문 밖으로 나오지 않습니다. 그런데 이 중은 버젓이 활개를 치고 다니면서 큰소리로 동냥을 하고 다니니, 대체 무얼 믿고 이러는지 모르겠습니다."

이에 황문관이 벽봉장로에게 물었다.

"거기 중은 산에서 자랐느냐, 물에서 떨어져 나왔느냐? 너도 귀가 있을 텐데, 도교를 일으키고 승려를 없앤다는 어명이 내려왔다는 얘기를 듣지 못했단 말이냐?"

"저는 경사 밖에서 왔기 때문에 모르고 있었소이다."

"경사의 대문은 안에 열세 개, 밖에 열여덟 개가 있는데 너는 어느 문을 통해 들어왔느냐?"

그 말을 듣자 벽봉장로는 속으로 생각했다.

'내가 어느 문으로 들어왔다고 하면 그곳 문지기가 곤란해질 테니, 그런 꼴은 차마 볼 수 없지.'

벽봉장로는 잠시 머리를 숙이고 생각하더니 이렇게 되물었다.

"나리, 고향이 어디십니까?"

그 황문관은 그래도 덕이 있는 인물이라 순순히 대답해 주었다.

"나는 휘주(徽州) 사람일세."

"그럼 아시겠군요."

"아니, 그게 무슨 말인가?"

"경사 출신이시라면 바깥일을 모르겠지만, 경사 바깥의 부와 주, 현, 도에는 모두 성벽과 성루(城樓)가 있고, 성루 위에는 모두 하얀 바탕의 현판에 검은 글씨로 무슨 문이라고 적혀 있어서, 행인들은 자기가 무슨 문으로 들어가는지 알 수 있지요. 하지만 경사는 황제께서 도읍을 세운 곳이라 성벽이 높긴 하지만 성루가 없고, 현판도 없으며, 게다가 저는 한밤중에 왔으니 어디가 어디인지 어찌 알았겠습니까?"

그러자 길을 열던 아전이 분이 풀리지 않아서 이렇게 보고했다.

"제가 끌고 가서 어느 문으로 들어왔는지 보고 오겠습니다."

벽봉장로가 말했다.

"구불구불한 길과 모퉁이를 수도 없이 돌아왔는데, 왔던 길을 어떻게 찾는단 말씀이오?"

황문관이 말했다.

"그렇다면 수문장은 그냥 두고 너만 추궁하면 되겠구나!"

"구해 주셔서 감사합니다만,[11] 소승은 은혜를 갚을 길이 없군요."

"구해 준다는 게 아니라 추궁한다는 얘기다!"

"어떻게 추궁한다는 말씀입니까?"

"가볍게 추궁하자면 사제사(祠祭司)[12]로 끌고 가서 추궁하는 것이고, 무겁게 추궁하자면 네 머리를 베어 효수(梟首)하는 것이다."

11 이것은 추궁하는 것[究, jiū]과 구해 주는 것[救, jiù]의 발음이 비슷한 것을 이용한 말장난이다.

12 청나라 때 제사를 주관하던 부서로서 예부(禮部) 소속이다.

"나리, 덕분에 좋은 구경을 하겠습니다. 소승은 아직 그런 큰일은 본 적이 없답니다."

"그게 무슨 소리냐?"

"제 머리를 효수하는데 나리께서 대신 힘을 쓰셔야 한다면, 그게 큰일이 아닙니까?"

"예로부터 도의에 따르고 재물을 가벼이 여긴다는 말은 있지만, 도의를 따르고 목숨을 가벼이 여긴다는 말은 들어보지 못했다."

"옛날에 희견보살(喜見菩薩)[13]이라는 분은 스스로 몸을 불살라 사흘 동안 부처님께 공양했다고 합니다. 그리고 묘장왕(妙莊王)[14]의

---

13 정식 명칭은 일체중생희견보살(一切衆生喜見菩薩)로서 약왕보살(藥王菩薩)의 전신(前身)이며, 《법화경(法華經)》을 공양하기 위해 스스로 몸을 불태웠다고 한다.

14 《여주향산대비보살전(汝州香山大悲菩薩傳)》이라는 비문(碑文)의 기록에 따르면 기원전 6세기 무렵 부성(父城, 지금의 리좡향[李莊鄕] 구청촌[古城村]에 해당함)에 있던 작은 나라의 왕이 장왕(莊王)이었고 왕후는 보덕(寶德)이었는데, 태자(太子)는 없고 묘안(妙顔), 묘음(妙音), 묘선(妙善)이라는 세 딸만 있었다고 한다. 나중에 세 딸의 이름에 '묘(妙)'자가 들어 있다는 이유로 그 왕을 '묘장왕(妙莊王)' 또는 '묘장왕(苗莊王)'이라고 불렀다고 한다. (다만 묘장왕이 다스리던 나라에 대해서는 이설이 있다.) 민간에는 이 딸들 가운데 막내인 묘선이 수행하여 관음보살(觀音菩薩)이 되었고, 이를 뒤이어 장왕과 나머지 가족들도 수행하여 각기 보살이 되었는데, 장왕은 선승보살(善勝菩薩), 보덕왕후는 만선보살(萬善菩薩), 큰딸 묘안은 보현보살(普賢菩薩), 둘째 묘음은 문수보살(文殊菩薩)이 되었다는 이야기가 전해진다. 그러나 불경(佛經)에는 관음보살은 과거고불(過去古佛)로서 가끔 여자의 몸으로 현신(現身)했다는 얘기만 있을 뿐 따로 전신(前身)이 있다는 설명이 없으니, 잘못된 전설이라고 하겠다.

딸이 향산(香山)에서 수행하는데 부친이 병에 걸려서 골육(骨肉)과 손, 눈동자를 끊어서 약인(藥引)[15]을 만들어야 한다는 얘기를 듣고 즉시 자신의 손을 자르고 눈동자를 뽑아 부친을 구했습니다. 그 때문에 천수천안(千手千眼)의 영력과, 고난을 구제하는 대자대비를 실행함으로써 관세음보살이 될 수 있었던 것이지요. 또 석랍태자(錫臘太子, 싯다르타Siddhārtha)는 십만 리 강산을 버리고 설산(雪山)에서 수행할 때 까마귀가 정수리에 둥지를 틀고 갈대와 죽순이 무릎을 뚫고 자랐는데, 또 자신의 몸을 호랑이의 먹이로 주고 살을 발라 독수리에게 먹였습니다. 하지만 요즘 사람들은 오히려 목숨에 연연하고 있지요."

길을 여는 아전이 코웃음을 쳤다.

"뻥이 심하시군!"

황문관이 말했다.

"일단 가둬둬라. 내가 조정에 들어가 폐하께 아뢰고, 어의 명에 따라 죽이든 살리든 결정하겠다."

그 말이 채 끝나기도 전에 황궁 전각에서 풍악이 울렸으니, 벌써 조회를 여는 때가 되었기 때문이었다. 그야말로 이런 모습이었다.[16]

---

15 어떤 병을 치료하기 위해 쓰는 주요 약물의 효력을 아픈 부위로 이끄는 역할을 하면서 치료와 해독, 위장 보호, 주요 약물의 쓴맛을 조절하는 등의 역할을 하는 약재를 가리킨다.

16 인용된 시는 양거원(楊巨源)의 〈통주에 계신 원진 시어사께 삼가 부침[奉寄通州元九侍御]〉인데, 원작과 인용된 것은 약간 다르다. 본 번역에서는 작자가 의도적으로 고쳤다고 보이는 것을 제외한 나머지 부분은 원작에 따라 교정하여 번역했다.

大明宮殿鬱蒼蒼	대명궁 궁전들 빼곡하게 솟아 있는데
紫禁龍樓直署香	황궁 누각에는 숙직하는 이들이 피운 향이 퍼지네.
九陌華軒爭道路	도성 큰길가에는 화려한 수레들 다투어 달리고
一枝寒玉任烟霞	한 줄기 맑고 차가운 강물에 새벽노을 덮여 있네.
須聽瑞雪傳心語	상서로운 눈이 마음으로 전하는 말 들어야 하나니
更喜文鴛續鷺行[17]	더욱 기쁘게도 아리따운 원앙이 해오라기 따라 나네.
共說聖朝容直氣	성스러운 황제께서 직간(直諫) 받아들이심을 함께 기뻐하며
期君此日奉恩光[18]	오늘 군주께서 성은 내려 주시길 기대하네.

어쨌든 조회를 열 때가 되자 황제가 대전에 오르고 문무백관이 모두 자기 자리에 섰다. 황문관이 아뢰었다.

"오문 밖에 어명을 기다리는 중이 있사옵니다."

"이곳에 승려를 없애라고 했는데 어떻게 중이 찾아왔단 말인가? 분명 무슨 신통력을 갖고 있으니 왔으렷다? 그 중을 들라 하라!"

벽봉장로는 어명이 내려오자 휘적휘적 걸어 들어갔다. 그는 왼

17 원작에는 이 구절이 "원숭이 울음 때문에 눈물 따라 흘리지 말지라[莫被啼猿續淚行]."라고 했다.

18 원작에는 '이 날[此日]'이 '새해[新歲]'로 썼다.

쪽의 문관(文官) 자리로도, 오른쪽의 무관(武官) 자리로도 가지 않고, 곧장 황제의 용상으로 이어진 중앙의 길을 걸어 계단 앞으로 갔다. 그러자 양편의 교위(校尉)들이 호통을 쳤다.

"그 길은 폐하께서 다니시는 길이다. 어찌 감히 중이 거기로 걸어 들어온단 말이냐!"

"저는 어려서부터 소심해서, 세 개의 길이 있으면 항상 가운데 길만 걸어 다녔습니다."

그는 황제를 보고도 큰절을 올리지 않고 그저 손만 슬쩍 들어 인사를 했다. 그러자 홍려시의 관리가 말했다.

"왜 큰절을 올리지 않는 것이냐?"

"태평성대라 백성들이 모두 평안한 시절인데, 흥겹다[興]는 말씀만 하셔야지 왜 낭패[敗][19]라는 말씀을 하시는지요?"

황제는 이미 승려를 없애라는 어명을 내렸는데, 이 승려가 감히 황제가 다니는 길로 걸어 들어와서 절도 올리지 않자 크게 진노했다. 그는 버럭 소리를 지르며 금의위에게 이 승려를 포박하여 오문 밖으로 끌고 가서 목을 베어 효수하라고 했다. 그때 대전 동쪽에서 따각따각 나막신 소리와 짤랑짤랑 옥패(玉佩) 소리가 울리며 대신 하나가 황급히 달려오며 소리쳤다.

"잠깐! 칼을 멈춰라!"

---

19 절한다는 뜻의 한자 '배(拜, bài)'와 낭패라는 뜻의 한자 '패(敗, bài)'의 발음이 같다는 점을 이용한 말장난이다.

알고 보니 그는 새로 성의백(誠意伯)[20]의 지위를 계승한 유(劉) 아무개였다. 그는 의관을 바로잡고 만세삼창을 한 후 이렇게 아뢰었다.

"폐하, 세상에는 사원이 아주 많고 그 안에 있는 승려도 많지만, 조정에 직접 찾아와 알현하는 이는 적습니다. 오늘 이 승려가 폐하를 알현하러 찾아온 것은 틀림없이 무슨 사연이 있기 때문일 테니, 부디 깊이 헤아려 주시옵소서. 그런 다음에 정말 예법을 어기고 불순한 자라면, 그때 처형해도 늦지 않을 것이옵니다."

"좋소. 그 승려를 다시 들여보내도록 하라!"

벽봉장로가 다시 들어오자 황제가 물었다.

"그대는 무슨 억울한 일이 있어서 목숨을 걸고 짐을 찾아왔는가?"

"폐하께서 저희 승려들을 멸하려 하시기 때문입니다."

"그렇긴 한데, 무슨 할 말이 있는가?"

"옛날 한나라 문제(文帝)께서도 승려를 처형하지 않으셨고, 희부인(希夫人)[21] 또한 승려의 계율을 어기지 않았습니다. 폐하께서는

---

20 성의백(誠意伯)은 봉호(封號) 명칭이다. 유기(劉基: 1311~1375)는 자가 백온(伯溫)이고 청전현(青田縣) 남전향(南田鄉: 지금의 저장성 원청현[文成縣]에 속함) 사람이다. 군사 전략가이자 문학가, 정치가인 그는 명나라 개국공신으로서 태조 주원장(朱元璋)으로부터 "나의 장량[吾之張子房]"이라는 칭송을 들을 정도로 신임을 받았으며, 홍무(洪武) 3년(1370)에 성의백에 봉해졌다. 죽은 후에는 태사(太師)에 추증되었고, 시호는 문성(文成)이다. 본문의 성의백은 그의 작위를 세습한 후손으로 설정되어 있다.

21 옛날 인도 마가다(摩竭陀, Magadha) 왕국의 빔비사라(頻婆娑羅, Bimbisara)

천만 년 제왕 가운데 가장 뛰어나신 분이시라 천지만큼 높고 두터운 덕으로 하해(河海)와 같은 아량을 지니고 계시니 백성의 마음을 헤아려 용납하지 않으신 바가 없사옵니다. 게다가 삼교(三教)와 구류(九流)가 모두 폐하의 자식이나 마찬가지인데, 누구를 사랑하여 후대하고 누구를 미워하여 박대하실 수 있사옵니까? 지금처럼 이렇게 승려를 없애고 도교를 일으키시는 게 온당한 일이옵니까?"

"이건 원래 용호산의 장 천사가 상주한 일이다."

그 말이 채 끝나기도 전에 황문관이 아뢰었다.

"용호산 장 천사께서 구름을 타고 내려와서 지금 궐문 아래에서 어명을 기다리고 있사옵니다."

"들라 하라!"

장 천사는 안으로 들어와 다섯 번 절하고 세 번 머리를 조아려 예를 행하고 나자, 황제가 말했다.

"바다에서 고생이 많으셨습니다."

"이건 모두 제가 마땅히 해야 할 일이온데 고생이라니요."

원래 장 천사는 불로장생의 영지(靈芝)를 캐서 조정에 진상하기 위해 바다에 다녀왔기 때문에, 황제가 바다에서 고생했다느니 하

왕의 부인이자 아자타사트루(阿闍世, ajātaśatru) 태자의 모친인 바이데히(韋提希, Vaidehi)를 가리킨다. 그녀는 아자타사트루가 태자였을 때 나쁜 무리의 꼬임에 넘어가 부왕을 억류하자 꿀과 보릿가루를 섞어 몸에 바르고 영락(瓔珞)에 포도즙을 숨겨서 몰래 왕에게 바침으로써 목숨을 살렸다. 이에 세자는 모친까지 죽이려 하다가 신하들의 만류로 궁중에 유폐시켰는데, 이때 그녀는 석가모니에게 기원하여 고난에서 벗어났다고 한다.

는 말을 한 것이었다. 그런데 장 천사가 주위를 둘러보다가 섬돌 아래 서 있는 승려를 발견하고 황망히 아뢰었다.

"폐하, 이미 승려를 없애고 도교를 일으키라고 어명을 내리셨는데, 어찌하여 이 중이 황궁에 들어와 있는 것이옵니까? 이야말로 '자신이 올바르지 않은데 어찌 남을 바로잡을 수 있으랴?' 하는 경우가 아니옵니까? 부디 통촉하시옵소서!"

"새벽에 조회를 시작해서 지금까지 문무백관이 이 자리에 있건만, 나랏일은 조금도 처리하지 못하고 있소. 이 승려가 들어와 고금의 역사를 두루 꿰고 평범한 이를 성인에 비유하며 쓸데없는 말만 늘어놓고 있으니, 나도 어찌해야 할지 모르겠소."

장 천사가 버럭 화를 내며 교위에게 그 승려를 예부 사제사로 압송하라고 명령했다.

이 승려가 예부 사제사에 압송되어 무슨 말을 하는지, 또 거기서는 그를 어떻게 처리하는지는 다음 회를 보시라.

제12회

장 천사는 도교만을 주장하고 벽봉장로는 문무백관 앞에서 내기에 이기다

張天師單展家門　金碧峰兩班賭勝

交光日月煉金英	해와 달의 빛이 번갈아 쇠의 정화를 단련하니[1]
一顆靈珠透室明	신령한 진주 한 알이 방 안을 밝게 비추네.
擺動乾坤知道合	하늘과 땅을 움직이니 도와 합치됨을 알겠고
逃移生死見功神	삶과 죽음을 피하여 신령한 공을 드러냈네.
逍遙四海留踪迹	사방을 느긋이 노닐며 종적을 남기고
歸去三清立姓名	삼청으로 돌아가 성명을 드날렸네.
直上五雲雲路穩	오색구름 위로 곧장 오르니 구름 길 편안

1 인용된 시는 당나라 때 여암(呂巖: 874 전후, 자는 동빈[洞賓])의 〈칠언(七言)〉 가운데 제36수인데, 몇몇 구절이 원작과는 다르다. 원작의 제1구는 "붉은 화로 같은 단전(丹田)의 기운 뿌려져 쇠의 정화 같은 내단(內丹)를 단련하니[紅爐迸濺煉金英]"라고 했고, 제3구의 '도합(道合)'은 원작에서는 '도력(道力)' 즉 정력(定力)의 수행이라고 했다.

	하고
紫鸞朱鳳自來迎	자줏빛 난새와 붉은 봉황이 스스로 마중 나오네.

이것은 전적으로 도가의 시이다.

어쨌든 장 천사는 버럭 화를 내며 교위에게 그 승려를 예부 사제사로 압송하라고 명령했다. 그러자 벽봉장로가 슬며시 웃으며 말했다.

"나를 사제사로 데려가 어쩌겠다는 게요?"

"네놈의 도첩(度牒)[2]을 몰수하고 변방의 군대로 보내 노역하게 하겠다."

그 말을 듣자 벽봉장로가 생각했다.

'내가 태어났을 때는 해와 달도 없었거늘 천지가 어디 있었으랴? 이 '삼교'와 '구류'는 모두 우리 후배들인데, 하물며 이깟 장 아무개라는 도사쯤이야!'

속으로야 그렇게 생각했지만 천기를 누설할 수는 없는지라, 그는 이렇게 물었다.

"그대가 그 장 진인인가 하는 분이오?"

"나는 천지와 더불어 수명을 함께 하는 천사(天師)로서 황궁에서 대적할 만한 이가 없는 몸이고, 용호산에서 제일 높은 신분이다.

2 승려가 도사가 출가할 때 관청에서 발급하는 증빙 서류이다. 당·송 시대에는 관청에서 이것을 팔아 군대를 유지하는 비용으로 충당하기도 했다.

그런 나를 어찌 모른단 말이냐?"

"고작 그런 인물이었구먼."

"그러는 너는 어떤 인물이더냐?"

"우리처럼 출가한 이들은 허세도 부리지 않고 탐진치(貪嗔癡)에 얽매이지도 않으며, 자기 양심을 속이고 어떤 특정한 종교를 없애려 하지도 않소이다. 법이란 평등한 것이기 때문에 높고 낮음이 없소. 그런데 그대는 어떤 능력이 있기에 양심을 속이고 우리 불교를 없애려 하는 것이오?"

"네가 아직 내 술법을 모르는 모양인데, 잘 들어봐라.[3]

獨處乾坤萬象中	천지간의 만물 가운데 홀로 머물며
從頭歷歷運元功	처음부터 오랜 세월 거쳐 음양화육(陰陽化育)의 공을 운용했노라.
縱橫北斗心機大	북두성을 마음대로 오가니 마음 씀씀이가 위대하고
顚倒南辰膽氣雄	남신(南辰)을 뒤집을 듯 담력도 씩씩하다.[4]

---

3 인용된 시는 당나라 때 여암(呂巖)이 지은 것으로 알려진 〈칠언(七言)〉의 제4수인데, 원작의 마지막 구절은 "현묘한 경지에 이르지 않으면 끝낼 수 없다[不達希夷不可窮]."라고 했다. 이하 여암의 시 원작은 《전당시(全唐詩)》 권857에 수록된 것을 참조했다.

4 북두성은 감(坎)의 방위로서 물[水]과 신장[腎] 즉 원기(元氣)를 대표하고, 남신(南辰)은 이(離)의 방위로서 불[火]과 심장[心] 즉 원신(元神)을 대표한다. 내단술은 기본적으로 원기를 상승시키고 원신을 하강시켜서 단전(丹田)에 교합(交合)하게 하려는 방법이다.

鬼哭神號金鼎結	귀신이 울부짖을 때 솥에 영단(靈丹)이 맺혀
鷄飛犬化玉爐空	닭도 개도 승천하여 옥화로가 비었구나.
如何俗士尋常覓	평범한 것 찾는 속된 선비들에 비해 어떠한가?
到得希夷第一宮	현묘한 세계의 제일 높은 궁궐에 이르렀구나.[5]

그리고 내가 어떻게 수련했는지 모르는 모양인데, 잘 들어봐라.[6]

水府尋鉛合火鉛	용궁에서 납을 찾아 불과 합치니[7]
黑紅紅黑又玄玄	검붉게 변하는 빛 또한 현묘하기 그지없구나.[8]
氣中生氣肌肤換	기(氣) 속에 기가 생겨 살과 피부가 바뀌고
精裏含精性命團	정(精) 속에 정을 품어 성명(性命)이 온전해졌지.
藥返便爲眞道士	약으로 세월 돌려[9] 진정한 도사가 되고

---

5 원작에서는 이 구절이 "무성무색(無聲無色)의 현묘한 경지에 이르지 않으면 수행을 그만둘 수 없도다.[不達希夷不可窮]"라고 했다.

6 인용된 시는 당나라 때 여암(呂巖)이 지은 것으로 알려진 〈칠언(七言)〉의 제6수이다.

7 용궁[水府]은 단전(丹田)의 별칭이며, 납[鉛]은 원신(元神)을 가리킨다.

8 홍(紅)과 흑(黑)은 모두 납[鉛]의 색깔을 가리키는데 붉은 납은 양기(陽氣)를, 검은 납은 음기(陰氣)를 가리킨다.

9 이것은 신(神)과 기(氣)가 단전에 응결되어 형상을 갖춘 내단을 이루었음을 비유한 것이다.

丹還本是聖胎仙	단으로 본원에 돌아가니 본래 신선이 될 몸이었구나.
歹僧入定虛華事	못된 중이 입정에 드는 것은 부질없는 짓이라[10]
徒費工夫萬萬年	헛되이 긴긴 세월 노력만 허비했구나.

또 나의 단사(丹砂)가 어떤 것인지 모르는 모양인데, 잘 들어봐라.[11]

誰知神水玉華池	신령한 물 옥화(玉華)가 고인 연못[12] 뉘라서 아는가?
中有長生性命基	그 속에 불로장생의 기반이 들어 있다네.
運用須憑龍與虎	운용할 때는 반드시 물과 불에 의지해야 하고
抽添全藉坎兼離	뽑아내고 더할 때는 감(坎)과 이(離)[13]에 따라야 하지.
晨昏點盡黃金粉	아침저녁으로 황금 가루[14]를 단련해 내니

10 원작에서는 이 구절이 "의념(意念)을 버리고 무아의 경지에 든다는 것은 겉만 그럴듯한 말일 뿐[出神入定虛華事]"이라고 했다.

11 인용된 시는 당나라 때 여암(呂巖)이 지은 것으로 알려진 〈칠언(七言)〉의 제31수이다. 인용문 가운데 몇몇 글자는 원작과 다른데, 이는 저자의 본래 의도가 아니라고 보고 원작에 맞춰 바꿔 번역했다.

12 원신(元神)과 원기(元氣)고 교합(交合)된 진기(眞氣) 즉 내단(內丹)을 가리킨다.

13 감리(坎離)는 납[鉛]과 수은[汞], 물과 불, 음과 양을 가리킨다.

14 '황금 가루[黃金粉]'는 신장에서 움직이는 내단(內丹)의 기운으로서 황연(黃鉛)이라고도 부른다.

頃刻修成玉石脂　순식간에 신령한 옥석지[15]를 만들어 냈네.
齋戒餌之千日後　목욕재계하고 그것을 먹어 천 일이 지나면
等閑輕擧上雲梯　느긋하게 날아올라 하늘나라에 들어갔지.

그 결과 어찌 되었는지 아느냐?[16]

曾經天上三千劫　천상에서 삼천 겁을 지냈고
又在人間五百年　또 인간 세상에서 오백 년을 살았지.
腰下劍鋒橫紫電　허리 찬 검 끝으로 자줏빛 번개 마음대로 뿌리고
爐中丹焰起蒼烟　단약 만드는 화로 불꽃 푸른 연기 피워 냈지.
才騎白鹿過滄海　이에 하얀 사슴 타고 드넓은 바다 건너고
復跨青牛入洞天　다시 푸른 소 타고 신선 세계로 들어갔지.
假使無爲三淨在　무위의 경지에 들어 삼정(三淨)[17]에 있게 되면

15 '옥석지(玉石脂)'는 옥토지(玉兎脂)라고도 하며, 신장에 움직이는 내단(內丹)의 기운 즉 원정(元精)을 가리킨다.

16 인용된 시는 당나라 때 여암(呂巖)이 지은 것으로 알려진 〈선악유석(仙樂侑席)〉인데, 원작과 다른 몇 글자는 원작에 맞춰 바꿔서 번역했다. 다만 마지막 두 구절은 원작에서 "자잘한 기술이라 장난으로 여길 뿐, 이 몸이 진정한 신선임을 아는 이 없구나[小技等閑聊戲爾, 無人知我是眞仙]."라고 했으나, 소설에서 의도적으로 바꾸어 놓은 것으로 여기고 그대로 두었다.

17 불교에서는 색계(色界)의 제삼선천(第三禪天)에 소정천(少淨天)과 무량정천(無量淨天), 편정천(遍淨天)이라는 세 개의 하늘이 있다고 여긴다. '삼정(三淨)'이란 바로 이 세 개의 하늘을 가리킨다.

也應聯轡共爭先	여러 마리 말이 끄는 수레 타고 서로 앞을 다투겠지.

내 집이 어떤지 알아? 잘 들어보라고![18]

擧世何人悟我家	온 세상에서 내 집 아는 이 누구일까?
我家別是一榮華	내 집은 속세와는 다른 영화로운 곳이지.
盈箱貯積登仙錄	장롱 가득 신선이 된 이들의 명부(名簿) 쌓여 있고
滿室收藏伏火砂	방안 가득 복화사(伏火砂)[19] 모아 놓았지.
頻飮長生天上酒	무시로 불로장생의 하늘나라 술 마시고
常栽不死洞中花	불사의 동굴에 피는 꽃 항상 심어놓았지.
門前不但蹲龍虎	대문 앞에 용과 호랑이가 앉아 있을 뿐만 아니라
遍地紛紛五彩霞	사방에 자욱하게 오색 노을이 펼쳐져 있지.

내 신검(神劍)이 어떤 건지 알아? 잘 들어봐라.[20]

---

18 인용된 시는 당나라 때 여암(呂巖)이 지은 것으로 알려진 〈칠언(七言)〉의 제47수이다. 본 번역에서는 인용된 시 가운데 원작과 다른 몇 개의 글자는 원작에 따라 바꾸었는데, 다만 제7구는 원작에서 "평범한 무리가 내 생계에 대해 묻는다면[凡流若問吾生計]"이라고 했는데, 인용문과는 차이가 많기 때문에 그대로 두었다.

19 연단(煉丹)할 때 화로의 온도를 낮추는 데에 쓰는 모래를 가리킨다.

20 인용된 시는 당나라 때 여암(呂巖)이 지은 것으로 알려진 〈강남 간적관의 도사 후용회에게 검을 갈아줌[化江南簡寂觀道士侯用晦磨劍]〉(또는 〈검을

金水剛柔出上曹	쇠와 물의 강하고 무른 성질은 하늘에서 나왔고
凌晨開匣玉龍嘷	새벽에 상자 열면 옥룡이 울부짖지.
手中氣概氷三尺	손안의 기개는 석 자 얼음처럼 서늘하고
石上精神蛇一條	돌 위의 정신은 한 마리 뱀 같지.
奸血默隨流水盡	간사한 것들의 피는 말 없이 흐르는 물에 다 씻고
凶豪今逐漬痕消	흉포한 것들 이제 내쫓으니 잠긴 흔적 사라지지.
削平浮塵不平事	뜬구름 같은 속세의 공평하지 못한 일 베어 없애고
惟我相將上九霄	오직 나만이 이걸 가지고 하늘나라에 오르지.

내 옥도장[玉印]이 어떤 건지 알아? 잘 들어봐라.[21]

갈아 후도사에게 줌[磨劍贈侯道士]〉)의 일부를 고쳐 쓴 것이다. 본 번역에서는 인용된 시 가운데 원작과 다른 몇 개의 글자는 원작에 따라 바꾸었는데, 다만 원작에서 "칼날 바로잡는 데에 감히 힘들다고 꺼리랴[欲整鋒鋩敢憚勞]?"라고 된 첫 구절과 "그대와 함께[與爾]"라고 된 제8구의 첫 두 글자는 소설 작자가 인용하면서 의도적으로 고친 부분이기 때문에 그대로 두었다.

21 인용된 시는 당나라 때 여암(呂巖)이 지은 것으로 알려진 〈칠언(七言)〉의 제7수이다. 본 번역에서는 인용된 시 가운데 원작과 다른 몇 개의 글자는 원작에 따라 바꾸었는데, 다만 제1~2구는 원작에서 "아홉 개의 솥[마음]에 단사[내단]를 아홉 번 삶고 볶으니, 구별하려 해도 더 이상 나아갈 곳이 없네[九鼎烹煎九轉砂, 區分時節更無差]."라고 되어 있고, 제7구는 "마침내 옥황상제의 조서 하늘에서 내려오길 기다리면서[終期鳳詔空中降]"라고 되어 있어서 인용문과는 차이가 많기 때문에 그대로 두었다.

朝散紅光夜食砂	아침엔 붉은빛 뿌리고 저녁엔 단사(丹砂) 먹이나니
家傳玉璽最堪夸	가보로 전해진 옥새 자랑할 만하지.
精神氣血歸三要	정신과 기혈은 삼요(三要)[22]로 귀결되고
南北東西共一家	동서남북이 모두 한 집안이라네.
天地變同飛白雪	천지가 하나로 변해 백설이 날리고
陰陽會合產金花	음양이 합쳐져서 황금 꽃을 피우지.[23]
須知一印千張紙	명심하라, 한 번에 천 장의 문서에 도장을 찍고
跨虎騎龍謁紫霞	호랑이와 용을 타고[24] 신선 세계로 찾아가리라.

내 부적의 영험함을 모르는 모양인데, 잘 들어봐라.

篆却龍文片紙間	종잇조각에 용무늬 같은 글을 써서
飛傳地軸與天關	지축과 하늘 대문에 날려 보내지.
呼風喚雨渾能事	비바람을 부르는 등 못 하는 일 없으니
遣將驅兵只等閑	신선 장수 보내 악졸 쫓는 것은 우스운 일

22 도가에서는 귀와 눈, 입을 가리켜 '삼요'라고 부른데, 여기서는 상중하 세 곳에 있는 단전을 가리킨다.

23 백설(白雪)과 황금 꽃[金花]은 내단의 별칭이고, 황금 꽃은 금화(金華) 또는 황아(黃芽)라고도 부른다.

24 음(陰=白虎)과 양(陽=青龍)의 조화를 이루어 도를 깨닫고 신선이 되었음을 의미한다.

	이지.
闞動須彌翻轉過	수미산도 뒤집어버린 적 있고
拿來日月逆周旋	해와 달도 거꾸로 돌게 할 수 있지.
若還鬼怪妖魔也	귀신이나 요괴, 마귀 같은 것들쯤이야
斂手歸降敢撒蠻	검객 보내 항복시키면 감히 함부로 설치겠어?

그리고 송(宋)나라 인종(仁宗) 황제께서 직접 부(賦)를 한 편 지으셨는데,[25] 삼교 가운데 오직 도교만이 최고라고 하셨단 말이다.

삼교를 살펴보니[26] 도교만이 최고일세.

위로는 천자의 조회에도 나가지 않고, 아래로는 공경(公卿) 같은 높은 벼슬아치들에게도 절하지 않네.

속세의 조롱을 피해 은거해 살며, 속세의 그물에서 벗어나 참다운 수련을 하네.

산림을 즐기며 명리(名利)를 끊고, 바위 골짝에 은거하여 영욕(榮辱)을 잊네.

칠성관(七星冠) 쓰고 태양처럼 빛나고, 무명 도포 걸치고 길이 젊음을 유지하네.

25 소설에서는 송나라 인종(仁宗)이 지은 〈존도부(尊道賦)〉의 일부 구절을 바꿔서 인용했다. 그러나 인용문 자체로는 대부분 문맥이 통하지 않기 때문에, 본 번역에서는 원작에 맞춰 수정하여 번역했다.

26 인용문에서는 이 구절을 "삼교 가운데[三教之內]"로 바꾸어 써놓았다.

머리를 풀어헤치고 맨발로 다니기도 하고, 상투 틀고 두건을 두르기도 하지.

신선한 꽃을 따서 삿갓에 담고, 들풀 꺾어 깔아 요로 삼지.

맛난 샘물 마시고 양치질하고, 솔잎 씹으며 수명을 늘리지.

그 즐거움 손뼉 치며 노래하고, 춤이 끝나면 구름 속에서 잠들지.

신선을 만나면 현묘한 도리를 묻고, 도 닦는 벗 만나면 술 마시며 시문(詩文)을 논하지.

사치를 비웃으며 부귀를 더럽게 여기고, 유유자적 즐기며 청빈하게 살지.

털끝만 한 방해물도 없고, 조그마한 얽매임도 없지.

삼삼오오 모여 현묘한 도를 논하고, 쌍쌍이 고금의 역사를 탐구하지.

고금의 역사 탐구하며 옛 왕조의 흥망성쇠에 탄식하고, 현묘한 도리 논하며 성명(性命)의 근본 원인을 궁구하지.

계절이 바뀌는 대로 내맡겨두고, 차례로 돌아가는 해와 달을 따르지.

늙은 얼굴 다시 젊어지고, 흰머리도 다시 검어지지.

표주박 하나 들고 저자에 나가 동냥하여 주린 배 대충 채우고, 호미와 바구니 들고 산에 들어가 약초 캐서 고난에 처한 이들 구제해주지.[27]

---

27 인용문에서는 이 네 구절을 "키 하나 들고 맑은 물가에서 정갈하게 씻은 곡식으로 밥을 지어 주린 배를 채우고, 바구니와 호미 들고 산으로 들어

남을 편안하게 해 주고 사물을 이롭게 해 주며, 죽어가는 이를 되살려주기도 하지.

신선술 수련한 이는 뼈대가 강건하고, 도를 깨달은 이는 정신이 무척 신령하지.

길흉을 판단하니 《주역》 점괘를 환히 알고, 재앙과 복을 정하나니 사람의 깊은 마음까지 꿰뚫어 보지.

도법(道法)을 설명하여 태상노군의 올바른 가르침 선양(宣揚)하고, 부적을 써서 인간 세상의 요사한 기운 없애지.

상제의 궁전에서 날아다니는 신을 알현하고,[28] 우레의 문에서 천강성(天罡星)[29]의 자리 따라 걸음을 옮기지.

도(道)에 들어가는 문[玄關]을 두드리면 천지가 어둑해지고, 땅의 문[30]을 치면 귀신도 울며 공경하지.

천지의 빼어난 기운 거두고, 해와 달의 정화를 모으지.[31]

가 캐온 약초로 온 세상 사람들 두루 구하지.[攜單箕兮臨清流, 潔齋糧炊爨以充饑. 提籃鋤兮入山林, 採藥餌遍世以濟人]"라고 바꾸어 써놓았다.

28 인용문에서는 이 구절을 "번개 위에서 사악한 마귀 굴복시키고[降邪魔於雷上]"라고 바꾸어 써놓았다.

29 천강성(天罡星)은 원래 북두칠성의 자루[柄]에 해당하는 별자리를 가리키는데, 도교에서는 북두칠성 근처에 모인 여러 별 가운데 36개의 별이 위치한 자리를 가리킨다.

30 고대 전설에 따르면 하늘에는 대문[門]이 있고 땅에는 지게문[戶]이 있는데 하늘의 대문은 서북쪽에, 땅의 지게문은 동남쪽에 있다고 했다. 이에 따라 땅의 동남쪽을 '땅의 문[地戶]'이라고 부르기도 한다.

31 인용문에서는 이 구절 대신 "조용한 방에 묵묵히 앉아 정신을 모아 천지의 빼어난 기운 거두고, 거리를 한가로이 거닐며 지나는 곳마다 해와 달

음양을 운용하여 성정을 단련하고, 물과 불을 길러 신선의 태(胎)를 모으지.

열엿새가 지나면 음의 기운 스러지니 황홀하기 그지없고, 이십칠 일이면 양의 기운 자라나니 아득하기 그지없지.

사계절의 변화에 맞춰 약물을 채취하여, 아홉 번 단련하여 영단(靈丹)을 만들지.

푸른 난새 타고 하늘나라로 곧장 올라가고, 하얀 학 타고 하늘 궁전을 두루 노닐지.

하늘과 땅의 오묘한 쓰임을 헤아리고, 도덕(道德)[32]의 은근한 관계를 드러내지.

저 유가는 높은 벼슬살이를 누리지만 부귀란 뜬구름 같은 것이요

저 불교는 처자와 부모를 버리고 인륜을 생각하지 않으니

삼교를 두루 살펴보니 도교만이 최고일세.[33]

但觀三敎, 惟道至尊.

의 정기를 모은다네.[默坐靜室, 存神奪天地之秀氣. 閑遊通衢, 過處採日月之精英]"라는 내용을 넣어두었다.

32 여기서 도(道)는 만물의 궁극적인 이치를, 덕(德)은 그것이 구체적으로 발현된 현상과 사물을 가리킨다.

33 인용문에서는 이 세 줄 대신에 "저 유교는 높은 벼슬살이 누리지만 부귀는 뜬구름 같은 것. 불교는 적멸을 즐거움으로 여기지만 그렇다고 어찌 세속에서 벗어날 수 있으랴? 짐이 삼교를 살펴보건대 오직 도교만이 최고로다[比儒敎兮, 官高職顯, 富貴浮雲. 比釋敎兮, 寂滅爲樂, 豈脫凡塵. 朕觀三敎, 惟道至尊]!"라는 내용을 넣어놓았다.

上不朝於天子, 下不謁於公卿.

避樊籠而隱籍, 脫俗網以修眞.

樂林泉兮絶名絶利, 隱巖谷兮忘辱忘榮.

頂星冠而耀日, 披布衲以長春.

或蓬頭而跣足, 或丫髻以幅巾.

摘鮮花而砌笠, 折野草以鋪茵.

吸甘泉而漱齒, 嚼松柏以延齡.

歌之鼓掌, 舞罷遏雲.

遇仙客兮則求玄問道, 會道友兮則詩酒談文.

笑奢華之濁富, 樂自在之淸貧.

無一毫之掛碍, 無半點之牽纏.

或三三而參玄論道, 或兩兩以話古談今.

話古談今兮歎前朝興廢, 參玄論道兮究性命之根因.

任寒暑更變, 隨烏兎逡巡.

蒼顔返少, 白髮還靑.

携單瓢兮至市廛而乞化, 聊以充饑.

提鋤籃兮進山林而採藥, 臨難濟人.

解安人而利物, 或起死以回生.

修仙者骨之堅秀, 達道者神之最靈.

判吉凶兮開通爻象, 定禍福兮密察人心.

闡道法揭太上之正教, 書符篆除人世之妖氛.

謁飛神於帝闕, 步罡氣於雷門.

扣玄關天昏地暗, 激地戶鬼泣神欽.

奪天地之秀氣, 採日月之精華.

運陰陽而煉性, 養水火以胎凝.

二八陰消兮若恍若惚, 三九陽長兮如杳如冥.

按四時而採取, 煉九轉以丹成.

跨青鸞直衝紫府, 騎白鶴遊遍玉京.

參乾坤之妙用, 表妙道之殷懃.

彼儒者兮官高職顯, 富貴浮雲.

彼佛教兮抛妻棄母, 不念人倫.

縱觀三教, 惟道至尊.

장 천사의 이 장황한 말은 허튼소리도 지나치게 과장된 말도 아니지만, 그저 불교를 억압하고 승려를 없애려는 의도로 늘어놓은 것에 지나지 않았다. 이에 벽봉장로가 속으로 생각했다.

'내가 입을 열면 온화한 분위기를 해칠 테니 별로 도움이 되지 않겠구나. 차라리 무슨 말인지 못 알아들은 척 입을 다물고 있는 게 낫겠다.'

그가 일부러 모르는 듯한 표정을 짓자 장 천사가 또 도발적으로 말했다.

"네가 중노릇을 하고 있으니 네 입으로 중의 재간에 관해 얘기해 봐라."

벽봉장로는 도저히 못 당하겠다는 듯한 표정으로 말했다.

"저희 같은 행각승에게 무슨 대단한 재간이 있겠습니까? 거처라고 해 봐야 기껏 암자나 허름한 사당에 지나지 않고, 걸친 것도 여기저기 꿰맨 누더기 같은 옷일 뿐이지요. 왼손에는 늘 바리때가 들려 있고 오른손에는 항상 지팡이를 짚고 있지요."

장 천사는 그가 졌다고 시인하자 무척 기뻐했다.

"중들의 재간을 알만 하구먼. 거처가 암자나 허름한 사당이니 거지나 다름없고, 입은 게 여기저기 꿰맨 누더기이니 반미치광이 꼴이로군. 왼손의 바리때는 동냥하는 살림살이요, 오른손의 지팡이는 개 몽둥이로나 쓰겠구먼."

장 천사가 중얼거린 것이야 별 게 아니지만, 양쪽의 문무백관은 그가 실수했다고 생각했다. 마침 요 태사도 고향으로 돌아가 버린 뒤였기 때문에 장 천사가 마음 놓고 큰소리를 친 것이었다. 그러자 벽봉장로가 말했다.

"천사께서 도술이 뛰어나시다니, 제가 좀 가르침을 받을 수 있을까요?"

"무엇이든 얘기해 봐라."

"원신(元神)이 육체에서 벗어나 노니는 걸 좀 보여주십시오."

"그거야 어렵지 않지."

황제는 장 천사가 홧김에 실수를 저지를까 염려하여, 즉시 어명을 내려서 승려와 도사가 신통력을 보이더라도 함부로 말썽을 부리지 말라고 했다. 장 천사는 그 분부를 듣자 더욱 기가 살아서, 즉시 어전의 계단 아래로 내려가 눈을 감고 숨을 멈추더니 원신이 육체에서 빠져나왔다. 벼슬아치들이 살펴보니, 장 천사의 얼굴이 시

체처럼 하얗게 변하더니 한참이 지나서도 원래 상태로 되돌아오지 않았다. 장 천사는 원신이 다시 육체로 돌아오자 기분이 좀 불쾌했으나 겉으로는 의기양양하게 말했다.

"조금 전에 원신이 빠져나와 멀리 가보려고 했는데, 양주(揚州)를 지나다가 보니 경화관(瓊花觀)에 경화가 무성하게 피어 있기에 한참 동안 구경하고 왔지."

"그런데 왜 이리 늦게 돌아오셨습니까?"

"후토원군(后土元君)[34]을 만나고 태수(太守)에게 찾아갔다가, 또 돌아오는 길에 바다 위에서 잠시 놀다 오는 바람에 그랬지."

"그럼 경화를 조금 따 오셨겠군요?"

"원신의 기운이 육체를 빠져나와 노닐 때는 사물을 보고 알 수만 있을 뿐인데, 어떻게 뭘 가져올 수 있겠어? 네가 그런 얘기를 하는 걸 보니, 너도 원신이 육체에서 빠져나올 수 있는 모양이지? 그럼 너는 그렇게 해서 물건을 가져올 수 있어?"

"저도 조금은 할 줄 압니다."

"어디 내가 보는 앞에서 해 봐라."

---

34 지모낭낭(地母娘娘) 혹은 지모낭낭(地姥娘娘), 지모원군(地母元君), 허공지모지존(虛空地母至尊), 후토부인(后土夫人) 등으로 불리는 민간의 신이다. 고대의 자연숭배에서 비롯된 이 신은 대략 당나라 이후에 후토낭낭(后土娘娘)으로 불리며 본격적으로 신격화되었다. 송나라 이후는 도교의 '사어존신(四御尊神)' 가운데 하나로서 음양생육(陰陽生育)과 만물의 아름다움, 산천의 빼어남을 관장한다고 여겨서 각지의 도관(道觀)에 후토전(后土殿)이 세워지고, 민간에도 따로 후토낭낭사(后土娘娘祠)가 건립되었다. 음력 10월 18일이 탄신일이라고 하여 성대한 제사를 거행한다.

"저도 이미 천사를 따라 경화관에 다녀왔습니다."

"그럼 가져온 경화는 어디 있지?"

벽봉장로는 표주박 덮개를 들추고 두 송이 경화를 꺼냈다. 장 천사가 받아서 살펴보니 과연 경화였다. 문무백관도 살펴보니 틀림없었다. 그 꽃을 즉시 황제에게 바치자 황제가 말했다.

"천사께서 이번에 주사위를 던져 마음먹은 대로 숫자가 나오게 하듯 신통력을 보이셨지만, 아무래도 내기에는 진 것 같구려."

알고 보니 장 천사의 원신이 빠져나올 때 섬돌에 서 있던 벽봉장로도 눈을 반쯤 감은 채 원신이 빠져나왔으나, 워낙 빨리 갔다가 돌아오는 바람에 주위 사람들이 눈치채지 못했던 것이었다. 장 천사의 원신이 양주까지밖에 다녀오지 못하면서 시간이 한참 동안 걸린 것은 벽봉장로가 길 중간에 구환석장을 걸쳐놓았기 때문이었다. 그래서 장 천사의 원신은 사나운 용을 만나 시달리는 바람에 길을 나아가지 못했고, 벽봉장로가 구환석장을 거둬들인 뒤에야 돌아올 수 있었다.

한편 장 천사는 자기가 졌다는 것을 잘 알았지만 말로 시인하기 곤란해서 다른 제안을 했다.

"이보시오, 스님. 스님도 제법 재간이 있는 모양인데 우리 함께 가봅시다."

"천사님 뜻대로 따르겠습니다."

"미리 얘기했듯이 독수(毒手)를 써서는 안 되오."

"출가한 몸이 어찌 감히 그런 짓을 저지르겠습니까!"

장 천사는 다시 계단 위에서 눈을 감고 숨을 멈추더니 원신이 빠져나왔다. 벽봉장로는 눈도 감지 않은 채 벌써 원신을 빼내서 섬돌 안쪽에서 말없이 미소를 짓고 있었다. 장 천사의 원신은 다시 나가더니 한참 뒤에야 비로소 온몸에 땀을 뻘뻘 흘리며 눈을 떴다. 그러더니 목소리를 높여 말했다.

"스님, 이번에는 어디를 다녀오셨소?"

"천사께서 다녀오신 곳이지요."

"나는 항주 서호를 유람하고 왔소."

"저도 그랬지요."

"그 증거로 연꽃 한 송이를 가져왔소. 스님께선 뭘 가져오셨소?"

"저는 연뿌리를 하나 가져왔습니다."

"그건 어디서 가져온 것이오?"

"바로 천사께서 따오신 연꽃의 뿌리이지요."

"어디 좀 봅시다."

벽봉장로가 연뿌리를 꺼내 보이는데 거기에는 작은 꽃받침이 달려 있었다. 바로 장 천사가 따온 꽃을 받치고 있던 것이었다. 그러자 문무백관이 슬며시 웃으며 말했다.

"천사께서 가져오신 것이 예쁜 꽃이긴 하지만, 스님께서 가져오신 것은 근본이군요."

장 천사는 몹시 기분이 상했다.

"스님, 이런 신통력이 있으시니 이번엔 우리 좀 더 멀리 다녀오기로 합시다."

"마음대로 하시지요. 저는 그저 따라가겠습니다."

장 천사는 다시 계단 아래 앉아 눈을 감고 숨을 멈추어 원신이 빠져나왔다. 벽봉장로도 여전히 섬돌 위에서 눈을 감고 숨을 멈췄다. 그런데 벽봉장로의 원신은 금방 돌아왔지만, 장 천사의 원신은 또 한참 뒤에야 돌아왔다. 벽봉장로가 또 미소를 짓자, 장 천사가 약간 화난 어투로 말했다.

"스님, 이번엔 어디를 다녀오셨소?"

"천사께서 복숭아를 따신 곳에 저도 다녀왔습니다."

"나는 서왕모의 반도회에 다녀왔는데, 애석하게 조금 늦어서 복숭아가 세 개밖에 남아 있지 않았소. 그걸 모두 소매에 넣어 가져왔소."

"저도 하나를 가져왔습니다."

장 천사는 이상한 생각이 들어서 자기 소매를 더듬어 봤는데, 아무리 더듬어도 두 개밖에 없는 것이었다.

"스님, 혹시 내 복숭아를 훔친 것이오?"

"아닙니다. 제가 주워온 겁니다."

"감히 거짓말을 하다니!"

"거짓말이라면 제 이를 몽땅 뽑으시구려!"

그러면서 한 손으로 표주박 덮개를 들추고 다른 한 손으로 신선세계의 복숭아를 하나 꺼냈다. 장 천사는 맥이 탁 풀렸다. 문무백관은 장 천사가 대단하다고 하기도 하고, 저 승려가 예사 인물이 아니라고 하는 이들도 있었다. 그 가운데는 천문과 지리를 살필 줄 알고 저승과 이승, 과거와 미래를 훤히 아는 성의백 유 아무개가 있었다. 그는 장 천사가 두 번이나 원신이 늦게 돌아오자, 소매 속에서 손을 더듬어 점을 쳐 보고 그 내막을 알게 되었다.

알고 보니 장 천사가 항주에서 돌아올 때 벽봉장로가 길 가운데 구환석장을 세워 놓았는데, 그것이 깊은 산으로 변했다. 그 바람에 장 천사는 산속에서 길을 잃고 헤매고 있다가, 벽봉장로가 구환석장을 거둬들인 후에야 겨우 돌아오는 길을 찾을 수 있었다. 또 장 천사가 서왕모의 반도회에서 돌아올 때는 벽봉장로가 돌아오는 길에 구환석장으로 구불구불 신령한 강물을 그려놓아서, 장 천사는 강을 따라 걷느라 쉴 틈이 없었다. 그러다가 벽봉장로가 석장으로 그은 흔적을 지우자 장 천사도 겨우 길을 찾을 수 있었다. 그리고 벽봉장로는 자잘한 술법을 하나 써서 장 천사의 복숭아를 하나 훔쳤다. 이렇게 해서 두세 차례의 내기에서 모두 벽봉장로가 먼저 돌아올 수 있었던 것이다.

한편 황제는 그 승려가 장 천사에 못지않은 것을 보자 즉시 어명을 내렸다.

"조금 전 두 분의 겨루기는 모두 방문(傍門)의 작은 재주에 불과하니, 이후로는 이런 장난을 하지 마시오!"

장 천사는 곧 그 어명을 핑계로 벽봉장로를 어떻게 해 볼 속셈이었다.

"스님, 이번에는 분명히 제가 졌소이다."

그러자 벽봉장로가 확실하게 말했다.

"그렇게 말씀하시니 그런가 봅니다."

"비바람을 부르고 영패를 내려 번개와 우레를 치게 하고, 하늘 장수 몇 명을 불러내려 무슨 명령이든 마음대로 내려도 반드시 실행하게 합시다. 이 정도 신통력은 부려야 하지 않겠소?"

"뭘 거시겠소?"

"내가 지면 하산하고, 당신이 지면 환속하는 거요. 황제 폐하께서 승패를 결정하실 테니 누구도 어길 수 없소."

"그건 벌이 너무 가벼운 거 아닙니까?"

"그럼, 스님 생각은 무엇이오?"

"목을 베어야지요. 제가 지면 제 목을 베어 천사께 드리고, 천사께서 지면 그 목을 베어 제게 주시지요."

"그럼 이 목을 걸고 합시다!"

이렇게 되자 문무백관은 마음이 아팠지만, 감히 아무 말도 하지 못했다. 황제도 그 소리를 듣자 장 천사가 혹시 실수라도 저지를까 염려되어, 즉시 어명을 내려 장 천사에게 대전으로 올라오라고 했다. 어명이 이리저리 전달되어 금란전(金鑾殿) 경천주(擎天柱) 아래까지 전해졌다. 황제는 아홉 마리 용이 수놓아지고 등받이가 달린 평상에 앉아 옥규(玉圭)[35]로 장 천사를 가리키며 말했다.

"이 승려가 멀리서 그대를 찾아왔으니 필시 큰 능력을 지니고 있을 것이오. 그러니 그대도 진정한 술법을 갖고 있는지 잘 생각해

35 고대에 제왕이 제후가 보낸 사신을 조정에서 만날 때나 제사지낼 때 지니던, 옥으로 만든 기구이다.

보고 저분과 승패를 겨루도록 하시오. 방문의 자잘한 술법이라면 겨룰 필요 없소. 짐이 진노한 척하고 저 승려를 오문 밖으로 내쫓아버리면, 그대 체면은 조금이나마 차릴 수 있을 것이오."

"저의 도장과 칼, 부적은 모두 시조(始祖)로부터 지금까지 전해진 것이옵니다. 지금 영험한 부적 한 상자와 신령한 책 열 권, 그리고 귀신을 부리는 정일(正一)의 술법이 있사온데, 제가 어찌 저 승려를 두려워하겠사옵니까?"

"그렇다면 마음대로 해 보시구려."

그리고 다시 성지를 내려 벽봉장로를 불렀다. 벽봉장로가 휘적휘적 걸어 올라가자 황제가 말했다.

"그대가 우리나라 천사와 승패를 겨루는 것은 예사로운 일이 아니니, 가벼이 여기지 말지어다."

"내기에서 이기고 지는 것은 인간 세상에 흔히 있는 일입니다."

"지더라도 짐에게 애원하지 마시오. 이 나라의 왕법(王法)은 친척이라 해도 사정을 봐주지 않소."

"온 천하의 명산 동부(洞府)에 몸을 던질 벼랑이 없는 곳이 어디 있사옵니까? 그렇다고 괜히 거기서 뛰어내려 고깃덩어리로 변할 사람은 없지요. 제가 오늘 내기에서 이기고도 죽는다면, 그래도 이름은 남기는 셈이니 무얼 두려워하겠습니까!"

"너무 그렇게 심각하게 말씀하실 필요는 없소. 어쨌든 섬돌 아래로 가보시구려."

벽봉장로가 막 내려가자 대전 동쪽에서 대신 하나가 앞으로 나서서 공손하게 만세삼창을 했다. 황제가 물었다.

"그대는 누구인가?"

"성의백 유 아무개이옵니다."

"무슨 일인가?"

"승려와 도사의 승부는 군대가 맞붙어 서로 죽이는 것과는 다르옵니다. 군대의 전투에서도 군령(軍令)에 따라야 하며, 그것을 내리고 거두는 호각(號角)이 있사옵니다. 이 승려와 도사의 승부는 모두 부적과 주문으로 귀신을 부리는 것인데, 이긴 쪽이야 기쁘겠지만 진 쪽은 창피할 것이옵니다. 저는 창피한 쪽이 문제를 일으켜서 못된 귀신을 불러내게 되면, 이 황궁이 어지러워질까 걱정스럽사옵니다."

"그렇다면 어느 쪽이든 후환을 일으키지 않도록 예방을 해 놓고 시작하게 해야겠구려."

"승려와 도사 양쪽에서 몇 명의 보증인을 내세워야 후환이 없을 줄 아뢰옵니다."

"경의 뜻대로 할 테니 물러가시오."

성의백이 물러나자 황제가 즉시 어명을 내렸다.

"오늘 승려와 도사의 승부를 위해 문무대신 가운데 보증인을 내세우려 하니, 원하는 자는 성명을 쓰도록 하라. 나중에 소홀하여 실수를 저지르면 연좌죄를 묻겠노라!"

그 어명이 내려오자마자 대신들 중간에서 한 명이 불쑥 나서서 아뢰었다.

"제가 천사의 보증을 서겠사옵니다."

황제가 보니 그는 성국공(成國公)의 작위에 있는 주(朱) 아무개였다. 그는 문서에 서명하고 도장을 찍은 다음 자기 자리로 물러갔다. 그런데 그가 제자리로 가기도 전에 다른 한 명의 대신이 또 나섰다.

"저도 천사의 보증을 서겠사옵니다."

그는 영국공(英國公)의 작위에 있는 장(張) 아무개였다. 그도 역시 문서에 서명하고 도장을 찍은 다음 자기 자리로 물러갔다. 그때 또 한 명의 대신이 나섰다.

"저도 천사의 보증을 서겠사옵니다."

그는 위국공(衛國公)의 작위에 있는 등(鄧) 아무개였다. 그도 역시 문서에 서명하고 도장을 찍은 다음 자기 자리로 물러갔다. 그때 또 한 명의 대신이 나섰다.

"저도 천사의 보증을 서겠사옵니다."

그는 정국공(定國公)의 작위에 있는 서(徐) 아무개였다. 그도 역시 문서에 서명하고 도장을 찍은 다음 자기 자리로 물러갔다.

이 모습을 보자 황제가 속으로 생각했다.

'천사가 내 심복이니 신하들이 모두 천사의 보증을 서려 하는구나.'

하지만 이 황제는 어쨌든 제왕의 기도를 지닌 이여서 공평무사하기 그지없었다. 그는 승려의 보증을 서려는 이가 없는 것을 보고 평상에 앉은 채 연달아 물었다.

"승려의 보증을 설 자는 없는가?"

그렇게 몇 차례나 물었지만 문무대신의 반열에서는 쥐죽은 듯 아무 반응이 없었다. 원래 장 천사는 용호산에 살면서 한나라 때부터 지금까지 직위를 계승해왔기 때문에 역사도 깊고 명성도 널리 알려진 데다가 또 여러 차례 신선 장수를 부려서 요사한 병사들을 물리친 적이 있다는 것을 모두가 알고 있었기 때문에, 절대 그가 큰 실수를 저지르지 않으리라 생각해서 보증을 서려는 이가 많았다. 하지만 그 승려는 본래 북방에서 온 사람이기도 하거니와 어느 무너져가는 암자에 살고 있는지도 모르는 처지였다. 게다가 입심은 세지만 말에 증거가 없으니 혹시 잘못을 저지르면 보증인을 생각해줄지 장담할 수 없어서 아무도 나서지 않았다. 이야말로 '일어서려는 이는 부축해주어도 자빠지는 이를 도와주지는 않는' 격이었다. 황제가 다시 짜증스럽게 물었다.

"승려에게 보증을 서려는 이는 왜 없는가?"

그때 문무백관 속에서 누군가 중얼거렸다.

"누가 감히 승려에게 보증을 서겠어?"

또 다른 이가 중얼거렸다.

"'중매쟁이는 뒷일을 책임지지 않고, 빚보증을 서면 갚는 것까지는 책임지지 않는 법[人不挑擔, 保人不還錢]'이지. 하지만 승려를 보증 섰다가 잘못되면 목숨을 내놓아야 할 거 아냐?"

그 말이 채 끝나기도 전에 대신들 가운데 머리카락이 온통 새하얀 노신(老臣)이 나섰다.

"제가 승려의 보증을 서겠사옵니다."

그는 홍무제가 등극하기 전의 인물로서 올해 나이가 구십삼 세로서 학식이 넓고 깊으며 재능이 뛰어난 이였다. 그는 본관(本貫)

이 태평부(太平府) 당도현(當涂縣)[36]으로서 현재 대학사(大學士)의 직위에 있는 도(陶) 아무개였다. 그가 보증서를 쓰면서 벽봉장로에게 물었다.

"그대의 진짜 성명은 무엇이오? 그래야 내가 보증을 설 수 있지 않겠소?"

"속세의 성은 김씨이고, 법호는 벽봉이라서 김벽봉장로라고 불립니다."

"알겠소. 내가 그대의 보증을 서리다."

그는 문서에 서명하고 도장을 찍은 다음 자기 자리로 물러갔다. 그때 또 한 명의 젊은 대신이 나섰다.

"저도 승려의 보증을 서겠사옵니다."

그는 바로 성의백 유 아무개였다. 그도 역시 문서에 서명하고 도장을 찍은 다음 자기 자리로 물러갔다.

어쨌든 이렇게 해서 양측 모두 보증인이 생겼다. 이어서 문무대신 사이에 한바탕 논쟁이 벌어졌다.

"오늘 이 일은 천사 쪽 보증인이 두 명 더 많은데 모두 우리 동료들이고, 승려 쪽 보증인은 두 사람이 적지만 만만치 않아. 왜냐하면 도 학사는 연세도 백 세에 가깝고 견문도 풍부한 분이고, 성의백은 천문과 지리를 잘 살피고 과거와 미래를 통달한 양반이기 때문이란 말이지. 이렇게 뛰어난 두 분이 승려 쪽에 보증을 섰으니, 설

36 지금의 안후이성[安徽省] 마안산시[馬鞍山市]에 속하는 곳이다.

마 오늘 내기가 승려한테 조금 유리한 거 아냐?"

"장 천사도 예사로운 분이 아니지. 생각해 보라고. 홍무제께서 다스리실 때 저분이 철관도사(鐵冠道士)[37]와 내기를 해서 이기셨잖아? 서른여섯 가지 하늘의 술법을 빌려서 삼복(三伏)의 날씨를 만들어서 솜옷을 벗고 속옷을 갈아입게 했잖아? 이렇게 하늘과 땅을 돌리는 힘이 있으니 저깟 중 하나쯤이야 무슨 걱정이야?"

"걱정할 필요 없어. 금방 결판이 날 거야."

그때 장 천사가 호령을 내려서 상현(上縣)과 강현(江縣)에서 여자의 손을 타지 않은 탁자 칠칠 사십구, 마흔아홉 장과 아낙의 손을 타지 않은 노란 털실 삼백 개, 양지쪽으로 난 복숭아나무 막대기 여덟 개, 금방 가마에서 나온 물 항아리 스물네 개, 날짐승들의 발이 닿지 않은 화로 열두 쌍, 미혼의 솜씨 좋은 화가 예순 명, 푸른 옷을 입힌 입술이 두툼하고 이가 하얀 어린 하인 쉰여섯 명, 열어 본 적이 없는 광주리에 담긴 부적 종이 천 몇백 장, 조천궁(朝天宮)에서 평소 덕행을 많이 베푼 도사 백이십 명, 신악관(神樂觀)에서 아직 성년이 되지 않은 무동(舞童) 예순 명을 준비하게 했다. 그리고 진시

37 명나라 때 여계등(余繼登)이 편찬한 《국고기문(國故紀聞)》에 따르면 태조 주원장(朱元璋) 계명사(雞鳴寺)라는 절을 철거해 황궁을 지으려 했는데, 그 사실을 미리 한 계명사 승려들이 생각을 접어 달라고 히소연했다. 이에 승려들에게 그 사실을 미리 알려준 철관도인(鐵冠道人) 장중(張中)을 황궁으로 불러 시험해서 영험함을 알게 되었고, 또 자물쇠가 채워진 방 안에 있던 그는 영락제의 정난(靖難)을 미리 암시한 〈증병가(蒸餠歌)〉를 남기고 사라졌다고 한다.

(辰時, 오전 7~9시)에 영패를 내려서 사시(巳時, 오전 9~11시)가 시작될 무렵까지 모든 준비를 마치되, 명을 어긴 자는 군령으로 다스리겠노라고 했다.

한편 상현과 강현에는 모두 유능하고 청렴한 관리들이 있었고 그곳 백성들도 제법 풍족하게 살고 착해서, 영패의 지시에 따라 즉시 물건들을 준비하여 성황당 안으로 날라다 놓았다. 장 천사는 황궁 대전 앞에 단을 세우고 탁자를 하나하나 쌓아 여러 길 높이로 쌓았다. 그리고 노란 실로 주위를 겹겹이 둘러서 묶었다. 또 복숭아나무 막대기를 건(乾), 감(坎), 간(艮), 진(震), 손(巽), 이(離), 곤(坤), 태(兌) 팔괘(八卦)의 방위에 늘어놓고 여덟 명의 푸른 옷을 입은 하인들에게 머리에 갑마(甲馬)[38]를 붙이고 손에 짤막한 몽둥이를 들고 계속 두드리게 했다. 이어서 화가들에게 다섯 방위를 다스리는 다섯 신과 여러 흉신(凶神)의 모습을 깃발에 그리게 했다. 그리고 갑을목(甲乙木)에 해당하는 동쪽에 청룡신군(青龍神君)이 그려진 푸른 깃발을, 병정화(丙丁火)에 해당하는 남쪽에 화덕성군(火德星君)이 그려진 붉은 깃발을, 경신금(庚辛金)에 해당하는 서쪽에 백호신군(白虎神君)이 그려진 하얀 깃발을, 임계수(壬癸水)에 해당하는 북쪽에는 흑살신군(黑殺神君)이 그려진 검은 깃발을, 무기토(戊己土)에 해당하는 중앙에는 영관신군(靈官神君)이 그려진 노란 깃발을 세웠다. 스물네 개의 물 항아리는 이십사절기에 따라 안배하고 스물네

38 갑마(甲馬)는 '명지마(名紙馬)' 또는 '갑마지(甲馬紙)'라고도 하며, 종이에 신이나 부처의 모습을 그려서 제사 지낼 때 태우는 것이다.

명의 푸른 옷을 입은 하인들에게 머리에 갑마를 붙이고 손에 짤막한 몽둥이를 들고 계속 물을 젓게 했다. 스물네 개의 화로는 스물네 개 물 항아리 사이사이에 하나씩 놓고, 스물네 명의 푸른 옷을 입은 하인들에게 머리에 갑마를 붙인 채 부채를 손에 들고 계속 부채질하여 불길을 살려놓게 했다. 그리고 조천궁의 도사 백이십 명에게는 《황정경(黃庭經)》[39]을 소리 내서 암송하게 했다. 또 신악관의 무동 예순 명에게는 여러 가지 소리가 나는 악기를 불게 했다. 단 아래에는 문서를 전달하는 심부름을 하는 비보(飛報)와 도정(道情), 그리고 문서를 작성하고 다듬는 습유(拾遺)와 보결(補缺) 등의 인원들이 여러 명 준비되었다. 장 천사는 본래 화려하고 사치스러운 것을 좋아했기 때문에, 황궁 안에 단을 차릴 때도 하늘나라 극락의 모습처럼 꾸미려 했다.

---

39 《황정경(黃庭經)》은 도교 상청파(上淸派)의 주요 경전으로서 내단(內丹) 수련을 하는 이들 역시 중요한 경전으로 간주한다. 《도장(道藏)》 '동현부(洞玄部)'에 속하는 이 책은 내경(內景)과 중경(中景), 외경(外景)의 세 종류가 있지만, 그 가운데 중경은 비교적 나중에 나온 것으로서 인체의 각 부위에 신선이 있으며, 세 개의 단전(丹田)이 있다는 등의 내용이 들어 있다. 내경과 외경은 작자와 저자에 대해 여러 가지 설이 있는데, 대체로 위(魏)·진(晉) 무렵에 민간에서 전해지던 칠언(七言)의 운문(韻文)을 여도사 위화존(魏華存: 251~334)이 기록하고 주석을 붙여 《황제내경경(黃帝內景經)》을 만들었다고 알려져 있다. 이 내경은 《태상금심문(太上琴心文)》, 《동화옥편(東華玉篇)》, 《대제금서(大帝金書)》라고도 불리며, 신체의 장기와 혈맥(血脈)들을 주관하는 신의 존재를 토대로 이른바 '존사(存思)'의 수련법을 제시하고 있다. 다만 내경과 외경 가운데 어느 것이 더 먼저 성립되었는가에 대해서는 이설이 있다.

제단이 마련되자 장 천사를 그 앞으로 청했다. 그는 목욕재계하고 하룻밤을 지낸 뒤[越宿]에 제단 앞에 이르렀다. 그는 곧장 쌓아놓은 탁자 꼭대기로 올라가 머리를 풀어헤치고 검을 찬 채 천강성과 북두성의 자리를 밟으며 주문을 외웠다. 그가 처음 단에 이르렀을 때는 날이 밝기 직전인 오경 무렵이었는데, 그때는 온 하늘에 구름 한 점 없고 별빛이 찬란했다. 하지만 이때는 벌써 서서히 동이 트고 있었다.

장 천사가 탁자 위에서 준엄하게 지시하자 양쪽의 도사들이 엄숙하게 "우! 우!" 소리를 울렸고, 사방의 무동들이 열심히 악기를 연주하고, 물을 젓고, 화로에 부채질하며 막대기를 두드리니, 하늘과 땅조차 그 위세에 눌려 어쩌지 못할 상황이 되었다. 그때 서북쪽 하늘에서 먹구름 하나가 피어오르면서 검푸른 깃발이 바람을 안고 펄럭이기 시작했다. 바람이 점점 거세지면서 먹구름도 점점 퍼지고, 그 아래가 온통 캄캄하게 변했다. 그러자 문무백관이 웅성거렸다.

"곧 어느 신이 내려오겠군. 전혀 어려울 게 없어!"

황제 곁에서 시중을 들던 관리가 아뢰었다.

"천지가 이렇게 캄캄하니, 이 틈에 중이 도망칠까 염려되옵니다."

이에 황제가 어명을 내렸다.

"황궁의 네 대문을 모두 닫도록 하라!"

한편 조정의 문무백관은 대략 사백여 명인데, 이들의 친척 가운데 출가하여 도사나 승려가 된 이들이 없을 수 없었다. 도사가 된 친척을 둔 이들은 장 천사의 이런 모습을 보고 다들 속으로 무척 기뻐했고, 승려가 된 친척을 둔 이들은 마음이 좀 께름칙할 수밖에 없었다. 마침 그 가운데 산남(山南) 출신의 어느 장관이 있었다. 그는 정이품 이부시랑(吏部侍郎)으로 있는 진(陳) 아무개였는데, 그의 일곱 명의 아들 가운데 여섯째가 출가할 운명이어서 승려가 되어 있었다. 이 진 시랑은 평소 장 천사에게 약간 불만이 있어서 마음속으로는 승려의 편을 들고 싶었는데, 벽봉장로가 어디 있는지 보이지 않는 것이었다. 그래서 주변의 벼슬아치들에게 이리저리 물었다.

"여보게, 승려는 어디 있는가?"

이 시랑이 찾는 승려가 누구인지, 또 어떻게 그의 편을 드는지, 그리고 그 승려가 어떤 신통력을 보이는지는 다음 회를 보시라.

삼보태감三寶太監

서양기西洋記 통속연의通俗演義 {1권}

초판 인쇄 2021년 6월 23일
초판 발행 2021년 6월 30일

저 자 | (명) 나무등
역 자 | 홍상훈
발행자 | 김동구
디자인 | 이명숙·양철민
발행처 | 명문당(1923. 10. 1 창립)
주 소 | 서울시 종로구 윤보선길 61(안국동)
우체국 010579-01-000682
전 화 | 02)733-3039, 734-4798, 733-4748(영)
팩 스 | 02)734-9209
Homepage | www.myungmundang.net
E-mail | mmdbook1@hanmail.net
등 록 | 1977. 11. 19. 제1~148호

ISBN 979-11-91757-01-9 (04820)
ISBN 979-11-91757-00-2 (세트)

20,000원